大明诤臣

张娟 著

陕西新华出版传媒集团
太白文艺出版社·西安

图书在版编目（CIP）数据

大明诤臣 / 张娟著. -- 西安：太白文艺出版社，2022.1
ISBN 978-7-5513-1962-1

Ⅰ. ①大… Ⅱ. ①张… Ⅲ. ①传记文学－中国－当代 Ⅳ. ①I25

中国版本图书馆CIP数据核字(2022)第016785号

大明诤臣
DAMING ZHENGCHEN

作　　者	张　娟
责任编辑	李　玫　杨　匡
封面设计	郑江迪
版式设计	建明文化
出版发行	陕西新华出版传媒集团 太白文艺出版社
经　　销	新华书店
印　　刷	陕西金德佳印务有限公司
开　　本	787mm×1092mm　1/16
字　　数	330千字
印　　张	20.5
版　　次	2022年1月第1版
印　　次	2022年1月第1次印刷
书　　号	ISBN 978-7-5513-1962-1
定　　价	58.00元

版权所有　翻印必究
如有印装质量问题，可寄出版社印制部调换
联系电话：029-81206800
出版社地址：西安市曲江新区登高路1388号（邮编：710061）
营销中心电话：029-87277748　029-87217872

目录

一	红光悬顶生上世 / 001
二	父亲厚望取名爵 / 010
三	天不从愿多灾变 / 016
四	家境贫寒不自弃 / 026
五	个性初露争道理 / 042
六	贾曲题联识宗枢 / 050
七	弱冠成婚始读书 / 063
八	朝堂动荡父辞世 / 070
九	削籍回陕韩邦奇 / 080
十	躬辇米粮拜名师 / 087
十一	师从苑洛继绝学 / 095
十二	横渠四句道自足 / 102
十三	师徒游学帝责臣 / 107
十四	兄长遭诬爵入狱 / 114
十五	狴犴不误向道心 / 120
十六	伯乐杨滋资膏火 / 125
十七	云谲波诡嘉靖初 / 130

十八	应试长安不昧金 / 137
十九	嘉靖乙丑举进士 / 143
二十	灾年难月藩楚行 / 152
二十一	安黎庶固邦本疏 / 163
二十二	擢升职任山东道 / 169
二十三	朝政失明爵请归 / 175
二十四	家事不宁母辞世 / 181
二十五	庐墓守制冬笋生 / 188
二十六	大明御史亲粪田 / 197
二十七	局势颓堕如衰病 / 206
二十八	起复监察河南道 / 213
二十九	畿辅千里遇旱灾 / 220
三十	慰人心以隆治道 / 226
三十一	天地同愤御史风 / 233
三十二	九死一生做诤臣 / 242
三十三	周浦二烈星坠陨 / 248
三十四	庙堂事业成虚语 / 266
三十五	破碗漫录囚夜长 / 274
三十六	辨易联诗自安心 / 281
三十七	出进皆因紫姑神 / 290
三十八	火起醮殿释三人 / 298
三十九	大鸟集聚诤魂归 / 303
尾声	谥号忠介褒杨公 / 310
附录	/ 314

一　红光悬顶生上世

大明弘治六年（1493）十月二十四日，对陕西党林里笃祜村的村民来说，就是一个很普通的日子。在这天高皇帝远的农家村院里，大家该干什么就干什么，跟往常的每一天一样。

刚刚过了小雪节气，天气就冷得不像话了。一早一晚，已经冻得人伸不出手，早起的人不得不搓搓手才能干事情，在外面时间稍微长一点的话，还得时不时地吸溜吸溜清鼻涕。清晨野地里那白刷刷的霜，堪比薄薄的初雪，打得草叶儿蔫巴巴地粘着地面，一副少了生命气息的衰败样子。朝阳很久才慢慢升起，把霜花化为薄雾，淡淡地笼罩在村落的树梢。没有多少温度的阳光，透过雾气，懒懒地照耀着大地。

秋收秋种已然过去，春种却还远着。冷，是无可避免的。有谋算会过日子的人，已经开始窝冬——睡得早，起得晚，吃了饭，中午没事干，就去太阳底下晒暖暖。而像寒号鸟那样没有成算的人，还得到处刨食。这种人一般都把日子过得缺吃少穿，运气好的话，碰到人家红白喜事时，肚子可以饱几天；通常状况下，就只能饥寒交迫地活着。

杨家属于前者。穿的粗布衣服带补丁，好在补丁不算很多，而且干净整洁；吃的以黑粗稀薄杂粮居多，好歹管饱。杨家虽出自高门弘农杨氏，奈何沧海桑田，血脉渐远。到了时下，近祖也只出过一个清贫的知县，且后续无继，已经数代务农。几辈子积攒，也只得薄田十几亩，土坯木瓦结构的旧屋几间。丈夫杨攀长相普通，站到人群里立即就找不见，但为人忠厚，勤劳节俭，是一个努力上进的人。他早年也曾上过几天私塾，识得几个字，做事还算活泛，除了种粮食，还在地边及房前屋后种了几样果蔬，农闲时节拿去集市上淘换几个铜钱做日用。

杨攀的弟弟早逝，留下弟媳杨惠氏和五岁的小女儿巧儿，孤女寡母，依附杨攀一处过日子。杨李氏宽厚贤惠，杨惠氏善良本分，妯娌间很是和睦，日常过活有商有量，搭伴儿干活儿多有谨让，算是村院中的一桩佳话。

杨李氏的大儿子大名叫杨靖，小名叫安子，今年已经八岁，长得眉清目秀、文文气气的，聪颖懂事，正在村塾里上学。穷人的孩子早当家，安子平日里读书，课余打草、放羊、拾柴火，农忙时也是丢了馒头捞锹把，抵得上小半个大人。眼下，杨李氏肚子里还怀着一个，算算时间也快临盆了。

今日天气晴好，没有刮太大的风，很适合出去串门。杨李氏摸摸肚子，感觉尚好，想了想，就收拾了几样针线，端上针线蒲篮①缓缓走去东邻媚婶子家。

虽然这朝代对女子要求严格，一般都深锁闺中，但这都是高门大户里的事。偏远乡下，农忙起来，谁家女子不得跟着男人们一起下地干活儿？一村一院地居住了老几辈人，大家互相熟悉，借物往还，闲聊串门子是常有的事。

媚婶子五十来岁，儿女不在身边，做事干练，为人热心，是村中有德望的长者。杨李氏公婆早逝，出嫁女不好总去麻烦娘家，在她心里，媚婶子是一个如同自己家的老人一样的存在，平日里遇到女人家不好决断的私事，都会向媚婶子讨个主意。媚婶子也素来喜欢杨李氏的持家勤谨、行动温婉、懂礼识体，视杨李氏为子侄辈，因而两家人走动极多。在即将生产的紧要关头，杨李氏很想去媚婶子家坐坐。

看到站在门口挺着个大肚子依然白白净净的杨李氏，来开门的媚婶子十分高兴。她整整衣襟，抚一抚鬓发，接过蒲篮，一边慈爱地嗔怪着："都这月份了，还动针线！"一边忙着把杨李氏往家里让。

杨李氏手捧肚子笑着说："常言说'是人不是人，三丈布裹不浑'。虽然有那个大的穿过的旧衣服，也总得再预备几件给这一个。"

---

① 蒲篮：藤、竹或者蒲草编成的一种小篮子，无提手，妇女用来装针头线脑。

"可不是咋的！"媚婶子亲热地半拉半护着她到了墙角背风处。这一角冬日阳光甚好，早早摆放着陈旧的不知用了几辈子的木头小桌凳，媚婶子先前正在这儿晒太阳。

"先不忙着坐。"媚婶子说着，急急地去屋里提了一个高一点儿的杌子出来，试了试稳当，才安顿杨李氏坐好。

感觉冬日暖阳温暖着身体，婶子慈爱的眼神温暖着内心，杨李氏嘴角微翘，一边娴熟地飞针走线，一边听老婶子说话。

媚婶子看着不很漂亮但眉眼周正、笑容嫣然的杨李氏，发觉她肚子已经落下去了，看样子生产就在这几日。媚婶子顺口就问杨李氏产褥的柴草晒干与否，老母鸡、鸡蛋准备齐全没有；又把坐月子不能见风，窗户得用厚实的油纸糊严实，厚门帘子提早放到顺手的地方之类的琐碎事，再三叮咛。杨李氏觉得特别安心，脸上挂着的淡淡笑意不觉加深，一一耐心地回应着老人。

太阳不知何时不见了，有点儿起风。媚婶子忙把东西一收，和杨李氏挪到了屋子里。

"你个头适中，身子骨还算结实，又是二胎，看样子顺着呢。可也轻忽不得，一旦发作就赶紧叫人来喊婶。"媚婶子一再絮叨着。杨李氏"哎""哎""记住了"，回答得越发声响。被人这样掐着鼻根子叮嘱，那可真是一种福气，她思忖着。见屋子里光线暗，她索性停了手头的活儿，专心跟老婶子闲话起家常来，也无非就说些柴米油盐，孩子他大和孩子这些事。

与媚婶子紧邻的杨三婶是个粗糙的农妇，性情大大咧咧，嗓门儿大。她见天变阴，来院子里收衣服。她抬头猛然看见隔壁媚家院子里一道光闪，一片通红，仿佛是着了火，情急之下大喊起来："媚嫂，你家着火了啦！"

"快来人呀，媚嫂家着火啦！"

附近住户闻声赶紧抄起家伙，撞门拥进媚家，发现媚婶子正在里屋和杨李氏说话，一道火红的弧光悬在她们头顶。杨李氏觉察到异样，急忙起身，身下一股热流涌出，阵痛顿时袭来，不由得手抚肚子哎呀一声，呻吟起来。

看到杨李氏的情形，经验丰富的媚婶子知道，她怕是要临产了。顾不得细想那道奇异红光的来历，媚婶子连忙遣散其他人，吩咐一个村民去杨家叫人，

自己迅速把杨李氏扶到炕上察看。发现她这次生产虽然毫无前兆，但好在胎位一向正，月份也不大差，可以顺产。只是回家已然来不及，羊水一破，就不宜再挪动，得赶紧用助产的手法按压身体几个地方，让产道张开，否则大人、孩子都有危险。

老婶娘略一犹豫，决定慈悲为怀，摈弃邻居把孩子生到自己家会给自己带来晦气的观念，救人活命为大。她立刻指挥刚赶到的杨惠氏烧水、备物，就地为杨李氏接生。

两个多时辰后，一声响亮的婴儿啼哭声传来，一个男婴呱呱坠地。

闻讯赶来等在门外，神色急慌的杨攀和小安子杨靖顿时放松下来，两个人对视一眼，小的就露出一个大大的笑容。

杨惠氏用事先准备好的小被褥包裹好婴儿，解开棉衣贴胸捂着抱回杨家。待杨李氏娩下胎盘情况稳定以后，杨攀给老婶子作了个揖，把妻子背回了家。

就在杨李氏于邻居家分娩的时候，远在湖北罗田万玉山的一座道观内，一个名叫典真的十七岁青年，正在一个长髯飘飘、体形微胖的老道士指点下喝符水。

典真姓陶，中等身高，又黑又瘦，一双不大的眼睛，眼珠子转动得有些频繁。他祖上行医，出过一辈在当地小有名气的医家，留有一个祖传的生子秘方，曾给无数家庭医来后代，延续香火，算是功德无量。只可惜到了典真这一辈，家族没能继承祖业，已经不再有人从医，但这个秘方却是几个房头人人眼中的肥肉，叔伯兄弟抢破了头。

族里上一辈还有几个读书不成的"读书人"，平一辈也就典真早年跟人学识字，寻常写个书信还来得。也是机缘巧合，有一天，典真无意中在一堆无人问津的旧医书里翻得这张秘方，不由得大喜过望。真是"踏破铁鞋无觅处，得来全不费工夫"！敢情那些愚蠢的人争得脸红脖子粗的，竟都找错了方向。总以为祖先把方子留给了某人，相互猜忌，钩斗攀扯，打打骂骂地逼着对方交出秘方，全没想到，老爷子谁也没给，就这样白哈哈地夹在书里！

典真藏好秘方，躺在旧书堆里嘟囔："你们又不爱念书，大字不识几个，

要什么秘方呀！这秘方搁你们面前，你们认识吗？真是的……"

说来也怪，以前典真虽然经常欠饭吃，但只要有饭就能吃得香、睡得沉，没病没灾。自得了秘方之后，不知咋搞的，典真不仅吃饭没了味儿，而且睡觉多梦惊觉，还有事儿没事儿地着凉冒风。他心里不踏实，觉着应该是独吞祖上秘方受不住才闹腾的。

近几天，他又发热发冷、鼻涕一把眼泪一把的，很是难受，便东拼西凑了些许通宝银钱，赶今日来到离家不远的万玉山的道观里找老道长给作法，好驱邪保平安。

陶家那一摊子事，老道长早就心知肚明。当然道士做到老道士这年纪，本就善于耳听八方、揣测人心，眼力自是异于常人。看着眼前的年轻人搭话躲闪、语焉不详的样子，老道长捋一捋胡须，眼光闪了闪，便隐晦地提点他："天知地知自己知道的事儿要秘藏不露，要沉得住气，更要学会面不改色。如此过上一阵子，必然是风平浪静，心想事成，求名有名，求财有望，诸事顺遂，贵不可言。"

典真立时对老人家心服口服，他可是还没有告诉老道长此行驱的是哪门子邪，到底所为何事呢！

"老神仙呀，您看看会不会还有别的不妥当？"典真言语间不由得更显得恭敬起来。

老道长暗想，还真是蒙对了！这小子居然真的得手了家里的秘方！他念一声"无量天尊"，快速地画出一道符，仗着桃木剑在烛火上舞得虎虎生风。烛光随着剑风忽明忽暗、飘忽不定，很是神奇，看得典真都快成对眼儿了。

完事以后，道长烧掉黄符，制成符水给典真喝，言说喝了这符水，可得神助，保他平顺。

典真喝符水的刹那，恰是杨李氏的新生儿出世第一声啼哭之时。也许冥冥之中自有关联，典真的手不知怎的忽然就抽了一下，不仅岔了气，还倒光了符水，咳嗽得差点儿背过气去。

老道长沉思片刻，闭目掐指，说是典真这个名字不大好，重了东夷一个和尚的名字，所以受不得神符的护佑，故而呛住了。

典真还真不知道有这么一回事,暗暗责怪父母不明智,虽然供自己念过几天书,可是取哪个名字不好,怎么着就跟一个番邦的和尚给重名了?就这还望子成龙?难怪家里日子越过越穷!他急忙恳求道长给化解化解。

道长看这孩子精灵识趣,又有秘方在手,正愁如何网罗了来做弟子,日后多一个帮手,在一些大施主家做法事时,"作为"的余地也多几成,就"勉为其难"地帮人帮到底,一番点化道:"一个穷小子,某一日忽然说自己有神通,也没有人相信,对不对?家里的人只怕还有别的想头,东寻不是西找碴的,干点儿啥事如何会安宁?不如找个有本事的师父认了,一切名正言顺的,看谁还能挑出刺儿来,是也不是?"

典真一琢磨,是这么个道理!再说腰里那几吊钱也正觉着拿不出手,这下可省了。当下纳头就拜,认下老道长做师父。不过刚起身站定,他又吞吞吐吐地说自己粗俗,又有父母在,出家只怕不合适;老神仙处世通透,不如看看怎样才能两便。

老道长什么人,哪里不知道这小子惦记得失的心思,但他自有思量,只口称无碍。从此,典真便更名陶仲文,做了老道长的俗家弟子。

笃祜村里的人把杨李氏生孩子生到邻居家的事儿传得沸沸扬扬。有说这孩子带着异象上世很稀奇,将来必会成器;也有说是妖孽的;更多的人则在等着看媚妗子家因为这件事会有怎样的不顺当。一时间,各种流言满村子飞,杨家人到处被指指点点。

媚妗子站在村道跟一帮村民说,孩子生在她家,与她是天大的缘法。人命关天,神佛自会体谅,上天有好生之德。以她活老半辈子的眼光看去,小婴儿就是个正常、普通的孩子,并无异样。大家乡里乡亲,更是要口上留德,莫在背后编派人。

孩子出生第三日,老婶子首先带上鸡蛋、红糖和须面①等物去看望杨李氏月子。

---

① 须面:古时对挂面的称呼。

杨攀思虑再三，还是按照当地风俗，在媚婶子家大门楣上挂红，燃放鞭炮祭庄子，并请道人来给人家做了一场法事，图个安心。他以当时能拿出来的最大诚意置办礼物，登门感谢媚婶子对妻儿的恩德，然后关起门来过日子，对各种流言置之不理——你们且说去，咱们老杨家人只当没有这回事。

几个亲近的本家也都依俗——来看过母子。见杨李氏奶水充足，产后气色尚好；小婴儿皱皱巴巴，吃饱后吐着泡泡哼唧着闹瞌睡，一切安好，出来说与人听，都觉得跟自家的娃在月子里没有什么不一样。

满月的小婴儿出落得娇嫩可爱，抱出来给村里人一看，只见他一样啼哭，一样拉屁屁、尿裤子。朴实的庄稼人只顾着稀罕娃，就忘了开初那些事，异象出生这件事就此揭过。

时下临朝的弘治皇帝朱祐樘才二十四岁，正立志要做一位明君。他勤于政事，自十八岁继位以来，重用贤良，税赋能减的就以各种理由减免，与民休息。朝廷在他治理下，重视农业，兴修水利，治理黄河，想方设法繁荣经济。虽然年纪轻轻就贵为人君，但弘治毫无傲睨万物、盛气凌人之做派，反而优礼大臣，阁老不呼名。为了方便大臣奏事，他不仅早朝必到，还重开午朝，几年下来，难得的政治清明，四野清泰。

皇帝自己早年经历颇曲折。他的生母是广西土司之女，朝廷平息叛乱时被俘入宫充作宫女，意外被先皇宪宗皇帝宠幸而怀孕。

先皇在位时极其宠信万贵妃，怕她不乐意，六岁以前，朱祐樘都被秘密地养在宫中隐秘的角落，因照顾不周，致使身体羸弱。好在朱祐樘秉性宽厚仁慈，上位以来并不曾追究过往，只是养成个节俭、不近声色的性子，后宫仅守着张皇后一人，如平民夫妻般同起同卧。

如今，帝后只得一个儿子，循祖制取名朱厚照，才三岁，甚是聪慧，已经立为太子。两口子对儿子宠如珍宝、不忍苛责，当下还不知好歹。

这一年，世界一如既往地不怎么太平。地球另一块大陆上，西班牙和葡萄牙为瓜分殖民地正在闹腾着，罗马教皇亚历山大六世出面仲裁，勉强将两国殖民地分界线定在了亚速尔群岛和佛得角群岛以西子午线的地方。

这些自称"文明"的航海强国，把触角到处延伸，给所到之处留下片片阴影。若干年后，他们学习《天工开物》等东方文化，大力发展农业、手工业、经济、军事也随之急速进步，膨胀的野心不断搅动世界风云，将世界拖进殖民时代的深渊。

大明朝上自君主，下至黎民，目前尚无人有察觉到这般隐忧的深谋远虑。因朱家太祖皇帝认了南宋朱熹当祖宗，朱子注释的儒经是教科书，朱子理学一些偏激的理论正在逐步禁锢帝国的思想，为后世埋下极大的隐患。大明朝开国百余年，积淀丰厚，臣民多半以"君君臣臣、父父子子"为天条，循规蹈矩，耕读传家。更有那许多商贸繁华的大地界，灯红酒绿，物华天宝，说不尽的富贵荣华。大明一直沿袭历朝理念，重农抑商，不知科学实验为何物，也不大关注世界的新变化，觉着大洋那边尚远，跟咱们大明朝互不相干。

当今皇帝呢，啥啥都好，唯有体力不支，不得不效仿他那算不上明君的父亲信了佛，却信着一个别有所图的假佛徒，备受蒙蔽，政务不济，引得内阁不满，大臣忧心，君臣之间生出不少嫌隙。这也是无可奈何的事，人生十有八九不顺，即使贵为人君也一样。吵吵闹闹中，日子往前推进。

二　父亲厚望取名爵

笃祜村在万斛山南面。万斛山是秦朝大将军王翦练兵的地方，因山内日进万斛粮而得名，史籍多有记载。这里山峰高低错落，山路逶迤，山中林木种类繁多，鸟兽花虫各异，风景甚是秀丽。

至于笃祜村，老辈子人说这村子最早其实叫"独户"，只住了一家人。可见地方虽有名，但难保不荒凉。后来经过几代人生息繁衍，逐渐壮大，才改为"笃祜"，既寓意村子兴盛起来乃得天独厚，也有训示子孙做人要厚道的意思。大明年间，这里的人世代务农，基本算是靠天吃饭，生活普遍贫苦。党林里附近集镇简陋，若需去复杂一些的市贸，有时还要绕到相邻的蒲城县贾曲。

杨攀是一个微微显得壮实的庄稼人，因不善言辞、老实忠厚，看上去有些木讷。但他肚子里有早年积攒下的几点墨水垫底，在村里还算是个会捋事的人。

这几年皇帝爷爷开恩，各种捐税多多少少都有减免，杨攀夫妻又勤谨，一年到头若非旱涝不均、五黄六月，肚子还没空过。可种田这种事情，收多收少，既看主家的汗水流得咋样，更要看老天爷的心情，就他家那十几亩薄田，过得去已是不易。

他家早先也有个制作草纸的小作坊，可惜几经离乱，又因原料不足、苛捐杂税等，做得不甚顺畅。从他祖父辈开始，这门技艺已经近乎放弃。只好在田边地角种一些菜蔬，诸如白菜萝卜、大葱韭蒜之类的，逢集赶会，一副担子挑着两老笼，走去街镇叫卖。往来奔波极其不易，但舍此也别无他方，祖祖辈辈多是种田的。唉！

二 父亲厚望取名爵

菜蔬的价钱好赖定不得，碰上实在的买主，多给几枚铜钱；碰上不景气的时节，也只好半卖半送。尤其是遇上半道上变了天气，离家又远，好不容易带回去吃不了的话，雨水浇透的菜很快会烂掉，那多可惜！别看那些少爷小姐跟着先生念"粒粒皆辛苦"，可真正知道粒粒辛苦的也只有种地的！不过，知道又能咋？仅仅靠着十几亩薄田，勤俭勤俭就能发家的，这世上也没有这回事！

弘治爷爷在庙堂上励精图治，对子民轻徭薄赋，一心要大明中兴，这当然是大趋势，但小的边边角角，仍是贫富不均。对于斗升小民来说，至少杨攀家就没有真切地感受到挨身的雨露。种地纳粮只有些许变化，很多时候皇帝的好制守①，美的是那些手握权力的人以及他们的亲支近派。一股肥水，从京都流到乡下层层被截，还能剩下多少！所以这中兴给杨攀这等小百姓带来的实惠，只是生活上稍稍安稳一些罢了。

笨重的农耕工具，再好的耕作技艺也难以施展，能在体力过度消耗之后，于茅庵草舍里舒服地睡上一觉，对他们来说便是天下最幸福的事。这世上最最懂得感恩的，恰是这些受益最少的人。一般得到越多的人越感到不满足。因此，对皇帝最最感恩戴德，视他为神祇并牢记不忘的就是杨攀这样的人。

杨攀经常跟人说："当今这皇帝爷爷真是个好人！好人就要康泰平安、长命百岁、多子多孙才对！"说着说着，还会祈祷起来。

陕西是个特殊的地方，素有"秦中自古帝王州"之说。眼见得着的朝代更迭、动荡，造就了关中汉子有个性、具反抗精神的"愣娃"性格；而居住环境相对安逸，物产丰厚的地域特色，又使关中汉子养成了厚道朴实、容易满足、安于现状的性情。之前，杨攀对自己的生存现状还是很满意的，他在笃祜村勉强算得上是能糊住口的人家。年景和顺之时，精打细算一下，收益略有盈余；年景不好，喝稀些、穿烂些，凑合凑合也不至于断顿儿。但小儿子的出生，让这一切都得另外打算才成。

得子的短暂喜悦过后，杨攀的眉头就皱成了一疙瘩。家里又添了一个男丁呢，这可是个张口之货，要养大成人且得费一把粮食银钱的。把家里犄角旮旯

---

① 制守：政策、法度，引申为治理的手段、策略。

细细盘理了一遍,还是那一只手的指头能数清的家当,他感到肩头的担子陡然加重了许多。

小安子杨靖是不管这些的。开春以来,小弟弟很是开长,一天一个样子。褪去厚厚的襁褓,他看上去虎头虎脑、肉乎乎的,生来好静不大哭闹,吃了就睡,醒了挥胳膊蹬腿,自玩一阵子又睡;任人逗弄都不怎么爱笑,一双乌黑的眼睛专注地盯着你看,仿佛在探究什么一样。最最好的是,弟弟还不曾耍过麻达①,好养活得很。安子打心里喜爱弟弟,所以一下学堂,就背着弟弟不撒手。

背着他去田野打畜草,背着他背先生留的功课,背着他跟门上的小子们玩,背着他,咳,当然背着他也不是万事都好啦,弟弟会突然一泡尿浇下来,安子的背上一热,然后就得冷多半天,还有一股尿骚味儿!

可是娘亲告诉安子说,童子尿是个宝,好处多着呢,但到底是啥好处,安子还没有发现。既然是娘说的,那就没差啦,安子就又觉得只要背着弟弟,干什么都是有意义的。

当然,小安子也很喜欢乖巧懂事的堂妹小巧儿,但女孩子羞怯,动不动躲到婶娘身后不出来,稍不如意呢,马上嘴一瘪,眼泪汪汪的。安子觉得还是弟弟对自己的喜好,任自己跟同窗怎么闹腾,也不会害怕,尽管他什么都不懂,只会眸色深深地盯着自己看。

这一天,安子又背着弟弟在院子里背书。

"呦呦鹿鸣,食野之苹……"

媚婶子进了门,摸着安子的头很是夸奖了他几句勤学上进,再去逗弄小的一个:"噢噢,你咋不笑啊?你这性子随谁呀?你大给你取名字了吗?"

杨李氏闻声从里屋出来,请了媚婶子里面坐。小安子便不再背书,站在院子里拧着眉毛,扭过头看着弟弟,想关于名字的事。

安子还没想出结果来,湖北罗田万玉山上道观里的陶仲文跟着师父却学得

---

① 麻达:方言,泛指麻烦、不好的事情,在这里指生病。

飞快。什么炼丹药、画符啊，祈福、祈雨、降妖除魔的，短短三五个月，怎么比画，怎样念念有词，念哪种词，该记住的都记得顺顺的。

每次跟师父出去，碰到那些小家子的施主，师父已经放手让他独自操作。他有时也慌了手脚，次序都乱了，却仗着脑子活，真真假假地掩盖过去。外行只觉得这小道士眼明手快甚是灵巧，法事做得像模像样，比他师父还来得好。

老道士每每也不戳穿，事后暗地里纠正一番，说教间常常夸奖他有慧根。陶仲文学着师父的样子，举起手掌拖着调子念一声"无量天尊"，老道士忍俊不禁。

学习中一想到先前以为很神奇的方术，原来也不是全部真的神奇，也有许多不能言表的小把戏、小诀窍在其中，陶仲文就忍不住笑出了声。师父看他一眼，他立即假装正正衣冠，一摸鼻子，换上一脸严肃。

不大一会儿，小徒弟又开了小差，心道，师父说作法这种事，只有道行深的真有上天相助，神而又神，像咱们这种修炼到半中腰的，为了生存也只好取个巧，个中意味不能深想，更不可说。不过自从跟了师父，就再也没有饥寒之迫，恰好自己记性好、手脚灵便，看师父做过三遍就可模仿，五遍不会也会，他能点到自己多半就能悟到。陪着师父给人作法，每次都好吃好喝被敬着，回来还揣着通宝甚至银子！再者说了，施主的事儿圆成，那是咱们师徒法力高强；没得圆，那是施主要么心不诚，要么福缘浅，跟咱没关系。哪里还有比这更好干的活儿啊！

一看徒儿那一脸自得的样子，老道士就把他心中琢磨的事儿想了个八九不离十。笑话，干咱们这行的，凭的可不就是个眼力见儿和能说会道嘛。老道士咳嗽一声以示警醒，陶仲文下意识就恭敬了神态。老道士暗道，这徒弟虽然忒活道了点，但还知趣，挺懂得礼重师父，嗯嗯，也算是孺子可教！老道士满意地点点头。陶仲文立即松了一口气，这师父虽说道术以糊弄人的居多，但为人还行，不大较真！他不知道的是，他这个师父最最行的不是"为人"，而是认识一个道友，字仲康，号雪崖，大名邵元节。此刻，这个邵元节正从相邻不远的江西龙虎山上清宫出来云游，不久他会与陶仲文在这里结缘。

过了几天的一个晚上，安子郑重其事地请求父亲给弟弟取名。不只是媚奶奶说这个事情，好多人家的男孩一出生，家里就请长辈或者教书先生、秀才老爷给取个大名。咱们家弟弟那么乖，出生这么久没有名字，不对。

杨攀很久没有出声。给长子取名"靖"，小名"安子"，完全是出于一个庄稼汉的本能。在集市上乡之贤达的口中，他听到过人说当今皇上既能干又爱民如子，比先皇爷爷好得多得多，治理的这叫太平盛世。但磕磕绊绊活到他这年龄，所经所见都让他觉得儿子安安宁宁长大比什么都好。谁当皇帝，小老百姓的日子都得自己过。爹有娘有，不如自己有；柴多米多，没有日子多。作为一个稍有见识的人，他还是愿意从口里挤钱，让娃念些书，不指望山野草民能有多大出息，只求娃日后做人明白，不当睁眼瞎。

小儿子还没出生时，杨攀其实就在想孩子的名字。只是这孩子出生的动静太大，他反而不知道该怎么给孩子取名字好。即使打心眼儿里愿意相信这就是个平常娃娃，也曾千千万万次说服自己这小娃跟老大，跟村里别的娃一模一样，但那一道凭空出现的红光还是在他心里盘桓不去。很遗憾，他当时没有看见那到底是个怎样的情形。但娃他妈事后也说了，那道子红光，是实打实悬在她头顶的，鲜红又明亮，她就是因为这个受了惊才忘记自己即将临盆，猛然起身……

听村里老辈人说，自古凡带着异兆出生的人，都不是平常人。这个孩子将来前途无量也说不定。想到这里，这个憨厚的、从来没有过远大理想的庄稼人，胸口蓦然涌上来一股热望。他默默祈祷各路神灵、杨家列祖列宗保佑这个孩子，愿孩子将来能光宗耀祖，走出笃祜村去建功立业。

鉴于这娃上世的摊场不一般，他没敢跟任何人提过给孩子取名的话，而是把自己所认识的字，逐一翻检过好几遍，选了否，否了选，不知倒腾了几个过儿，终于定下，仍又在心里存着没好意思吱声，直到小安子问起。

"就叫他爵吧！"杨攀告诉小安子，并把这个字写在了安子的手心里。"爵"字是他所能想到的最风光的字。小时候因记不住这字的笔画，被先生打过，还边打边告诉他"爵"的含义：既是贵族专用的饮酒器物，还是他们的封号，寓意深着呢。

"杨爵啊——"小安子得到答案,心满意足,想着明天不如请教请教先生,再给弟弟取个相配的小名儿,便沉入黑甜的梦乡。

如果一切都是真的,只怕杨爵还得好好养活才对。这以后上学的费用搁哪里来呢?杨攀听着小安子绵长的呼吸,辗转反侧,左想一件事能干得,右一想又不成,竟然一夜无眠。

三　天不从愿多灾变

无论杨攀怎样思虑一夜，天明的杨家还同夜个①一样，没有多出来一个铜板，并且连多一个铜板的办法也没有，杨攀苦笑着摇头。

日子依然那么从容不迫地流淌着，它从来就没有因为谁的急迫而加速过，更不会因为谁的留恋而延缓。

在那个年月，变钱的法子对乡下穷种地的杨攀来说，好比天方夜谭。想得再多，能变成现实的几乎没有。杨攀悻悻地起床，开始拾掇农具。

贫民家愁钱，皇帝家愁人，各有各的担忧。紫禁城里弘治皇帝和张皇后也正在头疼着。唯一的皇子朱厚照不过三四岁，性子却越来越霸道。说风立即就得把雨给捧到跟前，否则非吵得鸡犬不宁不可。皇帝陛下本就是个好心性的，对臣子都不发火，更不要说自己的独子了。

弘治也有自己的考量。先皇当年懦弱，缺乏主见，受制于妇人，偏听谗臣，致使皇家差点绝嗣，更兼朝野治理混乱，上下怨声载道，自己接的本就是个烂摊子，加上自己小时候为躲避万贵妃谋害，出生数年都没见过天日，到底体质太差，精力不济。如今政务烦琐，哪里有工夫应付一堆女人？也不能让自己的子嗣再受自己当年那番苦痛吧？后宫有皇后一人就行啦，没必要靠联姻拉拢那些大臣。食我朱氏俸禄，享我大明尊荣，忠君爱国是汝辈本分！至于皇子多寡，就看天意吧。

---

① 夜个：方言，昨天。

张皇后心想，但凡再有一个孩儿，自己也敢硬气地教导教导这个龙子凤孙，谁知总是不顺心，只有他一个，这家法怎下得去手？别的皇帝后宫女人一堆，自家的爷从不提纳妃的事，对自己一心一意，这是盘古开天地以来，从没有过的事！这好事都能遇上，自己这命是有多好啊！

可惜这肚子不知道是太金贵，还是太不金贵，大婚三年才生得一子，这又一晃三年多过去，毫无动静。

坤宁宫里，一个御医给皇后娘娘诊完脉，正要和一旁的另一个御医说话，一个小内侍急匆匆跑来，直接进了帘内弯腰在皇后身边耳语。

听说几个大臣又在跟皇帝讨论皇家子嗣的事，张皇后顺手把几上一套御用的精致茶具摔了，指着帘外的御医发了好一顿脾气，骂他们尽是些皇家养的杀才，俸禄不如养些畜物，还能丰盛御膳之类的话。御医们伏在地上瑟瑟发抖，不敢言语。

"每天喝那苦哈哈的汤药何用？"皇后痛哭失声。宫女、内侍们一时慌乱起来，有那机灵的直接跑去乾清宫找弘治爷。

皇帝闻讯赶来，挥退了御医，温和地对着皇后笑笑，示意宫女们给皇后净面。还没收拾停当，他们的皇子朱厚照，抱着个小猴子骑在一个太监头上，一群嬷嬷、宫女、内侍跟在后头跑着，一路招摇地闯进宫内。帝后还未看到人影，那"驾！驾！"之声已穿过重门，喊得正欢快。

这不是一个将要接替祖业的太子该有的样子，可要是拘于宫规不让他这么做，必定又会哭闹得天昏地暗，今儿一天便不要想清清静静地看奏章了。这孩子的脾性实在是……弘治皇帝在心里暗自叹息一声，垂下眼帘，掩盖了自己的真实情绪。

陕西富平笃祜村的杨家，杨攀和杨李氏正在庄南的地里锄地。天不明出来，眼看太阳快到头顶，人还在地中腰。二人互看一眼，用袖口擦擦汗，谁也没有言语，又挥着锄头赶工。地里的草总是比庄稼苗子长得快，唉！

杨惠氏今天准备的纬线已经剩下最后一个纺锤，她加紧织了十几梭子，起身握拳捶腰。窗外的天色看着已不早，杨惠氏下了织机准备做饭。

她喊了几声巧儿，女儿就从门缝冒出头来，对着娘亲笑。杨惠氏的心都化了。

"娘亲要做饭了吗？柴火我已经揽回来了！"

"乖！弟弟醒了吗？"杨惠氏走出门，拉了女儿的手，朝灶火房走去。

"还没有，刚才醒来哼哼了几声，又睡了。他可真能睡！"

"木楱娃①睡着长个子。"杨惠氏笑着说，心里却想，不知道兄嫂多早晚才能从地里回来。因为小杨爵的出生，杨家人终归还是跟以前不一样了。

一家之主的兄长杨攀如今变得更加劳碌，不仅田里地里跑得勤快，从前那些捎带种种的菜蔬，竟都变成了他的心头宝，见天精心侍弄，松土、施肥、浇水、捉虫子什么的，每天要弄上八回。为了种出品相更好的瓜果，他还到处打听，跑方圆几十里地去找把式，虚心向人求教，回来悉心琢磨，恨不能直接种出个长钱的藤秧来。

嫂嫂杨李氏只是个普通的乡下内宅妇人，家里的事她向来都听当家的。娃他大心头憋着一口气，给小儿子挣束脩呢，她心里清白得很！嫂嫂说，小时候也听人说过孟母三迁的故事，自己没有人家娘母那等本事，但也得鼓一把劲儿给他大才对！她只能变得更加勤谨，在日用上也是能省尽省，一文钱只想掰成好几瓣子用。他二婶会怪怨吧，杨李氏有些心虚地笑着，弟妹，对不住啦！

杨惠氏早把嫂嫂的仔细看在眼里，但她并不觉得自己母女因此而受了什么苛待，反而觉得兄嫂做得极其正确，过日子就应该这样。嫁到杨家这几年，和兄嫂之间不满意、装心病的事总是有的，要说没有口角龃龉，也不可能，但家家弥勒佛，户户观世音，谁家里没个你你我我的小心思？这家里的好处是在大的方面没有差！

眼下日用是不如以前松泛，但全家都是如此，毕竟添了人口嘛！比起小安子来说，小巧儿还是受着优待的。但凡有一口好饭，她伯父伯母总是先尽着巧儿，这些只要心里清白，哪会不看在眼里的。丈夫去世早，哥嫂一直都实诚相待，日后完全依靠得上。家道艰辛更是要懂道理，齐心过日子才有盼头！

---

① 木楱娃：方言，小婴儿。

安子这娃娃，也有他大、他娘的优点，是个心善懂事的。小的这个虽然还看不出品性，想来也差不了。这两兄弟，以后是巧儿亲亲的娘家兄弟，是巧儿嫁人后娘家这头的支撑。小杨爵更是自己亲眼看着出生的，她是他亲亲的婶娘，是他一来到这世上第一个抱他的人。自那天贴胸抱回这个软软的小婴儿，她心底就被母爱填得满满的，私心里更希望自己亲自接来的这个孩子长成一个人物。

"巧儿，你是姐姐呢，姐姐都要照看好弟弟，让着弟弟，知道不？"杨惠氏一边往锅里添水一边说。

"知道哩！"巧儿拉过娘亲，对着娘亲的耳朵悄悄说，"咱家弟弟长得真好看！东头荞麦家的弟弟就没有他好看，又黑，眼睛还小，咱家弟弟白白胖胖，香香的好闻极了。他还抓着我的手拽，可真有劲儿！"

"乱说！"杨惠氏假意责怪女儿，自己也笑了，"咱家弟弟，是长得体面，但出去可不要说哈，女孩子不要多嘴多舌的！"

巧儿眨巴着眼睛，抿着嘴对着娘亲笑。

"看着弟弟去，看他醒来了没，醒了就喊一声，小心他要尿尿。"

小巧儿应着，欢快地去了。弟弟快点长大啊，她想，荞麦家的弟弟爱笑得很，自家弟弟咋不笑呢？还是得跟他好好说说话，看看能不能逗乐，他笑起来也会很好看吧。

傍晚，把灶火收拾干净，杨惠氏去了嫂子屋里跟她商量：以后由自己把屋里的活计都包揽了吧，房前屋后近处的农活儿也归自己干好了，嫂子要奶娃，还要跟兄长杨攀下田。自己寡居，总是不便出门，在家里的时候多些。

杨李氏听了杨惠氏的提议，差点儿掉下泪来，弟媳妇太贤惠了！自己心里正愧疚最近减了日用，对不住她母女呢。

"是哥嫂没用，没照顾好你们母女。如今还要带累你！"杨李氏拉着杨惠氏的手说。

"嫂子，一家人过日子当心齐才对。你和大哥做的是对的。大人苦点累点没啥，只要娃们日后有出息，咋样都值得。"

杨李氏使劲儿地点头："你放心，他兄弟俩会记得他婶娘的恩情的，日后

一定会孝敬你的。要不然我头一个不依！"

"就为了这孝敬，嫂子还是放手让我多出些力气才好，日后我也好安安心心地享用这孝敬。"杨惠氏打趣说。

杨李氏就笑："弟妹真是个贴心的！"两个人细细地商议了一下分工。这样一来，家务活儿杨惠氏就都揽了去。看似只在家里，可是纺线织布、扫院、洗洗涮涮、一日三餐的打理、针线活儿等，琐碎繁杂，加上近处地里的务作，也不轻省。

杨惠氏安慰心里过意不去的兄嫂说"一家安然值千金"。即使是血亲，指使着干活儿和自愿分担也完全不是一回事。不是有句老话叫"一好不算好，两好并一好"嘛。

这话传到村里，老杨家上辈一个能人说："杨攀夫妇忠厚，杨惠氏明理，家风正着呢，娃们家硬是要跟着好好学学！"一时村里人倒也兴起一阵兄友弟恭、先后①相让的好风气。不过乡野一向风大，风向不定，规矩本不是那么严格，几家学成，几家忘在脑后，就不得而知了。杨攀夫妻的好人缘确实是眼见得着的，村里儿女婚嫁、弟兄分家诸事，请他们帮忙的人比先前多了好多，夫妻二人觉得很有体面。

虽然决定向先生请教，但小安子还是有几分犹豫的。他不知道为了弟弟的小名去打扰先生对不对。几经纠结，最后还是瞅个空子，悄悄溜去了先生的居所。

老秀才干瘦严谨，打过安子手板，对他的喜爱也很隐晦。这不，看见这个弟子明显是背着人而来，有些局促不安，也不点破，好整以暇地等他开口。

老先生自家安抚自家内心：历来教书的不都偏爱温文知礼、勤奋向学的好学生嘛！屡试不第，不得已偏安乡下当孩子王，虽不是我的本意。如果弟子中有成大事者，就当是我得偿所愿，不是吗？聊慰襟怀，聊慰襟怀！

耐心地听安子磕磕巴巴地说完给弟弟取小名的事，老先生不禁捻须沉吟起来。那个传说中带着红光降世的孩子嘛，倒也出于好奇暗地里留心过，看上去

---

① 先后：关中对于妯娌的另一种说法。

长得天庭饱满、地阁方圆，像是个有大造化的。只是人生在世，生得再奇，还需自身努力才能顺应天意，从来就没有凭空登天的好事！

他一捋长须，告诉安子说："跟你父亲说，大丈夫先修身再齐家，而后才能治国平天下。若真对那小子寄予厚望，得先从'修'字上下功夫。"说着就转过身，在桌案上笔走龙蛇，写了个自认为很潇洒的"修"字。

虔诚地拿着这个字，听着安子的转述，杨攀对老先生的才学一阵佩服，到底是先生，这说出来的话就是有学问！于是，杨攀跟孩子娘说了一声，小儿子小名叫"修子"。

修子一岁多一点儿就开步走路，小尾巴一样跟在安子身后。安子上学不能时刻跟着，父母便领着他去田里。

大人们忙着干活儿顾不上，小孩就自己在地头爬来爬去。有时爬累了，就仰面朝天躺着歇息。只见蓝天白云，山鸟翱翔，山风习习吹来，即使囫囵话都说不顺畅的修子也觉得很快乐，不知怎么表达，就在地边滚来滚去，甚至会脚蹬手刨，哼着些莫名的调子，仿佛是唱歌一样，甚是可爱。邻居们看得稀奇，都说这孩子太皮实了，太会自己玩儿了，居然从来没听他哭过。

天气不好时，他就在家里跟着巧儿。巧儿也有很多活儿要干：喂鸡喂猪、洒扫晾晒、收拾柴火、学着做针线等。修子或者站着，或者坐着，只静静地看着姐姐，在姐姐跟他说话时，露出浅浅的笑。

巧儿就拧拧他的小脸："你怎么像个小大人一样不声不响的？"

他揉揉脸，用不甚清晰的稚嫩言语说："二婶打你！"

巧儿笑得直不起腰来。

时间一晃，修子很快就长到三岁多。乡下孩子这么大都是自己去院子或村道玩耍，按时跟着大人吃睡就行。

一天，不知怎么地，修子竟摸到了村子西北角的吴山庙里。这里正是老秀才开私塾之所在，一般不上学的小孩子是不能在这里玩闹的，一靠近，庙里的僧人或私塾的先生肯定会立即赶走，一怕他们吵嚷影响了正念书的娃娃，一怕他们损毁器物，说大不大说小不小一件事，根本说不清。

扫地的小和尚先发现了修子，如往常对别的孩子一样，吆喝着赶他走，修

子居然不理。小和尚舞了舞扫帚，咋咋呼呼地吓唬他。他静静地看着，漆黑的眼珠幽静而深邃，倒把小和尚弄了个张口结舌，不知道要做什么才好，总不能真的打这个三岁的奶娃娃吧。

老秀才听到动静走过来，见是修子在跟小和尚对峙。看小小人儿毫不惧怕比他高过几头的小和尚，不哭不闹不吭声，也不挪动脚步，老秀才大感兴味，示意小和尚自去，把孩子交给自己。

"来找哥哥吗？"老秀才问。修子点头。

"可这里不让小孩子停留。"

"我不出声，不乱跑！"修子脸上终于有了小孩子那种乞求的神色，眼巴巴地看着先生。

老秀才心软了："那你要记得自己说过的话。"

修子小鸡啄米似的点点头。

从此，安子和同窗们上学，修子就在学堂的廊檐下坐着听，果真不出声不乱跑，不影响村学里的学生们上课。老秀才很稀罕，也存心培养，便默认了这个编外学生的存在。

村里人只当孩子玩耍，除了背地里骂几声老秀才偏心，竟然不让自家孩子也在那地方玩一玩，也没有想太多。但老秀才知道，这个孩子是真的听进去了不少东西。

当时老秀才正考较孩童昨天教过的《三字经》。几个娃娃背得前言不搭后语，气得他脸色黑白数变，少不得要对娃娃们一番惩戒。完后出门来透气，就看见修子眨巴着大大的双眼定定地望着他，他心里一动，不由得悄悄问一句："你会背？"

修子立即大声背道："子不学，非所宜。幼不学，老何为。玉不琢，不成器。人不学，不知义。"

比课堂上那几个娃娃强太多了！老秀才大喜过望，摸着修子的头夸赞："好，好！以后就要这样！"

修子抿嘴微笑，一双眼眸灿若星辰。

过后老秀才就悄悄告诉安子,把那笔回①简单一点儿的字,教修子拿树棍棍在地上写写画画。

小安子这个高兴啊,回去就试着按先生说的教。弟弟开头有点儿跟不上趟,横竖左右愣是分不清,点啊撇啊更是安顿不到一搭里。安子冒汗。做先生的看着威风,其实教育一个人着实是不大容易啊。能不能借了先生的戒尺,打修子几手板?

还没等安子捋清思路,三四天后,修子居然歪歪扭扭地写对两个字。安子一下子蹦起来几尺高,太有成就感了!

过了些时候,老秀才吃过饭后闲转,不期然看到修子满地上写画的大大小小、笔力稍显稚嫩的字,慨然长叹:"有志不在年高啊!"

杨家人很快从老秀才那里得知修子会写字的事,这么小就……算了,还是先不声张为好,先生说了孩子尚小,变数太多。不过,虽没在人前头吭气,但各自心下的暗喜压也压不住。

一切看着都顺利着呢,杨家所有人的心里也都提上一口气,只盼着美好的明天早日到来。

然而"天从人愿"这种事,从来都是极个别的案例。芸芸众生,被幸运之神一果子砸出个成名成家的,万万年间难得一回。那么,"天公不作美",就是生命长河里一句非常非常应景的话。

大明朝的史书上明确地记载着如下史实:

弘治七年(1494)十月,陕西高陵地震;

弘治八年(1495)四月,陕西渭南地震;

弘治十年(1497)正月,陕西榆林地震;

弘治十二年(1499)十二月,陕西秦州地震;

弘治十三年(1500)九月,陕西肃州卫地震。

也就是说,修子两岁长到八岁这几年当中,陕西地界就没有太平过,因为

---

① 笔回:方言,笔画。

地壳运动总是异常活跃。虽然这些地震就等级来说还算不上大的自然灾害，但对人心的影响却是巨大的。而且，地震这种事通常都伴有异常的气候。即使科技发达的年代，冷热不定、旱涝不均，对农作物收成都是大有影响，况且落后的大明弘治年间。凭田里的那点儿收获，勉强不饿死的人，都算是勤劳会持家过活的。

杨家这几年不仅没有向上进账，还渐渐地把先前积攒的都攥了出去。到修子八岁时，连平常好好吃一顿饱饭都成了奢望。父亲杨攀想支撑杨靖、杨爵兄弟进学的梦想，实实在在地就此破灭。

十六岁的杨靖不得不辍学务农；杨爵呢，就根本没能正式走进学堂！他们要想从正式途径走科举这一条路，眼下是绝无可能。

望着越来越少吃缺穿的家，杨攀痛苦地想，看来异象出生这种事也不怎么能作得准，照眼下这个光景看，这娃将来不要说建功立业，能长成个何等人样，只怕还两说。几辈子从没有见过不念书就能成事的！他因修子自带异象出生而激起的那个美梦，就像天上的星星，总在黑夜闪光，其实遥不可及。悲愤难抑，加上三餐不继，他的身体迅速地垮掉了。安子和修子站在了人生的荒野，眼前荆榛遍地，长夜漫漫。

四　家境贫寒不自弃

陕西这里杨家父子艰难度日，湖北罗田万玉山那里的陶仲文日子却过得甚为称心，只不过他自己还不满意而已。

陶仲文的师父前年业已羽化。老家伙生前没多少真才实学，不过是善耍花样，会观人心而已。师父的那一套，他不到一年半载就学了个透底。跟着师父在小地方小打小闹，加上巧妙地利用自家的秘方，倒也赚下不少成家立业的本钱。

最称心的是，那一年在万玉山道观云游的邵元节倒是一个妙人。想起这个人，陶仲文不由得心头敬重三分。那一天，他跟在师父身后见客，只见一个年龄三十四五岁、清瘦飘逸的道人面带微笑与他师父见礼，说是云游路经此地，特来见见老友，也权作休整几日之意。

同样是逍遥巾、黑道袍，不知怎么地穿在邵元节身上，就与老道士有很大的差异。老道士怎么看都是个小富即安的糟老头子，邵道长则看上去就骨骼清奇，带着一些仙气。所以老道士不敢以年长倨傲，邵元节称呼他"老修行"，他居然讪笑着连称不敢，反过来称呼人家"道兄"。

后来二人在一起闲聊，说起《大洞真经》和《黄庭经》，老道士就不知所云，难以答对。陶仲文都替自己的师父汗颜，两个人根本就不在一个水平上。

事后，陶仲文有意无意地说"邵道长博学"，老道士很是愤懑，说是人家有仙缘，虽然早年父母双亡，娶妻生子后因家贫做了火居道士，但后来得到龙虎山上清宫方丈范文泰的青睐，学得《龙图规范》之秘，遂正式出家修行。那地方名气大，得道的真人多，所以他一肚子学问，各种典籍看得精通也不算什么！似老人家我这般全凭自己后天努力，修得了方术，炼得出丹药，才算是个中能者。

陶仲文心想，看你酸溜溜的样子！其实人家根本看不上你那歪门邪道的"方术"，不过觉着多学习些未为不可，毕竟人们对神秘之事心存敬畏的多，所谓"宁可信其有"，穿上道袍，信不信都得精通。他唯一欣赏你老道士的就是个精到的读心术，一来二去的才互称道友，也没见说出你这些酸话！人跟人还真不能比。

陶仲文眼色活，看见邵元节是个有真本事的，就有心结交。一个人是不是真的信道不要紧，要紧的是吃这碗饭须得看家本领多多益善，这个他明白得很，就对这个只大自己十几岁的人异常尊敬，执弟子礼，嘘寒问暖，真心地不耻下问，恭维得人家心里舒泰至极，直接认成朋友，这几年过从甚密。

邵元节极通晓历法、气象，善观天候预测风雨。这位朋友还颇精通麻衣相术，细看了陶仲文之后，就对他越发亲近起来，说："你师父别的倒也有限，只给你这名字改得妙极！配上你这面相，甚是相得，日后作为不可限量！"

也是，陶仲文因跟着老道士混，吃喝住行有保障，眼见长得壮实起来，面相越来越富态。这话说得陶仲文热血沸腾，但他却想不出一个三脚猫样的假道士能有个啥样的作为。不敢明着问，套话更不明智，那邵老修行的道行可深着呢，非欺世盗名的老道士可比，只得先在心里闷着。

老道士前脚蹬腿，后脚邵元节的信就到了，叮咛陶仲文好生料理老道士的丧事，并劝说他既是俗家弟子，就不必再守清规，还是速速置办产业，娶妻生子为要。

陶仲文置办得一具薄棺，草草地把老道士按照民间丧仪给下了葬，自己也算是做得仁至义尽。反正老道士一没修成正果，二没亲故，犯不着花大力气依着出家道士的规程烧埋。

陶仲文自去完成俗人婚娶之事，又时常去上清宫拜访邵元节，求他指点日后出路。

太子朱厚照已经十二岁，初长成一个英俊少年郎。

皇宫中仍然只有他一个皇子，而且以后只怕都会只有他这一个天家宠儿。

他的父皇近年来多病多灾，不可能再生出孩子来。

前两年他母后倒给他添了一个皇弟和一个皇妹，可惜都福薄命浅，早早就夭折了去。大臣们觉着这个太子命硬，不兴兄弟姐妹，可事关皇家，那就是少说少错。皇上都不急，阁老们亦无良方，为这事闹得不少，没有啥结果，最后都懒得提了。

朱厚照被张皇后宠得越发地无边无沿，又生性喜欢张扬，整日鲜衣怒马、斗鸡逐狗，日子过得很是恣意。时不时地，他骑着高头大马，牵一只骑着狗的宠物猴在宫城里招摇，内官宫女连侧目都不敢。

太子身边有几个内侍，以太子最亲近的刘瑾为首，和马永成、高凤等七八个最是识情知趣的人，总能背着帝后由着太子玩得痛快。按照太子的兴趣，他们把民间偷鸡摸狗的趣闻、下三烂的话本子变着法子弄给太子爷看，一路引着太子朝当今皇帝和太子讲读所希望的相反方向走去。

如今东宫已经堪比市井，各种飞禽走兽养了一堆，良马亦养得数匹。朱厚照天生喜欢骑射，马上驰骋的感觉让这个少年感到睥睨众生的痛快，就更加痛恨他父皇请的几个腐儒酸朽每日做什么经筵，总说些什么子曰诗云、之乎者也，听得人瞌睡！唉，可见这太子当着也甚没趣味，朱厚照烦恼地想。

好在他头脑够用，课业上也勉强能糊弄得过父皇和太子讲读。普天之下都是老朱家的，用得着那么费神吗？父皇那皇帝当得，啧啧……

这日，他又没缘由地心生烦意。"伴伴——"他喊。一个小内侍赶来屈身弯腰在他身前。他踢了小内侍一脚："去告诉那几个老先生，今日不痛快，经筵明日补上，顺便把刘大伴喊来，看他今日有什么新奇的好事。"

小内侍一溜烟跑走了。不一会儿，乔装成富家公子哥模样的朱厚照和刘瑾从紫禁城偏门溜出了皇宫……

同一刻，笃祜村九岁的修子在村头树底下跟人顶牛，这是这一带孩童们常玩的游戏。两个玩家猫下腰额头相碰，使力气挤对方额头，以力竭者为输，挤跑对手的算赢。

修子挑战的是个比同龄人高且胖的孩子，父兄以杀猪为业。这孩子为人骄横,也一身蛮力,本村孩子鲜少能顶得过他,他也常常以此欺负弱小。

刚才修子的玩伴三娃就被连番顶翻,一伙半大小子因为三娃的羞愤而咋咋呼呼,肆意嘲笑。

修子拉起三娃,冷冷地看着小胖子。小胖子不屑地翻白眼儿,两个人于是开顶。修子明显力弱,但他咬牙坚持,然后稍稍松力,趁小胖子心里一乐之际,猛地发力把小胖子顶了个四脚朝天。一帮孩子一愣,然后哄然大笑,毕竟小胖子多多少少都欺负过他们。

小胖子大喊:"你使诡计!"

修子长呼一口气,不紧不慢地说:"你也使使看。"

再来。

修子顶了三息,就后退、后退、再后退。小胖子果然又上当,认为蛮力强攻就行,然后修子瞅个机会猛一使力,小胖子就脚步不稳差点儿摔跤,算输。

一番关于到底谁使了诈的争论过后,又顶。这次比的是耐力,小修子脸憋得通红,快脱力还在咬牙硬挺。小胖子毕竟连输两次,心下正对坚持与否犹豫不定,又不能很快定输赢,一口气没憋住,被修子仰脸猛地一磕,疼得他又破功败阵。孩童们不分敌我一阵欢呼。

村子里隐隐传来谁家娘亲呼叫孩儿的声音,大家伙儿方想起天色将晚,呼啦一声跑了个一干二净。村头当下一片寂静,仿佛孩童们不曾来过。

弘治十四年(1501)的春天来得特别晚。去年一冬干旱,开春却是连下几场暴雪。已经过了春分,往年这时候早已花红柳绿的笃祜村今年才刚刚去了寒气,青黄不接,杨家几乎要断炊。杨攀今年身子不大好,略重一点儿的活计已经单独拿它不动,须得家人搭把手才成。他人消瘦得厉害,稍有劳动就虚汗淋漓。

安子早前几个月自己改字为安之,想表明他已经长大成人。他默默地把旧书摊淘换来的一些修身养性的书,用旧的布巾包裹好放在枕头旁边,而另一些举业会用到的书则咬牙放进木箱里堆存在墙角,唯愿修子有朝一日能用上。

失学是他心底永远的一道伤口,也许终其一生都没办法愈合。他擦去眼泪，吞掉苦涩，努力掩饰自己的失落，换上开心的样子面对父母家人，立志要扛起杨家的重担。这个略显单薄文弱的青年早早地步入了宿命给他安排的既定轨道，打算老老实实地当一个农民。

今年家里的生计比往年更加艰难，娘亲和婶娘每天只吃一顿饭，量还减半了。虽然她们伪装得很好，但脸上的菜色很难骗过人。

每次吃饭，安之都会悄悄地匀一些给修子，而母亲就会悄悄地匀给安之。安之推辞不掉，娘亲哀伤乞求的眼睛他看不下去。饶是如此，他还是每天都感觉很饿，那种挠心挠肺的感觉他没法开口说。得想个办法才是，他望着远处隐约的万斛山出神。

近几日天气晴好，适合外出。一早天不明，安之已经起来收拾好，打算到万斛山去担柴，顺便看看能不能找些可吃的野物。这是附近大多数农家常做的事，也是他几天来筹划好的一件事情。

杨攀是个心细的人，大儿子的一举一动怎么能逃过他的眼！孩子失学后失魂落魄的样子让他和杨李氏心疼极了，只是没有办法，就装不知道。安子娃自来懂事知理，跟谁都没有高声说过话，不像老二。想起修子，杨攀笑了，那是个自能的货，平日看着不言答传①的，认准要做的事，手底下挃活②！而且不撞南墙不回头，死犟！

这一段家里日子愈发艰难，安之这孩子可能因此彻底放下了念书的那一点儿念想，不再消沉。他刚刚长出了一口气，就发现这娃悄悄地磨砍刀，夜晚上③睡觉前还把撇绳④给放到枕头下。这是要去万斛山，还不让父母察觉吗？

唉，都怪自己！家里眼看就要揭不开锅！搁往年早就领着娃上几回山了，今年不知道咋弄的，脚踩棉花一般愣是使不上劲儿，提起出门就怯火⑤，才一拖再拖。

安之一向文弱，自己去年也是实在精力不济才带上他去山里一趟，结果野

---

① 不言答传：方言，行事低调，不声张。
② 挃活：不虚张，干实事。
③ 夜晚上：方言，昨晚。
④ 撇绳：方言，绑在牲口嘴部拉向左右的长绳。
⑤ 怯火：方言，胆怯。

果、野菜、野鸟蛋、干柴火，收获是不小，但父子二人合伙尚且吃力，他一个人如何去得？

安之一出房门就看见父亲站在庭院挑眉看着他，心里咯噔一下。父亲不会是觉察到什么了吧，担心他一个人在山里不牢靠，强撑着要跟着去？这可坚决不成！父亲待在家里虽然饥寒，但总能多活几年，再劳累下去难保不测！

"大——"安之斟酌着语气叫道。

"嗯。"杨攀应着声，取过安之肩上搭着的绳子，拉拉拽拽地开始检查。

"您不用去，我已经长大了，一个人去就行。"安之急急地说道，"我是长子，吃点儿苦不怕的。往年也跟您一起去过，路熟悉着呢，您不用担心，我懂得轻重缓急。"

山里有多凶险杨攀心里太清楚了。自他成年以来，哪一年不去上一两次？山路崎岖，山石坚硬，走路直打滑，稍有不慎，性命堪忧。他的同伴就有两个把命留在了山里。

稍微平缓一点儿、手顺的地方，短树枝矮灌木，只怕这几年几场旱涝闹得已经所剩不多，即便是有，也被当地人和一些豪强圈占了去；险远的地方又几乎没有路，安之这个单薄样，咋敢上去？太危险了！就算年轻娃腿脚利索，但强行上去的话更使不得，人迹越少，有攻击性的野兽就越多。

对儿子安危的极度忧虑，让这个平日好脾气的人摆上了父亲的架子，他犯了倔："要不一起去，要不不去。敢一个人去，看我不打断你的腿！"

安之心里寻思，自己不能不去，总不能真的让家里断了炊。自己虚长到十七岁多，不是说"男当十二替父志"嘛！方圆左近的野菜刚冒头就被乡亲们连根挖走充饥，自己家里父母勤勉仔细，稀溜溜糊汤有一口还算是好的，他不能让家人出去跟村里的老幼争食。父亲今年累垮了，千万不敢上山，他越是孝敬，就越不能跟父亲妥协。

安之的拗筋直冲到头顶上，梗着脖子说："那你赶紧打，打完了我还得赶路！"

"你……"杨攀的手扬了几下也没舍得打下去，却是额头青筋暴突，只用身体挡住了去路。杨李氏急忙赶来拉人，可惜劝谁谁不听。父子二人一时僵持不下,让跟声出来的杨惠氏、杨巧儿也犯了难。

这时,平日不大言语的修子从里屋走出来。他腰里缠着捌绳、别着砍刀,手里提着一条半截子粗布口袋,绑腿打得棱整地来到父兄身旁。

"我跟哥哥一起去。"他拉着安之比画一下个子,示意家人他足以帮得上忙。

一看他的打扮,安之暗暗叫好。说实话,一个人去那么个深山老林,安之也不是不怕的。弟弟年纪虽小,却是个聪慧有主见的主儿。前一半年,自己有事都可以跟他商量商量,漫说又长了些时日。他体质也不错,个子低一头是事实,但比自己看着还壮实一些,平日干活儿行动很是敏捷。有他跟着,兄弟俩互相壮个胆,应该可以做好这事情。再说,按以往的经验,弟弟决定的事,谁都拿他没办法。他自来寡言沉稳,估摸着也不会做些没有准备的冒险事。兄弟齐心,其利断金。安之心里喜兴,忍不住嘿嘿笑起来。

多说无益,杨攀一看到修子就泄了气。这碎崽子才九岁,天生出个软硬不吃的脾性,他要非去不可,自己还真拿他没办法。为着娃这性子,杨攀跟杨李氏两个骂也骂了,打也打过,吵吵嚷嚷再多次也不抵事,要干啥谁也挡不住!杨攀一时语塞。

杨李氏试着说:"要不,让他两个一搭儿里去?修子长得壮实,跟安子力气也差不大多。家里也确实没有烧柴了,叫娃娃们多少砍一点儿,两个人搭伴,也许能拿得下来。"

"大年青时都是一个人去,我和哥哥两个人,咋都比你那时候强。"修子说完,也不看父亲的脸色,抬脚就要出门。

杨攀赶紧把注意脚下、一只脚踏实再抬另一只脚,没有手抓得牢的藤条的陡坡不要走,有碎石子的地方容易滑脱,万不可以背抵着崖面沟站立,遇到陡坡要猫下腰走,等等,再叮咛一遍。杨李氏趁机把现有的干粮都塞到孩子们的布袋里,就放他们出了门。要去,当然是赶早不赶晚,越耽搁越坏事。

路上安之问修子:"你咋知道我的打算?"

"一个屋睡着,有啥不知道的?大想啥,我也知道。"修子言简意赅。

"所以趁早盘算好了?"安之斜着眼睛问。

修子哼了一声，脸转向一边。安之哈哈大笑。

到底年轻，一路跑跑跳跳不觉得就来到山下。放眼望去，山高路险，眼能看到的地方已经光秃秃的，连野草也给拔得不剩一根，一路上还有不少的人在他们身前身后赶路，想必和他们目的相同。他们对视一眼，踏着前人踩出的痕迹朝大山深处走去。

初生牛犊不怕虎，两兄弟选了一条足迹浅的路走。相比较而言，这一条路看着陡而险。沿着羊肠小路盘旋而上，手脚并用，曲曲折折地攀缘，凭着腿脚灵活又敢于冒险用巧劲儿，居然误打误撞地找到了一片树木茂盛的山林子。

大约敢到这地方的人不多，虽然貌似也有人来过的痕迹，但明显到来的人次数有限，所以可供兄弟二人砍伐的干柴树股确实不少。两个人一方面庆幸来的是地方，另一方面快脚快手地挥刀砍伐枯树斜枝。小半日工夫，不仅打到了比一般壮汉打的多得多的干柴火，而且还在阳坡掐到了好些白蒿、野苜蓿、小蒜，拾了一只久不见人不知害怕、一头撞到修子怀里的笨兔子。

安之一边用藤蔓拧成绳子，把野兔子捆结实，一边笑道："没想到守株待兔这等事居然真的会有！可见上天眷顾也是真的。"

修子拿过兔子提着耳朵左看右看，恍惚看见了一锅煮熟的兔肉，不觉口生津液。他咽了口唾沫，回头看见哥哥揶揄的笑容，不由得红了脸，别别扭扭地把兔子绑到了柴垛子中间。

见弟弟不自在，安之说："婶娘做得一手好兔肉汤，这次可有口福了。"

修子说："往回走吧。赶紧点儿，撵黑得下到平处才行！"

"好嘞！你再斫两根好棍，这柴捆子只怕得往下拖，须得用棍子挡着点，防止滚偏。"

修子估量一下，选了两棵端正一点儿的硬树砍了下来。两个人一个人在前旁顺道往下拖，一个人在后头拽，掌控速度。

幸运的是，也许前面打柴的才来过没几天惊跑了山兽，也许这地方不是啥好地方，本就没有大型的凶兽，总归他们没有遇到危险。

只是柴捆子太大，超出二人体力所持。下山好办，一捆柴火顺势推下山，到山脚时太阳还高着，可平路上就不是那么好走了，背不动也担不起，往前一

寸一寸地挪。

天色已经黑透，他们还在半路上。

不过，蚂蚁拉倒泰山。两个小小少年，每每精疲力竭时，就爆发出惊人的智慧，屡次棋行险道，又是用棍子撬，又推又拉的，想尽奇方，居然有惊无险地在第二日清晨回到村子。

杨家三个大人是在村口等着的。昨晚上天一擦黑，他们的心就高高地提起来，总是有各种不测的情景浮现在脑海，闹得人坐卧不宁。

杨攀几次拔脚要去山里找寻儿子，都被杨李氏死死拉住。儿子们如何会去冒这次险，她心里明镜似的，男人这时候去，白费了孩子的好心不说，还会很危险。

"吉人自有天相，老天爷会开眼的。咱等到天明，说不定娃就回来了。万一，我说万一，咱们一起跟着去就是！"她劝说着丈夫，也劝说着自己。只是脊背被冷汗浸湿，里衣都粘在身上，夜风吹来，忍不住打着冷战。她努力地站直身子，眺望远方，其实啥都没有看到。

这一夜真是漫长，她居然连一颗星星都看不见！

其实大明朝的这一夜一直星汉灿烂，只是这一位心随儿子跑去山里的母亲根本视而不见。

远远地望到两个模糊的影子的时候，杨李氏凭直觉知道自己的心肝回来了。她把手帕子塞到嘴里浑身颤抖，不敢哭出声来。

杨攀看那样子就是孩子们，立即想跑过去看看，确认到底是不是，却怎么也迈不动腿，反而是泪眼婆娑的杨惠氏先跑过去帮着孩子们拉东西。

出落成小家碧玉的巧儿，一双眼眸明亮有神，颇耐看。小姑娘家家的，大人不允许她天晚出门。但对兄弟的担心让她也睡不安稳，在小锅里熬好姜汤，于大锅里烧好水一直温着等他们回来。家里虽只有两小块干姜，也必须舍得给兄和弟喝，他们一定不能受凉，这个时候夜里冷着呢。

不过巧儿后来看见弟兄二人头顶冒烟地走进家门，面色比平时还显得红润，三个大人却脸色青青黄黄的，确实不怎么正常，姜汤最后就给这三位喝了。

从看见两个男孩那一刻起，三个大人就知道他们没事，在村口冻了一夜，有事的是自己，也就没有客气，接过巧儿递过来的碗，一口气喝完，自去被窝捂汗、休息。

修子悄悄塞给巧儿姐姐一小堆野山栗。这鲜物儿当时埋在厚厚的枯叶下，不知是不是松鼠藏忘了的，被修子探路时一脚踢出来，成色很好，顺便捡到粗布口袋里。

巧儿前一天那份杂面糊糊没舍得吃，怕两个人从山里回来饥饿，给留着。她拉着哥哥和弟弟仔细地看，见两个人的衣服上都刮破好多道口子，鞋子也破了洞，身上也多有划伤，还好都是小麻达，才高兴地招呼他们去吃饭。只是饭端来的时候，他们已经歪在饭桌上睡得正香。

巧儿无奈地摇醒他们："去屋里睡……"

有了这一次经验，杨父不得已时，又放他们到万斛山去了几次。

罗田的万玉山也有砍柴的，但没有陶仲文。娶妻生子的他日子也过得甚是紧巴。之前跟师父经营的老主顾还有些，虽然不住道观又做回俗人，但有一技在身，他自己觉得大约还能有些生意。谁知眼皮子浅的人多，质疑他既已不是老道弟子，三清爷爷认不认他都难说，寻他画符驱邪避祟不知还能否作数，所以主顾就慢慢在减少。

那张祖传的秘方用得也不太顺手。人有奇经八脉，气血调养五脏六腑，暗合阴阳五行，有个病病灾灾的，得按方医治才行。陶仲文不甚懂医术，又把着秘方不外露，一个方子啥人都给用，贸贸然抓了中草药给人喝，见效的和不见效的四六分。而且好话无人说，坏事传千里，几年下来不免倒了口碑。更兼他的族人有意无意地诋毁，渐渐地，他方术欠火候、是个骗子的话，传得有鼻子有眼，气得他差点儿咬碎了后槽牙。

把这些糟心事说给邵元节，那成精的老狐狸眯着眼说，不如把秘方和道家的炼丹术糅合糅合试试。

陶仲文跟着师父糊弄世人骗钱，并不知道真正的丹药长啥样，平日所谓炼丹不过是装模作样。邵元节是有一些真本事的，要是真的和他的炼丹术结合，恐怕真正的秘方就得让邵元节得了去，那个老人精再增补一二，成了他的独家

拿手医方,以后的利益还跟老陶家有什么关系呢?啊,他知我之秘,我不懂他之术,那算怎么回事呢?陶仲文瞬间在心里过了几个来回,语焉不详地说是草药用炼丹的法子炼,只怕就失了药性。邵元节眼光闪了闪,没说话。

"这事得好好琢磨琢磨。"陶仲文慢慢地说。邵元节亦不置可否,但两个人之间到底生出一点儿隔阂,走得不再那么近乎。

这一年陕西也有地震,好在震级不大,离笃祜村又远,气候的波动不大不小,略算是个过得去的年景。

安之、修子得用,田里挑了大头,杨父心一轻,身体一下子好了不少。

金秋,正在场里翻晒谷子的安之看见他以前的几个同窗在场边的路上兴高采烈地边走边说,不知道是啥稀奇事,就叫住问了问。

其中一个人说:"你不知道吗?同州朝邑的神童韩邦靖,才十四岁就中了乡试,名次靠前得很,三秦大地这一阵都在打伙声①。"

另一个人拐了同伴一把:"给安之说什么,他如今已经不念书了!"几个人哦哦着恍然大悟似的走了。

安之半天没回过神来,然后用手里的筢子狠狠地把谷子搅一搅,走去旁边的秸秆堆前直直地倒了下去,摊开手脚傻傻地躺着,好久都不曾挪动。午后收完谷子,他趁着没人注意,在秋收后那光秃秃的田野里,默默地坐了一个下午。

紫禁城文华殿里,太子把书扔了一地,仰在椅背上发呆。入目一圈高高的书架里,挤挤挨挨尽是典籍,书案上还有几摞子夹着书签的……

这么多书得读到何年何月啊!他想,外面秋阳正好,此时不观景更待何时!可是,一脸板正的老夫子正在假模假式地咳嗽,提醒他注意仪态,他忽然很泄气……

安之愁学业无继,太子觉得自己受了束缚,正是各有各的烦心事,都过着

---

① 打伙声:方言,胡起哄,这里指引起轰动之意。

四 家境贫寒不自弃

不痛快的生活。

深秋，三娃的奶奶去世了，是饿死的。不是在饥寒交迫的冬春，不是在炎热的夏天，而是在收获的秋季饿死的。

老太太自打过了夏季就不肯再好好地吃饭。村里相好的邻居都知道老太太没病，她就是不想吃饭，想把自己的口粮余下来。她觉得自己老不中用地活着是在糟蹋粮食，现下少吃一口，到了道尽途穷的时候，孩子们就多一分希望。

这是一种执念，是生活苦到了极致而生出的一种执念。

三娃的父母磕破了头，跪了三天三夜，请来能请的亲朋好友，没能劝回老人这种一心赴死的做法。她还叫上村中族老和三娃的舅爷，当众留下遗言：不准动用那口早年备下的薄棺，破席一片裹尸下葬就成，她自己去跟下面的祖宗和早早丢下儿女去那头享福的三娃爷爷解释。老太太逼着儿女、媳妇女婿、孙子孙女一齐赌咒发誓，以防身后遗言被篡改。

她说，死人都是化土，咋个化不是化法，那口薄棺留着，没必要浪费，也许关键的时候能顾活人。

按照乡俗，这种丧葬方式是千夫所指的失礼行为，其引起的轰动无异于整个村子遭了天打雷劈。一时间村里舆论一片哗然：有骂羞先人的，有赞叹刚烈、一心为后代的，更多的是将心比心、心有戚戚焉的悲凉。村子顶空的阴云满天，压抑莫名。

安之和修子更是极度不安，尤其是修子内心极其震撼。他恍惚记起在私塾里，听夫子念过一句话叫"天地不仁，以万物为刍狗"。

九岁正是敏感多疑、自我意识渐盛的年纪，修子开始观察家里的生计，观察父母家人的言行，暗暗翻检家里的物品，这才知道自己家里贫穷得令人吃惊，一日三餐须均量算计才勉强得以维持。这种状况只喜年景和顺，但凡稍有个风吹草动，那可就不得了！

本来，修子就知道自己是穷人家的孩子。哥哥失学，他同时也失去了旁听的机会，他也很难过。跟哥哥一起上万斛山担柴，他也很积极，但从来没有过生存的压力，是父兄把他护得太严实了。细心看下来，他居然是家里吃得最饱，穿得最暖，最不用想明天该怎样过的人。照这样下去，有朝一日，自己的父亲或者母亲会不会也像三娃家奶奶一样？他打了个大大的寒战，再也不敢想下去。

修子心事重重，吃不下饭，睡不了安稳觉，原先的婴儿肥基本消失，迅速地消瘦下来。杨攀夫妇急得上火，却不得要领。这孩子没灾没病地打了蔫，要怎样才能使孩子活泛起来呢？杨李氏甚至偷偷地求仙问道，用了些烧纸钱、补风水、稳家宅的海上方，也没甚大用。

安之思前想后，似有什么闪过脑际却又不甚清晰，他试探着找修子套话才得知了缘由，心下十分感叹。

他告诉弟弟，平民百姓想活下去，勤苦点儿勉强行；若要活得好，必得勤奋耕读，下科场，最好是皇榜高中，才能彻底改变命运。

修子陷入沉思。这个贫穷的乡下少年从此告别少不更事的稚气岁月，变得沉静，有了不同于村里其他少年人的心思。

他说："哥，我想读书，你说行不？"

安之说："以咱们家这样子，难。"

修子："村头庙里，我跟夫子学的字都牢牢地记在心里。哥你念过的书呢，还记不记得？"

安之深思一番，沉声道："记得。"

修子："那你教我。"

安之："我那点儿学问都不够看的，要上进的话，还差得远呢！"

修子："不如咱们这样：哥便先教着，可使所学不忘，也有了用；我便先学着，也不至于将来差太多。以后若有机会时，咱兄弟也好使力，不然……"

安之心想，弟弟太天真了。之前能供上一个人读书，杨家已是靠了祖德，但如今这家境……自己生在前头，理应支撑这个家，要念书那是妄念。可是弟弟有这般志气，无论如何自是要助他一臂之力。他微笑着说："好！"

赶在下雪之前，兄弟二人硬是说服父母，再进了一趟山。这次杨攀没怎么说硬话，他知道娃儿们有了一定的经验，只叮咛天冷路滑，走路更是要小心。杨李氏明里没说啥，暗地里还是忍不住操心，直到二人返回，才把心放回肚子。可一看到那一堆树股,她又不免背过人落泪,既心酸又欣慰。那两个孩子这次真下了苦力,背回来的硬柴窝一冬都用不尽!不知道那小身板子,咋个翻乱回来的。

这年冬天,雪特别多,特别寒冷。安之就在土炕上教修子读书。

窝在被窝里可以节省衣服和体力,还可以少吃一顿饭,兄弟二人整整一个冬季几乎没出门。

慈母杨李氏每天把炕烧得热乎乎的。那一床破衾看上去厚实,实则年代久远,又冷又硬不大抵事,尤其天寒地冻的夜里,跟没有不差啥。

弟兄两个对这些都不甚注意,自然是不知道,只觉得冬天睡在热炕上,那真是太过瘾了。

家里纸笔有限,兄弟俩就找了一根长短合适的细棍子,一头烧黑,趴在炕沿上,在地下写字。

修子接着之前在村塾那里念的半截书,背会且写会了《百家姓》《三字经》《千家诗》,还有《千字文》。

安之耐心地给弟弟讲解:"'人之初,性本善;性相近,习相远。'人刚生下来,本性都是好的,先天的习性也差不多,但后天习染养成的习性不同,长大后各人之间就有了很大的差异。就像你,小时候老在学堂听先生的课,虽然没有正式进过学,现下也喜欢读书识字,都是因为你从小受到学堂那种气氛的熏陶……"

这日,睡得迷迷糊糊的修子发现窗户外头天光大亮,以为睡过了头,一骨碌爬起来凑到窗口去看,一股冷风不知从哪个缝隙吹过来,他不由得打了个寒战,起了一身鸡皮疙瘩。

安之被他惊动,也爬起来朝外听了听,说道:"快睡吧,还早,外面那是下雪了。"

修子不信,下了炕打开门,地上果然积了一层厚厚的雪,而天空中鹅毛般的雪花依然洋洋洒洒,天地一片混沌,充满奥秘。他本还想再看一会儿,但寒气刺骨,他受不住,只好关了门,悻悻地钻进了被窝。

安之眯着眼睛扑哧一声笑了:"雪有什么看的,又不是没见过,受那个

冷罪！"

"你不懂！"修子嘟囔道，"夜个中午还多云天，一夜北风就下了雪，好大的！刚才看见雪花从高高的天上落下来，天地一气，感觉有一种说不出的神秘。"

安之慢慢地睁开了眼睛，认真地思索起了弟弟的话。是啊，造化很是神奇，人在天地间真的很渺小，四季变换、冷热交替、生死离合，不知操纵在谁的手里！想我安之和修子都是大好男儿，聪慧懂事，却生在这样的境况下，饥一顿饱一顿，冬天合穿一套棉衣，谁上茅厕谁穿，一个冬天光着身子躲在被子里！我，也曾渴望通过读书改变命运，没承想，都该成家了，还混成这样！天命如此吗？！他的眼睛有些湿润，一股子气冲出心头，他忽然说："修子，你不想再睡了吧？读会儿书咋样？"

"好！"修子仰面躺正，这样显得严肃一些。他一直觉得在被窝里读圣贤书有些不庄重，不过不读就更不对劲了。

安之的声音轻轻地回荡在冷冰冰的冬日黎明："今日咱讲《千字文》，'天地玄黄，宇宙洪荒。日月盈昃，辰宿列张'。

"天是青黑色的，地是黄色的，宇宙形成于混沌蒙昧的状态中。太阳正了又斜，月亮圆了又缺，星辰有序地布满天空。"

可能是变声的缘故，安之的嗓音干涩奇怪，但这不影响他一字一句地把少年修子带到一个神奇的精神世界里，这个世界有无穷的奥秘，引人探索，引人遐想。那里没有寒冷，没有饥饿和忧伤，只有做第一等人的伟大理想……

"'寒来暑往，秋收冬藏。闰余成岁，律吕调阳。云腾致雨，露结为霜。金生丽水，玉出昆冈。'

"寒暑循环变换，四季来去往复；秋天收割庄稼，冬天储蓄力量。积累数年的闰余并成一个月，形成闰年；古人用六律六吕来调节阴阳。云气向上升腾遇冷就化为雨，夜晚露水在寒气里凝结成霜。黄金产自丽江，玉石出自昆仑山冈。"

……

尽管食不果腹，身上的衣服大补丁摞着小补丁，杨爵还是渐渐地长大了。

年少的他在父兄的呵护下，长得清瘦而结实，个子也比同龄人略高。只是贫困的家境，使这个本就早熟沉静的少年，彻底地失去了青春年少应有的飞扬，无论悲喜，面部的表情始终不甚多。

数个漫长的冬季过去，杨爵在兄长用心的教导下，虽没进过学堂，但已经能识文断字，给日后做学问打下了一定的基础。

贫穷的经历使杨爵早早地学会了自律。从来，师父领进门，修行在个人。兄长的教导是实，但没有他自个儿的积极上进、严于律己，不在正规学堂里启蒙，缺少师长的日常督促，他怎么可能坚持读书！更可贵的是，灾年难月的磨砺没有让他平庸怯懦读死书，而是越加地心性坚忍、百折不挠、自强不息。并且，他内心深处的宏愿越来越清晰。

五 个性初露争道理

少年修子有了一个宏伟的心愿，这是他将来努力的方向。只是圣贤早就说过，"天将降大任于斯人也，必先苦其心志，劳其筋骨，饿其体肤"。眼下，十来岁的修子还是笃祜村一个贫穷人家的孩子，一边为生存而劳作，一边偷空自学，还不知道出路在哪里。

《千字文》等启蒙的文字，修子都牢记在心里之后，安之便教他诗赋之类的内容，这也是应试必考的东西。他还没有用纸笔写过多少字，依然是用柴棍子在地上画的多。最奢侈也就是用兄长的旧笔蘸上水，在木头桌面上写出个篇幅来。可惜这样的话毛笔损耗就快一些，修子只好用手指头蘸水在木头上写，指头蛋子磨得生疼，后来逐渐长了茧子。

农活儿依然是杨家的头等大事，念书只好屈居农闲之时。每当冰雪消融，春寒未退之际，一家人便在杨攀夫妇的组织下开始下地除草、施肥，若是遇上干旱还要想办法浇水，毕竟农耕才是支撑一家子生活的来源。靠天吃饭、人力为主的年月，农民一年四季有三季都是"卖"在地里劳动的，除非天气不好，不适合干活儿，否则，从睁眼到天黑一直要面朝黄土背朝天。

半大的修子这时候其实已经算是家里的主劳力，拾柴、割草、放牛、放羊、喂猪、担粪、平地，没有他不会干的。到了三夏大忙，龙口夺食，杨李氏、杨惠氏、杨巧儿等女眷都会下地抢收，而拉车子、背麦捆子、系麦秸更不会落下修子。收回来之后的碾打、晾晒、归仓，一直到后期的推磨拉碾，都少不了他的身影。多得数不清的活儿排在他身后。

真正用来读书的时间都是勉强挤出来的，实在挤不出来，就只能放下。兄弟二人不敢想得太多，劳累之余，有时念上几句"春日载阳，有鸣仓庚。女执懿筐，遵彼微行，爰求柔桑。春日迟迟，采蘩祁祁"，相视苦笑。忐忑不安这种事，不只女子有，男子也会有。

在他们颠颠簸簸的日子里，弘治十七年（1504）貌似平静地到来了，然而这一年的开头实在是不怎么太平。

上年，大明朝南北直隶、浙江、山东、河南、湖广相继发生水灾或旱灾，内阁上下救灾恤民耗费了不少国本，勤政的弘治皇帝更是劳心劳力。还不等他缓过气，年初，他幼年的守护神，他亲亲的皇祖母——太皇太后周氏沉疴难起，渐渐露出了下世的光景，眼见在世的时日不多。皇帝惊急之下，大病一场，他那不甚康健的身体遭了重创，一直体虚着，小病小灾不断。

大内压抑的空气让一向个性张扬的太子朱厚照沉稳了不少，他本是聪慧的主儿，如今又前所未有地在课业上用起了心。詹事府里的人顿时感到心里一轻，心道，这可是唯一的皇子、国之储君，大明将来的前途可都在他身上，如能由此上进自强，乃国朝之福，臣等之幸！张皇后得知这件事，更是喜极而泣。

笃祜村这一年开始得也不顺当，开春一直干旱。去年一冬天下的雪本就少于往年，而春雨更是金贵得不行！从过年后到三月下了数次雨，都是刚洒湿地皮。天空积聚了几朵云，带没带雨都不知道呢，赶紧就刮风，一吹，散了。

所幸三月下旬天一直阴着。要说下雨这种事，仿佛跟人一样，有个习惯性问题。风调雨顺也就罢了，若是灾年，要不死活不下雨，要不天就像漏了，紧忙晴不起。这场雨就是这样，酝酿了七八天，才于三月二十七日中午落了下来。

笃祜村的人世代有把雨水积成的溪水引流到田里的习惯。这是因为当地北边的山峰、峪谷相间，山中的枯枝腐叶以及小型兽虫类的粪便、遗体沉积发酵出厚厚的腐殖质，十分肥沃。每当大雨来临，雨水冲刷、融合这些东西一路汇聚成流，形成"九峪粪田"的奇观。

因恰好处在一处大峪口附近，笃祜村人常年得以受此恩惠。经验丰富的农人深知这种雨溪的珍贵，各家早早在自家的田间地头修好水渠，引以灌溉。

不过吃啥利受啥害。每到浇地之时，也是村民间争端四起之时。水有来向有去势，因上家下家、截流大小等，引发的官司甚多。百多年来虽然几经磨合、协商，有那不成文的规矩说上家应该让着下家，不能断流，但截多截少是个良心活儿，还存在私心偏重的问题，心一斜，就总觉得流到自己地里的少于邻居，都想着先把自家的地浇透再顾及他人，所以引水的事历来纷争不断。

自引那雨水灌溉以来，笃祜村人年年为此可是没少闹闲气。打打口水战、小小地动个拳脚，这都算是数不胜数的小事；而大到诸如群起械斗、有死有伤之类的事，也不是没有过。虽然住在一个村子里，也分亲疏远近，同宗的不同宗的，同姓的异姓的，等等，打起来也很可怕。

一般，夏雨又急又暴，冲刷力大，水肥充足，常常引得村里人你争我抢，竞相截流，更容易引起争执。按说春季这种情形很少，盖因春天多是轻风细雨，根本聚不了多大水流量，但今年情况有些特殊，这雨来得迟，下得却不小。

"春雨贵如油"，更何况是久旱时的春雨，正是大家盼星星盼月亮盼来的。尽管晚了点儿，但有这雨保底，庄稼十成至少也会收个五六成。

都明白久旱有久雨，今儿这雨下得也不算小，本无须争多论少，自会雨露均分，只是土地干渴的时日不短，人们都希望这雨水能早一点儿灌到自家庄稼地里。不是说"迟一日迟十日"嘛，春季的庄稼正是快速生长的时候，早浇水和晚浇水相比，差上一天，长势相差将近十天。

所以雨落一个时辰后，看情形多少可以引一些雨水入地了，大家就带上农具冒雨下了地。

自然，不多久地里就发生了两三起纠纷。好在雨还算大，也暂时没有停下的迹象，村民们也就小打小闹，并不愿意过分惹事。其实大多数老百姓是这样——能过得去的时候就将就着过，不到生死关头绝不会造反。之所以拿出来说，是因为今天的拳脚中有两个半大小子的事——里长孙子安民和修子的发小三娃打了一架。

五 个性初露争道理

　　三娃家的地在上游，是水来的方向；安民家的地靠下，是水去的地方；修子家的地与两家不挨着，但离得也不远。这几家的大人都是种地的老把式，知道雨会下几天的，不必急着去跟邻家抢水，但村里人都在地里，本着从众的意识派几个半大孩子去应应景。

　　安民性子急，气性大，这当然跟他爷爷是里长有关系。三娃虽是个本分的，却也有几分倔脾气。安民为了早点儿完工回家，不免指着上家骂骂咧咧，三娃不服，起了口角，安民借势拉着三娃打了一顿。半大小子争水打架，这在村里最是屡见不鲜，村民们拉开，背地里议论几句，当事人生点儿闷气，也就算了。

　　修子拉完架，心里却有了想头。他觉得安民这几年越长越不对劲，大家都是光屁股玩到一起的兄弟，安民家里富裕些，一直是有些气盛，却不是不顾啥的人。小兄弟们之间那鸡毛蒜皮的事多得算不清，安民也基本上能主张公理，从不欺负弱小。可打最近三五个月起，安民就嚣张得不行不行的，言语不顺也就罢了，今天居然还对兄弟动手！

　　这事得多说几句才行。在修子看来，仗势欺人这种风气最不能助长。当日在庙里的走廊上，他听先生讲过"千里之堤，溃于蚁穴"的典故，他想，不把今日打架的事情说明白，安民将来长成个"衙内"也未可知，那笃祜村日后就不要想安宁！

　　他拉上三娃直接去里长家找里长。

　　里长觉得碎娃①打架就不能算是一件事。男娃，谁小时候还不跟同伴打几架？笑话！又没打出毛病，找我干什么？多事！就避而不见。

　　三娃的父母也觉得没必要，一早赶来把三娃领了回去。修子家的人就没管。安之没在家；杨攀说反正那是个犟种，叫了也白叫，当真去叫，怕是自己也下不来台，徒惹村人看景②，甭招识③，回来再说！

　　雨中，修子淋得透湿。春天的气温，即便不下雨，门外站久了也会冷。他

---

① 碎娃：方言，小孩子。
② 看景：方言，看笑话之意。
③ 招识：方言，理会之意。

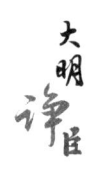

的嘴唇有些发紫，但他不打算妥协，端端地站在里长家门口，谁也劝不走，一定要见到里长。里长也是村中杨氏的族长，素有威望。村民见了多有讨好恭维的，像修子为这样的事这样做的还是第一个。

眼看天将要黑透，里长家的人都有点儿沉不住气了，叨叨那孩子淋病了可咋办，劝说老爷子赶紧出去应付应付。里长只得好笑地出门来。

看着一脸稚气被雨水打得有些狼狈，但神色难掩肃穆郑重的少年，他有些惊奇，所以耐着性子听修子言说事件的始末。得知安民无理在先，里长问："此话当真？"

"当时地里人多，小子不敢乱说，可以查证的。"修子一板一眼地回答。

"那倒不用，我回头教训他就是。"里长心想，听了半天，还是指头蛋大点儿碎事，敷衍过去就算了，再怎么说也是自己的孙子亲，打私心里不打算追究。

"这事应当面说清，错者应当向对的一方道歉。"修子没理会里长的心思。

"哦，"里长挑眉，"要是不道歉呢？"

"那就只有打回去！"修子一字一句地说，"这件事不能姑息，否则村风将坏，村民不再讲理，事事强为，将会纷争不断！"

"没你说的那么严重！"里长有点儿生气，至于吗？不过小猴子打架，能成个啥大精，碎崽子还危言耸听。

"有这么严重！"修子毫不示弱地说道，"常言说得好，小不补，长大二尺五！现在不说清楚，后果难料！"

"我要是不同意呢？"里长想了想，又反问一句。

"你没有理由不同意。你是安民的爷爷，更是全村人的里长。谁的德行有亏，你都会受到牵连！"修子盯着他说。

"话是这么说没错，我让你打，你也打不过他呀！"里长笑了。

"双拳难敌四手，谁输谁赢可不一定！众怒难犯！我会帮着三娃的。总要让村里人知道：事不平有人管，路不平有人铲！"修子说完转身就走。

看着一身正气的少年，里长心中一凛，把事情再过了几个来回，不得不承认自己服了这个孩子。这等胆量、勇气、理性，可不是人人都有的！这孩子是个人才！

"好小子！不错不错！那个，你回来。"里长叫住修子，走过去摸摸他的头，认真地说道，"这事我一定秉公处理，会给三娃家人一个交代的！"

修子躬身致谢，不卑不亢。里长那惯看世风的眼，对这孩子更加满意，不自觉地点了头。

回到家的修子喝了杨李氏的驱寒姜汤，自然也得了杨攀一顿鞋底子扇屁股的教训。不过，杨攀那是雷声大雨点儿小，做样子给村人看，更是做给里长看。孩子小可以无所顾忌，大人却不能，杨李氏也没阻挡。

安之一进门，恰碰见父亲对弟弟发火，赶紧劝住，拉着修子去讲道理："这样梗着脖子闹不是明智的行为。里长是村中长辈，为人正直，这件事还有的商量，若是遇到个混的，如何收场子？"

修子说，他也想过，但拉住安民打一顿更得罪里长。不以这件事为由头闹开，包庇出个目中无亲、横行乡里的大祸害来，将来如若有事涉及自家，只怕更要开罪他！他告诉兄长自己的担心，安之也不得不承认修子说的有道理。安之有点儿头疼，圣贤书和处世有时候不太搭界，君子是应该挺身而出伸张正义，可不管不顾地招惹村中长老，终归是有风险呀。安之告诉弟弟，以后凡事要三思，谋定而后动，却越说越觉得底气不足⋯⋯

里长听说了杨家的动静，松了一口气。答应那碎崽子是一回事，面子里子那是另外一回事。杨攀既然高调教子，他做做姿态也无妨，便叫来孙子也作势喊打，骂着让孙子去认错。

三娃家人诚惶诚恐，前去安民家里给他说情；安之也把几个小的拉在一起和宓①。十二三岁的发小之间能记个啥仇恨，见了面不必别人说，自己都不好意思，嘿嘿干笑几声，有人忍不住哈哈一乐，又搅和到一起叽咕他们那些淘气玩耍的事情去了，皆大欢喜。

暗地里，里长还是很厚道地训诫孙子不要蛮横惹事，之后安民对伙伴们就

---

① 和宓：方言，把当事人叫在一起开解，并使之冰释前嫌之意。

不再那么无理也要胜三分了，还遵照爷爷的吩咐私下给修子送了套笔墨纸砚，跟三娃几个的关系也比以前处得更亲密。

一村一院居住，这件笃祜村从未有过的稀罕事，渐渐在人们之间传扬开来。村里人质朴，从来没想到碎娃打个架，还有这么多的说道。杨攀家那小子不一般呀，他正直，讲义气，仗义执言，为人硬气，等等，被村人传说了很久。家长教育小孩子："娃，为人便是要学杨家修子那般……"那般啥呢？没念过书，也说不清白。

杨爵对这些议论一无所知，他时常摩挲着平生第一次拥有的属于自己的笔墨纸砚，心绪难平。他不知道何时才能走进学堂，真真正正地读书进取，实现自己的梦想。

这一年的秋季却是个难得的好季节。尽管夏粮收成稍欠，但秋粮自下种开始，就意外地风调雨顺，村里稍勤快的都收了个仓满囤尖。

九月，科场传来喜讯，朝邑人韩邦奇中了举人，因他是三年前十四岁中举那个韩邦靖的胞兄，便也得到了世人的关注。韩家官宦之家，家学渊源，又善于教导子弟，一时在三秦大地再一次传说很久。

安之和修子听到这件事也莫名地兴奋。秦中文明厚载，人才辈出，是一块风水宝地。他们没有言语，只在心里鼓劲儿，希望不辜负生养自己的这一片黄土。

年景好，杨家的菜蔬也好卖。有了余钱，加上这几年的积蓄，杨攀赶着天气打上土墼，趁秋凉之前盖得三间厢房，言明给安之做新房用。

安之虽然弃学务农，但毕竟上过学，跟一般不识字的农民截然不同。他面白清朗，彬彬有礼，文文气气，是个村民们口中"兴丈母娘[①]"的长相。开头兄弟两个住一个屋，有女子的人家看上人，不乐意这个家。如今有这几间屋子安置，岳家便无可挑剔，有个眼亮的媒婆抢先登门，两下里说合，安之就聘定邻村王家的女子为妻。有钱没钱，娶个媳妇好过年。安之年纪正当，女方也体谅杨家的诚意，年底，新媳妇就过了门。

---

① 兴丈母娘：陕西俚语，意即丈母娘喜欢的女婿人选。

杨家人缘好，关中民风也淳朴，历来是娶媳妇盖房大家帮忙，一番人来客往。杨攀略略一算，还有点儿盈余，便给了修子私房钱，有五六十个铜钱，这在那会儿可不是个小数目。

修子面上没显，心里乐开了花，二话不说，自去县城旧货摊子淘换回来好些书。抱着书如饥似渴地翻阅，他感到离心里想的那个地方路途虽然还遥远着，但总是在慢慢地接近。

他勤奋读书的样子落在每个家人的眼里，父母尤其知道他的心思。这对老实巴交的夫妻，心里既有有子如此的荣幸，也有家贫无法支持的酸楚。母亲背过人擦眼泪，父亲则环顾自家院子，对着家徒四壁的屋子深深地叹一口气。

全家谁也没有多说什么，只把力气使在家务上，腾出些工夫让修子看书。这种默契拧成一股力量，支撑一家人努力前行。

只是老天爷又一次见不得人间的快乐。当杨家满怀希望，一心一意好好过日子时，弘治十八年（1505）五月初，那位勤勤恳恳、勤政爱民、体恤臣下的弘治皇帝突然驾崩。

丧钟在京城响起，九州一片痛哭声。连杨攀这样离庙堂十万八千里的农人，闻听皇帝爷爷下世，当场扔了农具，站到地里失声号哭。好人不寿，这是老天爷瞎了眼呀！

不久便听闻皇帝是死于御医用错了药物。"这帮欺世盗名的烂杆！"村里人骂道。他们说不出大的道理来，却觉得皇帝这么个年纪就大行，太子还太年轻，失了老皇帝的教导，这绝不是社稷之幸，大明朝的天空已然塌了一角，不免人人惶恐。

六 贾曲题联识宗枢

朝堂易主，朱祐樘仙去，庙号孝宗。朱厚照登上大宝，改元正德。这位少年天子生来不羁，老皇帝如果再多活几年，等他成熟一些会好得多。然而，每当以"如果"论事，那就是没有这回事。孝宗的早逝使大明朝失去进一步中兴的机会，也使正德皇帝长成了个夹生子人才。

没了先皇的督促，太监刘瑾为了私心私利，勾引着十六岁的小皇帝一路走歪了下去。小皇帝不仅后宫美女无数，居然还沾上一点儿龙阳之癖，认下一堆风格各异的干儿子，修建什么"豹房"玩刺激。

皇帝贪玩，刘瑾几个太监被人称作"八虎"，围绕在皇帝身边阻隔君臣。刘瑾作为八虎之首被人私下称为"站皇帝"，可见权势之大。八虎想方设法鼓动年少的正德皇帝游玩享乐，他们则专权跋扈，瞒着皇帝为非作歹。

虽然是皇帝，但他的行动哪能真正瞒过大明朝那些官场老政客。他们看到皇帝这样，又哪里会不产生上梁不正下梁歪的想头。这些大臣也就趁机不谋政务，争相假公济私，结果土地兼并日益严重，官匪一家，民众生活一时陷入水深火热之中。

刘瑾在内宫监任职，却把司礼监，东、西厂几大有权有势的机构都牢牢掌握在手中，而且掌管着京城的精锐守卫部队。他生性贪婪，大量索取贿赂，结党营私。各地官员为了巴结"站皇帝"，加重盘剥百姓，致使很多贫民负担加重，甚至流离失所。活不成就奋起反抗，不少地方发生动乱，大明的锦绣江山从此又打上了一个又一个的补丁。

有内忧，紧接着就有外患。草原游牧民族频繁入侵，烧杀抢掠，边民日子极苦。皇帝听说边关不稳，性子上头，不顾大臣劝阻，一直暗中策划着，怎么才能找那些野蛮的胡子打上一打才好。

以上种种，与老杨家虽然没有直接的关系，但作为大明子民，他家无论如何也无法置身事外。比老皇帝爷爷在位时多出来不少各种名头的摊派，把杨家拖垮了。这种灾难比天灾更可怕。气候影响生计是一时的，而政治影响民生，那是长年累月的。

温饱难以为继的日子，念书这件事，稍微想那么一下都是奢侈。修子悄悄咽下苦涩，埋头努力活着。

陶仲文也遇到了一个大坎。他那不甚灵验的秘方据说把一个叫刘甲富的富商吃得魂归西天，弄得他惊慌失措！

本来鉴于那些针对他的流言，这几年他很少再把秘方拿出来给人用，只靠着道士的手艺过日子。别看那些大小当官的平时在人前人五人六的，其实最贪生怕死。遇上平民那是要多厉害有多厉害，一见到自己这些"手艺人"，不管信或不信，都不想多事，还不是怕万一嘛！所以世道虽不如老皇帝爷爷那会儿公道，但他刨去比先前多出来的杂七杂八的开销，还算是能过得去。毕竟这些东西很神秘，此家不认，咱们换一家挣钱也一样。而且神鬼之事好与歹，总有说道，忒好糊弄钱。

这个倒霉的刘甲富，空有万贯家财，娶了三妻四妾，愣是没有子嗣！这对于富人最是心头大患。他诚心诚意来求"陶半仙"。本着有钱不赚是傻蛋的原则，陶仲文配好药，还送了道"灵符"给人家，谁知祖师爷竟然不帮忙，这刘甲富喝药没几天，居然会一命呜呼！

其实，刘甲富的死也不能说全是陶家秘方的缘故。求子心切的他同时吃着好几种"验方"呢，究竟哪里出的问题，鬼也不一定能知道。

可是，陶仲文因是老道士俗家弟子，给人治病、作法，一向高调，所以狗拉的、猫拉的，人们都自然而然地想到他头上去。可恨他自己又是二杆子神仙，无法掌握底细，根本就说不清楚。

刘甲富的一班子侄、外甥，正个个如狼似虎地盯着刘家的钱袋子呢，要是

给继承遗产造势，这人死前吃过陶家的药可不就是个送上门的好借口！不选姓陶的还等啥？于是乎，都不用商量，几家子好大一群人，大棒子提着就找上门来！

那阵势咋看咋瘆人。陶仲文关紧大门，从门缝往外看，吓得腿肚子转筋，急忙穿了妻子的衣服，胡乱绾个女人的发髻，脸上抹一把锅灰，翻后墙往后山跑去，躲在深山很长时间没敢露面。

愁苦的日子只有当事人会觉得漫长无比。在世人眼里，啥时候时间都跑得飞快。转眼已到了正德六年（1511），小修子已经长成一个十九岁的青年，而见证他出生的媚老太太业已作古多年。好在老人家寿终正寝，家事一直平和，当年杨爵落生在她家的事也没有落下村里人的口实。

至于大明几代皇帝辛辛苦苦修筑的铜帮铁底的江山，要腐烂也不是一天两天、几个年头的事。

再不济的新朝也会有点儿新气象，何况小皇帝是个聪明人，玩闹是一回事，打理江山不高明却也不笨。舆论一般讲迎新遇喜，陕西人就觉得陕西这里喜气儿尤甚。正德三年（1508），陕西乡党韩邦奇、韩邦靖亲亲两兄弟同榜考中二甲进士，高陵乡党吕柟是这一榜的状元公。几位都是风华正茂的青年，有着关中汉子特有的耿直性子，并且学问满腹，他们相继步入仕途，正是这一时士林、学林一道道耀眼的亮光。

近旁有这么多读书人学业有成，无论是兄弟同榜高中，还是状元公是咱们乡党，这在三秦大地引起的轰动与震撼不言而喻。那些供娃娃念书的家长更是起劲儿地传扬，仿佛这喜气明年就可以轮到自家门上一样。

乖乖，状元花落高陵，这是咱们北榜的兴盛，看来朝廷近来很重视咱们北方的学子。这是个好兆头！不赶着南风扬几锨，还等啥？朝邑那两个亲兄弟同中二甲，这在当朝绝无仅有，更是陕西唯一，这一段美谈更长乡党们的豪气。

韩家这两个人与杨家的修子日后缘分不浅，这是后话。

此刻的杨爵正是笃祜村一个农民，一个有想法却还上不起学的年轻农民而已。

他和父兄以种地为本，种粮食也种蔬菜，年年辛苦，年年饥寒。杨靖把祖上那制作麻纸的技艺也拾了起来，可惜缺钱少料，未能做成规模，且穷乡僻壤销量也不好，不过是个小营生，难以靠着吃喝。

本来，父子三人三把斧斤，杨家的生活应该蒸蒸日上才对。但正德朝初期就是那样——虎狼一样的地方官员，整天盯着你的钱匣子，再多的辛苦满的也只是他们那些当官的的腰包，贫民总是在生死线上挣扎。

杨家这几年添人口而不添生计，日子越发地清苦了。

杨靖的媳妇，杨家大嫂身体不太好，花钱吃药抵了事已是万幸，不能指望她多出力气。

杨巧儿两年前已经出嫁。她的亲生父亲不在得早，杨攀夫妇不想落人话柄，在嫁妆上竭尽家用并带上一些账债，才勉强置办出看得过眼的嫁妆，欢欢喜喜地送嫁。

杨惠氏看不下去，多次阻拦兄嫂。杨李氏笑着劝她："抬头嫁女子，低头娶媳妇。总得让咱们巧姑在婆家能挺起胸脯过日子才是！家里统共才这么一个女孩儿，绝不能让人轻瞧了去！"

背过身，夫妻二人相对苦笑。这年月没债都发愁，加上债务，生生能愁出病来。可那也是没有办法的事，女子总得嫁出去。巧儿的婆家姓张，家道小康，女婿踏实肯干，巧儿嫁过去不会受穷是真，可好聘礼得配上好嫁妆也是真。世上万事要好，就得讲究登对。登对，就是平衡，否则，总有一头挑不起，会翻。

沉重的负担使得杨父的身体更差，看上去腰弯背弓、满脸褶子，如同年久遭风蚀的柱子，满身病痛，硬是支撑着。

杨爵是一个不服输的人。早年埋下的那理想的种子已经生根发芽，他咬牙坚持着。这几年他把能找到的书都看完并熟记于心，普通的文赋，打打腹稿，不久写出一二篇，妥妥地能办到。

不过，作为大明朝的一个贫民，要读书上进那太不容易。他千方百计做到了所能做到的最好，可是要说上科场，自己总觉得那还差得不是一星半点儿。

数年来，杨爵夹着书本耕田，扶着耩犁背书的情形是笃祜村一大景观，有人称扬,自然有人嘲笑。

"呀,杨大秀才,你这是耕田还是念书呀?"几个青年背着农具,挤眉弄眼地在田头朝着田埂上的杨爵喊。

"就是查个皇历,用不着这么下苦吧!"有人挤对道。

"他那皇历是天书吧!这么费劲儿地看呀!"

"也不知道看书有用不,穿的补丁摞补丁的,文曲星认得你吗?"

"哈哈哈……"一阵大笑随风散去,越来越远。

时常这样被讥笑,杨爵从羞愤到坦然面对,早练就了视而不见之能。只有他的发小三娃用崇拜的眼神看着他:"修子,那书里真的有人们说的'黄金屋'?一本书就能装下?"

杨爵失笑,安慰地拍拍三娃的肩膀,转过身想:太史公说,大行不顾细谨。这世上多的是燕雀,叽叽喳喳,不知鸿鹄之志。较真在乎这些话,也不用活了,自己知道自己在做什么就好。

有时候,梦想会给人无穷的力量。无数个黎明,无论寒暑,梦想都会叫醒杨爵,早早赶工,完事赶紧默书。坚持下去,总有一日,你会等到时机!他总是这样鼓励自己。

人都是攥紧拳头来到世上的。这是一个宣誓的动作,也是新的生命给人世间无声的宣言,所以新生命才会创造那么多奇迹,顽强地成长。之所以人分三六九等,端的看你松开手的速度。大凡死死捏紧,不达目的誓不罢休的人都会有所回报。好的运气都是属于有准备的人的。

杨爵赋诗说:

> 吾家生计窄,岁岁惯饥寒。
> 薄午烟方举,隆冬布不完。
> 三旬九遇食,十载一加冠。
> 坚读吾由命,长贫汝自安。
> 但看颜氏子,陋巷乐瓢箪。

一天到午后才吃一顿饭，数九寒天，冬衣还在织布机子上，真可谓饥寒交迫。在这样的情形下，坚持理想，坚持努力多么不易！

安贫知命，这是圣人描述的人的美好品质。于安贫之下，立志出人头地、自强不息，这是杨爵为人的难能可贵之处。

在这个家里，最理解杨爵的人就数兄长杨靖。他自己的理想不能实现，便将希望寄托在弟弟身上。很多时候，他都冲在前头把田地里的活计多干一些，让出时间给弟弟，让弟弟读书写字。

有的时候，杨父杨母为生计所困时，也难免心生退意，就劝说道："修子啊，咱们不过是平凡的农人，不用念那些书，成不？费钱又费神的，我娃不如多歇歇。泥土里刨食，那活儿可不轻松！"

杨靖就笑着说："大呀，虽然不经常，却也有出门就拾了银子的好事呢。起得早些，总有好处吧？若睡到炕上，那是绝无可能的，您说是也不是？"说着，把一本他自己掏空抄的《欧阳文忠公集》或者是《京华日钞》等举业必读的书籍递给杨爵，以这种方式鼓励弟弟、支持弟弟。

杨靖本人也爱读书，尤其喜欢《资治通鉴》。有时，他故意在那些经常嘲笑弟弟的人不远处，问弟弟一些文章诗赋，明着让他们听见，以显示我的弟弟那是书胎子[①]，比你们强得多，有些人只配做泥胎子[②]。农闲时，他更是千方百计地买书、借书、抄书给弟弟，只要力所能及，就一定在所不惜。

或许三五月明之夜，或许遇上心情不错的日子，弟兄二人也就时事戏作一二叙论，自己讨教一番，聊慰心愿。这种赏心悦事，对他们别是一种滋味，日常每想起来，总忍不住各自开怀。

每当看到杨爵用功读书，杨靖的笑从心里溢到脸上。

杨父杨母看着这样的儿子们，欣慰又心酸。杨父的爱表现在默默地拿了农具去田里，杨母的爱都在衣食里。田里的活计自己多管一些，落到儿子们头上的就会少一些；而衣食嘛，唉，不过是缝补得针脚密实一些，洗得干净一些，自己多喝一口稀汤，给娃喝稠一些……

---

① 书胎子：方言，读书的材料。
② 泥胎子：方言，和泥土打交道的庄稼人。

杨靖的新媳妇王氏把全家人的动态看在眼里,无比庆幸自己嫁了个好人家。她和婶娘杨惠氏一道织麻纺布,勤于家务,以一个女子最朴实的行动,表达对小叔子的关爱和支持。

头悬梁锥刺股、凿壁偷光、映雪读书的故事是写在书上的。杨爵能做的是田地里劳累一天回来,在挖好的火塘里点燃一堆火,借着这光亮读书到深夜。

这样可以省下灯油,还可以在寒冷的季节取暖。自然,这所有的柴火都是他自己从万斛山上担回来的。万斛山是个好地方,他想,富平这地方也好,有山有水有平原,取"富庶太平"之意。那时断时涨的苇子河(今石川河),一路流经秦国故都栎阳。曾经有一次,杨爵沿着河道一口气走到了古城遗址那里。故地不复,但那风吹过,仿佛仍可以听见商鞅的声音:

"前世不同教,何古之法?帝王不相复,何礼之循?……治世不一道,便国不法古。汤、武之王也,不循古而兴;殷、夏之灭也,不易礼而亡。然则反古者未必可非,循礼者未足多是也……当时而立法,因事而制礼……"

他站在那里血脉偾张,心中的梦想越来越清晰。

柴火燃烧的噼啪声把他拉回现实,摇曳的火苗和着窗外的虫鸣,或者有时还夹有风声雨声,伴随着他一夜又一夜,一年又一年。每当夜风吹来,火光跳跃如舞蹈,亦仿佛戏耍着他清瘦的灯影。他的困苦、他的疲倦,随着淡淡的青烟慢慢地飘远。

此情此景,正如后世一位文学家所叙:所以蓬牖茅椽,绳床瓦灶,并不足妨我襟怀;况那晨风夕月,阶柳庭花,更觉得润人笔墨。

任何年代,任何艰苦的环境里,都有不屈服的灵魂,永不言弃。杨爵当时也许并不明白在看不到希望的日子里努力再努力的意义,但皇天不负苦心人,所有的作为,当时感觉有多么艰难,在多年以后,在成功之时,才会更加懂得,曾经的那些坚持是多么可贵。那些极度困苦里流下的汗水和泪水,亦会幻化成回忆里永远的浪漫和温馨。

农历四月初八,蒲城贾曲关帝庙庙会。这是夏收前农人们一次大型的休整与农贸集会。往前去就是三夏大忙了,趁着现在天还不太热,麦子还在灌浆,农田里基本没什么太忙的事,人们就来赶赶集。

　　这种集会多以农具交易为主，历来官方、民间都很重视。为使集会影响扩大，办得有声势，主办方通常会请来大戏、杂耍班子娱乐大众。集上各种杂货、吃食、猎物等应有尽有，人来人往，热闹非凡。杨爵和父亲挑上自家的蔬菜和麻纸，也早早赶到这里买卖，即将夏收，木杈、木耙、扫帚、簸箕、麻袋、镰刀之类的物件，都需要补充些。

　　今年贾曲的地方官员很有作为，提前将集会街道正街所在地的关帝庙修葺一新，并且别出心裁地把所有匾额门联空着，留待集会这日聘请当地名儒现场书写。

　　杨家的蔬菜品相好、价格公道。杨家父子刚摆好摊位，几家卖饭食的先看上了，还不等集会上的人气上来，一小半儿就卖了出去。之前还有两家饭馆跟杨家常有蔬菜交易，杨爵心里一动，与父亲商量后，决定送去试一试。

　　店家原先本有预备，不过看到新鲜的蔬菜，再看一眼渐渐上来的人潮，想了想就痛快地挑好的收下。

　　一家糕点铺子的小伙计，见店里人气旺，不免手忙脚乱地弄脏了包装纸，急急出来采买，正看见杨家摊子就在附近，看看麻纸数量、品质合适至极，没几句话就成交，一气全买走了。

　　今日运气如此好，杨家父子不由得眉开眼笑。算算收入，父子俩觉得值超所望，剩下的一点儿蔬菜也是挑过的，也就不再计较价钱。过路的人随口一问，随口一搞价，父子俩也就松了口。过日子的人心里都有一本账，结果想买不想买的就都买一点儿去，杨家的菜也很快卖空。

　　看看时间尚早，杨父拿够当下用的钱，将整数钱交给杨爵仔细揣好，并将带来的干粮一分为二，又另外给了杨爵一点儿零用钱，说道："那题写匾额的只怕早把你的魂都勾去啦。你自去观看，小心护着钱物，看人多挤丢了着。要忘了早点儿回家，免得你娘担心。"

　　见儿子嗯嗯答应得快，又讨好地把扁担、器具都拢了过去，杨父笑骂一句："贼眉眼！"就夺过笼担，转身走向卖农具的那一条道。杨爵心心念念都是文会，哪里还忍得住，忙不迭地躲避行人，匆匆赶往关帝庙。

　　到了跟前，只见业已围着水泄不通的一大圈人。想看得更清楚的愿望挠得他心里痒,就趁着年轻灵活,三下两下地钻到了最前头。

一眼瞄去,整整齐齐搭着一排台桌,桌上铺着雪白的宣纸,几位斯文儒雅的先生有奋笔疾书的,有对纸沉思的,还有翻着书籍的。一位老秀才似乎正在酝酿关帝神像旁边的对联,不时地抬首望一望大殿里宝相庄严的关二爷,不知是天热还是着急,已是满头大汗。

周围的几个青年人急于看热闹,又好事,看老秀才久不下笔,不由得起哄高呼:"快写嘛!"

"就是就是,碎碎①个事,在您老这里算个啥,想啥想,快些快些!"

"是呀是呀,老人家高手啊,还不快落笔!"

老秀才听闻后有些窘迫。不知道后面谁有意无意地推了杨爵一把,致使他撞上老秀才的胳膊肘子,几滴墨水溅到了宣纸上。

老秀才一看,一个农民模样的青年穿着土气寒酸,估计也不识字,是个看热闹的,顿时变了脸:"这把他家的,挤来弄去闹哄哄的,还叫人写不写了?给给给,你挤得欢实,你来写算屎!"不由分说,把笔塞在杨爵手上。

杨爵本待道歉,后面一阵起哄:"写就写,人家小伙子没见过啥呀,是不是?"

"嗷——就是说哩,写就写!谁还没见过啥呀!"

"年轻人,长个志气,写先!"

"写呀,写!"

也有善良的中年人说:"一个个瞎㑇②,胡乱扇惑③啥哩,赶紧对咧,耍耽误老人家工夫!"

众人一阵哄笑。

不知谁趁乱说:"看咻穿的烂的,不会是个要饭的,不识字吧?"这下,老秀才脾气更是见长,轻蔑地打量着杨爵,越发不打算接笔了。

杨爵被喊得左右不是,看了看老秀才的冷脸,他定一定神,不慌不忙地走

---

① 碎碎:方言,微小。
② 瞎㑇:方言,不是好人。
③ 扇惑:方言,鼓动诱惑别人做坏事。

到书案前,正待落笔,那个善良的中年人又提醒他:"小伙子,你要不先打下草稿?"

杨爵回头一笑,说:"多谢大叔好意,我写对子从来没有打过草稿。"说着,略一思忖,理平纸张,写道:

生蒲州养豫州辞徐州坐荆州杀气腾腾射牛斗;
兄玄德弟翼德别孟德拿庞德威风凛凛震三国。

短短三十八个字,关云长生平事迹尽在其中。更难得的是,杨爵把刚才洒上的墨点子巧妙地运在笔画中,而且一点儿也不显突兀和刻意。他的字体刚中兼柔,笔力浑厚,一挥而就,赢得了一片叫好声。

老秀才看着看着态度就变了,频频点头,连说道:"后生可畏,后生可畏!"

趁着大家伙儿对这副对子热烈品评的当口,杨爵悄悄退出人群,打算离开。这时,还有两个人也没跟着一伙人去凑热闹,而是随着杨爵走出来。他们一个看上去跟杨爵年纪相仿,一身商户打扮,很是干练;一个还是十五岁左右的少年,书生打扮,长相白净俊美,身姿挺拔,看着笑容明朗,英姿勃勃。

两个人对着杨爵拱拱手,年少的先一步说:"兄台,借一步说话。"杨爵细看这两个人,虽然陌生,心里却莫名觉得面善亲近,就作揖还礼,示意他们一起走出去,停在一个僻静之处说话。

人和人相遇靠的就是个缘分。素昧平生的三个人,看第一眼就互相有了好感。

少年拱手,说:"富平流曲人,李宗枢,表字子西,冒昧叨扰!仰慕兄台高才,不知可结识否?"

"富平美原人张本礼,粗人一个,无字,也是敬慕兄台才德,冒昧前来结交,请多多见谅。"年长的看李宗枢一眼,也拱手说道。

杨爵还礼,道:"富平党林里人杨爵,小字修子,见过两位!"三人相视而笑。

流曲李家是当地望族，身为富平子民，杨爵和张本礼可都听说过。他家祖上是金宁武将军乌古伦速可之后，母族是李唐皇族出身，后来因种种缘故，就随母族姓李，延续至今。

　　"不知贵州参议李先生讳恕的老大人是兄台什么人？"杨爵问。

　　"正是家父。"

　　"失敬，失敬！"杨爵和张本礼道。

　　"不提家里，兄弟们以文相会，咱们还是说说方才兄台那副对联吧，这个事才是正经。"李宗枢赶紧说。

　　杨爵连声道："碰巧露拙！"

　　接下来他们就从杨爵的对子说起，由三国说到魏晋风流，中途又拐至诸子百家，越说越投机，竟忘了时间。还是张本礼提醒日高人困，到了饭时，二人才恍然，不觉失笑。

　　张本礼把大家引到一家小酒馆，执意做东招待新认识的朋友。张本礼以商为事，做点小本生意，年纪轻轻已是南北走动过几趟的人，又极好文道，颇有见识。

　　李宗枢官宦子弟，高门大户里家教极好，自己也是豁达随性之人，故从不以门第出身论人高低。

　　杨爵农家子出身，就更没有那些分人等级的迂腐思想。张本礼细细说来，还是杨巧儿丈夫的同宗兄弟，两家关系密切，也算是杨爵家的远房姻亲。是以三人越交流越近乎，互为彼此的学问人品所折服，觉得彼此情投意合，一见如故，相约日后要经常走动，常来常往才对。

　　此后，无意向学、财帛富裕的张本礼在得知杨家境况后，很愿意为朋友仗义疏财，要资助杨爵读书。

　　杨家人都争气好面子，杨爵性子更倔，根本就不愿给好友添麻烦，推来推去，差点儿翻脸。多亏兄长杨靖劝说，对两位弟弟讲"君子之交淡如水，小人之交甘若醴"的典故，引导他们惜缘而不攀缘，相互之间应多多理解和包容，才是处常之法。

　　张本礼是聪明人，知道自己过于孟浪了，朋友也是有尊严的，就答应以后

非恭贺不提银钱。杨爵也明白，张本礼是性情中人，也是出于古道热肠的好心好意，自己虽有自己的原则，倒也能体谅他的友爱之心，就答应接受他送的一些衣物和笔墨，两个人才渐渐磨合好相处之道。

李宗枢是位少年才子，年纪轻轻已经中了秀才。他随父亲游历日久，所结交亦是上流子弟居多，深谙交友之道，很快就摸清杨爵的脾性，因而多余的容易引起误会的话皆不提起，只谈些志同道合有关学问上的事情。李宗枢知道杨爵的书多是弟兄二人手抄，误错之处不免有点儿多，研学起来多有不便，而李家世代积累，藏书汗牛充栋，就常常使人捎些珍本的书籍借给他摘抄。杨爵进学前大量的典籍阅读，皆得益于这位小兄弟的倾力帮助。

七　弱冠成婚始读书

这年秋，张本礼生了儿子，满月摆酒席，杨爵、李宗枢前去恭贺弄璋之喜。张本礼豪爽热心，亲朋好友多来捧场，酒宴上热闹非凡。

因看重之故，杨、李二人被安排在近亲席面上，由张家族伯张老伯陪客。席间，衣着略微寒酸，而态度从容沉稳、彬彬有礼的青年杨爵引起了张老伯的注意。之前他们也有数面之缘，不过亲戚的亲戚，又不同辈分，离得较远一些；坐得这么近，却是头一次。

坐席过程难免要劝酒请吃菜，杨爵应对自如，不卑不亢，架势言行丝毫不输同坐的另一位贵公子。张老伯大感兴趣。

过了几日，张老伯有意无意地在张本礼面前提起他的这位好友来。

张本礼眼明心亮，毫不隐瞒，把杨家家境清贫，杨爵立志读书，尚未婚配的事说得甚为详尽。对于杨家贫困，张老伯早有耳闻，却还总是寄希望从前听来的做不得准，及至此刻当面问得，他脸色变了又变，最后沉默不语。

张本礼也不多问。他知道，这位大伯正在给女儿，也就是自己的堂妹张惠英找婆家。

张老伯家颇有土地，家道小康。伯母生有两子一女，惠英在家最小，老两口极为娇养。两个儿子已经成家，农桑之事交给儿子媳妇，老两口基本不用操心，含饴弄孙、给女儿找婆家是他们当下的紧要之事。之前媒人说了好些人家，老夫妇选人样、选家道，挑挑拣拣，好不容易有个满意的，每每说与女儿，谁知她总不松口点头，问来问去却羞于说出原因，只管哼哼唧唧地打岔。

固然婚嫁是由父母做主，但伯母不知女儿心中所想，也不愿意女儿心里有疙瘩。她劝说老伴儿："这年月，女子嫁人无异于再投一次胎，眼下都不甘不愿的，往后那日子可咋个熬！她大，你还是再费一费心吧！"所以，婚事一拖再拖。

与杨爵一起吃饭的时候，张老伯忽然福至心灵，难道是女儿不喜欢粗糙的庄稼汉，而心仪这种带有书卷气的小伙儿？就留了心。可一坐实杨家清贫，老汉又老大不乐意，怕女儿嫁去他家吃苦。

一般这些事都是外前人①做主，屋里人②知道个大概就行。但张老伯是个能人，认为居家过日子，但凡独断专行、一厢情愿的，那屋里总难安生，有些事情还是早早给屋里人说清楚为妙。

这次，张老伯依然把杨爵的事说给老伴儿听。不知怎么地，老伯母也有那种福至心灵的感觉，她呢，比老伴儿更嫌弃杨家穷，却还是忍不住把这件事试着说给女儿。

惠英听娘亲提起杨爵，低下头，脸红得能烧起火来。听见娘亲说他穷，她低低地说年轻受穷不算穷，老来受穷，穷加穷。

"那上次县城的赵秀才，你又怎的不愿意？"

"大不是说他酸里酸气，胳膊腿儿细枝麻秆③吗？跟那种人能有什么好过的！"

老伯母立时目瞪口呆，女儿竟如此有主见，怪不得婚事这个样子，犹犹豫豫的。她把女儿的话告诉了外前人张老伯。老汉一阵沉默，心想：千里姻缘一线牵，难不成女儿就该发落④到杨家？那小伙子是个好的没错，可那家穷得叮当响，碎女子知道个啥呀！

一有心事，张老伯就爱在村子外头走一走。一日，吃了早饭又出门去散心，也许是天意，他漫无目的地走着，竟然在路上碰到了担着担子送菜的杨爵父子。

---

① 外前人：方言，成了家的男人。
② 屋里人：方言，家庭妇女。
③ 细枝麻秆：方言，人瘦。
④ 发落：方言，此处指嫁女儿。

侄女儿婆家的本族，杨攀自是认识张老伯的，热情地打招呼。父子俩急着赶路，简短地说是张本礼的关系，讲好把这些蔬菜和豆类送去三十里开外的一个人家里，那家娶媳妇过事需要这些东西，价格很是合适。

望着他们匆匆而去的背影，张老伯忽然就想通了。你看，压弯扁担的重物，那小伙子轻松地挑着，他大杨攀双手背后在前头走，一边还回头说上一两句话，儿子话虽少，但看得出是很恭敬地在听。他们是穿的补丁衣服，可是很干净整洁。尤其那小伙子，高大个子，身板结实，头发绾得一丝不苟，农家人的黑灰色旧裋褐穿在他身上，一点儿也不显得局促，怎么看怎么一表人才。自己看着都喜欢，漫说是小姑娘了。族侄儿媳妇张杨氏的娘家兄弟，保不齐自己女儿啥时候偷偷地看见过才对！

罢，罢！或许这就叫作姻缘天定，是自己想岔了。

回家透了口风给张本礼，这家伙喜不自胜，两头跑着积极说合。杨家很快请来媒人，玉成其事。

张老伯也就不计聘礼，不讲那些俗套。这家的好处也有，算是知根知底，女婿可心可意。他按当地风俗厚厚地备一份嫁妆，思摸着女儿早已该到出嫁的年纪，是老夫妻宠爱，多留了几年。婚事既定，便早嫁早心静吧，就赶年底把女儿嫁到了杨家。

张家女儿惠英小家碧玉，清清秀秀，揭开盖头，杨家人极其满意，从此改叫杨张氏。看惯了周围大字不识一斗的农民，对着读书人杨爵，惠英满心欢喜，觉得有此良人依靠，今生大幸！所以她孝敬公婆，敬爱兄嫂，爱重丈夫，深得杨家人心。新婚燕尔小意温存之间，她也了解了丈夫的大志，悄悄与父亲商量之后，动用嫁妆买书买纸，支持丈夫读书。

正德七年（1512）二月，大地回春，迎春花一簇簇怒放，杨柳初生青眼，万物看上去都是新的。

一早起来，杨李氏站在院子堂屋房檐下的台阶上，看小儿媳打扫庭院，又见灶屋房顶炊烟缕缕，知道是大儿媳打火烧水，心里一阵舒泰。

修子是个有福的。自家正愁他的婚事，就遇到老张家善识人，几乎没掏几个聘礼钱，就娶回一个乖巧懂事的小儿媳妇，这可是打着灯笼都难遇上的稀罕事。

给他们修缮新房是欠了一点儿外账,但能完成一件大事,他大心轻不少,走路腰都直了!杨李氏高兴,自来愁人不愁穷,有了人,啥都有了。正想着,手心痒痒,她用手指抠着嘟囔道:"脚心咬①,手心挠,亲人就在路上跑。今儿个是有啥喜事儿不成?"

房里看书的杨爵忽地一笑,娘亲还真是。正要接着看书,就听到外人的声音,出门便看见李宗枢走进院子。

"子西,你几时回来的?"他知道李宗枢上年初冬去给贵州任上的父亲送东西,冬日天短又路途遥远,过年都不在富平。

"大前儿刚到家,就来看你了,啊,不,来讨新嫂子的茶水喝。"

大家笑着落座。杨靖也迎出来跟弟弟的好友打个招呼,之后告辞忙着拾掇农具去了,开了春,就要能用的。

李宗枢给杨爵带来一套刊印精美的宋代朱熹的《四书章句集注》,还有几篇上季春闱的好文章。后者可是稀罕之物,杨爵稀罕得不得了,爱不释手。

"从哪里得来的?"他随口一问。

"我的先生寄来的。"李宗枢答道,接着给杨爵说起了自己的恩师,之前他曾师从渭南少年才子南大吉。

南先生出身官宦之家,幼承庭训,颖敏知学,经常跟随父亲南渭阳游学在外,十多岁便以文采名世,精通《周礼》和《易经》,庚午年也就是前年秋闱,才二十三岁就中了举人,是乡邦远近极为推崇的俊杰。他自己很有志气,曾写诗:"谁谓予婴小,忽焉十五龄。独念前贤训,尧舜皆可并。"以此明志。

李家长辈与南家长辈颇有交情,每一探听得南先生回家,就把小小的李宗枢送去渭南田市里秦家堡,让他跟着南大吉读书。

因南先生参加上年春闱,李宗枢这才回到了富平不再去渭南。身在京城的恩师还惦记着学生,每每写信总嘱咐弟子,为学必当"行万里路"以证所学,因而家里积极支持李宗枢这几年到处走走。

---

① 咬:方言,痒痒之意。

去年四月，得知一举高中二甲进士的南先生有望去户部任职，李宗枢高兴地去贾曲集会上想看看有没有什么新奇的礼物买给先生恭贺，不想碰见了题联出彩的杨爵，还成为至交好友。

他把跟杨爵交往的事也告诉了南先生，南先生极其称赏杨爵自强不息的精神，认为有此益友参照，李宗枢念书会劲头更足。不过他善意地提醒学生，似杨爵这样以自学为主的人，所涉书目估计散乱不系统，有哪些读哪些，多而无序，也没有经过业师指导，理解上难免不够精深，科考时恐怕多不实用。

若真是这种情况，李宗枢想了又想，觉得还是应该送套正经的举业用书给杨爵比较妥当。恰好这次先生寄了时文给他，他就迫不及待地来到杨家，与好友分享。

青年人一腔热血，好友相聚，言谈十分投契。李宗枢给杨爵讲述自己的见闻，说到了黄河清河口至柳铺段清澈了三日的异事；也谈到了当今皇帝任性恣意，豹房里的龌龊，以及宠信的一帮干儿子的诸多劣迹；当然也有提到对这位皇帝擅长骑射的崇拜，希冀着他迷途知返，带领大明朝臣民建立太平盛世；及至说到安化王谋反带来的朝野动荡时，两个人均义愤填膺；说及去岁关外异族在苍溪掠夺烧杀的情景，两个人又都痛心疾首……

这次李宗枢亲口告诉杨爵，自己祖辈皆武将出身，血脉中父系算上来还是成吉思汗的后裔，母系则来自李唐宗室，所以李家子弟虽然文武兼修，但家传更偏好武学兵法。这个事情杨爵早有耳闻，如今好友自己说出，表明二人之间关系不是一般亲近，他心下十分感激。

自土木堡之变以来，大明臣民对鞑靼入侵多气恨难平。说起边境，李宗枢忍不住说道："他日如能奔赴疆场为国杀敌，才得慰平生，不负所学！"

杨爵为他的激情所感，拍着他的肩膀以示鼓励，接着又握着他的手郑重地倾吐肺腑之言："愚兄也有些愚念，欲修身齐家兼济天下，只不知可行不可行？"

"兄台将来必会如愿以偿！"李宗枢说，"今仅凭自学，见识已在他人之上，如能进学，实现夙愿则指日可待！"

说到此，李宗枢忽然想起前几日回来路上，碰到父亲在富平县衙门公干的一个旧友说，县衙主簿正在招募一个书办①，问他有没有合适的人推荐，他当时随口说回头想想看。

现在想来那位子虽然是佐助，不属于朝廷公职，但是衙门也不会亏欠薪资，收入固定而且也很可观，如能为杨靖谋得该位，于杨家目前的情况大有益处。略一思忖，李宗枢赶紧将这事说给了杨爵。

杨爵细细一想，觉得此事大可实行，急忙叫来杨靖一起商量。

李宗枢说："以愚弟想来，安之兄长能教导出修子兄这样的人来，想必自身的才学不浅，做这等事只怕绰绰有余吧！"

杨靖默了一默，心道，这样难得的机会不试一试，如何得知行与不行呢？家里这个样子，必得放手一搏才成。不然供弟弟读书的梦想，也许就永难成真。他对李宗枢深深一揖说："此事只怕还须子西弟亲自通融你家那位世叔，为愚兄谋划谋划。"

李宗枢起身还上一揖，说道："这是自然！这是自然！如此我也便不多停留了，得赶紧奔走一二，防止错过时机，花落别家。"

临走，他又把自己所知道的相关细节，需要准备打点的东西，殷殷叮嘱一番，便匆匆离去。

所幸李家的朋友十分得力，杨家也不吝钱财，连借带凑，准备得足足的，诸事办理起来也没用多说话，就进行得很妥帖。杨靖的人品才干也很出众，县衙上下对他很满意，这事很快说成，大家自是欢喜不尽。

杨靖就职后有了稳定的收入，杨家的境况自然改观不少，杨爵年岁也已不小，读书的事再拖不得了。父子三人商议再三，加上杨爵的岳父、舅兄也极力支持，于是，正德七年（1512）三月中，二十岁的杨爵改字"伯修"，正式进学。

笃祜村西北角这座吴山庙早年颇有来历。也不知哪朝哪代的皇帝曾经路过这里，上香、听禅，被立碑记载。只是年代久远，这里如今只是个普通的庙

---

① 书办：亦称为掾吏，古时候由官员自己招募，自付工资。

宇，为了方便供奉，也为了造福乡里，庙里很早就挪出一半儿地方做村学。当年给杨靖授业的老秀才已经仙逝，如今坐馆的是一位中年儒生，学问一般，但参加过几次科考，在举业上很有心得，杨爵跟着他进益极大。这位先生非常赞赏杨爵的聪慧勤学，将平生所学悉心教授，寄予厚望。

自然，农民青年杨爵不可能真正地脱离务农，只是主场变换而已。杨靖做了县衙小书吏，时常不在家，侄子杨休尚在蹒跚学步，杨父渐老，杨爵夫妇就是家中主劳力。

听完先生课业，还要下地务农，杨爵多在夜晚刻苦用功。杨张氏默默地坐在灯下做着针线陪伴丈夫，她小心地不发出声息，怕影响丈夫。更深之时，便取一件夹衣轻轻披在丈夫身上，再端上一杯热水给他，然后自己悄然去睡。

每次，杨爵歉意深深地看她一眼，杨张氏的心底都会泛起满满的甜蜜。杨爵是个不善言谈的人，有他那一眼，一切付出都值当。嫁了这个人，就接受了他的一切，包括他的贫穷、他的志向、他的沉默和隐忍，以及他夜夜苦读的冷落。

八　朝堂动荡父辞世

在杨爵苦读兼耕作的时候,世事却不那么平顺。他也隐隐约约听人说,正德皇帝朱厚照在京城里折腾得正起劲儿。

很多时候,关于上层的传言也不全是空穴来风。的确,尽管这位年轻的帝王将年号取为"正德",典出儒经中上古时代圣王禹说过的"德惟善政,政在养民……正德、利用、厚生",但他从心底里不是一个遵古循规的人,从来就没有看好过几千年来教导人"做君子"的儒学理论。

对先皇重用的一帮文官,他随心所欲地罢黜。这些咬文嚼字,时时拿着祖制来说事的酸儒,叽叽喳喳地逼迫他,还联合他的母亲张皇太后轰轰烈烈地闹了一场针对八虎宦官的弹劾。把大伴儿刘瑾凌迟处死之后,年轻的皇帝对礼仪、习俗、规矩蔑视到了骨子里。他纵情享乐,迷恋行军打仗,赐予一百多个以各种原因聚集在他身边的"义子"国姓。

说是"义子",其实不过是跟他混在一起,毫无节制地在豹房放荡玩乐的伙伴,确切地说叫帮凶。其中有两个,一个叫钱宁,一个叫江彬,在这些义子中漂上游。

钱宁本是刘瑾派的余孽,生性狡猾,擅长弓箭,一手左右开弓耍得很是花哨,甚合喜欢骑射的皇帝的口味。在刘瑾伏诛时,他伺机辩解说自己只是其中的小喽啰才得以脱身,皇帝也乐得睁只眼闭只眼。在身边留下这么个旧人,也不算是怀旧,只是为着比新来的更明白自己的喜好罢了——得用,趁手。

江彬原本是名边将,长相俊美,看似文气,实则骁勇异常,在一次平息饥民叛乱时中箭受伤,面部留着一道伤疤,看上去文弱中透出些凶相,别具观瞻。一次，一场战事结束论功行赏时，皇帝看见了，对他这个相貌很感兴趣，特意叫到跟前说话。这位也是个惯会观眼色的，回话时揣测着皇帝喜好用词，不免将兵法、兵营诸事论得跟说书一样新鲜有趣，立马得到皇帝的赏识，留在了御前。

钱宁近几年牵头负责扩建豹房。明里一切只遵皇帝爷爷旨意，在建造上极尽铺张，只图奇巧奢华；暗地里自是欺上瞒下，中饱私囊。所以真真假假，单从账上看那是须得耗费库银二十四万余两，实际用了多少，那只有他自己知道。

他找人在豹房里修建的密室，曲里拐弯有如迷宫一般。又见皇帝喜欢在市井厮混，就别出心裁地在豹房里修建了一条仿效民间的小街道，依样开设作坊、商铺、妓院，着人假扮商贩、游客、妓女。更是依着皇帝的性子，在豹房中加盖上校场和佛寺等，千方百计弄来许多珍稀的、性恶的兽虫养在其中。皇帝偏好和豹子斗狠，他就从各地网罗来大大小小、高的矮的这一类野兽豢养着给皇帝做耍子——豹房之所以叫豹房，缘故即在此。

正德皇帝一进这豹房，顿时觉着有种说不出的快意。少了那些讨厌的政客喋喋不休地提什么经筵，说什么君君臣臣，没什么吏部、刑部、工部你上他下、你来我往、钩心斗角的琐碎，躲进这一隅，每日广招乐妓承应，无论多恣意，多荒淫无度，都只有奉承的，没有忤逆己意的。他住在里面怎么都不想出来。

可惜呀，祖宗家业、天下民生的重担都压在自己肩头，说不得还得硬着头皮谋其政，在朝堂上跟他们斗斗法，唉。

正德九年（1514）正月十五皇宫放烟火，火星崩落到宫殿上，差点儿烧毁乾清宫。皇帝正要往豹房去，就下令让别人负责救火，自己赶着享乐，回首看着黑烟中蹿出的火光，哈哈一笑，说："好一棚大烟火！"近臣、内侍听闻此话瞠目结舌，又忙低头不言将情绪隐去。

唉，朝中明眼的人谁不知道这棚烟火起得不明不白？只怕是跟今年给皇宫

提供杂耍的那位五服出外①、心思深沉的"龙子凤孙"宁王朱宸濠关联不小，但皇帝看着大火笑嘻嘻地来上这么一句，毫无追究之意。兹事体大，没有名正言顺的理由去详查内情，谁敢多说一句不成！罢了，这年头忠君爱国风险太大！人头落地可再也长不回来。只希望皇天保佑这真的只是一个意外，大臣们自我安慰地想。

所谓国事家事，国事忽忽悠悠摇摆时，家事也不怎么顺当。开春，杨爵的大女儿子春来到了世上。杨家人还来不及喜悦，杨家的老顶梁柱子杨攀病了。这位在土地上耗尽精力的乡下男子近来时常乏力、夜夜低烧，浑身上下没有不疼的地方。

找了几个大夫，都说不出个所以然来。杨攀琢磨，乡下大夫见识少看不真切也是有的，却也说不准是不是天意。莫不是将要油尽灯枯了吧？大儿子刚到正路上没几天，大孙子还小；小儿子读书又正到要紧处，这家经不起看病延医来回地折腾呀。所谓生有时辰去有定日，这个当口得上不明之症，可见一切都是命。

他和杨李氏两个人商量许久，说服这个善良的老妻放弃给自己看病，又小恩小惠地串通乡医对孩子们隐瞒病情，只说没啥大毛病，只是人老了要多休息。

无尽的病痛都被他倔强地忍下，没在人前呻吟过一声，只有杨李氏知道他的冷汗湿透过多少次衣被，杨靖兄弟俩质疑的话也被他一鞋底子扇回肚子里。

那是他作为父亲，最后一次对他们兄弟动怒。

九月，皇帝狩猎，觉得一只老虎挺好看的，直接扑上去拥抱，结果野生的老虎对他的热情不明所以，一爪挠了上去，皇帝就受了伤。

江彬和钱宁都在场。钱宁吓得发傻，没动；江彬机灵善战，从虎掌下救驾成功，一跃成了大明新贵。为了自身利益，他精心讨好皇帝的同时，又趁着皇

---

① 五服出外：形容家族中隔代较多、血缘较远的亲族关系。五服，原指《仪礼·丧服》中记载的五种丧服，即斩衰（cuī）、齐（zī）衰、大功、小功、缌麻，按照服丧者和死者的血缘亲疏选用，后来用出没出五服来表示家族关系的远近。

八 朝堂动荡父辞世

帝受伤不上朝理事，自己多有觐见的机会，不明不暗地开始培植私人势力，致使各路官员中那些心思活泛的开始掂量着重新站队，阴私之事因此频发。但那些事情多被掩盖在表象之下，拉拉杂杂，数量甚多，一时都不知从哪一宗说起。

此时，杨父也正到了与病痛博弈最艰难的时刻。能多撑些时候就撑着吧，他在困苦里咬着牙想，多活一日，也多一日给两个娃再仗仗胆。自己是早不抵事了，不过看样子，有他在，儿子们干事的、上学的心里都还整端①。

这年冬，老天又是不与人方便。自入冬始，三秦大地暴雪一场接着一场，三五不断。大雪带来的寒冷给人过日子造成麻烦，却也将杨父加重的病情掩盖了起来，使他有理由卧床不起。

朝堂大事随着皇帝的随心所欲，越发冷热不均。可再劲的风头在消息渠道有限的大明朝，从京城吹到全国各地也就那样了。

以前，在天高皇帝远的万斛山山脚，这些事情多不被关注，事过很久才当笑话一样听听，但既然立志向学，杨爵也就关注起这些时事来。

有杨靖在县衙门随时翻阅邸报的便利，有李宗枢通过师长得知有关消息后与他的深刻交流，杨爵对一些大事小情能很快获悉。每每看到所谓的当朝柱国们以权谋私致使朝纲不振，而天灾人祸又令生灵涂炭，杨爵都会痛心不已。跟着先生细细学习圣人圣言，杨爵的人生观发生了质的变化。如果说童年的理想"做一等人"有些笼统的话，那么此刻杨爵的理想已经具体化了：一定要考取功名涉足朝堂，学以致用，参与民政治理，造福民生。

他认为一人之力也许微不足道，但若能金榜题名，同年学友、同堂官员中总有与自己志同道合者，大家齐心协力，或许大明会因之朝纲重振也不一定！这样想着又觉得近来父亲那里，怎么说呢，他渐渐地感觉到哪里有些说不上来的不对劲。

每次去问安，父亲总是不耐烦地几句话就打发了他，刚想多说一句，母亲

---

① 整端：方言，此处指干事情不分心。

就说"你大劳碌命,歇得浑身不自在,再耍招惹他"云云,将他推出门外。

杨王氏、杨张氏各自怀抱小儿,对这些也自顾不暇。杨惠氏是知道一些的,只是大嫂苦苦拜托,她也不敢多说,只在人背后悄悄为大伯哥掉眼泪。

杨爵虽觉得父亲不妥,却也没有往深处想。只因他对母亲极其信任,总想着她老人家断然不会隐瞒父亲身体不好这等大事,就放下心中的不安情绪,在学业上更用功了。

明确的目的是好学上进的动力。自他二十岁进学至二十三岁仅三年时间,他读书的进度之快连李宗枢也惊奇不已,说是一日千里也丝毫不夸张。后来李宗枢不得不写信告诫好友应多在举业文字上用用心,读书太多太杂恐致思绪混乱……

杨爵从谏如流,把之前学的重新以科考的目的整理了一遍。每每跟业师谈论文章,这位夫子深觉自己再教下去,已然力所不及,便隐晦地提醒杨爵不妨下场一试。

杨爵同家人商议,正准备一搏时,他的父亲杨攀在一天清晨没有醒过来。

这天早上,杨张氏照例去公婆门外请早安,打算伺候二老梳洗,半天都叫不开门。灾难来临时人都是迷糊的,杨李氏这一晚睡得特别死。小儿媳妇叫了几声没人应,不由得惊慌地四面大喊起来:"婆婆!婶娘!嫂嫂!"

杨家人迅速来到了主屋,杨攀已没有了呼吸。虽然因病痛折磨,他的体形看上去骨瘦如柴,但他遗容却极为安详。

"父亲!"杨爵长跪伏地,想起自己当时的疑惑,痛悔自己大意,哭了个肝肠寸断。

正德十年(1515),早春二月,皇帝在干儿子江彬的蛊惑下,开始微服跑出京城,在近郊寻乐子;而朝廷重臣、帝师杨廷和与小皇帝斗法失利,以丁忧为由离开权力中心。杨攀这位真心为儿子打算的父亲溘然长逝。从生病到去世,满打满算一年多时间。杨靖很快赶了回来,他到家门口看到的是满目白色,纸抓须子在门楣上飘舞,再也看不到父亲的身影。母子兄弟相拥哀泣。

李宗枢、张本礼、三娃、安民等,以及杨靖的同僚好友都赶来帮忙,安排祭葬琐事,杨家本族子弟依次换上丧服服丧,哭灵。

停灵七天，他们遵照当地俗礼将杨父葬入祖坟。之后，杨靖、杨爵兄弟闭门谢客，守孝三年。杨爵实现理想的脚步再一次慢了下来。

远在京城的皇帝此刻正因每次微服游玩不了三五天就得回来坐朝，和文臣们斗智斗勇而烦恼。死板的上朝、批折子的日子，他过得够够的。此前他为虎所伤时，一位建议他保重龙体的文官被他趁机贬离京城至塞外无关紧要的地方，拉开了皇帝明着对付不合心意的朝臣们的序幕。

终于，闹闹腾腾地到了正德十二年（1517）。金秋，为了自己荣宠不衰，身为义子的江彬看出皇帝心思，就蛊惑皇帝走出京郊到更远的地方微服私访，不久他们一行就由昌平一路跑到居庸关，越走越远。为了不让大臣们扫兴，皇帝居然隐藏行踪，以至于四个月之久，朝臣们都不知道皇帝的踪影，听得天下人甚是忧心。

人们想不来的是皇帝虽然玩闹，可他心里也装着一些大事，比如英宗睿皇帝身上发生的那一件有碍皇室颜面的事，自家祖宗和蒙古部族的恩怨，成了少年天子内心深处的刺。可惜早年先皇母后看得太紧，当然，至今母后仍然如此，对自己好骑射多忧虑阻挠，那些阁老重臣也常常唠唠叨叨地劝阻。就算父母是溺爱孩儿不愿意深想，他们这些人臣如何也看不明白天家的软刺，看不出年轻皇帝的远大抱负呢？这些老家伙都是国之重臣，死固执，多说无益，再说自己的性子自己知道，这样跟他们捉迷藏也好有趣不是！

恰好江彬说宣府美女别有风情，还可以看到真实的战场，意气风发的皇帝就顺着这话偷跑过来了。想来那些老官油子尽在暗中窥视得清楚——君上的行踪，哪里能瞒过手掌实权的他们！只怕这些人多有误会，气得吹胡子瞪眼，这个，嗯，甚好！皇帝的真实目的不好明说，他索性直接把宣府称为"家里"，住下来不再回京。

皇帝想的没错。先前几次出游，皇帝要想尽办法拖延归期，朝臣们要设法劝谏，君王和重臣之间口水泛滥，耗时费力，终究还是皇帝说了算。时间一长，闹得大家都累，渐渐地也就折中的时候多。这几个月还真就是阁臣们只管装作不知，反正大伙儿内里有乾坤，随他去吧。

年轻的帝王在宣府装恶少,欺负看不顺眼的路人,时不时地逛逛妓院,有时心血来潮也去街上玩玩抢女人,跟前都是助兴的,没有死谏的,更没有一帮古板地讲什么经筵的老学究,要多肆意有多肆意,端的比京城过得快意。

一国之君在边地总是有风险的,这个皇帝自己也知道。他只是生性不爱循规蹈矩,可不是人傻。自小好武,很是有些武学天分的他到了敌我攻防的前沿,还是懂得防备和布局的。

皇帝这几年其实很是下功夫了解过鞑靼各个部落的。他们身处苦寒之地,无法像他一样仗着祖宗基业,仗着年轻,可以恣意挥霍。严苛的生存环境养成他们争勇斗狠的个性,民风彪悍。为了争夺生存空间,他们自远祖起就一直觊觎中原的富庶。

大明自开国以来多受其扰边之苦,更有土木堡之役,先英宗睿皇帝朱祁镇居然叫瓦剌人给俘虏了!虽然结果是自家先祖英勇无畏,以自身的大气征服了对手,人家自愿把他护送回归,但也因此出现了两个皇帝在朝的麻烦事,朝廷、皇室付出的代价也难以细说。正德皇帝每看到这段记载,就咬牙切齿!他这种娇生惯养的天之骄子尤其咽不下这口气。实际上他偏好武学,热衷于赤膊跟虎豹打架,不顾大臣劝阻留恋边关,与这档子旧怨也不无关系。

奈何英宗睿皇帝的儿子,朱厚照自家的爷爷人才不济,驾不起大明这架华丽而又暗生腐蠹的大车,使得这车子在他手里损毁得更厉害了些;接手的先父皇孝宗虽然贤能,却是受首尾不顾之害,离世太早。正德想,老朱家这祖孙三代在世时的种种做派都给了鞑靼部落崛起的机会,有些部众势大的,觉得自己又行了,入窥中原之心日盛。诚然,瓦剌在西,鞑靼在东,但实质上还都是蒙古人。近年鞑靼人眉眼尤其不顺,屡屡扰边试探大明朝廷的软硬。得想办法给他们以教训,扳回几成面子才行。

如今,达延汗巴图孟克就是鞑靼部中的佼佼者。正德在边关探得他们为了今年能过个好冬季,竟然趁着关内秋收刚过、大明人家仓满囤尖的当口儿,亲率五万人马从榆林入侵,在阳和围住朝廷官兵,打算一路抢掠到应州。

来得好!面对面算算账亦无不可,朱厚照既紧张又兴奋。因想到自家老祖宗怕军方功高震主,把军队派遣手续制定得甚为烦琐,害怕这仗打得难以施展,朱厚照心生一计,干脆就自封"总督军务威武大将军总兵官朱寿",将君主与军事统帅合为一体,给大同总兵王勋写信,命令他积极应战,同时亲自调动附近守军魏彬部、张永部数万人马暗中集结。

王勋不知道威武大将军朱寿是哪个,但他知道皇帝在边关。细细一打听,立即惊出来一身冷汗,也没敢怠慢,集中优势兵力主动出击,打算在阳和与蒙古兵殊死一战,同时规劝皇帝赶紧撤离。

战事一起,江彬也吓了个倒仰,玩玩打架是一回事,但真实的战争是另一回事,那是真流血、真要命的!就劝说主上:"蒙古铁骑厉害得很,为了安全起见咱们还是赶快回京要紧,战事自有该操心的人操心。"

皇帝相当镇静地瞥了他一眼,没有说话。江彬发现皇帝收起平日嬉笑随意的姿态坐在那里看地图时,就像变了一个人一样,看上去十分英武威严。接着,这人指挥若定,下达布防命令,从容调兵遣将,竟然不亚于当年江彬见过的那些惯见杀场的老将军,气质果决而肃杀。在他威严之下,江彬顿时不自觉地收敛起奸猾本性,决意跟着他奋力迎敌,殊死抗战。江彬本人也是边将出身,有战斗经验,补充皇帝策略的细节,还都靠谱。

一时间辽东参将萧滓、宣府游击将军时春等也都相继接到命令,集结待命。

蒙古骑兵果如大明哨探探测到的情报中所说,潮水一样汹涌而来,国朝将士们挥剑相对,喊声随着血点子起起落落,断肢残臂甚至还有一些尸体一时横飞,战斗很惨烈。其间遇到愈来愈浓的大雾,亦无人投机后退,直到双方都看不清彼此才迫停。

驻地附近有不少明军哨探近距离动作,这在以前的交手中是很少有的情况。达延汗狐疑,一边派人打探明军总指挥官,一边加紧进攻,把王勋逼进了应州城。

应州城被围得水泄不通,王勋有点儿绝望。第二天,副总兵朱峦领着援兵从夹缝乘乱摸进城内,犹如从天而降!王勋大喜过望,再度出击。

巴图孟克也是一位优秀的将领,他兵分两路,保持距离,分头作战,以分散王勋的兵力,迫使明军疲于应付。王勋部又一次被蒙古军分割包围。

蒙古人还没来得及高兴，威武大将军朱寿率领魏彬部、张永部赶来增援。蒙古将领都不知道这个年轻神勇的将军是何人，之前，他们收到的所有情报都没有这号人。只见这位将领带着大军驰援而来，没有休息，直接亲自下阵，飞驰穿越，颇有章法地指挥明军变换阵法。他身姿挺拔，挥舞着寒光闪闪的长刀一边砍杀，一边大声地呼喊助威，所到之处，军士精神大振，更加勇猛。原本密布战场的浓雾，因他的到来而渐渐散去，不远处，大明主力军排着整齐的队列，虎视眈眈，严阵以待。

年轻的将军喊："冲锋！"明军涨潮一样冲出，迅速主导了战局，所向披靡。

达延汗感到大势已去，仓皇下令撤退。

朱寿大将军没给他喘息的机会，追击痛打，重创他的军队，以至于往后十几年，他这一支蒙古部落都没再缓过劲儿来。

双方出动的军队人数都在五六万，而且是近距离肉搏，这场战役的残酷程度对没见过战争的人来说是不可想象的。

皇帝以"威武大将军朱寿"的名义给京城报捷。

朝廷内外都给惊得不轻，但皇帝威仪日重，谁也没敢有多余的说辞。

回到京城时，朱厚照很兴奋地跟自己的老师、两朝重臣且又回到首辅任上的杨廷和讲述打仗的事，说他自己还亲自斩杀了一个敌将小头目。可这位十九岁中了进士，学富五车、喜欢考究史事的帝师听了这件事当面未置可否。可没过几天，京城就传出风言风语，说皇帝吹牛。而负责记录当时情况的史官，并没有跟随偷跑出去的皇帝亲临战场，不知是有意还是无意，他记录的这场战役是非颠倒，数字出入甚大，有抹黑皇帝和朝廷军队的嫌疑。"应州大捷"在这位史官的笔下成了双方总共只死了几十个人，还是朝廷兵死得多，蒙古居然还给撤退了回去。

正德皇帝听到东厂汇报后，既不能亲自跑去和京城臣民对嘴，又不能自己去书写所谓的"实录"，对自己的恩师更为失望。边关的血腥味只怕还未散尽呢，他们就敢这样胡扯！他沉默良久，辍朝十天，从此以后脾气就更加不好，行为更加放肆，更爱跟大臣置气，君臣嫌隙愈发不可弥补。

皇帝自此巡幸成瘾，时不时地出关游玩，连主持太皇太后的祭礼也不忘带回几车美女。不过话说回来了，那又不是他的嫡亲祖母！随后封自己"威武大将军太师镇国公朱寿"，巡狩天下。

朝中重臣李东阳受不住这个刺激，驾鹤仙去。内阁里，杨廷和、杨一清等人，走马灯似的来来去去、上来下去地倒腾。文官们进谏，皇帝就罚舒芬等一百零七名朝臣在午门外跪五日，期满又杖责，把其中十一人给活活地打死了……

话说说书的嘴、戏台上的腿，都是简化过程的典范。书者短短几百字，其过程完成怎么也得好几年。所有一切，不过是为布局谋篇而已。读者君大可以姑且看着大明江山的基石，就是这样一天一天地被一班不肖子孙肆意妄为地撕扯、摔打着，慢慢地松动起来。

大河有水小河满，大河缺水小河干。这样的天空之下，杨爵那样的小老百姓生计却如何会好？他那出人头地的想法，没有物质基础，又是多么地难以实现。

九　削籍回陕韩邦奇

正德十一年（1516）秋，李宗枢以十九岁的年纪中了乡试第十五名举人。因在孝中，杨爵不便前往庆贺，李宗枢自己来到杨家与好友相聚。

杨家没有茶叶待客，杨爵让杨张氏煮上白豆子当茶，两人边嗑边聊。

李宗枢心里纳罕，面上不显，一边琢磨着怎么找个借口让家丁给杨家送些毛尖来，一边把这次乡试的详情与杨爵细细分说。他带来了自己誊写的这次科考前二十名的答卷给杨爵看。这是他之前费心地一一拜访同年中举的举人，把自己的答对默写下来和他们交换，整理结集出来的，特来送给杨爵。

"虽然不知道你几时能下场，但希望这些对你有用。"他对杨爵说，"仁兄坚持这么久，也不差这一段日月。再苦再难，挺过去就是。"杨爵咬牙点头。

腊月，一行人风尘仆仆进入陕西境内。其中一位身材修长、略显清瘦的中年人看着城墙上古朴的"潼关"二字，听着三河口滔滔东流、气势磅礴的黄河水声，走下马车久久凝望，眼睛有些湿润。当年一腔热血走出故土的情景还历历在目，如今却遍体鳞伤地回来了。江山依旧人未老，好男儿志在四方的豪情犹在，却没了用武之地，还有何颜面见父老乡亲呢？世道如此，想以一人之力扭转乾坤，难啊！

虽然精通易学，早就知道会是这种结局，但是，如果重来一次，他还是会义无反顾吧。人活一世，草木一秋，总得有些自己的坚持！自出事以来，他一直这样想。不过再次踏上潼关古道，耳畔传来熟悉的乡音乡调，他还是思绪难平，感慨万千。终归还是不甘心，或者说是面子上挂不住吧。他眯了眯眼睛。

这人就是陕西名儒，朝邑韩邦奇。

韩邦奇随手掐了一枝道旁斜伸的小树股，在鼻子下轻嗅，树木特有的清香瞬间沁人心脾。他想，如此满面灰尘踏上乡土，都对不起自己的小字汝节，更遑论什么文人风范，若说出自己出身官宦书香世家，祖上为宋、元两朝的武官，岂不惹人耻笑！

他郁郁地坐上马车，车夫立即扬鞭启程。做下人的自是不会有自己主子近乡情怯的想法，只想快点回家。

辘辘声中，父亲韩绍宗的音容笑貌映入闭眼假寐的韩邦奇脑海中。

老爷子精神矍铄，须发花白，无论何时在人前始终是腰杆挺得笔直，一双睿智的眼睛闪着洞察世事的清辉。

老人家幼承庭训，成化年间进士出身，授刑部主事升员外郎、郎中，官至福建按察副使，世人称赞他"居官有为，执法平恕"，是一位品德高尚的贤达之人，在任时那清正廉洁的官风，连那些各怀心事的同僚也极其称道。

在教导后辈时，父亲更是睿智，平日相处从不端长辈架子，几乎可以说是亦师亦友，韩家近支的小辈经常轮番被接去任上见世面。忙完政事，他老人家最喜欢和子侄在一起闲谈。有时一道田野散步，有时围坐一堂，或讨论一本书，或探讨一件事。他总是那么微微笑着，仔细地听大家各抒己见，并适时地点拨几句，循循善诱；有时也会像年轻人一样激愤，跟大伙儿争论得脸红脖子粗。

自家四兄弟个个学问渊博、见识不凡，都是老爷子悉心培养的结果。难能可贵的是，父亲不光教养韩氏的孩子有方，对周围的年轻人也很关注，鼓励自家子侄不以门第偏见论人，广交朋友；遇到可造之才更是酌情资助，耐心引导，悉心答疑解惑，推人上进。他所到之处，受到年轻人的一致推崇，都尊称他为"莲峰先生"。

自己兄弟二人同榜进士那年，关中大地一派溢美之词，路人也曾津津乐道。岂不知若没有莲峰先生这样的父亲，怎会有声名显赫的"关中二韩"！可如今这情形，父亲他老人家，他……韩邦奇想不下去了，疲惫地揉了揉鬓角。

此时,远在朝邑故土的韩邦靖正惴惴不安地在乡间小路上徘徊。接到书信,计算行程,这几日二兄韩邦奇快到家了。他一有空就在村头张望。

十月,时在浙江任按察司佥事的二哥为民执言得罪了太监王堂,被诬陷入狱,受此打击,他得是怎样的心力交瘁呀!二哥自小身体不好,成年以后虽然没见反复,可世事难料呀,唉!

弟兄二人相差九岁,韩邦靖从小跟在韩邦奇身后,二人相比其他兄弟姐妹更为亲近。二哥有多么好学,没有人比自己更清楚。诸经、子、史以及天文地理、术数、兵法,韩邦奇无不通究,尤其通乐律,可谓多才多艺。世人皆知韩邦靖十四岁中举,是个神童,岂不知自己三岁就跟着兄长念书。如不是父兄的悉心教导,他倒不觉得自己神在何处。

在学术上,自己与二哥真是志同道合。自成年以来,二人尤喜大儒张载所创立的学讹——关学,觉得张子学说上承孔孟之志,下启来者智慧,那种不苟活于世、不阿谀曲从的精神,那种砥砺操行、用心考证的学风,那种把学术研习和匡时济世关联在一起的处世方式,正是韩家几代人所推崇的。

二哥曾说:"独横渠识天道之实!"因而对张子《正蒙》《经学理窟》研习颇深,立志要将张子学说传承下去。

正德三年(1508)中榜以来,二哥起初谋得了吏部考功主事,后升至员外郎,因直言帝王过失遭贬谪,去平阳做了小小的通判,好不容易考绩连续获"优"升任浙江按察司佥事,又跟王堂那个阉货对上了。

这也难免。二哥性情耿直,风节凛然,疾恶如仇又颇有肝胆,敢于冒天下之大不韪。只要是于民生有益、于朝廷有利的事情,他都将个人得失置之度外敞开肝胆去做。但遇上当今这个时局,他这样的人就注定了官路不会太顺畅!韩邦靖郁郁地想。

此时,风尘仆仆、满面沧桑的韩邦奇也这样想,过往走马灯一样在思绪里闪回。

初入官场时的韩邦奇正碰上刘瑾当道,大多数官场新人都相约着去巴结这个老太监。虽然说这人跟韩邦奇是乡党,这几年陕西人官场如意跟这点不无关联,好心的同年都提示他应该一起去拜访拜访,但被他义正词严地拒绝了。

那个一身正气说自己不看好刘瑾的为人,决不与之交往的年轻进士韩某,给当时的官员们留下了不少说嘴的话把儿吧?韩邦奇自嘲地一笑。

正德五年(1510),作为吏部考功司员外郎,韩邦奇受命考核都御史政绩。某都御史以庸常贪财货之心揣度他,塞"私帙①"给他,被他当场没收。他严厉指责那人道:"考核公事,有功籍在,何以私帙为?"当时惊掉不少人的下巴。

都御史是正二品官阶,专职纠劾百司提督各道,是天子耳目,可谓职位显赫!而韩邦奇本人当时才是个从五品的员外郎。果然还是年轻啊,把不畏权势、刚正不阿的个性赤裸裸地搁在世人面前。而那种直陈弊端、快刀削毒瘤的果断,应该使那些官场老手内心五味杂陈了很久吧。他们那种既欢喜自己这初生牛犊般敢作敢为的锐利气概,又汲汲营营担心着日后利益受损的颇为复杂的眼神,真是至今还忘不了哩。

韩邦奇当时就知道自己这样做会成为异类,会受到冲击。但他有自己的骄傲——君子有所为有所不为,都这样得过且过,吏治清明就是个笑话。学了那么多圣人圣言,却于朝纲无益,那这些年的寒窗苦读,到底是为了干什么用?这官做得还有何意义?!

正德六年(1511),京师地震,皇帝让臣工畅言朝政得失,他们又都患得患失,只有自己拿着麦秆当拐杖,上疏言辞激烈地直陈时弊,让内阁重臣们遮不住脸面,引起皇帝不满。那个善于察言观色的佞臣孙祯就借机弹劾韩邦奇"不职",他们赶紧把韩邦奇贬为平阳府通判,韩邦奇二话没说就上任了。为官一任,造福一方,还有平台,还可以干些有益于民的实事,在什么位置还不都是一样。

正德九年(1514),因勤于政务,积攒了一堆功绩,他又被擢升为浙江按察司佥事,管辖杭州、建德二地。因为乾清宫火灾,皇帝又例行公事地命臣子"言过",三弟韩邦靖跟自己一样是个实心眼儿,上疏直言皇帝"盘游无节,狎近群憸……徒事虚文,不修实政",使得年轻的帝王颜面不保,火冒三丈,

---

① 私帙:私相授受的红包。

先把他下诏狱,后贬为平民,赶回家种地去了。

一拨接一拨的打击,韩邦奇痛心之余也曾暗下决心,想要学得圆滑一些。但当宁王朱宸濠意图不轨,让其内监假扮和尚聚集在杭州天竺寺被他识破时,他还是忍不住,冒着得罪龙子凤孙的风险,及时遣散他们。那当口儿,朱宸濠在小皇帝面前正红得发紫,没有人敢说多余的话。后来,朱宸濠的女婿托词进贡绕道衢州招兵揽财,人人都不愿惹这身腺气,自己又忍不住前去质问那些用心险恶的人:"入贡当沿江东下,为何来到衢州?回去告诉宁王,韩金事难以欺骗!"

宁王便派和尚宗元前去说和。这个人自诩精文通武,才干无双,请求相见,韩邦奇没理宗元。宗元托人送来一幅松梅轴子,假意让他给题诗,他想也没想挥笔写道:

劲节贞心本自奇,四时常见绿猗猗。
笑他江上桃花树,为放春光三两枝。

宗元阴沉沉地带着轴子回去复命。

浙江历来是江南富庶之地,一向为朝廷的赋税收入大户。皇帝贪玩,又心心念念想学太宗①,成天谋划着找蒙古人扳回场子,可没有几个官员看得懂。因此闹得上下不和,事多失察。但在横征暴敛、中饱私囊之事上,官员又个个聪明。而阉货们更是借天子近臣的名头,以钦差身份的便利,搜刮民脂民膏,搞得鸡犬不宁,人民不堪重负。

当时有四个宦官在浙江最为猖狂,王堂任镇守,晁进督织造,崔珪主市舶,张玉管营造,爪牙四出,为祸一方。地方各级官员与这些东西沆瀣一气,媚上欺下,强征富春江一带的渔产及茶叶税收,大批平民因此失去赖以为生的根基,被整得家破人亡、流离失所。一桩桩、一件件伤天害理之事罄竹难书,韩邦奇上疏请予制止而无果,忍无可忍之下,写下《富春谣》一诗,模仿民

---

① 太宗:朱棣(1360—1424),庙号"太宗",嘉靖十七年(1538)追尊为"成祖"。

歌，以平民百姓的口吻，诉说心中的愤懑：

> 富阳江之鱼，富阳江之茶。
> 鱼肥卖我子，茶香破我家。
> 采茶妇，捕鱼夫，
> 官府拷掠无完肤，
> 昊天胡不仁？此地亦何辜？
> 鱼胡不生别县？茶胡不生别都？
> 富阳山，何日摧？富阳江，何日枯？
> 山摧茶亦死，江枯鱼始无。
> 山难摧，江难枯，
> 我民不可苏！

由于正言中民众心声，这首民谣被到处匿名传唱。正在起劲儿搜刮民财的宦官王堂听说之后怒火中烧，一路追查到韩邦奇这里，就开始上蹿下跳地罗织他的罪名。

王堂可算得上是韩邦奇的宿敌。这阉人前两年曾以编绘地理画图为名，向每个县征集费用二百两银子。同行没奈何都掏了，只有韩邦奇坚决不答复这事，王堂早对他恨得牙根痒痒，存心咬住民谣之事打击报复。

十月初，王堂给皇帝奏言指控韩邦奇"沮格上供，作歌怨谤"，又不知添盐加醋地编派了多少淡话。皇帝偏听偏信，想都没想，当场就降雷霆之怒，一纸诏书把韩邦奇捕拷入京，打入牢狱。

诸多正直的朝臣都知道韩汝节是冤枉的，上书营救，均被驳回。直到前不久才把他削官为民，押解回陕西老家。好在那些解差眼色甚活，得了好处之后也不甚为难他，不远不近地缀在身后。离京城稍远之后，还允许他家的仆人驾车载着他回陕。但仕宦生涯平生第一次遭受重创，他还是五内郁结。

此刻踏上乡土，回顾往昔，他的内心苍凉而悲壮。自己和三弟一样回到老家，父亲他老人家该怎么办呢？老人家清正一生，三弟出事前一个月，才从福建按察副使任上致的仕。

莲峰老人接到二儿子回乡的确切消息,也早早在村口迎接。

看到父亲不再挺直的身体、灰白加重的头发和关切的眼神,韩邦奇跪倒在地,无声落泪。

老者上前扶起儿子,拍拍他的肩膀,说:"回来就好。至少在我跟前也能尽尽孝道,人老了就喜欢儿孙绕膝。幸好家中尚有数亩薄土瘦田由你三弟种着。以你的才学决计不至于就饿死,不如暂且当个孩子王,谋谋生计,如何?"

"父亲!"韩邦奇凝噎。莲峰老人微微含笑地注视着他,他顿时不由自主地挺直腰板站好。老父亲满意地点头,转身颤巍巍地往回走,韩邦奇几步跟上,小心地随在老人身后,之前满身心的颓废,已经看不见一丝了。

韩邦靖先还在远一点儿的大路口等,不想兄长选了条小便道进村。急吼吼赶来的时候,看到的是一身风尘、略显疲惫,但仍然儒雅端方的二哥。见二哥跟在父亲身后,身姿如松,恭敬有礼,韩邦靖不安的心释然,爽朗一笑,拱手道:"二哥!"

韩邦奇还礼:"三弟!"两个人的眼角不觉间有点儿湿润。

"作速回家,接风的宴席只怕快要凉了呢。"老父亲头也不回地说道。

两个儿子互相看一眼,紧随在他身后回家去。

正德十二年(1517)春,三十九岁的韩邦奇在朝邑设立苑洛书院,开坛讲学,著述《律吕直解》,编撰《正蒙拾遗》。一时间,仰慕他才学的有识之士云集朝邑,拜于苑洛韩先生门下。

同一季,李宗枢春闱失利,打起精神去了长安读书,把之前学的东西重新研习,以待来年。

十　躬擎米粮拜名师

正德十三年（1518）初春，杨家举行了简单的脱服礼，结束丁忧的杨靖为重回县衙奔走起来。杨家少去这份收入三年，妇孺又多，日子就又回到了从前那种着紧的时日，杨爵进学堂读书的事再一次搁浅，他又过上边耕田边读书的日子。

杨巧儿心疼兄弟，时不时接济一二，均被两兄弟严词拒绝，他们也是为体谅巧儿在夫家的处境。张家也是家风古朴的人家，几经协商，家里让杨巧儿夫妇分开单过，以方便杨巧儿接杨惠氏在张家颐养。杨家兄弟开始不同意，但考虑到张家家境宽裕，有利于杨惠氏，最后默认杨惠氏愿意住哪边就住哪边。

话分两头。湖广那边，先前那个误惹人命牵扯的陶仲文陶半仙四十有余，又在湖北黄梅县活泛着。虽然说刘甲富亲属闹事并不是真的跟他过不去，但总是触了霉头，老道士的旧业一直操持不起来，只得到偏远之地混饭吃，略微收入些铜钱谋生。当然，对于不知底细的僧道，人们普遍怕上当，爱答不理。陶仲文子女相旺，儿女成群，且得需要花费呢，一度也过得很是艰难。

也是他合该跟老道士的道友邵元节有缘分，穷困潦倒时总能遇上云游路过的邵老修行。邵老道颇会经营人生，一直跟达官贵人有交情。五年前，成了湖广安陆州兴王朱祐杬的座上客。

朱祐杬可是当今皇帝爷爷的亲叔父，为身份极贵重的大明亲王，而且一肚子墨水。因着大明自开朝以来给就藩王爷的优厚俸禄，兴王爷寓居湖北，远离朝堂的是是非非，过着诗意的生活，倒也舒适自在。

可惜人生在世没有福气都占全的,兴王同母弟兄几人,素来身体文弱,子嗣不大兴旺。他如今只得二女一子,年纪尚小,儿子朱厚熜才十一岁。于是,他那向道的虔诚,比十二分还多五分。

邵元节精通养生术,甚得兴王看重。邵元节看事远,对兴王小世子朱厚熜比对兴王本尊还尊崇。邵老道在麻衣相术上的神乎其技,熟悉的人谁不知道!兴王因此反而更加高兴,而邵老道后半生的富贵,即在此种下由头。

邵元节也不计较陶仲文把着秘方跟自己离心离德的小过节,见他沾惹得一身晦气,生生将老道友的业务弄败落,混得生计窘迫,起了恻隐之心,便动用自家人脉,将他送到离黄冈还有一段距离的黄梅县做个胥吏,在兵房做些杂务。这一次,陶仲文真心服气邵仙师就是比自己有胸怀。主业之余,他实心实意地跟着邵元节学习了炼丹及其他一些道术,技艺与先前跟老道士那会儿相比,算是入门上了道,业务很为行家称道。

陶仲文自来是个会来事的,在人生地不熟的地方摆脱了谣言的羁绊,借着道术这门手艺及"熟知"风水、禁忌的缘故,跟上下级相处得甚为投契。闲时也投他们所好,与上峰同行画画安邸黄符,指点人家厨厕方位,不久就混得人五人六,重新赚下家底。一堆子女又成为他广结人缘的抓手,通过联姻、认干亲等手段,在小小的黄梅县城脚跟站得甚稳当。

这一次,他从骨头里面服气邵元节,诚心地敬人家为师父,年节礼物孝敬得勤快,师徒间的往来甚为烦琐,不消细说。

陕西富平县,杨靖之前声望很好,除了衰服三五个月,恰逢县衙有人升迁,人事变动,他再次谋得之前书办的职位,杨家人松了一口气。

杨爵这时除了会念书,还渐渐成为种庄稼的把式,正是俗话所说"秀才学阴阳,不用半后晌"——他种地的优势在于有文化,善于思考,善于学习。常年在田间地头与农人们相处,闲谈间留意,实际种作中琢磨,一些好的方法、经验,在他这里就适时地发扬光大。祖上留的十几亩地加上杨爵父子二十多年的苦心经营,如今也有三十余亩;只是银钱有限,置办的田地十分贫薄,出产很有限,且得往熟里养土,极其费时费力。

吃得苦耐得劳是老杨家的传统。杨爵领着一家妇孺赶着节气除草施肥，因地制宜套种豆类和时令蔬菜，使得他家地里的产量产值按照同等级的土壤算，在笃祜村还是数一数二的。虽然不富裕，却也可以不叫一家老小饿着，只是这样一来，杨爵读书的时间就很难挤出来了。

脱了孝服，杨张氏很快有了身孕。有道是二三月有孕不过年，正德十三年年（1518）底，杨爵添了儿子杨偲。虽然有杨靖再回县衙门做事情，大半年下来拉平计较，家里收支略有盈余，但供杨爵拜师读书，按时下给先生的供奉看，口风次一些的够用，去拜师求学却没有实际意义；先生有点名望呢，束脩要高，杨家备齐有些困难。杨家兄弟叹息叹息，也就先放下这件心事。

正德十四年（1519）二月二龙抬头这日，杨靖刚到衙门，一名家住县城的同僚带着自家媳妇炒的棋子豆来跟大家分食，几个平日关系要好的就坐在一起，边吃边寒暄几句。

一人忽然说："安之，不是说你的弟弟好学吗？不如送去朝邑苑洛书院吧。"接着那人简单地说了几句书院之事，多的也说不清，只说苑洛先生是个大有学问的，听说能得到他的教导，再上科场的话，那就八九不离十了。杨靖听着心动，暗暗把这事记在心里。

其时韩邦奇的苑洛书院名气日盛，杨靖稍一打听，立即知道这个苑洛先生就是自己的偶像韩邦靖的胞兄，与韩邦靖一榜同中进士的韩邦奇。他学富五车，德才兼备，且寓教于乐，循循善诱，乡邻远近学子争相投奔。主要还是这么好的先生，束脩高是高却可以分期付。有的人还煞有其事地告诉杨靖，若是碰上有真才实学的学子实在交不起学费，先生或者适当减免一二，或者不大提起，默许先欠着。按杨家如今的状况，前半年的束脩还是有的，至于后面，允许欠的话，缓一缓也能凑齐。当下，杨靖拿定主意，请假回家商量杨爵这事，打算让弟弟前往求学。

虽然年节后才离家，隔不多久又回来，家里大小亲人见到杨靖依然十分开心。杨母慈爱地坐在两个儿子中间，看看这个，摸摸那个，一迭声地催促杨王氏，捎带着提溜杨张氏张罗几样家常菜，让他们兄弟小酌着说事。

很快，炝白菜、豆腐炒葱花、生拌萝卜丝、煮白豆几样小菜装盘摆好，二

两烧酒也温热端来,兄弟俩边吃边聊。

杨靖把韩邦奇先生的苑洛书院说给杨爵听。

张本礼先前也给杨爵提到过韩邦奇先生如何儒雅、如何博学,他在外行走,一路上听得不少韩先生的逸闻趣事,见了面就断断续续地讲给杨爵听。在外地求学的李宗枢也写信给杨爵说,他的先生南大吉甚是推崇这位乡之贤达韩苑洛,相传韩苑洛之前在浙江任上倡讲理学,声名卓异一时,今在朝邑开馆授徒,机会实在难得,极力建议杨爵前去拜师求学。

此刻听闻兄长的话,杨爵沉吟一会儿,说:"这个事我曾仔细地想过,还没来得及和兄长细说。子西曾在信中叮嘱我务必拜在韩先生门下,谓我之前所学多而不精。如不得名师指点,以咱们农家子弟的见识,考不考得中,难说。即便侥幸考中,没有得力的人指点,只怕也走不多远。若能投在韩先生门下,再便捷不过。既然当初选了这条路,不努力一把,咋样都心有不甘,朝邑之旅,势在必行。只是如今家里母老子幼,嫂嫂身子弱,我如果去了朝邑,实在是丢心不下。之前母亲曾说起让兄长纳刘氏女为妾,兄长你想想,这事可使得?"

过年时,杨李氏曾经提到过这事。杨王氏在生杨休之时伤了身体,医家断言以后将无所出。家人为此给她多方求医问药,均无效果。这世道兴多子多福,杨李氏便起了心思,只因一是在孝中不便说,二是也需要机缘。

自打杨靖二次回衙门公干,杨李氏就带提不带提地跟杨王氏吹了个风,杨王氏同意,她也觉得只有杨休一个儿子对不起丈夫。之前家里穷不敢想,如今多加一副碗筷,事情不大。这个善良的女子就同意了婆婆的提议,但杨靖不同意,他的心在弟弟求学上。

刘氏女是从外地来村里投靠亲戚的孤女,十四五岁的样子。亲戚的日子也穷,自家都吃不饱,对走投无路的她也是有心无力。女娃娃干活儿扎实,为人也很厚道,路上碰见谁家的重车都会搭上一把手。村里人有一口多余的饭自然也会周济她一些。可惜这年月人多不富裕,她饥一顿饱一顿的处境很是让人同情。之前,她家亲戚曾托人给这女子找个出路,只是附近近年一直没有合适的小伙子,只得退而求其次,言说给娃娃个活路就行。

也曾有人在杨家母亲跟前提起过，让给杨靖收房。在村人眼里，杨家母子若能答应，也是件两全其美的事情，既能救刘家女子的急，也可让杨家长房多些子息。杨李氏听了进去，不免私下对这个女子多有留意。

刘氏女到村里有一段时间了，人很实诚，看着是勤谨柔善的性子。她手脚灵便，田里屋里各种活计还都来得，主要还是看上去骨架宽大，有个很好生养的长相，是个不错的人选。

杨靖沉默良久，缓缓地点了头。他也觉得若杨爵外出求学，家里的情况就让人无法安心。主要是母亲年纪大，王氏身体弱，杨张氏正给杨偲喂奶，还有两个小的需要照看，人手极紧。如果多上一个行走利索的人，也很好。

那个女子杨靖也知道。曾无意中看到过她在田间帮村民锄地换一口热饭吃，很舍得出力气，以她的年纪正可以过几年后再生养子女。与母亲说明原委，自己家人一定会善待她的。现下家中缺人，纳了她真正是两厢便利。这事就这样定了。

很快刘氏女被抬进门，杨靖没在家停几天就赶着回去衙门。杨爵把家事跟母亲几人交代清楚，在早春的一天凌晨，推上独轮车，装上米粮，怀揣束脩，启程去了朝邑。

经过一天的紧赶慢赶，在晚饭后，杨爵到了韩家。

仆从把杨爵领到韩邦奇面前的时候，韩先生挑了挑眉，觉得有点儿不可思议。眼前的汉子风尘仆仆，看上去二十七八岁的样子，身体倒也结实，有七尺多高，一身农家短葛穿戴，裸露在外的皮肤粗糙至极，怎么看怎么不像是读书人。

杨爵恭敬地向莲峰老人和韩先生见过礼，腰杆挺得笔直，微微低着头，垂着眼眸接受他们父子的打量。

韩邦奇大略问了一下杨爵的籍贯、家人、地里收成等闲散话，只字不提读书之事。至于杨爵因想给先生留下好印象而略加了文采的回答，他压根儿没听到耳朵里，满脑子里转的都是怎样婉转地让杨爵打消在这里读书的念头，就不是那个材料嘛。

场面有点儿尴尬。杨爵敏锐地觉察到韩先生不想留下自己。他面上不显，

但在身侧的手却紧紧地握成拳头，暗暗思忖着怎样说服先生，给自己争取这次机会。

寒暄了好一会儿，韩邦奇打定主意刚要开口，莲峰老人咳嗽一声，看了儿子一眼。以父子多年的默契，韩邦奇立即领会到父亲的留人之意。他愣怔片刻，吩咐仆从安排杨爵住宿。

"天色已晚，想来明天说事比较妥当。你远道而来，不如先歇息一晚，理顺理顺从前所学，以便好好应对我的考较，如何？"韩邦奇斟酌着对杨爵说道。

杨爵松了一口气，躬身致谢，跟着仆从去安置。

韩邦奇说："父亲为何想要留下此人？儿子觉得，觉得……"

莲峰老人捻须探头看着他，说："儿呀，接下来三天，你来验证'人不可貌相'这句话，如何？"

韩邦奇摸摸鼻子说道："就依父亲所言！"父子相视而笑。

第二天，韩邦奇一讲完课，就领着杨爵在书院各处走走，恰巧在路上碰到一个十七八岁的学生。韩先生记得这人上次小考得了上优。学生恭敬地向先生长揖至地，韩邦奇嗯了一声，学生起身肃立。因有意想问些题目，听学生回答，看看杨爵的反应，韩先生便停下来。

韩先生问道："今日温习什么？"

学生答道："《中庸章句集注》。"

杨爵不卑不亢，恭敬地站在一旁，细听他们师生问答。

韩邦奇念道："天命之谓性——"

学生瞥一眼杨爵，不敢怠慢，紧接着背道："率性之谓道，修道之谓教。"

韩邦奇点头道："朱子注。"

学生摇头晃脑道："命，犹令也。性，即理也。天以阴阳五行化生万物，气以成形，而理亦赋焉，犹命令也。于是人物之生，因各得其所赋之理，以为健顺五常之德，所谓性也。率，循也。道，犹路也。人物，人物……"卡住了。

学堂里念过书的人都知道，先生检查功课时千万不能卡，卡住就心慌，越慌就越想不起来！那学生背不下去，脸涨得通红。

韩邦奇扬眉看向杨爵，杨爵拱手道："人物各循其性之自然，则其日用事物之间，莫不各有当行之路，是则所谓道也。修，品节之也。性道虽同，而气禀或异，故不能无过不及之差，圣人因人物之所当行者而品节之，以为法于天下，则谓之教，若礼、乐、刑、政之属是也。盖人之所以为人，道之所以为道，圣人之所以为教，原其所自，无一不本于天而备于我。学者知之，则其于学知所用力而自不能已矣。故子思于此首发明之，读者所宜深体而默识也。"

韩邦奇微微颔首，然后告诉那个年轻学生："还是要多记诵。遇人紧张背不出，皆因不熟练所致。了若指掌，则随时随地可脱口而出。"

学生满面惭愧，唯唯诺诺告退。

韩先生又对杨爵说："下一句原文，说说你自己的理解。"

杨爵肃声道："'道也者，不可须臾离也，可离非道也。是故君子戒慎乎其所不睹，恐惧乎其所不闻。莫见乎隐，莫显乎微，故君子慎其独也。'爵愚见：事物存在的规律不能有一丝一毫的背离，可背离的东西一定不是真理。所以君子即使一个人独处，在无人看见的地方也要警惕谨慎，在无人听到的时候也要格外戒惧，因为不正当的欲望很容易在隐晦之处显现出来，不好的意念在细微之处更容易暴露出来。既自认为是君子，更应严格要求自己，防微杜渐，把不该有的欲念早早克制住，做到慎独。"

韩邦奇闭目细听，点头说："嗯，甚好。"

接着又顺路考较了几个学子，杨爵神态愈加自如，用得体的言辞，或者赞扬人家的博学机智，指出某某一句回答得宜之处；或者指出某某一句稍嫌不足，补充自己的答对。几次下来，韩邦奇便知道，这个学生不是看上去那么简单。

他们的话题不觉间从四书五经，一路谈到了孔孟之道、老子庄周、墨家法家，甚或九流杂学、笔记志怪传奇之类，话题拐到哪里，杨爵随到哪里，不做作，不夸大，不紧不慢，有条不紊，甚合韩邦奇心意。他对杨爵的好感度直线上升。

第三日,韩邦奇有意提些时事。他谈到了近来宁王朱宸濠谋反,阳明子镇压之后,皇帝绝口不提相关事宜,最后王阳明灵机一动,以大将军朱寿平叛有功,重新上折奏对,圆过这件事的经过。

杨爵想了想说道:"宁王谋逆这事说白了是老朱家的事,皇帝本想自己了断立威,本意是对的。而王学士怕失去最佳战机,率先一举平叛,也是有大决断的人。这种事情不容因皇帝的想法而犹豫。错失良机的话,到时候战乱四起,生灵涂炭,民不聊生,哀鸿遍野,才是最可怕的事。阳明先生为国锄奸,又及时想通关窍,既全了皇帝颜面又不误国事,是个有大胸怀、大智慧的人!臣子就该为国尽忠,浮名不计也罢!"

韩邦奇听了,拉着杨爵的手,说:"正是这样!我由来推崇张横渠之真知灼见,'吾道自足,何事旁求',浮名都是身外事,国计民生才是忠臣良将一生所应当追求的!"

"先生的事迹,学生私下也有所耳闻,因而才远远跑来拜师!"杨爵真诚地说。

"是我愚钝,差点儿错失良友!"韩邦奇说着,拉上杨爵去见莲峰老人。

韩邦奇见到老父一揖到底:"父亲,儿子受教!"

莲峰老人扶起儿子,接着受了杨爵诚心诚意的一拜,让他们坐下说话。

韩邦奇对父亲说:"杨家兄弟善学,虽宿学旧儒也不过如此!差点儿错过贤才,是儿子偏颇了。"

老人笑着对杨爵说:"还不拜师?"

杨爵从善如流,一套完整的拜师礼行得再真诚不过。

自此,杨爵师承韩邦奇,以自己之前所学为基础,经韩先生导引,思想和见识上升到了新的高度。

十一　师从苑洛继绝学

苑洛书院沐浴在暮春的晨光里。杨爵和师兄弟们早早起来，打扫书院卫生，各自洗漱后，绕着书院外墙跑上一圈，自找一片清静的地方晨诵半个时辰，然后按照既定的程序开课。

书院面积不大，建制跟通常意义上的书院完全不同，盖因它原本是由韩家一个田庄别院改建而成的。这里环境清幽，花木葱茏，房舍古朴，是莲峰老人致仕以后精心选来颐养天年之所在，也是韩家子弟早年读书时，逢年过节先生散了馆后，一起刻苦用功的地方，很适合读书。

韩邦奇最初并没有想建立一个标准布局的书院。他选了这里，是打算带上几个孩童给他们启启蒙，略收些束脩做日用，不吃老本就行，多出来的时间留给自己著书立说。早年，他一边研习典籍，一边着手解说推阐，颇有著述，自入了那个名利场就再也没有过集中精力思虑学问的时间，谋政又谋学，两边都耽误！不如趁此机缘好好做做学问。

人，但凡有了一番刻骨铭心的经历之后，心境就会与从前大不相同。抛却功名之心，韩邦奇更想把自己平生所学，以及应用上的心得写出来教化后生。或许若干年后，有人生当其时，而自己的成书恰如阶石，铺就其将来建立奇功之路也说不定。再说，将圣贤绝学传承和发扬，也是自己身为后学的责任。所以他开始将这里仅仅叫作"苑洛学馆"，本没指望能成个啥气候。

不料刚搭了架势，慕"关中二韩"之名前来求学的却都是些有志青年，且多半是有一定功底、基础相当扎实之辈，表明来此拜师只为更进一步想要在学业上修得大成。他只好调整思路，把书院提高了规格。既然他们的起点都不怎

么低，书馆也就效仿古往时贤，真正地讲经典、释文史、明道义，因材施教，真正地教化起乡里来。

每一个来的学生，韩邦奇都仔细地考较一番，把他们按学识分出三个等级。高一级的负责教导低一级的，他从旁监督，引导各级学子教学相长，并可多分些师资来提升学问相对好一些的学子。这样一来，他的书馆可以稍微多收一些人，而学子学问的提高也会快得多，对执教水平高的人还可以适当发放一定的薪金，可谓一举数得。

学而有所实践，会记得更牢，理解得更深刻，至于收获一点儿小钱，也算是对好学者的一些奖励，大概很能鼓舞人心。这也是对横渠先生"学贵有用，道济天下"之论的实践。以教养学，即在教人的过程中提升所学之理论水平，算是苑洛书院的创新之举，也许会更行之有效，韩先生想。

苑洛先生自己多才，亦希望自己的学生多艺，除了教导他们理学及举业功课，还教音律及一些实用的术数。当然，也根据学生的具体要求而使其课业有所侧重。比如以科考为目的的，就偏重《四书注解》的讲习，着意考场文章的写读。自然而然，苑洛先生并不认为学了四书五经便一通百通，当即能笔下生花，写出深刻的策论来，还须得博闻强记，深谙历史，明白事物发展的规律，才可以算作读书人，才能做好人、作好文，日后也才能做好事情，才能在官场发挥才干，不负十年寒窗之苦。

通俗易懂、旁征博引、引人入胜，是苑洛先生的讲学特点。他点拨指导下的学子互讲也不拘俗套，教的人和学的人之间，先讲读，后大胆互动，极大地调动了大家学习的积极性和兴趣。教的人在备课、教习的过程中，需灵活地掌握和运用之前所学到的内容；学的人，因为教的人是同门师兄弟，不会像对着先生那样紧张拘礼，不懂的可以大胆、随意提问，一问一答之间，"教学相长"就有了实质。

一般人在苑洛先生这里念书，不出月余，其精神面貌焕然一新，学识学问见长，待人接物的持重与来之前就不可同日而语。所以人们惊奇之余，自觉地叫响了"苑洛书院"的牌子。苑洛先生不是迂腐较真儿的人，只要教与学的目的能达到，至于是叫"书馆"还是"书院"，书院名气什么之类的，他是不甚在意的。

杨爵在这里属于高一级的学子。他早年的刻苦用功卓有成效,韩先生亲自提点他将所学逐一消化、深化,启发他加上自己的见识见解,逐步形成自己的思想,进而指点他思考如何写出"做人"这一大文章。韩先生告诉他:"有学问,会做人,哪里会怕写不出好的文章来!"

书院给将要应试的学子出了道《论语》题:"百姓足,孰与不足。"

杨爵写道:"民既富于下,君自富于上。盖君之富,藏于民者也;民既富矣,君岂有独贫之理哉……"

先生给他细细批阅后,表扬他破题破得好,但起讲流于平庸。先生娓娓道来:"你好好想想'立言'这个话,假如你是孔孟,你会怎么解这句经文呢?后面的四比联倒是写得文采斐然,看来对子是你的长处,不过还是有点儿言之无物。入手之后要深入探讨问题,后股则重在展现自己的才能。国朝科考本意是选贤,太祖言'文体毋尚虚浮,惟取朴实',这一点硬是要牢记于心。时文考验文字功力,更考验学子的见识,分析题目要与洞察时势关联起来,能给出行之有效的治世良策才是上佳之作。"

杨爵作揖告退,回去把这几条记在书眉上,夹个书签标记好,准备另理思路,重写一篇给先生批改。

作文不畅,这肯定是之前学习过程中对《朱子章句集注》一些地方没学通透,杨爵就向苑洛先生请教。

苑洛先生笑道:"朱子注经既重释字解意,更重义理融贯。比如他注释《述而篇》'志于道,据于德,依于仁,游于艺'时云:'志道,则心存于正而不他;据德,则道得于心而不失;依仁,则德性常用而物欲不行;游艺,则小物不遗而动息有养。'认为道、德、仁、艺是'本末兼该,内外交养',是至理所寓。念他的书领会出'析理'二字,基本就读出精要了。"

杨爵茅塞顿开,急忙返回去把这些书仔细从头温习、揣摩。

苑洛先生心下赞许。教学之间,韩杨二人亦师亦友,心照不宣中交情渐厚。在韩先生有意识地引领之下,杨爵身上的乡土气息渐渐隐藏,由内到外蜕变成一个墨香透骨的读书人。即便依旧还是农人装扮,人们也不会真的把他当

成一个农民了。

杨靖抽空来朝邑看望弟弟。看着站在眼前的杨爵,孔子"质胜文则野,文胜质则史。文质彬彬,然后君子"这句话不期然地出现在脑海里,他差点儿掉下眼泪来。父亲大人在天之灵,若能得知弟弟如今的变化,不知会有多欣慰!因为不想在心中神圣的地方失了礼仪,他硬生生忍着心潮起伏,微笑着答应弟弟的见礼。

苑洛先生待杨靖非常和气,告诉他:"伯修如今只需要将之前所学略加整理,加深研习便成。现今学馆诸生,无论进学先后、年纪大小,皆以学识故,尊伯修为学长。回去告慰令慈大人,只管放心就是。"然后让杨爵陪着兄长参观学馆食宿之所。

杨爵趁便介绍自己新结识的几名好友给杨靖。其中有一名快言快语的小学弟当面称赞道:"伯修兄为人践履铮铮,多古君子风节。不瞒大哥说,师兄弟间相处日久,难免会起争端。诸如你的鼻子长不对我的眼,他的脚气大冲了人的睡眠,等等,言语间时常不卯;某人的东西又无故找寻不见,怀疑某某手脚不忠,见了就想给几捶头子①等。倘若谁之间有个不痛快的,多半是伯修兄从中调解,最能辨明是非曲直,公正至极,我们都敬佩他。"杨靖听着露出与有荣焉的微笑,直到告别,依然没收住。

初夏的学馆内,一株大树的浓荫下铺着芦席,众人席地而坐。杨爵正给几个低年级的学弟讲课。他低沉而富于磁性的声音,远远地传到屋内的韩邦奇耳中:

"'欲正其心者,先诚其意;欲诚其意者,先致其知,致知在格物。格物而后知至。'

"朱子言:'所谓致知在格物者,言欲致吾之知,在即物而穷其理也。盖人心之灵莫不有知,而天下之物莫不有理,惟于理有未穷,故其知有不尽也。是以《大学》始教,必使学者即凡天下之物,莫不因其已知之理而益穷之,以求至乎其极。至于用力之久,而一旦豁然贯通焉,则众物之表里精粗无不到,

---

① 捶头子:方言,拳头。

而吾心之全体大用无不明矣。此谓物格,此谓知之至也。'

"也就是说,要想彻底搞明白所要探知的事物,就应该穷究其义理。以人之灵性,是具备辨知事物之理的能力的。而天下之事物,都特有其自身存在的道理。只因我们对事物存在的道理没有探究得透彻,所以对其的认知就不怎么全面。因此,《大学》中所教的是,学习者必须懂得,凡欲探知天下之事物,都应该依据已知之理,逐步推理深究,以求达到终极的认知。

"我们只要多下些功夫,就会融会贯通,必定会有豁然开朗的时刻。到那时,再多的事物,不论表面现象还是内里本质,无论是精深微妙的还是粗糙浅显的,就没有不可辨知的了。而用我们的心性辨知天地万物,就没有不通透明了的了。这种对事物的表里、精粗无不达到的辨知,就是'格物';这种用心性辨知天地万物,没有不通透明了的,就是'致知'。

"圣人告诉我们,不要只专注事物本身,而是要向事物以外去求索。要真正彻底认识一个事物,就需要把它放置在它所赖以形成的环境中去探索、去鉴别、去研究、去认识。引申到人之心性修行,就是要随时随处洗除私欲杂念,澄明心性,以永保辨识本性之清明。唯有如此,才不会被物欲所蒙蔽,而致使辨知不明……"

夕阳西下,学馆外的田间地畔,杨爵与几名高一级的学子边散步边答对。苑洛先生走在前面,一副你们随意,我在看风景的样子。几位学子与先生相处时日已久,早就知晓先生性情,各个凝神静气,预备着与同窗对答一番,穷究书理。

杨爵问:"自古帝王之致治,其端固多,而其大不过曰道、曰法而已。是二端者,名义之攸,在其有别乎?行之之序,亦有相须而不可偏废者乎?"

一人抢答道:"帝王有治天下之大体,有治天下之大用。体者何?道是也。用者何?法是也。"

"道根于心,法之所由立也;法施于政,道之所由行也。"另一个人抢过话头接着说道,"法而非道,则所以主张之者无其本;道而非法,则所以经纶之者无其具。皆非所以治天下也。"

后边还有人补充道:"然有是道,则其法可立,未有善立,是法而不本于

道者也……"

晚风把他们的语音吹得断断续续,不过主旨大意,苑洛先生已经听得明明白白,他双手背后,在学生们看不到的角度,露出会心的微笑。

一日休沐,韩邦奇让杨爵沐浴更衣后来书房见自己。杨爵依言照办。韩先生显然也是刚刚沐浴梳洗过的,正襟危坐于书案前,书案之上放着几本书:《正蒙》《张子语录》《横渠易说》《经学理窟》等。

苑洛先生的话缓慢而清晰地传入杨爵耳中:"今世人多推崇程朱理学,科考也以朱子注解的四书为蓝本,这个你早就知道。你我虽然有师徒之仪,我实则以朋友之谊待你,想必你也知道。以你之学,应对科考足矣,但我今天要教给你的是有别于程朱的,东莱先生①称之为'关学'的一种学说。"

他顿了顿,继续说道:"这种学说于当下科考上式微,于做人做学问上却大有裨益。你平日一言一行,皆标示着你是有大志向的人。那么作为关中人也好,为你自己的心意也好,都须得好好跟我修习这几本书。"

苑洛先生郑重的态度感染了杨爵,他不由得坐直身子,抬手抚在书本的字迹上。

---

① 东莱先生:吕本中(1084—1145),字居仁,号东莱,南宋著名学者。

十二　横渠四句道自足

从先生书房出来之后,杨爵一有时间,就一头扎进张子学说中。

在读到《西铭》中"富贵福泽,将厚吾之生也;贫贱忧戚,庸玉汝于成也。存,吾顺事。没,吾宁也"时,杨爵不禁湿了眼眶。兄长和自己果然是对的!无意中竟然走进了圣人所描述的境界之中。连张子也说一个人处于富贵的境况,虽然可安乐享福,但千万不要骄横,应明白这是天地对你的厚爱;而如果处在贫贱的境遇,虽然会忧苦,但也不要绝望,这也许是上苍赐给我们的成就自己的机会。活着就应当顺从天意尽力做事,死了就安然地去休息。人生既要积极进取,也要随遇而安,乐天知命。

领会到《西铭》中所阐述的尊重人、爱人的仁爱精神,天地一体、万物平等的观念,积极进取的处世态度,杨爵一下子觉得眼界开阔起来。

他没有告诉苑洛先生,其实他前些年在李宗枢那里也读过张子的书,李宗枢的先生南大吉,对张子之学也很感兴趣。虽是泛泛而读,但杨爵内心对张子尊顺天意、诚意做人的思想感念至深,甚至还曾经借过他注解的《论语说》《孟子说》来读。只是自己家境贫寒,早年立志读书,是以改变命运为目的的,未免功利心重了那么一点儿,后来就多在举业书目上留心,在其他书籍上没有太用心。既然先生认为这些书于日后大有用处,那么就听先生的。毕竟,自从在先生堂上听讲以来,自己每天都有收获,对先生的学问和人品折服不已。

杨爵从小养成了良好的学习习惯,有极强的自学能力,韩邦奇很明白这一点。他觉得杨爵这样的人,就应该先让以自主修习为主,然后任其提问,自己再根据杨爵具体的掌握程度精讲一遍，这样会学得快一点儿，于杨爵适合又有益。

杨爵则被张子的书引领到一个更高的精神境界。从前粗读张子文章，杨爵已经觉得与之心有戚戚焉；现在悉心研读，张子"气本论""一物两体""阴阳互动"的观点，更是让杨爵感到自己被引向了神奇的探知宇宙奥秘的门前。他尤其推崇张子的这种理论：天地之性诚明至善，是善的来源；而气质之性有善有恶，是恶的来源，是人欲的体现。

人犯错误，作了恶，是气质之性中的恶性；人要成为圣贤君子，必须变化气质之性，去掉气质之性的遮蔽，回归和彰显天地之性。变化气质之性的方法和途径就是接受教育，学习礼义道德，养气集义。"养浩然之气须是集义，集义然后可以养浩然之气……义者，克己也。集义犹言积善也。"通过积善克服自己的缺点，而且坚持不懈，才能不断变化气质，获得正直刚强的浩然正气，从而达到圣贤君子的境界。

杨爵历来希望自己像古之圣贤那样修身立命，做一个能干成一番大事业的人。他也曾苦苦思索，圣贤之所以为圣贤，其与常人的区别究竟在哪里。张子学说无疑给了他认为正确的答案。他觉得他离理想中的自己已然不远了。

在跟韩先生说到这种感觉时，韩先生笑了："你个性中颇有刚大之气。从几次处置同窗之间的纷争以及平日谈古论今时你的举动就看得出来。怕你因为我的嘉许而懈怠学业，所以没有当面说给你。横渠学说，言简意宏地阐述造化之秘，明晰人性之源，开示后学。横渠先生一生倡导学风笃实，注重践履。伊川先生①谓之：'明理一而分殊，扩前圣所未发，与孟子性善养气之论同功，自孟子后盖未之见。'你能领会到这一层，我的苦心就没有白费呀！"

杨爵回答说："先生厚爱，学生实在是惭愧！横渠先生学古力行，是我们关中士子的宗师。学生以为，既然立志向学，必然要有个目标，要有个行为的准则，更要学些有用的东西，诚如张子言'圣人苟不用思虑忧患以经世，则何用圣人'！因而才敢对先生畅所欲言。知道自己没有学偏，私下也开心

---

① 伊川先生：程颐（1033—1107），字正叔，世称伊川先生，北宋哲学家、教育家。

得很。"

"唉,自古及今多迂腐的士子,以为通了平仄就万事不愁,高高在上,不知人间疾苦。这种人心不坏,却于治世无益。还有些人满怀激情奔赴官场,以为只凭自己一人之力就可以澄清吏治,建不世之功,后来碰得头破血流,或者一蹶不振,或者与污浊之气同流合污而忘了本心。更多人本来就把学习圣人圣学当成跳板跳入名利场,为了一己之私指鹿为马,混淆是非,给家国带来多少灾难,令先祖蒙羞!五胡乱华、宋之南迁,哪一次不是毁我汉家基业,折损汉家子民?哪一次又能少了本族奸佞民贼的身影?幸有本朝太祖洪武帝自头缠红巾到南下滁州,经两淮之役,北进中原,一路浴血奋战,征下大明江山,重拾我恢宏的汉家文明。可谓千回百折,来之不易。近一百五十年来,倒有几多不肖子孙因私废公,自毁家业!但总该有横渠先生的后学者,可以摈弃自汉唐以来的儒者那些或专注于典籍章句训释,或玄空清谈的陋习,带着'为天地立心,为生民立命,为往圣继绝学,为万世开太平'的使命感,做人做事,好赖给子孙留一点儿可为之树碑立传的资本吧!这也是我让你读横渠学说的本意,你可明白?"

杨爵听了,一时动容,眼眶湿润,言道:"学生明白!"

苑洛先生又说:"我自削籍以来,也曾心灰意冷。可前有父兄督促,后有前来求学的你们师兄弟的推动,我怎么也不可以再消沉下去。张子学说以天下为己任,忧患民命民生,我遵循教义,从不敢懈怠。虽不容于权贵,被排挤至此,但我也应该高兴才对。至少,我以我所学,干过几件快意的事。今虽寓居乡下,但还可以以此学说教化乡里,使圣人圣言能有后人继承,也算是求仁得仁了。无论你以后发达或是落魄,都希望你能记住咱们今天的谈话,方不负你远道而来求学的辛苦,也不负我真诚待你之心。"

杨爵深施一礼,记住了先生的教诲。回去后,他更加勤奋用心,写了不少的学习心得给韩先生批改。

其中有一则这样写道:"《东铭》言待人以诚,不欺骗别人是诚,毋自欺欺人优胜;《西铭》阔胸怀,孝长辈,爱亲朋固然是,若能惜孤弱,济天下困苦,则为至境矣。"

另一则说，张子"六有""十诫"当悬挂于室而铭于心。

曰："言有教，动有法；昼有为，宵有得；息有养，瞬有存。"

做人要有教养，守规矩；白日积极做事，晚上总结得失；时时刻刻休养身心，一点一滴积累收获。

曰："戒逐淫朋队伍，戒好鲜衣美食，戒驰马试剑斗鸡走狗，戒滥饮狂歌，戒早眠晏起，戒依父兄势轻动打骂，戒喜行尖戳事，戒近嬲婢子，戒气质高傲不循足让，戒多谗言习市语。"

通读完张子著述之后，因韩先生正在修订他早年所著的《易学启蒙意见》，趁便把张子的《横渠易说》给杨爵细细地解读了一遍。《周易》这个大道之源，通过张子深入浅出的著述，深深地印在了杨爵脑海中：万事万物，皆有阴阳两面，这两面既对立又依存，此消彼长，相互作用，最后归于统一和谐。以此为基准解读物事，解读人生，认识世界，许多想不通、辨不明的事，也就清清楚楚的了。

杨爵感到自己眼前豁然开朗。无论自己以后的际遇如何，有横渠学说垫底，有韩邦奇这样的师长，自己就没有白活一回。杨爵也是个有创新精神的人，不读死书，而是把《周易》和四书结合起来解读，形成了自己独有的重视人事、反对笃信天命的思想。他在笔记中记道：

天地人之道，中而已，《易》之全体大用可识矣。所以主之者，必有其人，岂可以尽归于天运哉？

这最是难能可贵。学一个东西不难，难的是能把它活学活用并且发扬光大。杨爵与常人的区别也就在这里了。

当然，此刻杨爵还没有想到著书立说，他只是有了心得，就跟韩先生探讨。苑洛先生对这种师生互动极其称赏，并在闲暇之时把二人的讨论转述给父亲莲峰老人和弟弟韩邦靖听。莲峰老人已卧病在床，他目光祥和，多数时候都在含笑倾听儿子们谈论学问，间或评论一二。

韩邦靖也是性情中人，这位少年得志的才俊和兄长一样刚正不阿，打心眼

儿里赏识杨爵其人，农闲时就跑去书院与兄长、杨爵等小酌畅谈，好不畅快。

同时喜欢杨爵为人与学识的，还有韩邦奇的族兄弟韩邦宪。这也是一位学问造诣极深的人，十二三岁学文章，十五六岁通诗赋，莲峰老人称赞其为韩家的芝兰玉树，只因为学术上不想屈从于八股文风，故而屡试不第，渐渐地就熄了科考的心思，只以诗文会友，胸襟超然，颇有些魏晋隐士的风流样子。

与韩邦奇毕竟有师尊的拘束，与这两个人，杨爵是敞开了心扉相处。一时间，三人或于休沐日郊游，或者应景、应时节诗文唱和。这是杨爵人生中最最畅快风雅的一段时光。

韩邦靖二十一岁时与兄长韩邦奇同登进士，沉稳干练；更难得的是，他在官场走了一圈，还仍然怀有一颗赤子之心，为人十分真诚。韩邦靖经常出题考杨爵，训练他的答对。

"一方水土养一方人，咱们关中这地界就出张横渠这种实心眼儿的。我们兄弟两个官路不顺，我们同榜那个状元公高陵吕泾野也是一样。然而，我仍然希望你能皇榜高中，于关学一脉也能传承和发扬光大。兄长教你横渠学说，我就来培训你八股文章好啦！"韩邦靖挤一下眼，又说，"我比他还擅长这个。"

杨爵不由得笑出了声。

韩邦靖于是今天提一句"国有道，其言足以兴"，明天来一句"凡事预则立，不预则废"，让杨爵快速破题、承题等，然后他也顺着作文，再一起拉着师兄弟们品评一番，使杨爵对这类文章写得越来越顺手。

张子"学贵心悟，去疑求新""笃实尚行，经世致用"以及以天下为己任的治学处世思想，对杨爵的一生有着极大的影响。可以说，杨爵用自己的前途，甚至是生命，践行了"横渠四句"中的理念。他一生行事"先明诸心，知所往，然后力行以求至焉"，用热血铸造了关学的高大形象，照亮了那些毕生"为生民立命"而奋不顾身的仁人志士的天空。

十三　师徒游学帝责臣

学问上的突飞猛进不代表从此可以脱离现实。一天清晨，杨爵晨读结束后沿着田间小路回书院时，无意间听到几声清脆的鸟叫声，"绿遍山原白满川"之景就浮入脑海，他的心神顿时从书中回到了烟火人间。抡一抡胳膊，伸一伸腰，吐纳几下，使腹内浊气换新，然后缓缓放松，一时觉得神清气爽，不由得仔细地欣赏起眼前的美景来。这一看，发现田间的麦子居然已经绿中泛黄；细辨鸟音，竟是"算黄算割"。收获的季节已经到来了吗？

他紧走几步在田边弯下腰细看，只见一阵微风吹来，麦秆轻摇，重重的麦穗一摇三晃，仿佛在向杨爵致意。鼻尖隐隐飘来麦子特有的清香。又一连声鸟叫，由远及近传入耳中："算黄算割。""布谷！""算黄算割。""布谷！"一唱一和，仿佛提醒人们麦子熟了，农忙将近。原来离开家有这么久了啊，夏天已在不知不觉中到来！他想。

杨爵向韩邦奇请假回家一段时间。三十多亩地留给一帮妇孺收割，有点儿不太靠谱。

韩邦奇想了想，觉得自己家里也有田亩，而今书院学子们镇日读书，远离稼穑，时间一长未免四体不勤、五谷不分，加上他觉得三夏大忙，龙口夺食，谁也不能等闲视之，索性全书院放十天假回去收麦。

几个有秀才功名的学子念书念得有点褊狭。韩先生提点多次，可惜百人百性，这些人表面迎合，私底下还是觉得自古读圣贤书的均高人一等，因而对书院放假夏收一事颇感义愤，认为没有什么必要。他们不敢质疑韩先生，就把事情都怪到杨爵身上，可不都是他多事请假闹的！

几个人把杨爵堵到书院外的僻静处，一哄而上，手点到杨爵鼻子上指责他有辱斯文、误导先生，态度、言辞颇为不敬。杨爵急着回家，不想与他们纠缠，没吭声，打掉伸到眼前的手大步走了。他务农出身，又素来体健，手劲儿不是这帮酸秀才可比的，被打到手的人疼得甩着手直"哎哟"，其他人想拉杨爵又怕祸及自身，只好虚张声势，在他身后吵吵嚷嚷。

韩邦奇正往家走，刚好在不远处，碰巧把这件事看了个正着。也是几个人只顾了找碴，没注意到先生的身影。

"我也正要回家割麦，不知算怎么回事，你们可愿意给我解惑？"韩先生冷着脸问道。

学子们见惯了和颜悦色的师长苑洛先生，从来没有见过他这样威严的样子，先前几乎忘了韩先生原本出身官宦之家，也曾是两榜进士的官身，不由得呆愣了。

"亏你们还是读书人，竟这样忘本！你们虽有功名，平日堂上讲读又有哪个比伯修高明了，啊？种地有辱斯文，白吃种地人种的五谷杂粮，就不有辱斯文了，啊？这都不明白，还念什么书？！"

几个人立时羞愧难当。杨爵在韩先生出声时就折了回来，站在一旁恭听先生训示。韩先生说毕，双手背后，转身走了，几个人都躬下身子恭送先生。

待人走远，杨爵说："几位，若能回家接过家人的镰刀、杈把，流上几滴汗，方对得起先生的教诲。"说完也走了，剩下几个挑事的面面相觑。

麦种一月收三天。赶天气还赶时节，稍微慢了，麦粒就脱落减产，所以收麦叫抢收。干活儿时总觉得时间过得飞快，不觉就收了假，回来书院的学子们都晒黑了不少。韩先生让他们各谈关于夏收的感想。有人说到"粒粒皆辛苦"时，大家都想到了前一阵劳动时的苦累，一时唏嘘不已。

"耕读传家是先人留下的美德，历朝历代以农为本也是有根据的。如果不知这个，书念得再好都没有用。咱们书馆的人切不可读死书，死读书。我想这十天你们比在先生堂上学的还要多。"韩邦奇说道。这次，他们深以为然。

韩邦奇按照科考惯例出了题目，把前阶段的学习情况考了考，点评之后把他收集的一些解元、会元的答卷拿出来给学子们传阅，让他们与自己的试卷相比较。要求各自总结个人学习中的优缺点，然后制定下一阶段的学习目标。

韩先生说，每个人只有明白自己所处的位置，知道自己距离目标还有多远，才会静下心来努力赶路。杨爵把这句话深深记在心里，他的同门大多数人也记住了这句话，接下来书院的学风自是更加端正。

秋天的时候，韩邦奇见教学进度已然超过了预期，奔着"读万卷书，行万里路"的目的，让学子们自由组合，推选领队负责安全，自选地界，以一月半为限外出游学，回来作文，统一讲评。

杨爵自然是与韩先生兄弟一道的。他们先去了朝邑沙苑，再选了洛河、渭河风光可人之处一一游赏，最后一站选择了华山。

这对杨爵是一个全新的体验。他过往二十八年的人生多在田野和万斛山之间走动，眼前这荒沙漫漫的沙苑，沙漠里顽强生长的植物，今非昔比的原皇家养马场，都让他深深感叹造化的鬼斧神工。而浪潮滔滔、摧枯拉朽的大河也让他心灵震颤。他与恩师好友吟咏着"渭水银河清，横天流不息"看渭上日出，看一去不复回的东流，体味着横渠理学的博大精深。

九月深秋的一天，他们来到西岳华山脚下，拜谒西岳庙和玉泉院，在山脚一个小道观借住一晚，请一个专事给人带路的小道士同行，于第二天微明时开始登山。自古华山一条路，这条路又陡又险。

几个人开始还走得挺快，不久就气喘腿软，只好走一阵歇一阵。韩先生坐在一块石头上说陕西读书人不登华山，都没办法说"行万里路"这句话。《书经》上曾云华山为"轩辕黄帝会群仙之所"。他年少时也曾来此一游，惜乎无知无畏加之年代久远，已不记得当时所想所感。后来只顾着考功名，又后来案牍劳顿，直到今日才借着伯修他们游学再次一游，不想体力不支至此。由个人沉浮聊到古今沧桑，韩先生不胜感慨。

韩邦宪为缓和气氛，笑道："陈抟还说'寄言嘉遁客，此处是仙乡'呢，不只尧舜这些人君来几巡华山吧，也有得道高人来此修仙求道。"

韩邦靖哈哈大笑："人家伯修还预备下科场呢，咱还是先不提这些仙啊、道呀的事为好！"

韩邦宪赶紧改口说："咱们太祖皇帝也梦游过华山呢！"大家就都笑了，

气氛又轻快起来。

说说笑笑间,胆怯和疲累也岔了过去。过千尺幢,走百尺峡,来到老君犁沟,沿着犁沟两旁的石窝慢慢爬,韩邦靖嘟囔着说:"不知老君咋想的,只犁出一条沟来,咋不开条路呢?"

几个人听后忍俊不禁,韩邦奇轻斥道:"看脚下,好好走你的路!这是贫嘴的地方吗?"

在韩退之投书处,几个人感叹苍龙岭的险要之时,对韩退之究竟是被华山之险吓得哭泣而求救投书,还是因为华山壮美赞叹不已只好以流泪抒发情绪这件事上,各持己见,争论了几句。杨爵以为如韩退之那样伟大的文学家,定是有见识、有胸怀的人,量不至于胆小如此,多半是惊叹而至于落泪,投的书也该是写的文章,特意扔去给天神看。

走到这里体力耗费颇大,几个人稍事休息,吃了一点儿干粮,各自暗暗鼓劲儿,又开始默默地努力爬山。有些风景也就略略看过,只顾得脚下。傍晚时分,他们登上了南峰顶。

山上风大,吹得人衣衫飞舞,似乎将要羽化登仙。杨爵抬头一看,觉得蓝天近在咫尺,星辰伸手可摘。极目四望,只见群山起伏苍莽,霜染秋叶,色彩绚烂;山下河流如丝,平原如锦,说不尽的风景秀美。凌绝顶的感觉真奇妙。他觉得任何语言,都难以述说此刻的心情。众人大约也有同感,也都失了言语,静静地站在华山之巅,用心与天地山川交流。

在向导小道士的帮助下,他们举着火把摸黑下了山,其中艰险一时也说不完全,总之是对人的耐力、胆识、技能、体力的考验。后来,杨爵写诗记录这次旅行道:

梦想兹山二十年,今朝散步上其巅。
奇峰尘外崚嶒立,怪石云间颠倒悬。
雨过一声促织响,树深几笠牧童眠。
大观到此方为得,觉我心天高万千。

杨爵在朝邑努力念书的时候，朝堂上那位愈加特立独行的正德皇帝也没有消停。

二月，皇帝下诏南巡。大学士杨廷和上疏谏阻，接着部、寺以及科、道大臣亦连续上疏，谏止南巡，皇帝置之不理。

刑部主事汪金还疏奏列举帝王不可南巡的九个理由，杨廷和也再次上疏劝谏，皇帝已经到了发怒的边缘，不过还算理智，均留中不发。

三月，科道官纷纷上奏谏阻，皇帝大怒，命一百四十六名谏臣跪午门五日，完了发现这些人死硬，仍不改口，就下令廷杖三十至五十不等，当场杖毙十一人。

一石激起千重浪，文臣们跟皇帝死磕上了，一直闹到四月中，死者伤者相继，皇帝不知道是心累还是感动，就没再提南巡的事。

江彬趁乱独揽内外大权，搜罗钱宁罪证，抄没他的家产，得玉带二千五百束、黄金十余万两、银三千箱、胡椒数千石，其他珍玩财货不可胜计，皇帝大怒，杀了钱宁。江彬自此提督东厂兼锦衣卫，炙手可热。

十二月，皇帝忽然想起"猪"与国姓"朱"字异而音同，下令禁止民间养猪，并将百姓所养的猪屠杀殆尽。后来过节无猪可供祭祀，又不得不解除禁令。凡此种种，令天下人啼笑皆非。

苑洛书院师徒游学结束，一一回归。带有目的的出游跟自己走马观花游玩，心得截然不同。

书院里不乏富家子弟。他们也曾信马由缰，纵情山水，不过是附庸风雅，给眼过过生日、花花银钱而已，于心里却没有留下什么印记。这次则不同，韩先生要求大家每去一个地方先要看看这地方的风物土产、民风民情、民生状况，然后结合自己所学的圣人圣言，或者写诗词歌赋，或者写写策论，乃至随笔、游记都行，能叙写见闻，抒发胸怀，兼谈治世之道就算。

游学归来的这些年轻学子在小别又重聚的兴奋过后，和同窗说起自己的游历时，就严肃得多了。很多人终于知道，世界很广阔，众生百态，五花八门，不一而足。他们认真地思考所见所闻，用心写下诗文。

杨爵在文中写道:"于登(华)山中知,学与行颇相似。须尽心行己,戒惧慎独为要。尽心行己之要,自不妄动罔言始。轻躁鄙背及事务琐屑,无益行程,无益身心。体道心人心,无不如此。道心极难体认,如山路之难行。少有间断,则蔽锢泯灭。一念发动之际,须凛然畏惧,不可少怠,不敢少息,则道之险阻通,而道心自得矣。推之至士之处世,须把持得定,方能有为。见得义理,必直前为之,不为利害所怵,不为流俗所惑……"

韩邦奇看了很是称许。

讲评之后,学子们又恢复到之前的晨跑晨读,在课堂、食堂、宿舍间循环往复的书院生活中,接着前面的课程进度继续学习。

琅琅书声里,笔墨纸砚交错间,冬至日近,书院散馆过年。

不幸的是,散馆后第一天,朝邑那个睿智的老人——莲峰先生韩绍宗突然病情加重。风烛残年的老人延医治疗收效甚微,都说回天乏力,快准备老先生大行之物。韩家陷入一派忙乱之中。因路途遥远,天寒年近,韩家并没有告知杨爵此事。

杨爵回到了笃祜村,他还从来没有离开家这么长的时间。有亲人远行而归,家里人因此觉得这个新年更像是一个真正的新年。

母亲、妻子、子侄的喜悦感染着他,他也积极地参与家里的新年筹备活动,如采买、整理之类。他去干活儿的同时,也借机和妻子、子侄互动互动,一改往日不苟言笑的严肃形象,言语行为间十分亲切,以至于从前见了父亲就将小脸藏到母亲怀里的小杨偲,见了他就咧开只长着几颗牙的嘴憨乐。

夜里夫妻闲话,杨张氏提起孩子们忍不住笑个不停:"这可真是黑馍出了醭①,改个样子,孩子都不知道怕了!"杨爵难得地捧场,也顺着说了几句"还好长得是白醭,要是青醭,可如何是好"等插科打诨的话,逗引着妻子开怀,自是一番小房私话,无限美好。

春节本是传统佳节,年年过,年年隆重。按照往例,正德十五年(1520)的年还是从上年腊月开始,直到正月十五上元节过后结束。

正德十四年(1519)腊月初五,杨家早早熬了一锅煮有白豆、绿豆、黑

---

① 醭:音 bú,方言,酒、醋、酱油等表面生出的霉,亦指冷东西受潮所生的霉斑。

豆、扁豆、豌豆五种豆子的米粥①。头发已经灰白的杨母杨李氏笑着说："过了'五豆'，就会糊涂，去街上见啥买啥。为了过个肥年，你们都喝了这糊涂粥吧！"一家人欢欢喜喜地答应着。

腊月初八吃了八样菜蔬烩成的以宽大形状寓意大面额宝钞的腊八面，一晃眼又是腊月二十三小年烙灶火爷饦饦祭灶，二十六扫尘土，二十八把面发，蒸上白面扭花三角子"枣山"，敬到灶王爷画像前的台板上，就只等着大年三十敬罢先人，吃着年夜饭守岁过年。

杨靖二十九日晚上才赶回家，满屋节日的气氛瞬间令他开怀不已。他也觉得今年真是一个好年景，日用不紧，弟弟又在朝邑那里多得韩先生器重，想来功成名就在望，美好的日子就在眼前，似乎伸手就摸得到，他无声地笑了。

正德十五年（1520）是伴随着一场大雪到来的，这更增加了新年的喜庆气氛。俗语讲"八月十五雨蒙蒙，正月十五雪打灯"，都是风调雨顺的好兆头。

风雪丝毫不影响年节中富平人走亲戚的热情，一年的辛劳、收成需要和亲朋分享，来年的打算更需要他们的理解和支持。人们提着礼品走舅家去姑家，拜丈人访老表，忙着相互走动，沉浸在一年之计在于春的喜气中。不过这只是老百姓的淳朴想法，以为瑞雪兆丰年，收成好，日子就有盼头，那些当官的想法却不是这样。

官府新年开印以来，一些地方的父母官在人面前似乎奉公克己，手底下却残秽②，都在想当今天子脾气阴晴不定，京城里一会儿东风压倒西风，一会儿西风席卷东风，时不时地还乱刮旋涡涡风，弄得人晕头转向，有幸还在位置上，不趁机渔利更待何时！因而把那混账的捞钱方法耍得花样百出，这其中包括杨靖所在的富平县衙的段知县。他巧立名目压榨商户，各种摊派；又有事没事以各种借口缉拿人，利用百姓怕惹上官府，急于平息事件的心理，大肆收受贿赂，间接地给杨家埋下一个大祸患。

杨靖是个实诚正直的人，他怎么能够想到，每一次当他满怀希望的时候，灾难的阴云就会笼罩到他的头顶。

---

① 即"五豆粥"，以配够五种豆子为宜，不特指哪五种豆子，一般有什么配什么，意在"五"。

② 残秽：方言，厉害。

十四　兄长遭诬爵入狱

还没到破五,杨爵就听到莲峰老人年前去世的消息。他理解先生不打扰弟子过年的兴致故而封锁消息的做法,也没有多余的话,于上元点完灯就急急忙忙赶去书院。虽不开馆,还是有几个亲近的弟子自发地来到这里守院自习,同时帮忙整理莲峰老人遗稿。趁着早春田地里活儿少一些,杨爵也留下来守护悲痛的苑洛先生。

韩先生素知杨家家境,农忙时节就赶他回去。农闲,杨爵又赶回来陪伴先生兄弟,在韩家温书,两下里奔波。

不知是不是乡下人说的"留作念",正德皇帝在这一年更加闹腾。

正月他在南京,六月已跑到牛首山半夜闯进军营,让史官记下一笔"诸军夜惊"。闰八月又跑到镇江,在大臣杨一清家里逛了逛。

九月,他带着随从自瓜洲渡过长江。经过清江浦时,只见天高云淡,水清波缓,倒影绰绰,游鱼嬉戏水中,江上风景甚好,皇帝一高兴,便打算客串一下渔夫。他喝退左右,自己撑着一艘小船,在江上捕鱼玩。估计鱼儿见了皇帝也伏不住,晕了头,都跑到网里去。皇帝不懂行,开心至极,乱用力气一拉网,船失去平衡,翻了……

生于深宫大内的正德皇帝是个旱鸭子,惊慌失措间一阵乱扑腾,肺里呛进了水。一行人仓皇救出皇帝,劝他赶紧回京。朱厚照甚为自负,尽管感觉不适,却是不以为意,心想自己还年轻,才三十岁,而且贵为天子,要什么样好的御医、药材没有,不就落个水嘛,治好这点儿小病胜算大了去了。再说,回去又会被拘束在皇宫那巴掌大的一块天地里，看那些言不由衷、老奸巨猾的大臣的种种嘴脸，多没趣。因此，愣是没把这不适放在心上，继续随心所欲，一路巡幸。

十月多，皇帝才晃晃悠悠到了通州。年底，他亲眼看着那个犯上作乱的宁王朱宸濠伏诛后，才不紧不慢地回到紫禁城中。他还没想到，他那被酒色掏空的身体没办法免疫自救不说，吸收能力还奇差，致使药石效用甚微，再好的医生、再珍贵的药物，对他也没有用处。落水引起的小小不适，早已演变为绝症。

由于在损害百姓利益的事上做不出手，配合不来段知县，杨靖有几次现场神色不当，让当事人猜出实情，坏了段知县的事，被他记恨在心。他正设法伺机踩倒杨靖，以免自己的烂事败露，而杨靖尚不自知。

入冬，有几笔田赋要入库，段知县计上心来，纠合几个贪腐之货设了个套儿，让杨靖替其中一人公干，然后言说税粮账目有假，诬陷杨靖卷进一桩赋税出入对不上扣的案子中，说杨靖以假乱真，涉嫌私贪公粮，数目巨大，扬言要把杨靖下狱重典判刑。幸亏杨靖平日为人厚道，人缘很好，有个知情人不忍心见他遭罪，赶在他被缉捕前偷偷告知于他。

杨靖心知这是存心整治他，恐怕难以善了，如果有个不测，将死无对证，永无澄清之日，只怕还要连累家人，为今之计应设法活下来再作计较。因事情紧急，他来不及告知杨爵，便连夜出逃，躲藏起来，家人都不知他的去向。一帮段县太爷的爪牙，叫嚣着去笃祜村杨家一通搜捕，没有看见人影，就无头苍蝇般在村子里到处寻找。杨家陷入一片恐慌中。

得知杨靖的事情时，杨爵人在朝邑，兄长已经失联近半个月之久。他赶紧辞别韩先生，当然鉴于韩家状况，他也没有告诉师尊韩苑洛先生具体情况，就连夜来到富平县城，暗中打探事情的来龙去脉。毕竟，杨爵平民百姓一个，事又涉及一县之长，其中关节甚多，问起来不是很容易。杨爵只好在先县城租赁一间破屋住下来寻求转机。

正德十六年（1521）新年咋过的，杨爵和杨家人几乎没有印象，他们因为

杨靖的失踪而忧心忡忡、食不知味。

朝廷也出了大事。

正月十四日，正德皇帝在北京南郊主持大祀礼时口吐鲜血，倒下去没能爬起来。大礼不得不终止，朝堂内外瞬时变色。杨爵有忧心的事，听而未闻，韩先生兄弟服斩衰才两年，精力暂且也关注不到这宗新年奇闻上。

段知县得知杨爵在为杨靖奔走，刚开头也没当回事，白丁而已，识得几个字又如何！一个在自己手下讨生活的穷鬼的弟弟，用当地话说：老鼠尾巴砸上八棒槌，能肿多大？吝人！就暗示手下找几个混混恐吓恐吓，吓跑算了，没再管他。

杨爵在县城被一群闲汉围攻过，荷包被抢过，在拐角莫名其妙被人拍过黑砖，还被人讹诈欠账不还。但杨爵性情坚忍，不怕艰险，勇于面对，几次找他寻衅闹事的人反而渐渐被他的凛然无畏之气所折服。开年后，知县对这事盯得也没那么紧了，就有好心人偷偷地把真相告诉他。

为了洗刷兄长清白，杨爵击鼓鸣冤。

尽管皇帝身体不治这种事内阁绝对秘而不宣，很多级别不够、离京城稍远的地方应该是不让知道的，然而消息还是随着春风泄露至京外，至少"有心人"都是知道的，段知县也知道。

这会儿朝廷上下都乱着，估计也没人关注这小地方，段知县恶向胆边生，捏了个"造谣生事，咆哮公堂"罪将杨爵收监。

在上司的暗示下，那些牢头对杨爵甚为苛刻，动辄非打即骂，还把他和几个眉眼不顺、在牢房专事打架闹腾的人关在一起。杨爵初处这种境地一时无法适应，吃了不少苦头，皮外之伤大小不断，衣服被撕扯得稀烂，还经常没有饭吃。任是他这种心智坚忍的人也有些狼狈气馁。不过他一向表情不多，外人一时也摸不清状况，不敢过分造次，双方多用一些试探式的挑衅来互相观望。杨爵渐渐看出些门道，日益强硬应对，总算是把骚扰减少到可控制的范围。

四月中，正德皇帝于弥留之际对司礼监太监说："朕疾不可为矣。其以朕意达皇太后，天下事重，与阁臣审处之。前事皆由朕误，非汝曹所能预也。"

二十日驾崩于豹房，举国行丧。

朝堂之事一时变得复杂起来。主要的问题还是正德皇帝驾崩的时候只有三十一岁，还没有儿子，把继承大统的难题留给了自己的母亲张皇太后和阁臣。同时京城流言四起，谣传大行皇帝的死是阁臣与太后合谋的。朝野一时人心浮动，朝廷急需寻得合适人选，不至于帝位久悬。首辅杨廷和把老朱家几名符合条件的子孙挑上来，和太后、内阁其他人几经商议论证，最终一致决定迎大行皇帝的堂弟、兴献王朱祐杬次子、十五岁的朱厚熜继位。

鉴于前任皇帝任性，老臣们心有余悸，在对待自己选中的这位意外拥有大明江山的小皇帝时，先给的是下马威，即想方设法刁难他。

当然，选皇帝时，做惯朝廷大事的杨廷和头脑还是很清醒的，没敢选纨绔一类的二杆子，也没选年纪大不好把控的，而是选了幼时聪敏，他父王在世时亲授书史，精通《孝经》《大学》及修身齐家治国之道，重礼节，十二岁承袭兴王之位，遇事极其有主见的朱厚熜。

结果，问题就出在这里了！选得不好，江山社稷不保，朝臣没有好日子过；可幼主聪慧呢，必然是不好左右的。

历史的死结打在正德十六年（1521）五月二十四日的大明皇城。

之前，杨老滑头在帮着太后拟写诏书时，严格援引《皇明祖训》规制说，按照太祖"兄终弟及"的祖制，着兴王朱厚熜嗣皇帝位。并于四月二十二日派定国公徐光祚、寿宁侯张鹤龄、驸马都尉崔元、大学士梁储、礼部尚书毛澄、太监谷大用等前往湖北安陆迎接朱厚熜到京师即皇帝位。

月余，安陆一行人刚一踏入京城地界，他就授意礼部尚书毛澄以藩王太妃无诏不得入京的借口，把朱厚熜的母亲蒋太妃挡在京城外的良乡，让少年朱厚熜独自进入皇城。正日子这天，又安排礼部让他由东华门入紫禁城，居文华殿。这是欺负人家年幼，又是藩王，不懂得规制，用太子的礼仪迎接"遗诏"请来的皇帝呢。

小皇帝长得修眉俊目、悬胆隆鼻，很是俊秀，但面色苍白，明显的气血不足，看上去瘦瘦小小身量单薄，显得文文弱弱，但朝臣们谁也没想到他是个懂行的主。只见他走下车辇，缓缓来到门口，仿若漫不经心地看一眼门上匾额，

对王府右长史袁宗皋说:"遗诏以我嗣皇帝位,非皇子也。你去问问那不长眼的礼官毛澄,这是怎么回事?"

毛澄答不上来,就胡乱搪塞几句,说是按制应走太子位这个过场。小皇帝就哭了,要回安陆就藩,说:"谁想到这风大沙子多还阴冷的地方来让你们欺骗的?还不是你们十人五马地搞这些狼藉,打量人都是不懂礼仪的。爱谁谁去,我还想我娘呢!老袁,咱们回!"礼官慌了神,轮换着请几位阁老来说事。

任你说得口干,小皇帝只以即位诏书为凭证,在进入紫禁城的礼仪规制上丝毫不让步,跟那些抠字眼儿玩心眼儿,试探皇帝底线,梦想日后制约皇帝行为的大臣在皇宫外对峙:诏书没让爷走这门进去。

僵持半天下不来,他还真的转身就往回走,要去城外找他母亲会合。哼,爷我是真的要回藩地,谁有那耐心和空闲与你等闲磕牙不成!局势很是诡异,臣子们明着没人敢出头,背地里可是炸了窝,嗯,这戏演的啊,有点儿意思!

五月二十七日,下不来台阶的大臣们去找张皇太后。这位老年丧子的寡妇在夫君、儿子灵位前哭了哭,也无可奈何,诏令群臣上笺劝进——朱厚熜在郊外受笺,从大明门入,随即在奉天殿即位,大明朝廷总算有了新主。第二年,皇帝没理会那些大臣拟定的年号"绍治",自己改元嘉靖。

早年曾慧眼识人的邵元节前途瞬时光明起来。虽然现今仍在龙虎山上清宫达观院主事,但四周人人皆知他曾是现任皇帝和老王爷的座上客,那荣华富贵还不是迟早的事,谁还敢怠慢他呢?老道士心情舒畅,无事之日,就约了那好耍小聪明、滑头滑脑的陶仲文论道清谈。

陶仲文此刻见了"邵仙长",那比见了自家先人还当事。"仙长"卖弄手段,手眼通天,当地有眼有珠的无不巴结讨好,陶仲文跟着沾光,名利双收。邵元节恨铁不成钢,少不得提点他:且收敛着些,好好教育儿子要紧。陶半仙顿悟,从此费心请来当地名儒在家里坐馆,早晚教导儿子们识字,倒也安生不少。

嘉靖元年(1522),新朝赐恩录废籍。韩邦奇、韩邦靖刚脱了丧服就起复，韩邦奇被任命为山东布政司参议，上任去了。可见杨廷和内阁几人还是很有君子风度的，虽然跟皇帝争权耍心眼儿，但是并不影响六部运转，且能借机纠错，任用上届被冤的有能之士，也算是这一时期的亮点。

可惜，皇城里张皇太后和阁臣不给小皇帝面子，他的亲生母亲蒋太妃不能入京，就只能在附近到处转悠。她老人家去过山东，地方官员在接驾规格上左右为难——朝里现有皇太后，但这位的儿子贵为皇帝，身份一时难以界定，地位颇为特殊，规格太高的话违制，不够的话明明就是一位真神。这不，高唐州同知金波古板，按藩王太妃礼仪接待这位贵妇，被指"供应有缺"，皇帝借题发挥，直派锦衣卫抓他进京去收拾。韩邦奇虽出巡在外，也一样被牵连，受到质疑，便上疏称病乞恩休，皇帝想都没想就准了，十一月让他又致仕回到朝邑，此为后话。

十五　狴犴不误向道心

京城的风云变幻跟平民杨爵没直接关系,对杨家的间接影响是,段知县有投机的机会,趁着上峰人心惶惶观风向的空儿,地方吏治涣散,富平这一亩三分地就是姓段的说了算。于是,杨爵被收监不放的命运毫无转机,继续被毫无理由地羁押着。

在朱厚熜新即位仍沿用老年号的正德十六年(1521),杨爵一直在坐牢。

牢狱阴暗又潮湿,大家吃喝拉撒睡都在这个狭小的空间内,气味相当难闻。杨爵初入的艰险过去之后,更多的是对这个所在的思考:以前在笃祜村饥寒交迫,日子虽苦,倒也是良民自由身。也知道世上有监牢这种地方,印象中这里多是给那些十恶不赦的人准备的,没想到自己也有住进来的一天。冷眼看去,同室狱友中也不全是非进来不可的人。

张本礼设法来看他。杨爵将家人托付给好友:"务必多安抚他们,千万要少安毋躁!我不久即回。告诉张家姐夫,这一阵多往杨家走动,家事烦请他代为安顿,定要约束住家人,任何人不要冒险去找安之兄长。此刻,唯有找不到他,他才是安全的,我在这里关的时间终究有限,莫须有的事,总能想法子脱身。其他事等我回去后再说。"

段知县此时见新朝以恩荣为主,心思微动:若要着手升迁之事,杨靖的不知去向,让人忌惮尤多。所以他下令坚决不放杨爵,以此来牵制杨靖。

昏暗的牢房里,杨爵多数的时候不大言语,必要的生理活动之外,就坐着闭目冥思,把先前学过的东西在心里默读。他在韩先生座下时间不长,学问却长进飞速,之前觉得十分拗口的《周易》,在习过张子之学后早已融会贯通。

暗暗给自己推算一番，竟显示这件事无碍，不外是还得磨蹭一段时间而已。君子以自强不息，正好在这样的环境下，磨砺意志。那些受段知县指使为难他的人一再寻衅闹腾，他一般不予理会，让他们一拳打在棉花上，难以发挥。

这一阵子，和杨爵同牢房的"人犯"调整为一个十三岁的少年顺子、一个老汉景叔，还有两个滋事打架伤了人的小混混。当然，这两个小混混就是有些人近来特意安排在这里的，对杨爵十分不善，抢吃杨爵的饭食，让他睡马桶跟前等，经常找碴，用的还是刚进此地之初的老套路。杨爵不想与这种人一般见识，少吃一些，多倒几回马桶，也就算了。这两个人自以为得计，常常吆五喝六，自鸣得意。

小顺子是个孤儿，往常以给人放牛放羊为业，讨口饭吃。有一天，天阴起风，他怕下雨，急着赶牲畜回去，不知怎么地一不留神，主人家一头牛竟跑得不知去向，找寻数日毫无踪影。他自然是赔不起，吃了官司，被关押在这里。小孩子孤苦，有点儿无精打采的，但是很善良，常常自己少吃一口匀给杨爵一些，说："大哥哥你吃，我人小，少吃一点儿没事。"

杨爵摸摸他的头，说："在这里不干活儿，我也不大饿。"两个人对视多，表情不多，但彼此都觉得很温暖。

景叔家之前在县城背巷有一间小铺子，做些杂货小生意，和儿子儿媳过活，虽吃喝不愁，但无余财。前一向，段知县撸钱，三天两头摊派：知府小妾生辰送礼，因为是"争取"减轻赋税那回欠的人情，所以这笔钱"理应"各商户均分，每家粮食几石；城墙"加固"，事关全城民众安全，每家又是布帛几匹；后来又说治安不好，捕快们要日夜轮换，人手不够，要"请"几个帮手，需按人头分摊银钱；等等。加上大鱼吃小鱼，出钱的多是些没有根基的小人物，没几天，景叔家就欠上了账。他的铺子被强租出去"还账"，儿子儿媳逃往乡下，他在这里收监"抵押"，还不知能不能活着出去，每日病恹恹的，如同行尸走肉，小顺子经常照顾着他起坐。

这两个人之间的互动，让杨爵很感动，世上总还是善好的事情多一些。看见他们，这牢房里的空气仿佛都好了很多。杨爵在心里默默对照圣人的话，思考圣人们修齐治平的意思，思考张载夫子那句"为生民立命"的现实意义。

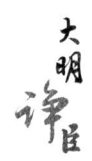

这天,送进来的牢饭又无缘无故地少一份。那两个混混要多吃多占,只给杨爵和小顺子一人一碗稀汤,把两个黑馍贪走自吃。景叔连稀汤都没有,全让他们抢了去。小顺子想给景叔争取一口汤,不停地乞求他们多少分一点儿给老人,两个小混混嫌他啰唆,挥手就把孩子打倒在地。

杨爵站起来指着那两个人说:"把他俩的吃食还给他们!"那种肃杀之气与平日的他简直判若两人,顿时把两个人给镇住了。毕竟平日习惯被忍让,两个人马上就反应过来,把饭碗放在旁边,互相使个眼色,围上来试图一起攻击杨爵,把小顺子吓得小脸煞白,景叔也不由自主地躲到角落。

杨爵迅速看一圈牢内情形,见门上有一截铁链子耷拉着,长度够用,就不动声色地在周旋中退到门口,趁他们扑上来时,用链子勒住其中一人的脖子,同时一脚踢中另一个人的裆部。

被踢中的那个人惨叫一声倒在地上,捂着下体疼得打滚。杨爵一用力,手边这个立即脸色发紫,手抓铁链吃劲扒拉,杀猪似的号叫起来。

杨爵说:"闭嘴!不然勒死你!"又看着另一个说:"还有你,老实点儿,不然他一死,马上就掐死你!"

两个人就吓得不敢再吭声。杨爵看了小顺子一眼,小孩子很机灵,赶紧趁倒地的那个不注意,用破衣服把他脖子勒起来。杨爵拴好手上这一个,过去把另一个一并绑紧。

两个人很没骨气地连声告饶。杨爵不屑道:"欺负老人小孩算什么男人!先这样待着。"

有狱卒在远处喊:"喧哗什么?不想混了!"并没有一个人真赶过来查看。杨爵冷冷地瞥一眼两人,这边就息了声,满眼讨好地看着他。

顺子悄声说:"杨大哥你这么厉害啊!那平时,平时——"他挠着头不知说什么好。

"平时怕脏了自己的手。"杨爵拍了拍手上的灰,说,"还有点儿饭,你们快吃。"

顺子和景叔吃过饭,杨爵才放开那两个人。他们不是善茬,刚有点儿空隙就想反击,只见他们松了四肢之后,活动一下身手,就想趁杨爵不注意扑倒他。杨爵一直在不动声色地留意着他们，见机一把抓住近前那人的胳膊，顺势就拧到他背后往上一抬，那人疼得直叫："大爷，大爷，我错了，我再不敢了！"另一个人见同伴吃亏，下意识地捂住裆部，没敢过来。

踢了几脚略施惩戒，杨爵放过他们，说："平生最见不得欺负弱小的人！"他眼光冷冷地扫过来，气势逼人，两个人不禁打了个冷战。

这以后，大家互不侵犯，那两个人尽量地离这边三个人远一点儿。

得知杨爵读书识字，小顺子很是仰慕。杨爵有时就教小顺子识字。

小顺子欢快地背道："《登鹳雀楼》，王之涣。白日依山尽，黄河入海流。欲穷千里目，更上一层楼。"然后在地上写字。

狱卒看到后，嗤笑道："德行！还拽文呢！酸不酸哪！"小顺子嘻嘻一笑，声音小了很多，继续背："床前明月光，疑是地上霜。举头望明月，低头思故乡。"

……

杨爵闭着眼睛，听着这少年特有的糯软嗓音，想起了圣人说过的"君子修道立德，不为穷困而改节""克己复礼为仁"。

更多的时候，他在思索张载夫子的《正蒙》："……天地之气，虽聚散、攻取百涂，然其为理也顺而不妄。气之为物，散入无形，适得吾体；聚为有象，不失吾常。太虚不能无气，气不能不聚而为万物，万物不能不散而为太虚。循是出入，是皆不得已而然也。然则圣人尽道其间，兼体而不累者，存神其至矣。彼语寂灭者往而不反，徇生执有者物而不化，二者虽有间矣，以言乎失道则均焉。聚亦吾体，散亦吾体，知死之不亡者，可与言性矣……"

天地是万物和人的父母，人是天地间渺小的一物。天、地、人三者共处于宇宙之中，都是气聚之物，天地之性就是人之性。所以张子说"民胞物与"，说"圣，其合德；贤，其秀也"。

唉，跟这些大字不识一斗、只善于逢迎投机的皂吏也讲不来圣贤，这些人哪里知道修养，自然也谈不上张子所谓的"气质纯净"。自己千万要凝神静气，守心，万不可生出懈怠之意来……

他的思绪随着小顺子的背书声飘远，又随着小顺子的背书声而飘回。

他笑着对小顺子说:"你要记住圣人这句话:'穷则独善其身,达则兼济天下。'"

小顺子喃喃地念了几遍,眼睛一亮,使劲儿地点头。他很聪慧,记忆力也好,学来的东西时不时地复述给景叔听:"……龙师火帝,鸟官人皇。始制文字,乃服衣裳。推位让国,有虞陶唐。吊民伐罪,周发殷汤。坐朝问道,垂拱平章。爱育黎首,臣伏戎羌。遐迩一体,率宾归王……"

老人家有时听得入迷,跟着孩子摇头晃脑打节拍,气色渐渐变好,精气神也恢复不少。

"读书明理。有这机会,好好跟你杨大哥学!"景叔对小顺子说,"说实话,老汉自打进了这里,就没想过能活着出去。现在看到你们两个这样子,老汉也想通啦!好死不如赖活着,世上总是好人多。说不定哪天还能碰到青天大老爷,放咱们出去。"

杨爵忽然想起张载夫子在做云岩县令时,每月初一召集乡里老人到县衙聚会,设酒食款待,席间询问民间疾苦;县衙的新规和告示一出来,夫子先召集乡老来熟悉,并反复叮咛他们转达给民众知道,真正做到了以民为本。下任知县会不会也像夫子这般处理政事,以"敦本善俗"为先?

景叔和杨爵一语言中,段知县一番上蹿下跳,还真的调任他处,一个叫杨滋的河北卢龙人来富平县代理县令。他也真的是一位官风廉正的人。

十六　伯乐杨滋资膏火

嘉靖元年（1522）的新年，杨爵是在富平县的牢狱里度过的。远处此起彼伏的爆竹声，使得阴暗潮湿的牢房也有了一点儿喜庆的气氛。

两个小混混骂骂咧咧，抱怨着狱卒答应尽早释放他们是放屁等语。杨爵和景叔对其视而不见，很平静地倾听新年的声音，只有小顺子因为过年而高兴。杨爵和景叔配合他做个新年快乐的样子，大家互道"新年好"，小顺子开心地笑了。

三月，段知县用尽浑身解数，依然升迁无望。官场的人最是想得多，帮人看的是钱权，更看的是自己的前程。新皇帝、新朝臣，风向还不明朗，这姓段的小子手段有点儿阴，得罪的人只怕不少，可不能因此而惹下什么麻烦，所以没人实心提携。他在富平县做的缺德事又太多，不敢留任，只得退而求其次，少不得花钱求人平调到另一个小县城，急急忙忙地跑了。

据说"花费"相当高，好不容易敛些不义之财，又如此这般散尽，只无端坑了富平县百姓！

不久，杨滋就到任代理富平知县。这个人为人正直，上任之后积极收拾段县令留下的烂摊子，采取休养生息政策，任政十分宽和，很好地安抚了新旧交替下惶惶的民众之心。

这本来是件好事，可到了杨爵这里变得有些曲折。之前和段知县合伙挖坑陷害杨靖的人更加心虚，怕事情败露，怕杨知县不好糊弄，就在杨爵这里下功夫，想吓唬住杨爵，使他不敢多说话。在那个人看来，老百姓谁不怕官？整怕了才管用。所以，那人克扣杨爵伙食，无事找事地侮辱、打骂杨爵，想从精神

上压垮他。

杨爵不动声色,能躲就躲,躲不过就避其锋芒,把伤害减到最小。张本礼来送东西,恰好碰到狱吏借故抽打杨爵,一问之下很着急。后经多方打听得知详细内情后,设法传话给杨爵。杨爵安慰他:"事到着忙处,就有下场处。"只让他打听杨滋的事,等杨滋新官上任的三把火烧起来再说。

在狱中,有时能听到狱吏们磕闲牙,杨爵知道新的县太爷上任有更急的事要处理,比如摸底,比如和原班人马的磨合,忙得连休沐日都没有。县太爷人再好,毕竟是新到任的,如果把原来这帮老棉花套子摆不顺,也施展不开,杨家的事也就无从解决。

当然,杨知县也是有手段的人。虽然忙,但杀伐果断,对这些段知县手里留下的老人手该打的打,该拉的拉,遇到可造之才先直接提升任用,该调换的绝不手软,裁撤了不听话的再说!这样恩威并施的手法轮换着上,不长时间,就有条不紊地拿下这些见风使舵的属下,使他们安分地按照新老爷的政令做事情。杨爵有理由相信自己的出狱之日快到了。

杨知县开始休沐的时候,之前受张本礼托付的送饭人在给杨爵这间牢房盛饭时说:"县太爷今日休沐,你们吃过饭也趁早安宁,别找打!"同时趁人不备,偷偷塞给杨爵纸和笔墨。

第二天,杨爵在小顺子的掩护下,写好一份自辩状子藏在怀里。过了几天,杨知县果然开始处理冤狱。他亲自问询人犯,轮到杨爵,他直接就把状子递上去。

在状子中,他简明扼要地说明兄长被冤始末,以及自己在申冤过程中遇到的不公正的羁押,请求父母官平冤正典。

杨滋发现这个状子书写格式非常规范,字迹工整苍劲,既据理说事,又很有文采;又发现杨爵在狱中待的时间也不短,但脏旧的衣服穿在身上丝毫不显得狼狈,心下有点儿好奇,就多问了杨爵几句。

在杨知县和皂吏威严之下,杨爵依然神色平静,不卑不亢,思路非常清晰。杨靖这个案子其实并不复杂,他虽是代人收税,但也不是私下作为,当时与交税人核对、清点税粮时,还有其他同仁在场。这笔赋税转交给托付杨靖代收的胥吏时,在杨靖手头只停留了小半个时辰,而且转交他人之前,杨靖跟这几个人都没有离开办公地,转交时也是经过胥吏本人当面清点核对的,当时他并没有提出税账是假的,这是其一。

其二,税账造假这种事,并不能只看账册,除了粮绢进出府库的相关手续,百姓手中亦有相应的缴讫文书,轻易作不得假。皇粮国税毕竟是关系国计民生的大事,若真出事,哪里是一个小小胥吏做个假账这么简单!段知县作为父母官,竟只是大张旗鼓地抓捕杨靖,却一没有核对府库记录,二没有查证百姓手中的缴讫文书,乡间亦无申报更正缴讫文书的事,这不合常理!

杨滋有意试探,故意引导杨爵说只怕段知县等人连同府库监守自盗也未可知。但杨爵并没有顺着他的话说下去,只说自己为兄长申冤被羁押至今,有违大明律法。

杨滋暗暗点头,着师爷跟县丞一起调查,将经手人调来审讯,假账目之事根本就是子虚乌有,不过是欲加之罪,是构陷杨靖的手段。他审理清楚之后,释放了杨爵,感叹道:"此奇郎也,胡至是耶?唉!"

杨滋让人带着刚出狱的杨爵简单地梳洗一下,换了件衣服,请他吃顿饭压惊。当然这种事在这年月的富平绝无仅有,杨知县是冲着杨爵的人品来的,也变相地为前任的事给杨爵道歉。杨爵深知遇到了好人,对这位父母官也很尊敬。说及这次牢狱之灾,杨爵说:"子曰:'不知命,无以为君子。'家国,家国,国朝前些日子尚且不安,我这等事也在情理之中。幸有杨大人主持公道,我没有什么好在意的。"

杨滋点头赞许,口说"乐天知命故不忧",心里高看杨爵好几成。

席毕,喝茶。杨滋问及师承,杨爵回答说关中二韩之一朝邑韩苑洛先生。杨知县惊奇地说:"难怪!久仰尊师盛名!"随即有意无意地在闲话间加些学问知识,诸如"以乡观乡,以邦观邦""他山之石"之类的东西。

杨爵在狱中时日不短,怕疲惫出错,几句都避而不答,只说:"'功成事遂',我今碌碌无为,十分不敢谈论大道。"

"那你们师门可有门规?"

"自是有的,不过师尊为人和蔼可亲、因材施教,各人按各人的方式修习功课，学得通透即可。他常说，天下学子但凡谨记着'博学之、审问之、慎思之、明辨之、笃行之'这句，便差不离了。"

杨滋眼里透出笑意，啜一口茶没再言语，心下却想：果然韩门高徒，此国器也！

想了想，杨滋又说："你兄长的事，还有些程序要走，不能即刻宣布结果，不过，定会得到公正的处理。你且先回去，放心备学，还望早日金榜题名，为本县争光。"

杨爵沉吟一下，又说："拜托大人，对景叔和小顺子的事也能体察一二。这两个人虽与我素昧平生，但相处一段时间，略知道他们的确是有些冤情的。"

杨滋说："职责所在，理应公断，你且放心就是。"

杨爵起身告辞。因他在狱中受了苛刻，出门行走不过数十步，就头冒虚汗、步伐虚浮、气息不稳，杨滋看在眼里，便派了个衙役赶上马车送他回去。

衙役复命时把杨爵家里异常清贫的情况反馈给杨知县。他叹息道："怪道有这样的才学，至今还没有功名！"

后来，知县专程让人给杨爵送去银钱，说是资助他读书。杨爵不肯收，说"无功不受禄"。

杨滋并没有觉得杨爵驳了自己的面子，他能理解杨爵的自尊和节制。往往越是贫穷的人，反倒越不想因贫穷而被人看扁。就改送一些笔墨纸砚、灯油米面什么的。杨爵心下明白，父母官这是真心助人，这种情况不收才是不敬，也就平静地收下了。

任期内，杨知县把这当成了定例，着意计算着杨爵的使用日期，酌情添减物品，按时奉送。

在识人上，杨滋就是一个伯乐。关键的时候，他这一善举给杨爵以极大的鼓励，让杨爵坚信：即使有段知县这样的渣滓，也还有杨滋这样一心为民做主、不计回报的好官。这个人世间也因此而充满了希望。

不久杨靖的冤情澄清并张榜公布，他看到后很快回到家。在这段逃亡生涯里，他的生活没保障，又日日焦虑，致使身体垮了许多，而且毕竟惹了是非，也不再适宜回衙门公干，就在家里休养。这样一折腾，也让杨家之前稍好一点儿的经济状况又回到原点，又一次少吃缺穿"生计窄"起来。

尽管这样，这次，杨靖也坚决不让杨爵再管家里的事。非常人能忍的逃亡经历让他心有余悸，也更加深了他希望弟弟科举入仕、光耀门楣的执念。

杨爵也知道自己年纪不小了，再耽搁不起，一咬牙，下场科考。

以杨爵当下的学识，县试、府试、院试自不在话下，只要按部就班，时间到了去考就行。

嘉靖二年（1523），他的好友韩邦靖在山西左参议任上，为了赈济饥民，跟那些尸位素餐的上级磨叽，劳累又忧心的状况下，身体日渐支撑不住，只好辞职。当地军民夹道哭泣着送他回陕西朝邑。二月初十到家，四月二十日就郁郁而卒，年仅三十六岁。

杨爵站在好友的坟前细细回顾他生前事迹，心痛不已。然而，杨爵科举的脚步不能停下来，为了生存，为了心中的理想，也为了好友未竟的心愿，更为了张子学说中传递的那个信念。

还好，他的另一个好友李宗枢在春闱中名列三甲第六十二名，赐同进士出身，在工部见习一段时间，即将外放到山东诸城任知县，算是给他创巨痛深的内心照来一束明亮的光芒。

十七　云谲波诡嘉靖初

　　杨爵下场科考的事，他的先生韩邦奇听到后很是欣慰。先生因韩邦靖辞世颇受打击，身体也一直不甚康泰，直到大同兵变，他被荐为山西左参议去大同任职，政务烦琐岔去悲伤，才渐渐缓过劲儿来。韩邦奇忙里偷闲，写了几封鼓励的信，还捎来一些书籍，叮嘱这位爱徒兼朋友考场上的一些注意事项，尤其叮咛杨爵：一要关注时政，时政关乎考题，也关乎将来入仕之后要努力的方向；二要打听主考官是哪个，及时跟自己通气，主考官的偏好极其影响考试成绩。

　　杨爵双眼微湿，自己出身贫寒，若没有师尊引导，不知道要多走多少弯路。每科有那么多学子挤这独木桥，未必落榜的都是因为学问，只能说考场暗流涌动，由不得你随心所欲。

　　杨靖不在衙门公干，自然少了很多便利。不过还好，有韩先生和李宗枢时常的书信提点，杨爵基本能应对时事。

　　好友张本礼也很得力。他时常在外贩卖走动，原本小老百姓一个，不大关心谁当皇帝，但知道这对杨爵有用就上了心，常常把道听途说来的消息事无巨细地及时告诉杨爵。杨爵再根据恩师和好友的来信，加以分析，去伪存真，大致方向了然于心。

　　当今嘉靖皇帝是个能人呢，他头脑清晰得很。杨爵想，旧臣欺新主，小皇帝有坚持、有拉拢，迅速站稳脚跟的主政方针甚是英明！这样有魄力的皇帝坐镇天下，臣子何愁不能建功立业、报效国家！看着书信上关于皇帝与臣子周旋斗法的内容，他的看法跟写信的人出现了一些分歧。虽说是天子无家事，但人伦岂能违背！透过信纸，他心里对未来生出几许期待，仿佛都看到了头顶的蓝天白云里闪烁出理想之光。

而杨爵看好的这位少年君王嘉靖，当下并没有觉得多顺意。无意中坐拥了大明江山后，他是一天都没有感到开心过，一直在被质疑和刁难，做事被动得很，烦心得很！

他朱厚熜好歹也是老朱家名正言顺的龙孙，出身高贵，资质非凡，家教良好。亲祖母邵氏是先宪宗皇帝爷爷偏爱的贵妃，有大才，善书法音乐，生育有数位大明亲王；先父兴献王朱祐杬乃是文学、书法高手，母妃蒋氏更是个聪慧之人。父母对他的教养是娇惯而不溺爱，从十岁起，就让人领着他学习古籍、礼仪。

父王生前信奉道教，当时还有传言说他朱厚熜是兴王挚友玄妙道人陈纯一转世。人们说得有鼻子有眼："王子出生时，（黄）河清五日，紫云满天！"因此少年的他对道教也怀有特殊的感情，生生把书念成了儒、道的糅合体，博学自是不在话下。

父王不幸英年早逝，不到十三岁的他接手管理王府倒得心应手，那帮子府吏哪个不夸他一声少年老成！

如果不是堂兄无子，他也许还在湖广的安陆当着自己的逍遥藩王，管好小小兴王府，吃喝不愁，与世无争。除了不能随便出离藩地，也没什么不好。可"皇帝"这块肉饼愣是不打招呼就往他头上砸，亦非他所愿不是？

亏他在进京的路上还想着治大国如烹小鲜，皇宫大内不过是扩大的兴王府而已。哪知皇伯母张皇太后跟阁老们那么拧巴！而前任皇帝、他的堂兄武宗朱厚照，留给他的是一个复杂、混乱的朝局——有强悍的治国阁臣杨廷和、费宏、杨一清等，也有一帮恃宠而骄的佞臣江彬及太监谷大用等。

他从小听着堂兄的大堆烂事长大，引以为戒，不出宫巡幸，也不大搭理太监，只把他们当奴才看待，牢记"亲贤臣，远小人"的古训，慢慢治理内廷。即位的事没有听任外臣们摆布，给自己即位正了名。杨廷和即使越过他澄清吏治，他也就没较这个真儿。他不是一个昏庸的人，不因与阁臣之前的摩擦而影

响判断。杨廷和很多整治朝纲的有效做法，不论经没经过他，他都毫不犹豫地支持、采纳。

比如那老东西以雷厉风行的作风诛杀了江彬，自己就真心地嘉许他，后来也听从他的建议，革除锦衣卫和内监局工役，罢黜镇守太监制度等。这其中一下子诏革锦衣卫冒滥军校三万余人，裁减锦衣卫及监局寺旗校、军士、匠役等十四万八千余人，他眼都没眨一下。不管怎么说，朝政一改正德年间的污浊之风，焕然一新，正如他心中所愿。

后来，君臣共同拟定减轻租银、整顿赋役制度，下旨勘察皇庄和勋戚庄园等，还地于民，制定鼓励耕织、让子民得以休养生息的政策，他更是击节赞赏。只要能使新朝秩序井然，使他政绩卓著，怎样都行。

他谨遵先父教导，执政伊始极为勤政，老老实实地在皇宫大内亲政批折，和大臣商量朝廷大事。不知道有多少经历了正德一朝皇帝动不动跑得不见踪影的大明子民，对这个新皇帝满意不已。锦衣卫经常给他汇报，说又有人喝醉酒在大街上哭：大明江山中兴有望，感谢上苍有眼。他听后淡然一笑："这是朕的本分。"

只是人生不如意事十之八九，即便普天之下莫非王土，这皇帝的日子也不见得样样顺心呀。第一让人头疼的大约要算因继承的是堂兄的家业，人家的旧臣多为旧主谋取利益，皇权与士人的矛盾在他的朝廷尤为尖锐这种事。那帮阁臣以杨廷和为首，既拥立他，又因他是藩王而小看他，更是怀着不明原因的敌意而处处限制他！

毕竟是十六七岁的少年，从未离开母亲太久，再说，皇帝在大内，亲娘却在乡下，这不合规矩！他想迎接自己的母亲进京，居然几经波折。那帮老东西不仅不准老太妃住进皇宫，还借机在规制上跟自己扯皮，说什么为了即位顺理，先皇伯父孝宗应为"皇考"，生父先兴献王要改称"皇叔考"，生母要称"皇叔母"。这样，母亲进京理当以藩王太妃的礼仪接待，且不能久住，简直是岂有此理！

为了不引起更多的纷争，他以遗诏"兄终弟及"中的模棱两可据理力争，勉强同意尊父亲为"本生皇考恭穆献皇帝"，意思是把先孝宗皇伯父认成宗法上的"皇考"算啦。但自己的母亲须尊为"本生母章圣皇太后"，以皇太后的仪仗迎接进京，还要尊封祖母邵氏为"寿安太皇太后"。至于伯母张氏就尊为"圣母昭圣慈寿皇太后"就行啦。谁知他们尤不满足，成天上折子扯什么"继嗣"问题跟自己较劲。

君臣君臣，这关系，即便自己不是以皇储的方式培育的，却也懂得先君后臣。自己祖父那是如假包换的皇帝爷爷，自己祖母那是祖父正式册封的皇贵妃，自己如今已经登基，按血统算，给自己父亲追封个皇帝名号有何不可？你们这是赤裸裸地欺压于朕！

不以皇太后礼仪迎接自己的生母入宫？不成！太妃闹着回安陆，朕也要跟着去，看哪个不怕打脸的敢拿孝道说事儿！朕将慢慢向你们展示什么叫君王的主见和底线！朕有耐心慢慢地从你们这些正德旧臣手里收复皇权。要知道，先皇伯父、先皇兄皆为帝尊，在太庙那里供着，香火且旺盛着呢，拿这出来说事儿都不怕闪了舌头！

既然让步不成，尊先皇伯父皇考？那就免了！置朕的父王于何地？朕倒要看看哪条家规朝规上说不顾自己亲爹祭祀，先顾着伯父祭祀是正理的！朕这就开上一坛，咱们君臣搁到奉天殿那里敞开着谈，你们给朕好好地在大堂上辩论一番，说道说道这礼仪、正统等比较拗口的问题吧。

哼！插上招兵旗，就有卖马的。上天还真就送来一个颇通古礼的张璁！这人虽然早年屡试不第，却是个知恩善报的。他上疏说，今上即位是继承皇统，而非继承皇嗣，即所谓"继统不继嗣"，皇统不一定非得父子相继，孝宗和昭圣慈寿皇太后从未抱养过任何人进皇宫做子嗣是不争的事实！兴献王是皇考这件事无可争议。

高高的黄金座上，嘉靖泪流感叹："吾父子天性全矣！"心里暗道，幸亏自己即位二十多天补行殿试，让四十七岁的张璁中了二甲进士，可见一切冥冥之中自有天意！

过了一阵子，面对还没压下去的叫嚣，张璁又写了一篇《大礼或问》，洋洋洒洒，详细解读古籍《礼》，质问现今刁难皇帝的论调典出何处，呈供上览。杨一清那个老家伙看完后感叹一声，说："张生此议，圣人复起，不能易

也！所出真见，非以阿世！"

看看，啥叫天理人伦，这就是了！

杨廷和装病，要致仕回老家，很好，就随你去！看张璁替不替得了你。

唉，不过话又说回来，皇帝是真的不希望和杨廷和闹腾，真心希望这位首辅能臣再为朝廷效力几年。但从私心里说，因拾人家绝业这种事走上天家这个至高的位置，几年来带给他的困扰已然十分不爽快，而让自己父母绝嗣，那更不可能！再说了，大礼之争，这些大臣到底跟自己在争什么，谁不清楚！一辩再辩的那些"大礼"，他也不待见好吧。

为了一锤定音，永绝后患，嘉靖三年（1524）七月十二日，皇帝诏谕礼部，要在十四日为其父母上尊号册文，祭告天地、宗庙。一时间群臣哗然，还发生了左顺门事件。

当时，刚接到圣旨，礼部左侍郎何孟春倡导刚下早朝的大臣们说："宪宗时，百官在文华门前哭请，争慈懿皇太后下葬礼节，宪宗听从了，这是本朝的旧事。咱们今日亦可以如此行事！"

杨廷和的儿子、翰林院编修，正德六年的那个颇具争议的状元杨慎正为自己父亲致仕抱不平着，当下迎合说："国家养士一百五十年，仗节死义，就在今日！"于是，在他们两个人的煽动下，两百多位朝臣在左顺门跪请皇帝改变旨意。皇帝不想搭理这些人，命大家退朝，竟然都没有人听，不少人还拍着左顺门号哭上了，声震阙庭！

嘉靖皇帝见给人情人家都不接受，想着自己这皇帝做得也太窝囊了。于是君臣间的新旧怨愤终于爆发，退无可退的年轻帝王气得战栗着下令："着今日以无赖行径，在左顺门迫使君父，不服君仪的五品以下官员一百三十四人下狱拷讯，四品以上官员八十六人停职待罪！"

七月十六日，嘉靖皇帝索性按自己的心意做到底，为自己的生母上尊号"章圣慈仁皇太后"，犹自气不顺，又在七月二十日下令："那天闹事儿的，四品以上官员停俸，五品以下官员当廷杖责！先帝武宗打得，朕自然也打得！朕比他还有理！"

锦衣卫官员也觉着这些人见皇帝好说话，故欺人太甚，接旨以后，下手也没留情面,打死十六人。

果然挨打能让人清醒,朝堂一下子清泰下来。从此,因嘉靖小宗①继大宗,从他进京那天起就让大臣明着争论、暗着伸腿、吵闹不休的究竟是"继嗣"还是"继统"的事儿,即那宗所谓的"大礼议",以小皇帝的获胜而暂告一段落。

杨爵听到这件事的时候,给自己的兄长说,杨廷和大学士这件事做得很奇怪。先帝崩逝,杨首辅一家独大,总揽朝政三十七八日,给先帝过继个子侄继承大统完全可以,不想他却大费周折地迎了这位爷上位。既然选择了当今皇帝,又在人家父母如何称呼上为难人家,让人家的父亲绝嗣,也太不近人情了。孝宗、武宗都是皇帝,牌位奉祀在宗庙,根本不存在什么祭祀问题,大家大可以在孝敬武宗母亲张太后的事情上私下商议,让老太后安心。现在可好,君臣之间各执一词,斗法斗得火热,算怎么回事呢?完全没有人考虑国计民生今后怎么办!

杨大学士一走了之,那么他之前的政见、政令,还没执行就会被彻底改变,他那一派的大臣也会逐渐退台。因支持皇帝为父母正名分而上台的这些人,必然是投机者有之,正义者有之,良莠不齐,将来处理政务的能力还不知道怎样;就算有好的,但要跟杨廷和这种老人手的水平相比,恐怕脱了鞋也赶不上。如今闹成这个样子,并不是社稷百姓之福啊!

兄弟俩好一番感慨。

后来,他也跟恩师韩邦奇说起这个观点,韩夫子也是忧心忡忡。当然韩夫子担心的是,这一事牵连甚广,有多少士子莫名被牵扯,只怕怨气尤重,而皇帝就此感知到权力的好用之处后,朝臣今后若有好的政见,要想畅通地实行,恐怕会不大容易,大明的前程全然落在了皇帝一人的手里。若皇帝圣明,那还好说;若是有个万一,那就糟了。这些话,他当然梗在心里,怎么着也不能明说,只能含含糊糊、语焉不详地叹息几声罢了。眼下,也只有祈祷上苍,但愿这位皇帝一

---

① 小宗:一般皇室庶出旁支称小宗。这段历史特殊,孝宗皇帝这一支也不是嫡出。在此,小宗是相对正德一脉的正统而言的。

路圣明下去,永远不改初衷,励精图治,方是江山社稷之万幸。

唉,本来不应该到这种程度啊!杨老大人太过了点儿。皇帝致治至今,除了议大礼,还没有因为政见不同而苛责过他们呢,这些中枢重臣竟没有一个人顾及后果,以大局为念!大明子民何其不幸呀!

师徒二人谁也挡不住时代的潮流。前朝重臣杨廷和、费宏——在历史的舞台上谢幕,随后凋零。张璁因要避皇帝讳,被钦赐名叫作张孚敬,他和桂萼、夏言、郭勋等在"大礼议"中一力支持新皇的人,渐渐走近皇帝眼前,将登上新朝的政治舞台。陕西乡党吕柟、马理这些饱学名仕皆受"大礼议"的余波颠簸,下了诏狱,眼看着仕途坎坷。

京城的雨暂时还打不到党林里笃祐村的屋顶上。杨爵因才学出众,诗文锦心绣口,陕西提学唐龙点了他富平县院试第一,成了大明朝嘉靖年间一个廪生,享受朝廷廪米,从此种地不再纳粮。

朝廷大事,杨爵也就是听听、想想,看看怎样作作策论,人微言轻,多说无益。要想有朝一日取得话语权,还得多读圣贤书。

这个时候,他还想不到,有了话语权,并不等于说的话就会起作用。话语很多时候会带来什么样的效果,还得看你说给谁听。他更不会知道,他将来要说的话起不起作用倒在其次,恐怕还会给他带来不测,而万恶之源就是这个似是而非的"大礼议"。嘉靖皇帝一生喜欢玩弄朝臣于股掌间,喜欢看他们钩心斗角,对谁都不大信任,这个"大议礼"事件便是症结所在。

新朝新气象也罢,时局动荡也罢,都在京城里,而农家的苦乐都在年景和收成里。除了读书,杨爵还是要春种秋收,上万斛山担柴。在这样日日操劳中,之前受损的家计慢慢地恢复,他的二女儿、二儿子也相继来到这个世界上。

那里陶仲文试图劝说邵仙师去京城看看皇帝,他又听说了不少皇家秘辛,觉着当今皇帝做得不大稳便,建议邵元节前去帮衬帮衬。邵元节闭目不语,说得多了,淡淡一个眼神瞥来,陶仲文不免讪讪然,回去自生闷气,自己怎么在他面前越来越气怯了呢?总之,邵元节一直盯着陶仲文闷头低调,等待时机,陶仲文没敢多话。

十八　应试长安不昧金

事实无数次证明，"但愿"的事十有八九会不如愿。十八九岁正是身心发展和形成性格、世界观的重要时期，这些大臣咄咄逼人，迫使小皇帝屡次出狠招才能镇压得下去，给他留下不小的心理阴影，他多疑且刚愎自用的性格，以及对士人的敌视心理就此形成，少年皇帝在争斗中成长为青年皇帝。

回首自身经历，皇帝觉得皇帝家的子嗣是一件相当大的事，更兼觉得朝堂闹哄哄的，日子不大清泰，得请个道士来改改风水。于是老道士邵元节因为会祈祷，有养生健体的方法，且是王府旧友，便应征入京。

邵仙师为人低调，并没有因是旧交自许。到了京城，除非皇帝召见，平日只在住处闭门修行，好些闻腥追膻的人都被他视而不见。皇帝从锦衣卫口中探知他的做派，很是满意。接着，邵仙师显示手段，自告奋勇祈祷雨雪，还真的相当灵验，且他的那个养生方式也的确很管用。嘉靖五年（1526）二月，他就被封为"致一真人"。当然只有邵真人自己明白，所谓"神通"，其实只是精通观测天象，善于预测雨晴。至于养生，道家历来研究天地大道，只要符合自然，依照阴阳五行作息运动，稍加膳食、草药调理，按照皇帝那二十岁的年纪，强身健体也没有多难。

陶仲文见邵仙师如此造化，心里痒痒，写信送礼，明里暗里想跟着来京城务事。邵元节回复：时机不到，不可强为。陶仲文老大不相信，心想老道士这是拿大！却也不敢明说，只管勤于请安问好。

待邵老道封了真人，觉着自己的位置无可撼动后，就不再总是闭关避嫌，也抽空见一见故交同道。偶然瞅准个机会，把陶仲文调往辽东军械库做大使，

接管兵器发放。差肥事少，距京城也不甚远，陶仲文心里高兴。只是他的儿子们到底不是念书之才，些许识得几个字后再无长进，他没跟邵仙师说实情。大家都是道家出身，该知道运气由天不由人，难道你还能有状元公杨慎那般高才不成？他爹也曾权倾一时，如今在新朝还不是落个被流放蛮荒之地的下场，跟乞儿一个样！

皇帝此时也还相当有理智，好道并不迷道，觉着气血充足、活力满满就好，邵真人也是在京城好生安置着，闲暇招来解惑即可。

这年六月，皇帝主持颁发《敬一箴》于学宫，教化天下，弘扬儒学，立碑孔庙，曰："人有此心，万里咸具。体而行之，惟德是据。敬焉一焉，所当先务。匪一弗纯，匪敬弗聚。元后奉天，长此万夫。发政施仁，期保鸿图……"

嘉靖六年（1527），"大礼议"中冒上来的张孚敬、桂萼等人先后入阁，迈入朝廷重臣之列，各显神通，史学家称他们"杂治之"。

张孚敬、桂萼等还算是有真才实学的，起初为政挺稳当。他们配合皇帝新政继续清理庄田，并由畿辅扩大到各地，由庄田兼及僧寺产业，先后查勘京畿勋戚庄田五百余处，计五万七千余顷，分别还给业主，并撤回管庄军校，严定禁革事例，不许再侵占或投献民田，违者问罪充军，勋戚大臣亦参究定罪。

在任用官吏方面，张首辅亦主张推举"廉能爱民者"，不以资历限制，选拔了一批能人当官，吏治秩序井然，文人写文称赞"天下翕然称治"。

但先有杨廷和旧党反扑，后有二人政见不合，施政忽左忽右起来。嘉靖对这些为成全自己颜面，又给自己父母挣得地位的臣子偏袒多一些，同时又乐见他们之间的离心较量，遇事尽以和稀泥为主，从不主持公道。这间接导致处置朝政大事多不能合理合法，贻误时机太多；也致使这些人未曾在正道上才尽其用，只留下你来我往的钩心斗角。

虽然选择朱厚熜当皇帝很对，但大明王朝在大道边上挣扎一阵子后，还是开始慢慢滑入人们预期之外的轨道。

朝中风向变是有变，不过在时间的长河里，暂时被分解得可以忽略不计。

韩邦奇在这诡谲多变的王朝里，起起落落好几回，忽而致仕，忽而起复，几年来就没有个安宁的时候，任是他才名在外，也无所适从。他冷眼看去，当今皇帝的性子近年越发阴晴难辨，自己年事不小，接连痛失亲人，很不耐烦跟那些道貌岸然的人周旋，一直想回家，但如今又说让去四川任提学副使。去就去吧，学得文武艺，卖与帝王家。当真给皇家难看也不是他这种人能做得出的事，真哭笑不得。

杨爵无法感知韩先生的心情，韩先生也不会告诉他。韩先生明白杨爵若要改变出身，唯有入仕，绝不能动摇他的心志。

心无旁骛，杨爵通过层层选拔，成为大明朝一名生员，有了初级的功名，赶赴西安府参加乡试所需的盘费也基本准备就绪。嘉靖七年（1528）八月，他来到古城长安，即是由本朝洪武皇帝更名西安的陕西首府。

西安城巍峨的城墙、古朴的城门，为他打开通向另一个世界的通道。眼前的秦砖汉瓦、雕梁画栋，让这个城市厚重的历史韵味扑面而来。杨爵抚摩这里的一草一木，抚摩道路旁的石墩、墙上的砖雕，感受那远去的汉唐文明，眼睛不知不觉地蒙上一层水雾。

想我大汉子民，勤劳智慧，性情温厚，爱好和平，先祖曾创造出无数奇迹，引得四方来朝，如王摩诘诗云"九天阊阖开宫殿，万国衣冠拜冕旒"。然而，我们自始至终都没能彻底摆脱被蛮夷觊觎、欺侮的命运，使得我们的史书上写满了与之斗争的万丈豪情，更是渗透着众多英雄的斑驳血迹。怎样才能大治？怎样才能富强？怎样才能不负血液里流淌的高贵品质？杨爵一时心潮起伏。想起张横渠那个"为万世开太平"的远大抱负，长安城那从远古吹来的秋风扬起他的衣襟，吹散了他满怀的思绪。蓦然想起先前唐朝有个大才子被人说过"居大不易"的话，他哑然一笑。易与不易，且得考过才知道呢。

赶考的生员都是提前来安顿住行的。杨爵找好住的地方后，歇了一晚，第二天就趁便游历了一番这个久闻大名的地方。这次来考试，他一本书都没带。用功在平时，临时抱佛脚能有个多大用处！他的恩师韩先生和好友李宗枢都告诉他，考前放松才是正确的做法。

端南正北的一条条道路，把这个昔日叫作"长安"的帝都分割成一块一块的，民居院落和商业店铺分列其中，井然有序又极其壮观。

　　金秋的西安城是多姿多彩的。道旁大树林立，各家的院子里也是佳木葱茏。树叶正是变色的时候，黄、绿、红各色相间，如同天上的颜料碟子打翻了，把人间染得色彩缤纷。

　　城里的人或匆忙，或悠闲，来来往往，行动间流露出大都城人应有的大气从容。漫步其中，杨爵感到非常惬意。

　　他一路走，一路观赏，商贩的吆喝声夹杂着偶尔传来的孩童玩闹嬉戏的声音，不仅不使人觉得吵闹，反而感到生机勃勃。他微笑着信步朝着钟楼的方向踱去。

　　看完钟楼鼓楼，出城向南朝敬了小雁塔、大雁塔，又特意回城拜文庙。接着，他一头扎进了碑林。碑林里那些珍贵的石刻和碑文，令杨爵心潮澎湃。感谢张载夫子教授出吕大忠、吕大防这样的贤达，使得后学们至今仍可以瞻仰辉煌的文明！华夏文明的血脉，透过石上的铭文淌进杨爵的思想里，只未曾料到若干年后，他的作品亦将名列其中。

　　每一处名胜古迹前，都留下他留恋的身影；每一处遗迹所呈现的文化内涵，都使他赞叹良久。所谓见多识广，就是这样的情形吧。他恨不能把每一处印迹都刻在心里。

　　眼看天色不早，他这才觉得有点儿饥饿，便就近找到一家小饭馆吃饭。虽然过了饭时，但馆子里的生意依然很好，里面坐满吃饭的人。杨爵等了好一会儿，才有一个人吃毕，匆匆起身而去，他急忙走进去坐下。

　　店小二殷勤地打理干净餐桌，问道："客官要吃啥？"

　　"来碗面吧！"他答道。小二又问了干的汤的、啥样的臊子等。报了饭，杨爵说："先来碗汤。"

　　"好嘞！"小二答应得脆响，朝伙房里面报过份额，又去热情地招呼别人。

　　好一会儿工夫，面汤和面才端上来，杨爵也不以为意，人多就是这样不方便。同样是面，西安小饭馆里的味道与家里面食的味道极不相同，这里的面条筋道味鲜，大约掌柜的有啥诀窍也未可知。杨爵一边吃着，一边想到。

　　吃完站起来付费时，他的脚无意中踢到一个物件，拾起来一看是个荷包，掂掂分量也不轻，估摸着应是装着不少银钱。四下打量，居然没人注意他，有意扬一扬荷包，也没有人搭理，可见主人不在其中。

来收钱的店小二以为是杨爵掉在地上的，还悄悄地提醒："客官可要装好了，千万别再掉了。出门在外丢了盘费可不是小事！闹不好，事没办成，还真的回不去家了。前几天一个小相公就是这样，可怜得只好靠乞讨回转，那个凄惨！"

杨爵一揖致谢，店小二红着脸避开，连忙说："客官是读书人吧，就是不一样，看着好气派，偏偏还温和有礼貌！"

为防止不相干的人讹诈，杨爵找个僻静的地方查看了一下里面的东西，然后就在不远处等候。一直到小饭馆快打烊时，才看到一个人急匆匆地跑过来，好像正是他之前等座位时，与他擦肩而过的那个人。

那个人在店内讨要遗失物品，都跟店家急了眼。

杨爵观察片刻，觉得他索要的荷包、钱数跟自己所拾到的大致相符，可能真的就是失主，便迎上去打招呼。当众核对过荷包的颜色花样、钱数的大小多少等，确定好是人家的东西，立时很爽快地还给他。

这个人感激不尽。其实他自己也不确定到底是不是丢在这里，是谁拾了他的东西，还能不能要回来，不过是不死心来此找寻一番而已，没想到这钱还能找回来。他取出一锭银子感谢杨爵。

杨爵严词拒绝："君子爱财，取之有道。能在这里等这么久，就是诚心还给你的。若以钱财论之，实在是对不住我在这里等你的这几个时辰。"

那个人被深深地感动了，得知杨爵是来赶考的学子，便恳切邀请他在自己家里住下。那人家道颇丰，广有屋舍，而且恰好离考场所在的贡院不远，一盅茶的工夫就能走到考号里。

几番推辞，奈何人家再三恳请，考虑到自己先前找的住处确实离贡院不太近，杨爵只好答应。这时旁边树后闪出一个年轻人来，自报家门"王泉岗"，家住在蒲城与富平交界之地杜家村，也是来赶考的。原来自杨爵拾遗金开始，他就有所觉察，见杨爵在一边不动声色地等待，料想定会是一段佳话，便也躲在一旁等着看结果。此刻见到果如所料，愉快得不行，赶紧出来结识。

"原来是同乡！"杨爵也很高兴认识这个爽朗的年轻人。巧的是王泉岗住的店家恰与失主家在同一道巷子，在其斜对面不远处。几个人不免感叹一番缘分的神奇，一起到杨爵之前住的旅馆帮着搬行李。以后几天他们二人出入相约，有时也说说功课，王泉岗很是敬佩杨爵的学问，杨爵喜欢王泉岗的真诚，二人渐渐成为好朋友。

几天后，杨爵三篇文章一气呵成，引经据典，行文厚实，名列书经科第三名，中了举人，端端正正地踏上了仕途第一步。

十九　嘉靖乙丑举进士

考完回到家里，杨爵就开始忙田里的事，秋天的农活儿又杂又多。

杨靖问了杨爵的答题情况，很不错，看样子，这次弟弟能中，所以也没阻止他抢着干农活儿。秋收之后，还得赶着秋种，晾晒碾打，没一样能拖的，家里人而今正疲乏得紧，多一个顶用的人进度也快一些，眼看着天越来越短了。

喜报到笃祜村的时候，杨爵还在地里忙碌，三娃来找的他。

三娃急匆匆跑来，还像以前一样，见面先打杨爵一拳，以表达对发小考取举人的喜悦。"行啊，伙计，喜报来啦！"随后才想到，"呀，你现在是举人老爷，我打你这是犯了王法！"就有些讪讪的。

杨爵"喊"了他一声："这野地里，谁看见你打人了？"随后也叮咛好友："人后头以前咋样，现在还咋样，不许生分！"

一起光屁股长大的好朋友，三娃熟知杨爵的脾性，连忙答应下来。他们回到村里时，杨家挤满了道贺的乡党，其中不少看热闹的孩子。杨靖正陪着报子喝茶，杨王氏和杨张氏忙着来来回回烧水上茶点。

见杨爵回来，报子核对身份后当众念一遍喜报，了结报喜的程序。听到"高中第三名"，在场的人面上都露出喜色来，一片恭贺之声。杨靖按行情给报子打赏两吊钱，宾主尽欢。杨爵问报子附近还有哪家的喜报，得知王泉岗这次也中了举，只是名次有点儿靠后，他打心眼儿里替这位新结识的好友高兴。经过短短一段时间的相处，他是知道这位友人的努力劲儿的，天分的事由天不由人。他想，有机会的话，会好好开导开导这位好友的。

送走亲友邻居，杨爵拿着喜报看。他久久地注视着自己的名字，没有想象中的激动，也不是没有感觉，他不知道该怎样形容自己此刻的心情。在村塾窗外听哥哥上课的记忆已经模糊，在种田间休息，在田埂上背书的记忆也不很清晰，只有借以当灯光用的硬柴燃烧发出的火光还在脑海明灭闪烁。忽然就想到了父亲，想到他满含希冀的目光，想到他被病痛折磨得干瘦的遗容，杨爵的心有些痛。

杨爵不是一个情绪化的人，三十多年的穷困日子，把他的性格磨砺得有些冷硬，使劲儿挥去那些痛感，他呼出一口气，看向兄长，只见兄长已满面泪痕。他们不约而同地想到应该去祖宗和父亲坟前烧化纸钱，跟祖宗还有父亲说说今天这桩喜事。幸好杨惠氏一直默默为家里的大小事操着心，早给预备好了祭品，他们赶紧提着去上坟。

这一夜，兄弟俩特意又躺在同一个炕上说话，一如儿时许许多多的夜晚，杨靖说得多，杨爵说得少。不过从小凡是兄长叮咛的重要话，杨爵都会牢牢地记在心里。那些寒冷的冬季，那些为了节省食物和衣服而窝在炕上兄教弟读的岁月虽然远去，但永远如一股暖流，静静地淌在两个人的心底。这些珍贵的记忆，是他们二人一生的财富，人生正是因此而变得不一样。

不知道说到哪里，也忘了都说过些什么闲话，渐渐地二人都打住话头静静地躺着，听着彼此的呼吸，内心是那样满足。

第二天，杨家置办了较为丰盛的酒席，答谢亲朋好友。来的人比预料的要多，毕竟很多人总是不愿错过锦上添花的机会。杨爵和兄长应酬着，不免想起早已调任别处任职的杨滋杨大人。

宴席散去之后，正在收拾家具的杨家人迎来了一个人，就是当年和杨爵一起在富平监狱里同住的小难友顺子。顺子已经长成一个风华正茂的青年，他个子中等，浓眉方脸，看上去干练结实，唯有看人时诚恳的样子还是当年的模样。

"杨滋大人说您需要一个小厮。"顺子说。原来顺子冤案平反以后也没地方可去，杨大人看他诚实聪明，就收留他在身边做仆从。杨滋任满从富平调到白水，一直把顺子带在身边着力培养。顺子很是珍惜这样的机会，这几年跟随杨大人边识字边历练，在人情世故、官吏间往来上，很是熟练。

人虽已不在富平，但杨滋一直关注着笃祜村的事，杨爵中举的消息他知道得不比杨家晚。一收到杨爵中举的消息，他马上备上盘费，让顺子赶了过来。他知道，杨爵出身农家，以后出入官场的话，没有一个见过世面的得力随从根本不行，顺子是再合适不过的人选。

杨大人的良苦用心，饶是杨爵这样内敛的人也不禁动容。顺子说杨大人让他带来一句话：天助自助者，只管努力实现自己的梦想就是。

杨爵朝远方深深作揖，雪中送炭的君子自古便少，他幸运地碰到这么一个。正是这些少数人，让世界变得温暖，更支撑起了人世间至真至善至美的崇高境界。对这些人说感谢的话尤其多余，唯有做好自己的事才是对他们最恰当的报答。他让家里安排好顺子的住宿，顺子从此成为杨家的一员。

提起景叔，顺子告诉说，老叔出狱后，杨滋大人依律将他的铺子还给他，儿子儿媳不久也回家了，听说孙子已经可以打酱油了。杨爵真心地替景叔高兴。

韩邦奇、李宗枢都给杨爵写来祝贺信。

韩先生寄予杨爵厚望，殷殷叮嘱他许多备考明年春闱的事，将那考场上诸般事，如准备饮食、答题、防寒，甚至如厕等，均事无巨细娓娓道来，唯怕杨爵因经验不足走弯路。

李宗枢除了恭贺礼物之外，还让仆人给杨爵带来一些银钱。他在信中告诉自己的好友，黄白之物确实有些俗气，不过进京赶考不预备多点儿真的不行。好兄弟之间只有需要不需要，不用在乎别的事。杨爵理解李宗枢的心意，明白他在呵护自己的自尊心，才有这样的解释。随即收好这份重礼，把这些情谊都默默地记在心里。

张本礼也是送钱帛做贺礼的，杨爵依样坦然地接受。李宗枢的信让他明白，此刻唯有慨然接纳方是对他们之间纯真友谊的认可和维护。

与这两个人不同，王泉岗亲自送来的是好几套衣服鞋袜。这位友人直言，当时在长安相遇，见杨爵的衣服洗得发白还带着补丁，心里一直惦记着要送几件衣服给杨爵。他说京城遥远，不方便的时候多，还是新衣服穿上妥当，保暖且不容易破损。盛情难却，杨爵也让家人收下，一并放好。

王泉岗这次没打算赶考,他自觉学问不够,要中进士恐怕还要再下几年功夫。杨爵把自己从前的读书笔记选一些送给他,他很开心满足。王泉岗是一个简单而善良的人。

同时悄悄塞给杨张氏钱粮的还有杨爵的婶娘杨惠氏和堂姐杨巧儿,中间夹了些散碎银子,很少,也不知攒了多久。杨张氏感动得落泪。同为大明乡下女子,她们攒点儿钱有多难,她深有体会。难得的是婶娘和堂姐的心。这个善良的女子和杨爵商量收下这份沉甸甸的礼物,然后自己抽空多做些衣物鞋袜,慢慢地填补她们。

有了顺子的加入,杨家的杂活儿杨爵就很少再参与,他沉下心思温习功课,全力准备明年的会试。深夜的柴火又把他夜读的身影映在墙上——他还是习惯于燃薪为烛,明亮又温暖,还节省。

嘉靖八年(1529),杨爵的新年是在路上度过的。算计行程,不错过考试日子的话,杨爵须在腊月就得动身。于是择一个嘉靖七年腊月的吉日,杨爵带上顺子,带上母亲和杨张氏烙的锅盔、密针慢线精心缝制的换洗衣服,悄悄动身,坐着朝廷供给的"公车"赶往京城。

新年噼噼啪啪的爆竹声,更添旅人的寂寞。只能遥遥祝福老母亲、老婶娘、兄嫂、巧儿姐,还有她,身体健康,事事如意;祝福孩子们快乐成长;祝福自己赶考顺利。灯火昏暗的旅舍,在这万家辞旧迎新的日子里,使他的内心充斥着浓浓的乡愁。

其实出了潼关,眼前的风物就与陕西有很大的不同。大河宽缓,地平山峭,不似家乡山水。可惜杨爵无心细看,只顾着赶路。

一行人东至郑州北渡黄河后,越往前走越冷,迎着刀剑一般的北风,说不尽的路途遥远、艰险。好在他和顺子都是穷苦人家出身,比较能耐得住饥寒。披星戴月,经过三四十天的奔波,他们于正月十五前后赶到京城,住在一家名为"连升"的客店,并在这里遇到一位陕西蒲城乡党,姓原名寀,字方畦。

一方水土养一方人,八百里秦川多养着一些直爽的汉子。两位陕西乡党异地相逢,又都为同一个目的——奔京城会试而来,因而更为亲近,每日同起同卧,有机会就多多交流功课,十分投契。原寀祖上做过小官,小有家资,对杨爵的衣食住行十分照顾。

二月的北京城还是很冷，阴面墙角的余雪尚未消尽。会试从二月初九开始，考三场，每场三天。这种考试，不光是考学子的学问，还考他们的身体。考试的号房宽四尺，深三尺，设上答题案几，仅能容人转身；后有小窗，前为木栅栏，都是为了监考人监视的方便。九天时间，吃喝拉撒全在这一方四面透风的小空间里，体质不好的人很难支撑得下来。

顺子在贡院门口接到从考场出来的杨爵时，差点儿哭出来。只见他面色憔悴，两眼深陷，衣服皱皱巴巴，人看上去更加清瘦。

杨爵艰难地笑一笑安慰他说："好了，赶紧回客栈吧，我瞌睡。"顺子赶紧接过杨爵的考篮，扶着他走。

原寀也是一样疲惫不堪，被小厮架着往回走。两个人回到客栈都是先睡个天昏地暗，一天一夜后才起来梳洗，好好吃了一顿饱饭，随后说起科考的事情来。

杨爵对自己的第三场经史时务策五道题答得还算满意，原寀觉得自己第一场经义、四书义答得都挺顺手，二人把自己答题大意说一说，互相参详一番。至于第二场的考论、判，以及诏、告、表之类的，在他们看来，都答得中规中矩，应该不会有大的差池。

等待的日子是令人焦心的。有时候觉得当时在考场奋笔疾书，题名有望；忽而又觉得题答得不见得能迎合主考官口味，极有可能名落孙山……忐忑不安中，杨爵提议和原寀在京城各处转一转。

果然靠近皇城的地方十分繁华，商铺鳞次栉比，架上的货物无论品质、种类，都不是其他地方可比的，往来行人衣着也光鲜。再往外走，也就逐渐接近普通，行至京城远郊，见到那里的人们也和老家的差不多，有贫有富，大多数还是一样在薄田里讨生活。

他们还顶着料峭的春寒，爬了爬京西的山。

在这样自排自遣中，等来了放榜的日子，两个人早早赶去衙门放榜的八字墙前。开初等榜单的人还不算多，翘首企盼中，他们不知怎么就被挤到人群中间，进不去，出不得，感觉呼吸不畅得很。

也不知等了多久，"来啦！""来啦！"一阵喧哗，杨爵只觉自己被人流架起来，脚不沾地地移动。因要努力站直站稳身体，顾不得看榜，一时间也挤不到榜前，心下后悔来得有点儿早，午后人少岂不是更好？却也明白不来早更不可能，决定命运的关键时刻，有几个人能淡定从容？

在拥挤的人潮里不由自主地看着鲜红的纸张一一张贴，好不容易挤到看清字的位置，没想到在第一张上就找到了原宷，紧接着在第二张上看到了自己。杨爵心里咯噔一下，这是名次靠后将要落在第三榜上！

他说不清是失望还是别的什么情绪。其实来京城时，按自己的预期，还是想出现在二榜之列的，陕西乡试"举人第三"这名次，实力应当不差。荣获二甲，将会是进士出身，天子门生，那才算是真的皇榜高中。而赐同进士出身，跟进士出身差异太大！俗话说"同进士，如夫人"，到底是身份不同，更不用说跟最后一张贴出来的那些有望状元及第的佼佼者相比。离将来居庙堂之高最近的八九不离十都是这些人。虽然说还有殿试，但大反转的可能微乎其微。如康对山①先生那般笔尖生花，从第七跃上第一，被先孝宗皇帝称赞为大明立朝一百四十年第一文笔试卷的，古今有几个人呢？奢望太过了是不是？

不知道过去多久，刚才还拥挤不堪的场地，此刻已是人群松散。几声几不可闻的抽泣声，让杨爵一激灵回过神来：有人哭有人笑，这在科场再正常不过。原宷有些没精打采地站在他身边，低着头不知道想什么。

比起落榜的，自己这是身在福中不自知吧？大江南北所有一流才俊集聚一堂，人上有人天外有天，加上主考官的主观原因，这个结果也在情理之中。可……可自己那文风应该很对张孚敬张阁老的路子呀，刚好今年他主持春闱。唉，罢了，这脑子乱的，都不知道在想什么。再说，如今想这些还有何用呢？出身贫寒，榜上有名已是万幸，也算是实现了一些夙愿吧，松一口气的感觉慢慢地也就遮盖了排名的遗憾。他拉了拉原宷，原宷忽然朝他绽放出灿烂的笑容，洁白的牙齿竟有些耀眼。杨爵握拳于下颌，假意咳嗽一声，两个人不约而同地迈步回旅店。

---

① 康对山：康海（1475—1540），字德涵，号对山、沜东渔父，陕西武功人。弘治十五年（1502）状元，明朝文学家。

还有殿试迫在眉睫，二人又静下心来温书备考。

春风荡漾的三月十五日，他们在紫禁城文华殿参加由嘉靖皇帝亲自主持的殿试。数百名饱学才子，南腔北调共聚一堂，各显神通，蔚为壮观。年轻的皇帝龙章凤姿、态度和煦，阁老们威仪非凡，令人大开眼界。应试者领了题目，有人沉思，有人急于落笔，神态各异。杨爵不敢分神，略看一眼，提笔破题。一时间满殿人影，却寂然无声，唯墨香隐隐。

三月十七日放榜。这一天，三春的阳光热情地照耀在榜墙上。

杨爵，中嘉靖八年乙丑科三甲第六名。这一年，他三十七岁。

原案为三甲第七十七名。

提着好久的一颗心放下，两人赶紧写信告诉家人消息。

杨爵提起笔久久没法落下。他想起临上京前一天晚上，和兄长杨靖促膝长谈的情景。那依然是没有点灯的夜晚，烧得旺旺的火塘旁边，火光在兄长面上明明灭灭。兄长轻轻地说："我能感觉得到弟弟此去，必能高中。你在外只管放心大胆做事，别舍不得花钱，不要勒掯自己，家里万事有我。只有一点，一旦如愿，务必按照韩先生教导你的那样，当官要为民做主，千万不要汲汲营营谋私利，一定要记住！"

杨爵握了握左手，抬笔写道：母亲膝下敬禀者……

"春风得意马蹄疾"，三月底四月初的北京城，花红柳绿相映，色彩绚丽。先是报子们说说笑笑穿梭在大街小巷，马蹄嗒嗒，衣袂翻飞。后有三百多名新科进士，意气风发地来来往往，进出酒家、商铺，组成京城一大风景，赏心悦目。

深巷闻酒香，各种罢宴归。琼林宴、谢师宴，以及同年之间的走动结识宴等，恭喜声不断，喜气感染着街上行人。

杨爵见到了这一榜上引人注目的三个人：状元罗洪先，字达夫，江西吉安人，时年二十六岁，中等偏高的身材，方面星目，温润儒雅，端庄稳重，磊落大方，观之可亲；榜眼程文德，字舜敷，浙江永康人，三十多岁的样子，比状元公矮几分，消瘦长脸，默言少语；探花杨名，字实卿，四川遂宁人，三人之中最年轻的一个，才二十五岁，五官单看并不出奇，但合在一起文采风华、顾

盼飞扬,爱笑,面有酒窝。

人们即使远远地看上一眼,也能产生深刻的印象。

程文德的殿试策论,被当今嘉靖皇帝朱批为"探本之论"。天下学子,一时争相传抄:

> ……民者,邦之本也。不知勤民,则政之所推,或乖于辑宁,而无以体乎王道。
>
> ……
>
> 治天下之道,其端不可概举,特以大者论之,在乎知人安民而已。
>
> 一令得其人,则苍生受其福;不得其人,则苍生受其殃。
>
> 若夫铨选之司,又用人之人也。铨选得其人,则天下之吏皆得其人。
>
> 知人之道,皋陶尝欲察之于九德矣:曰宽而栗,柔而立,愿而恭,乱而敬,扰而毅,直而温,简而廉,刚而塞,强而义。
>
> 伏愿陛下远仪舜禹,近法太祖,笃志力行,益勤无怠,则敬天勤民之道有终。
>
> ……

虽然是同榜,不过三甲和一甲还是隔着几层的,厮认同年之后,他们此时还没有更多的交集,杨爵还预计不出这其中的某一位将会与他成为至交好友,思想灵魂相通。如今他更看好、更亲近的是三甲榜上的两个小同年:

高大俊朗、少负才名、文武兼修的曾铣,字子重,才二十一岁,是浙江台州人,三甲第三十二名。因为习武,曾铣蜂腰猿臂,走路不带声响,却让人无法忽视他的到来。他一拱手之间,仿佛一道阳光照进堂屋,浑身散发着竹叶的清香,让人眼前一亮。

姿容俊美、身材魁梧、才华横溢的杨博,字惟约,也是二十一岁,是山西蒲州人,考取三甲第四十八名。他眼大有神,目光清亮,因口音与杨爵接近,最好交流,两个人十分亲近。

这两个人年少才高,志存高远,待人真诚,虽名列在三甲榜中间,但杨爵看其言行，这二人日后必然造化不低，觉得以三套试卷论才学高低、人品能力有失公允。

主动接近杨爵，热心相交的是三甲第六十五名的蔡瑷。他是京师真定府宁晋人，比杨爵小两岁，二人虽素未谋面，却一见如故，恍惚如久别重逢。一日说起师承，蔡瑷说自己自幼跟随真定名儒张睿念书，杨爵便说自己恩师乃关中大儒韩邦奇。

蔡瑷早就听先生说过韩公，他的先生机缘巧合曾见识过韩先生讲学，此刻只想拜在韩氏门下。他不好意思打扰杨爵，自己过后多方筹谋。盖因其时韩先生正在南京太仆寺任职，他一位宁晋同乡正好是先生同僚，蔡瑷就写信给老乡，经老乡殷切引荐，玉成师徒相识，杨爵多了一个同门师弟。

嘉靖八年的科考落下帷幕。这一科是上天给嘉靖王朝中兴的一个大礼包，三百二十三名进士，多是年轻有学问、有品行的人。只不知道历史的洪流将会涌向何方。

二十　灾年难月藩楚行

　　杨爵中了进士，韩邦奇很是高兴，往来信件中就接下来考试的事情以及官场的一些规矩给杨爵提了好多建议。然后写信把杨爵举荐给自己的几位同年，希望大家多多照顾、提点他的这位门徒。当然举荐这种事，韩先生是不会告诉杨爵的。

　　殿试一甲即刻授职翰林院编修，其余人等要等待选馆。选上则为"庶吉士"，在翰林院学习三年，散馆时再行考试，合格的入翰林，反之则发往各部任职做堂官，或者外放做主政的地方官，这些人将来升迁也会很快。二甲进士未选中分配下去前途尚可，而同进士如选不中的，只能从最末等的小官吏做起，努力晋级。一般，五品就是他们的坎儿，很多人一辈子也没混到这个品阶。

　　按照大明立朝百多年来的惯例，翰林院实则就是大明朝阁臣的储备库，进入翰林院是天下才子念书的终极理想，可是竞争也十分激烈。但不管结果如何，大家都要尽力一搏。

　　遗憾的是，这次考试跟之前的会试、殿试结果差不太多，三甲这里进入翰林的还真就没有几个。

　　杨爵在京城一个小官员集聚的地方租下一个小院子居住下来。这里离皇城远，跟朝廷大员们集居地也隔好几条街，但房租相对繁华的地方来说比较便宜。

　　原寀、蔡瑗也都在他不远的地方住着，但这两个人家境好，是自家买的三进院子。

二十 灾年难月藩楚行

等待分配的时间，杨爵按照熟人的指点，在吏部那里做了打点。虽然每科取多少仕子，是按需录取，但历朝历代不懂得"人事"还真就不好办。过了月余，好容易得到人家的准信，杨爵这才在上任前动身去南京看望韩夫子，蔡瑷与他同往。

从通州登船，沿大运河航行，杨爵是第一次体验这种交通方式。客船在波涛上颠簸，轻如树叶，飞速漂流，诚如诗仙所写"千里江陵一日还"。他站在船舷边，强压眩晕的不适感，只见河道里漕运的船只载着沉甸甸的货物频繁往来，竟是比陆上便利许多。

朝阳给宽阔的河面铺上碎金，水鸟成群结队云翔鸣叫，与两岸风物组成另一种壮丽的画面。他忽然想起修造这大运河的那个人来。以眼前所见，这运河修得确实功在千秋，九州南北贯通，以水力节省人力，水上行驶又快，若是没有这条河，哪来此等繁华！可见史书上的记载也不甚妥当，只会骂隋炀帝之错，竟少有人说说他的好处！这还真是不知感恩。

借着漕运的便捷，杨爵很快就见到久违的先生，先生比前更加清癯，头上竟生了丝丝缕缕的白发。杨爵一个大礼拜下去，韩先生忙伸手拦住，说："何须如此，何须如此，当初在朝邑，我也没有让你这样啊！"

问过就职进展之后，韩先生给他们接风，席间竟有马理跟吕柟二位大人。这二位可是陕西学界的泰斗，现今都在南都这里任职，杨爵来的时候还在考虑以怎样的方式拜访二位为妥，不想此刻一搭里见到了，韩先生可谓用心良苦！看他们跟先生的言行，乃至交。也是，几位都是饱学诗书、重品行的人，往来密切自在情理之中。

饭后品茗，几位都不愿多谈当今时事，话题多在这一科进士上。他们也觉得如今次这般进士以年轻人居多的，历朝也不多见，大明该当运昌啊！

杨爵把几个往来亲近的同年修文习武的状况跟大家说，几位大人频频点头，喜形于色。

因蔡瑷拜师，几位的话题就又给牵到学问之上。他们问过这两个新人答卷情况后，马理老大人说："学习应多思多想，不可拘泥。就是程朱这些大家释经之言，千百言中，似有一二误处。"他用《周易》需卦第四爻为例解读：

"四爻切近于五爻,五爻为至尊之君位,则四爻之臣应当勇往直前,临危受命,而朱子却认为当'柔退',这如何使得?有时候职责所在,无可退避,只可以临危受命以平难而为本心。"

韩先生微微一笑,说:"学不足以一天人、合万物,不足以言学。天人万物,本一体也!解经岂可断章乎?"

大家纷纷点头,觉得结合各爻之间的关系,整体理解是对的,恐怕马大人这个认知最为接近古圣贤之原意。

吕柟笑道:"学者虽读尽天下之书,有高天下之文,使不能体验见之躬行,于身心何益,于世道何补?今日所言,你们回去还是在笃行中慢慢融会贯通吧!书本上的东西若死记硬背,毫无意义。即使强为记住,过一段时间也会忘得一干二净。两位既然是汝节门徒,我也就忍不住唠叨几句。"

杨爵、蔡瑷赶紧站起来受教。吕大人笑着让他们坐下,都是自家人,大不必拘于俗礼。

在南京逗留几日,韩先生给他们看了一些珍藏的孤本典籍,拣其中经典的文章提点一番;又带他们夜泊秦淮,体验体验小杜诗中"烟笼寒水月笼沙"的情景。杨爵他们因牵挂京城那边的消息,不便久留,就告辞回京。

等待一段时间后,曾铣、杨博外放了知县;杨爵、蔡瑷、原案同授行人司行人,考选御史。

有了实职,必须安家,杨爵就派顺子回去接家眷。安之兄长只让顺子接了杨张氏一人到京城,照顾杨爵和顺子的衣食,孩子们都留在家里。杨爵本也有此意,京城米贵,他那一点儿俸禄实在难以开销一大家子日用,兄长任何时候都在为他打算,真真长兄如父!

嘉靖八年(1529)十月,行人司行人杨爵奉旨出使湖广藩王府吉府。

所谓行人司行人,其实就是行持节奉使之事。行人司置司正及左右司副,下有行人若干,皆以进士充任,故官位品秩为正八品以上。行人专掌传旨、册封等事,凡颁行诏敕、册封宗室、抚谕四方、征聘贤才,及赏赐、慰问、赈济、军务、祭祀等诸事,皆归其掌握。皇上的圣旨亦由行人携带,至时予以宣读。在京官中,行人的官阶虽然不算高,但常陪同于皇帝身侧,执皇上圣旨,传帝王旨意，升转极快。初中进士之人，皆以任此职为荣。

杨爵一开始接的差事就是去参加湖广藩王府吉府的封祭仪式，当场宣旨，并把现场的境况回馈给皇帝。"职惟天子使"，身价不一般，代表的是朝廷甚或是皇帝本人。通常，行人在各驿站都会被照顾，各个藩王府也会很优待这些人，算是个肥差。

杨爵奉旨和顺子离开京师，很想沿运河乘舟南下，但上级临时还加有其他事务，必须走陆路。他们从山西、河南一路沿官道前行。

初次以官身出行，他还是很高兴的。大明朝的大好河山，他长了三十七年还未曾好好观光过。去年上京城赶考，自己只能算是个过客，这次公干，在不影响公务的情况下，他还是想好好地看一看各处的风物。

只是去的时候，天气一天比一天转冷，路上行人匆匆，不知怎的，很多人看上去如同逃难一般，很煞风景。杨爵想不出这种感觉从何而来，又没听说哪里遭灾，只觉得四下里万物凋敝，没有什么看头，只得与随护们打马加紧赶路。

好在湖广靠南，气候比之京师和陕西老家还是温和一些。这里河流纵横交错，水田肥沃，是大明的米粮仓。自本朝洪武元年"许民垦辟为己业，免徭役三年"以来，这地方处处民田，人烟鼎盛，别是一种风景。

杨爵主仆弃马登舟，只见寒水清冽，水草衰枯，远山朦胧，揽不尽江南冬景特有的枯荷、寒濡之美，很是感叹造物主的神奇。

藩王府对杨爵礼遇甚隆。吃住自是上好的，还派人领着他把当地的名吃、名景见识一番。杨爵本来坚辞不就，人家告诉他历来对待"天子使"都是这样，并不违制，他也就勉强接受了。后来，人家送他丰厚的礼品，杨爵坚辞不受。

他告诉人家："为士饿死，不食人非礼之食；冻死，不衣人非礼之衣。我要这些馈赠干什么？"

送礼的脸上有点儿挂不住，说："我也是奉主人命，按照惯例行事。不知道杨大人是只不收我们一家的礼物呢，还是……"

杨爵说："我也知道你们之间都互通消息。我杨爵生来为人就是这样的性

子，不该得的东西，绝不会动心。如你在今后某一天听说我收过昧心财，大可以问到我脸上来。"

来人就有些讪讪然。过后三年，他一直留意杨爵的行踪，见杨爵果然说到做到，往来各个藩王府，从来没接受过任何一家的馈赠，对杨爵大为佩服。各地王府的这些赞扬，自然都通过特殊的通道，一字不落地传到皇帝耳朵里，嘉靖皇帝对杨爵也有了很好的印象。

因杨爵奉旨参与的是封祭之仪，所以到过完年，各种礼仪程序结束才可以还京复旨。与来时相同，他回去时因在河南还有些巡察公务，所以仍旧选走陆路。本来以为回去的时候渐渐春暖花开，万物复苏，一路上看不完的山河形胜，不料看到的情况却令他无暇顾及美景。

嘉靖九年（1530）三月初，杨爵沿原路返回，来到陕西、山西、河南三省交界的地方，一路上碰到的都是沿途乞讨的难民。杨爵大为惊奇，就放弃骑马，徒步下了官道，顺路到附近的集市、村落查看。

只见老百姓多是满脸菜色、食不果腹、衣不蔽体，村子里十室九空，很少见到烟火气。

这天，杨爵正在赶路，眼见旁边一个老人昏倒了，老人的小孙子吓得哇哇大哭。

杨爵停下来问询，得知老人是饿晕的，他已经好久没有见过油星了。之前一直吃树皮、草根，如今青黄不接，连这些也找不到，就这样饿着。

顺子掰下一块干粮，捏碎，从水囊里倒一些水和成糊糊，给老人灌下去。不一会儿，老人醒了过来。

杨爵松了一口气，就看到老人的小孙子盯着他的干粮袋不住地咽口水。他叹口气，让顺子给孩子一个干馍，结果附近的人呼啦一下子全围了过来，十几个人使劲儿盯着他们的包裹，眼冒绿光。顺子吓得赶紧说："你们别过来，这是行人司杨大人，冒犯官员是要杀头的！"

那些人迟疑着不再往近前走，却也并不离去。杨爵看看自己的干粮袋子，说："我路上住驿站，也没有备多少干粮，这样，这一点儿东西分给你们的孩子，然后你们各自逃难去吧，别再围着我。"

孩子们都跑来，眼巴巴地看着干粮袋。杨爵和顺子按人数掰开来，分给他们，有的孩子藏到一边，警惕地看着旁人小口小口地吃，生怕吃完了似的；有的孩子却吞一大口，噎得直翻白眼，顺子看得掉下泪来。

刚才倒下的老人家缓过了气，感谢杨大人的救命之恩，看那些人走远之后才说："杨大人以后千万别当众亮出来吃的东西，闹不好要出人命。"

老人家又说："杨大人今天幸运，碰到的这些人多半是妇孺，给孩子一口吃的就走了。若是碰到那些恶汉，肯定会为抢吃食而动手脚。一路上见过好几起因此而打伤人的，还有一个人因为护食被活活打死的。"顺子冒了一身冷汗。

杨爵问老人这一带的百姓何以把日子过成这个样子。老人哭了，说："天灾啊！"

原来去年夏初这一带起了蝗灾，蝗蝻遮天蔽日，所过之地寸草不生，虫子落在地上有三四寸厚。后来那些家无隔夜粮的人没办法，只好烧蝗虫吃。

老汉和孙子已经乞讨过好些地方。有的地方蝗灾轻的，剩下的禾苗秆秆，还能收割下来磨成粉，熬糊糊充饥。但毕竟少收一茬庄稼，到今年春就所有能咽下去的都给吃没啦！

顺子问："方圆百里难道没有不遭蝗灾的地方吗？"那个小孙子说："没遭蝗灾，可遭了秋霜，一样把地里的庄稼打了个颗粒无收！"

最后老人劝杨大人还是走官道赶快离去吧，免得看到更不该看到的。

杨爵愤愤地说："官府都不赈济灾民吗？父母官都干什么去了？"

"他们干什么，老百姓哪里知道啊。"老人茫然地说。

告别老人，杨爵算一算时间，还够使，就没有立即回到官道，而是又顺路走走看，果然就看到了老人所说的"更不该看到"的事——一路上走一截路，就能看到尸体，尸身上的肉都被割得所剩无几。他们还亲眼看到一个人刚咽气倒下，同行者呼啦一下子上前抢着割下他的肉放到篮子里，然后找个地方煮着吃。

顺子看得直呕吐，被路人大骂一顿，还差点儿打他。有人说："不还有吃活人的呢吗？饱汉不知饿汉饥，你们懂什么！"

一个妇女看上去面善，气息奄奄，眼看也没剩几口气的样子，喘息着对他们说："快离开这里……这些人……都饿疯了。我快死了……也会……会……给他们吃光的……"说完闭目不看。

杨爵的心一抽一抽地钝痛，他不知道自己是怎样从那一段路上走出来的。顺子也害怕不已，寻着官道，拉上杨爵驱马快速离去。

官道上也有饥民，但因时常有官差路过，可能当地官府搞面子上的事情，没有见到死人。

听说已走进京畿之地，杨爵才算松懈下来，谁知道在集市上还是碰到很多卖儿卖女的穷人。那些头插草标、两眼麻木、死气沉沉的孩子，那些流干了眼泪、干涸的双眼里哀痛无比的母亲，如同一把把利剑，瞬间刺透杨爵的心肺，憋闷感使他几欲栽倒。

一对母子看到杨爵、顺子，以为他们是来买人的，那位母亲拉住杨爵的衣服哭道："大人一看就是好人，你买了这孩子，让他透个活口吧！"

孩子说是七八岁了，但看他的发育，还不如正常四五岁的孩子。他怯怯地看母亲一眼，急急地对杨爵说："我什么都能干的，而且吃得不多，有碗稠点儿的粥就行。"

看着衣衫褴褛、面黄肌瘦的他们，顺子几度忍不住擦眼泪。

杨爵问他们的来历，那位母亲哭着说道，家住在河南跟北直隶交界的地方。去年遭受蝗灾不算，又遭了一次霜灾，年底就彻底断了食物，凑着野草、观音土并乞讨硬撑着。丈夫身体本来不好，有口吃的又先紧着小的，就没能扛过来，已经去世半年多了。原想着朝廷会救济，谁想到现在还没见动静，吃的东西越来越不好找。母子沿门乞讨，流落到此地。现下实在是没法活下去，才想着卖掉孩子，若碰上个好人，孩子兴许还能捡下一条性命。

若是碰不到好人呢？这么瘦小的孩子，能干什么呢？但这样的话谁忍心说出口！得知杨爵他们不是来买人的，这位母亲很是失望，满眼哀伤。

顺子给这孩子倒一些水喝，趁着无人注意，又塞给他小半块馍，孩子迅速接过馍馍用衣袖遮住，警惕地看着四周，到底没敢吃，而是把馍藏了起来。

大约是想到无人的地方吃，这样安全些，顺子猜测。

这时走过来一个腿部有残疾、满脸胡茬、面相有些凶狠的汉子想买个小厮，但他多留心看一些稍大一点儿的孩子。

孩子的母亲就有些哀求地看着杨爵，想给自己的孩子谋求。

杨爵看看四周，每一个插着草标的孩子都乞求地看着那个汉子，眼神里尽是哀伤。他紧紧地握住拳头，不知道怎样开口。

顺子想了想，拉着那个汉子一边去说话，得知这位看上去挺凶狠的汉子其实是个很善良的人。他是个军士，战场上受过伤，才变成如今的样貌。因有军功在身还算过得去，本不需要小厮，只因听说这里穷人多，经常有没人买而饿死的，就跑了来。不过是找个借口来行行善，想救一条人命而已。

难得战场上见惯生死的他还有这样的善念，杨爵听后也很感动。因为汉子说他住的地方有好些伤兵，都是跟他一起出生入死的兄弟，也靠着他救济。做饭、洗洗涮涮的事，隔三岔五就得雇个人干，确实是需要个女仆的，只是掏钱买人的话就确实再供养不起。他们三个人商议别给这对母子钱，一起领回去，给口吃的就行。如此一来，这对母子既可以在一起，他们也可节省些费用。

汉子一听很高兴，大赞还是读书人脑袋好用，他就没想到这些。母子俩也很愿意。

由于没出钱就办成了事，也是看着那些孩子可怜，这汉子就顺便问问，看还有没有愿意去的孩子。等于多养好几口人，考虑后边吃饭的事，是没有钱给的，只能管喝稀粥。

当下，就有一个十来岁的少年不顾母亲反对就同意了。他给母亲重重地磕了几个头，说："儿子不孝，想要借此机会活下去，不能给家里换钱，请您原谅！若有吃的，我一定会少吃一口，省下来送给弟弟的！"

看着他们离开，那个少年的母亲跪倒在地失声痛哭。她没有真的去阻拦儿子，因为在此好几天了却一个孩子都没卖出去，现下能活一个是一个。不知道以后还能不能再见到儿子，她问不出口，只是和着泪水，一声声地叫着儿子的名字："浩儿呀！浩儿呀！"

……

人生至痛，不过生离死别。杨爵捶着胸口踉跄迈步，他不能再看下去了。

这是什么人间地狱般的地方！大明朝那些"昂昂乎庙堂之器"都在干什么？这些地方的父母官又在干什么？！这难道就是那些心心念念"朝为田舍郎，暮登天子堂"的人十年寒窗的目的？杨爵满心悲哀，已经出离愤怒了。但他只是个小小的行人，能有什么办法救民于水火呢？

回家后，他怀着满腔的辛酸写下一首《鬻子行》：

燕街寡妇泪涟涟，自言夫死未期年。
昼勤织纺为衣食，夜抚孤儿不遑眠。
孤儿幸能学步履，我夫有以继其先。
成立时遇清明节，今将麦饭洒埏前。
妾身百年归于室，地下逢夫无愧言。
奈何我生日茕茕，靡依靡怙叹伶仃。
旻天不吊此穷苦，疾威频将下土倾。
往年麦豆皆枯槁，晚禾遭霜又未成。
今春父子不相顾，骨肉分离向远行。
眼见旧时多富姿，而今转作沟中泥。
母子困厄何所赖，泣抱孤儿走京师。
谁知京师亦萧条，哀哉艰难无处号。
街头死者无人掩，多是流民向此逃。
母寒儿饥日叫哭，无力走去但匍匐。
眼中流泪口中干，只得将儿入市鬻。
市上纷纷草标待，卖者空多买者稀。
直到日夕才定约，破钱百文救我饥。
思量此钱买黍饭，是食吾儿肤与肌。
抆泪收钱敝裳湿，如割心肺痛难支。
母解怀抱将儿出，儿将两手抱母衣。
跌脚投地气欲绝，竟将母子强分离。
买主抱儿色凄惨，妇人欲去步难移。

儿哭声,母哭声,皆哭死者又哭生。

儿哭母毒舍我去,母哭苍天叫不应。

这个从来面少表情、深沉内敛的关中汉子写完扔了笔,肩部耸动,抱头痛哭,哀怜多灾多难的民生。

二十一　安黎庶固邦本疏

　　杨爵回到京城复旨的时候，发现朝廷上下正在忙着"更定祀典"，尚未有人关注到那一群受灾的、饥寒交迫的、生死一线的灾民。

　　他忍不住在署衙提到这件事。一个同僚奇怪地看了他一眼，告诉他："地方官员请求朝廷赈灾的折子，上肯定是上了，写几个字的事，谁愿意落个知情不报的罪名啊？只是还不一定压在哪个角落呢，没看见大家都忙正事吗？"

　　"还有比救灾民性命更重要的事吗？"杨爵一下子急眼了，不由得高声道。恰好蔡瑷走过来，赶紧对那个同僚说句抱歉，拉了杨爵就走。

　　"书呆子懂个什么！岂有此理！"那个同僚看着杨爵的背影摇摇头，嗤笑一声，也没多计较。

　　"你拉我干什么？"杨爵问。

　　"你跟咱们同行辩个什么劲呀，这是咱们这衙门管的事吗？你不是糊涂了吧？还好恩师早叮嘱我看着你，说你性子耿介，见不得不平的事，果不其然！"

　　杨爵一想，也明白过来，自己真是关心则乱，赈济灾民的事，行人司的人哪里过问得着？这样激进的言辞不仅于事无补，还会得罪人。杨爵感激地看一眼蔡瑷，将自己在路上的经历都告诉他，两人不胜唏嘘，不禁一路沉默。

　　都是前几年"大礼议"的后遗症啊！张孚敬借着支持皇帝孝道，以"继统"为由胜了大礼之争，升为阁臣。张孚敬入阁以来，也曾沿着杨廷和的路子深化革新来着。他在裁冗员、出按皇族庄田、还地于民这些事上的施政力度不小，可架不住一些杨廷和派系的能臣因"大礼议"的立场不同而被清算回家。

新上来这些官员,多是支持过皇帝认亲爹的人,以揣摩上意、投机取巧的人居多,执行政策的力度,关心民生、治理辖区的用心,始终不够;更不用说那些心怀叵测、别有用心、以权谋私、成心使坏的人,那些没眉眼的样子!只怕赈济饥民这件出力不讨好的事,大家都装着看不见,一心只想着投皇帝所好,积极地"议礼",想着在皇帝面前混个脸熟。

也是,这几年议礼,皇帝与亲生父母的亲子名分总算是定了,可是他亲爹的神主只进了奉先殿,还没有庙号,目前根本无法入住太庙,这终究是皇帝心里的一根刺。所以这位天子一直对"议礼"耿耿于怀,也就没什么奇怪的。而那些善于逢迎讨巧的货,借机往皇帝痒痒处挠,都梦想着得皇帝的青眼,快速升官发财。以他们趋利避害的本性,有谁还把平民百姓的生死放在心上?

更过分的是,张阁老跟那个桂萼大学士本是一道从"大礼议"上入的阁,后来居然还互相不服气,斗来斗去,一会儿你来劲,一会儿他又出风头,皇帝总是兴味很浓地看热闹,来个不偏不倚!今儿个张阁老致仕,准,过几天再请回来;明儿个桂大学士乞休,也准,过一阵再叫回来!好些官员为了不被波及,都猫下腰做人,有力气也不敢使。

嘉靖九年(1530)二月,吏科都给事中夏言上疏说:"古者祀天于圜丘,祭地于方泽。是故兆于南郊,就阳之义;瘗于北郊,即阴之象。凡以顺天地之性,审阴阳之位也。岂有崇树栋宇,拟之人道者哉!至于一祖二宗之配享,诸坛之从事,不于二至而于孟春,稽之古礼,俱当有辨。"

意思就是说,天和地,阴阳不同,祀典的方位就应该不同。之前(洪武皇帝这几个字夏言没敢提)认为的,天地就是人的父母,是一家人,应该搁一块儿祭祀,不合乎古礼,应该重新认定一下。

皇帝一看这道奏疏,见又有"议礼"的热闹,来了精神,立即以天地合祀不符合古制召集群臣,集议郊祀典礼。顿时朝臣一分为三,同意的、不同意的、中立的,辩来辩去,吵吵闹闹地全都关心"分祀"还是"合祀"天地的所谓"更定祀典"之事,至于国家大事的军事、民生反而没人记得起。

夏言是从这次事情上受得大益,皇帝赐他"四品服织币,以旌其忠",灾民的哭声被压在了这些荣宠底下。

更令杨爵、蔡嫒忧心的，还是皇帝过于偏心在"大礼议"中的有功之臣，有些经常有错不纠。比如张孚敬，弹劾他的人都没有好下场，他升官之快破了大明进士升迁纪录，短短五六年入职内阁参与机务；武定侯郭勋也是一样官职直升，这位不仅是当初去安陆接驾的安全总负责人，也是议礼时第一个站出来回应张孚敬的功勋子弟和军方代表！

有些即便当时"纠"些过错，总是会再找机会给起复回来，比如桂萼那一干人，又因着子嗣的事，宠信着一个老道士邵元节，把斋醮日益看重起来，常常在宫中设坛祈雨雪、问吉凶；如今又重视起郊祭礼来。种种迹象表明，皇帝在治理国家的方向上出了偏差，于国于民极其不利！

作为下层仕子，他们空有满腔抱负，空有忧国忧民之心，却无计施展。两个人郁闷地看着手握生杀大权的君臣在朝堂上激烈地讨论了一番，凡违逆皇帝心意的，或被打或被罚；而迎合圣心的，得了大大小小的赏赐。终于，在这年五月达成一致：在四郊动工，将南郊的天地坛改为圜丘，专以祭天；在北郊择地另建方泽，专以祭地；并在东郊建朝日坛，在西郊建夕月坛，这些地方就热闹起来。

可是，杨爵却始终忘不掉那些难民，牵挂他们的生计，总想力所能及地帮帮他们。让顺子和别人家的随从套套近乎，大凡打听到哪个同年或者同僚家中需要买仆从的，杨爵都要致意人家，不要找那些牙行，最好迂回一下跑些远路，多光顾光顾他见到的那个买卖人口的市场，给那些人一条活路。

"这是你知道的，还有你看不到的地方呢！"蔡嫒说。

杨爵扶额："能帮到谁就谁吧，总比什么都不做强！这样就算是安我的心好了。"

这天他领着一个同年又来到了市场，碰到一个卖妻子的青年人。夫妻两个的对话，使闻者落泪。

丈夫对妻子说："你也莫要怪我狠心，你也知道，家里早已经揭不开锅了。跟着我，你只能饿死；卖出去，说不定还能逃出生天！"

妻子苦苦哀求说："求夫君千万不要卖我，割我肉给你充饥都可以！与其落到不知好歹的人手里，还不如和丈夫一起饿死，好歹能保全名节！"

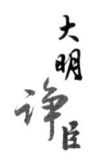

……

那位同年听到这样的话,都忍不住变了脸色,老大不忍,但他只需要一个小厮,而且他的时间也不容许过多地在此逗留,只好很快买上一个少年,逃也似的匆匆回城。

杨爵到底不知道那对夫妻的结局如何,但那对夫妻的眼泪烙在了他的心底,烫得他五脏生疼,以至于夜不能寐。他提笔又写下一首《鬻妻行》:

何处调饥贫少年,将妻匐匍到街前。
但道谁人肯买去,免我身向沟中填。
妇人双泪向夫挥,劝君莫作苦辛为。
自从结发成夫妇,共期偕老日相宜。
此日遇不淑,岂肯遽别离?
愿割妾身肉,充子一朝饥。
同我良人死沟壑,不忍又缝他人衣。

写完越看越心焦,救灾民的事再不能拖下去了!虽然赈灾的事不归他管,而且若在修订祀典的紧要时刻说什么不合时宜的话,肯定会被斥责,甚至会被杖责丢官,会使这些年的努力白费,但张载夫子说过"民胞物与",读书做官不就是为了这些同胞的日子好过些吗?他们都忙着迎合帝心,没人关注民生,我不为民出头,还有谁会出头?

一种悲壮的浩然之气涌上心头,杨爵顾不得许多,行人是没有资格说事的,但他食君俸禄,身穿官服,看到的想到的就必须有所为。难道天下大义,还有大过救民于急的吗?!

他连夜写下《弭灾变,安黎庶,以固邦本事》的奏疏:

臣于嘉靖八年十月内承制往湖广公干,即今事完回还。臣知陛下哀悯斯民之心,悬于闾阎之下,凡四民利病,民间休戚,必欲闻之,故今谨述所过地方灾伤,生民可痛之状,为陛下言之。

二十一　安黎庶固邦本疏

南、北直隶，河南、山西、陕西等处地方，当禾苗成熟之日，蝗蝻盛生，弥空蔽日，积于地者，至三四寸厚，将禾根食之皆尽。居民往往率妇子将蝗蝻所食禾苗痛哭收割，以为草刍之用。其他蝗蝻稍少之地，禾苗食有未尽者，颇有秋成之望矣。未及成熟，严霜大降，一时尽皆枯槁。遭此灾变，民失依倚。去年冬月，民所资以为食者，皆其先时所捕晒之蝗蝻与木叶木皮等物。当此之时，民之形色颠悴，虽甚可哀，而死于道路者尚未多见。比及今春，臣复经此地，每见饿死尸骸积于道路者，不可胜数；又见行者往往割死者之肉，即道旁烹食之；又闻有父子相食者，井陉县一日，而县官获杀人食者三人。

臣闻之，拊膺大痛，食不下咽。自谓有司必能具奏，圣明在上，闻有是事，必至流涕。比臣到京，闻庙堂之上救民之死非其所急，而所议者郊社之礼耳。微臣忧国爱君之心切于中，而不能不有所言也。昔者汉文帝之时，家给人足，海内富庶，贾谊上书犹曰"可为痛哭"，谓"抱火厝之积薪之下而寝其上，火未及燃，因谓之安"，况于今日时势当何如耶？古贤王之治天下也，生养遂而后教化行，教化行而后礼乐兴。方今灾伤之地，生民死亡十有六七，存者起而为盗贼，虽稍有积蓄之家，亦难保于自食，其势涣散不可收拾。朝廷之上，舍此不之忧，而议合祀、分祀之礼，是所谓不能三年之丧而缌小功之察，放饭流歠而问无齿决也。夫"民惟邦本，本固邦宁"，民心离散，邦本不固，土崩之势可以立待。纵使周公所制礼文尽行于今日，亦何补于天下之乱乎？深念及此，可为寒心。不知陛下宵旰之际亦尝虑及于此乎？左右谋国之臣亦尝言及于此乎？且南北分祀，以复先王之礼，非不可也，但今日救民死亡之日，而非兴礼乐之时也。

自古国家衰乱，未有不由民穷盗起，而为上者不知忧恤，遂至人心离叛，而天命亦去，宗社不可复保矣。故臣之所忧者，不在府库之财不能遍济天下，而但恐陛下无忧勤斯民之心也。夫忧民即所以忧国，治民即所以治国也。陛下日事经筵，虽隆寒盛暑未尝少息，臣知陛下锐志太平而欲为尧舜之君矣。盖尧舜之心，急于救民，一民饥，

曰"我饥之也",一民寒,曰"我寒之也"。假使当时饿死之民满于沟壑有如今日,尧舜之心当何如哉?臣愿陛下上畏天心之做戒,下悯斯民之死亡,不遑他务,专广仁恩,移此议礼之心区,画赈济之策,以长沃民生,则皇恩浩荡,孰不颂"明明天子深仁广被,在在戴生我父母"。向之枵腹待哺者,今有饱食之庆矣;向之妻子离散者,今有室家之乐矣。民心已涣而复收,邦本虽摇而转固,纵值天时之灾,鲜不以人力胜之也。海宇苍生享太平之福,圣子神孙缵万年之绪者,端在此矣。臣不胜战栗做惕恐惧之至。

递了奏章,杨爵想,是风是雨,都从门里进来吧,我等着就是,但不为饥寒交迫的难民呼吁一声,是万万不能的。从跟苑洛先生修习理学,熟读横渠学说的那一刻起,我就没得选择。横渠先生认为,人生在世上,就要尊顺天意,立天、立地、立人,做到诚意、正心、格物、致知、明理、修身、齐家、治国、平天下,努力达到圣贤境界。不巧,我杨爵对这个学说,偏偏还就信奉至深。我为我心,就这样吧。

二十二　擢升职任山东道

原寀和蔡瑗得知杨爵递了这样一本奏折，都有点儿傻眼。杨爵叮嘱他们："这奏折是我一人所写，不准你们说知道这事。"

事实上，这道奏折在递上去前，他们是真的不知道。杨爵就没打算让他们知道，怕他们跟着自己一起担惊受怕，也怕他们劝阻自己。为民请命，他不想拖泥带水是一，不想连累好朋友是二。但他又怕万一自己有所不测，杨张氏恰又怀着身孕，月份日重，眼看生产在即。不得已，思前想后，把奏折的事稍稍对二人透露一二，为的是托付家眷给好友。

嘉靖皇帝看到这本奏折以后，也有点儿吃惊。他把这个奏疏反复看了好几遍，发现杨爵说话虽然有点儿冲，却并非特意针对更定祀典的事，而是请求赈济灾民。他隐隐约约记着是有几本请求赈济的奏折的，只是一说起天地祭祀的礼仪问题，大臣们纷争不断，闹腾得人把这事给忘到脑后去了。

也怪那些官员不会写奏章，要是都像杨爵这样写得有理有据，尤其把那个饥民吃人肉的事写得活灵活现，给自己留下深刻印象，自己能把事给忘了吗？

杨爵这个奏折引经据典，他的文采、学问，还真是不赖，饥民相食，真真让人同情。他说知道朕"锐志太平而欲为尧舜之君"，这话说到了朕心坎儿里。接下这祖宗基业，朕也想着励精图治，做个中兴之君。可惜杨廷和伙同皇伯母张氏一再刁难于朕。唉，不提了。赈济之事，也是大事呀，都是朕的子民，朕如何就不心疼呢？

"'民惟邦本，本固邦宁'，民心离散，邦本不固，土崩之势可以立待"，杨爵说的一点儿也没有错！至于"纵使周公所制礼文尽行于今日，亦何

补于天下之乱乎？"这句不中听的话，朕就不跟他计较了。

嘉靖皇帝立即批示户部着重办理开仓放粮、赈灾救难的事，并且还派遣一个内官传道口谕给杨爵，嘉奖了几句，诸如"衷心国事，朕心甚慰，今后更应尽心办差，勿负天恩"之类。

话说户部的官员接到旨意，麻利地干起正事来。其实大家也不想总搅和到那些礼仪之争中去，不说使不得，说错了不得，闹不好将万劫不复，何苦来哉。今奉上谕办差，堂而皇之地躲开去正好。

有时候，事情的结局并非是理应如此，而是有着太多的巧合。这件事能够得到妥善处理，就因为年轻的嘉靖皇帝这时候还没有是非不分，杨爵的许多论调他还听得进去；且恰好得了圣旨的各级官员正不想在更定祀典这事上引火烧身。因而，这次赈灾的事情进展得异常顺利而且迅速，史册记载"活民数以万计"。

事情发展挺好，杨爵的好朋友们当然是替他长出一口气，有些庆幸。蔡瑷和原采让杨爵请他们吃一顿饭，原采说自己的头发少了好些，蔡瑷说自己吓得掉了几斤膘，要补回来。

"师兄你那言辞太犀利，真的怕你把皇帝爷爷给惹得发脾气！"蔡瑷玩笑毕，自然还说了些契己的话，"师兄啊，今后就是要写奏章，话至少该婉转些，是不是？那是君，咱是臣，还是敬着些好，小心驶得万年船！"杨爵说："但愿世事安稳，不要再有让人这么冒险的事。你当我没有掂量吗？我不是怕说得轻了不能穿透龙鳞触动圣心嘛！"

"还是稳妥一些好，还有一大家子人靠着你呢。"他们劝道。

已经升任监察御史，远在大同、宣化巡按的李宗枢听说此事，也惊得不轻，匆忙写了一封书信，问询当时情况，还提到好多自己在任上的事情。作为同乡，又是当年一起立志念书的好友，他对自己看到的现状也是满满的忧心。边关的粮饷、兵备、军纪都有欠缺，关外铁骑虎视眈眈，但凡忠君爱国的人，哪里还能睡得安稳！李宗枢说自己也考虑要上道奏疏，又怕写了也白写，平白得罪同僚。正在犹豫之间，杨爵的这件奏疏之事，无疑是给自己极大的鼓舞。

杨爵回信详细说了事情经过。虽然同存报国之志，互相都理解对方，不过鉴于皇帝的性子，他还是叮咛好友写奏折时的好些注意事项，提醒李宗枢最好是避开皇帝忌讳的事，直言当下防务、军备的弊病为好。

信是不便给人看的，信里的观点却是可以说给亲近的人的。蔡嫒听后不免调侃师兄几句，说："大道理人人都明白，对吧？只是事情赶到眼前，也不知道那颗忠敬之心能不能忍得住？"杨爵忍不住被他逗笑了。

"固邦本疏"这事始末，他人听到，心思各异。有猜测帝心的，有打听杨爵来历的，还有觉得不可思议的——毕竟之前在议分祀时忤旨的人，皇帝处置起来可是毫不客气。一时间各种揣测，议论纷纷。

杨爵不管这些怀着各种心思打量自己的眼光，他在乎的是这件事自己虽担着些风险，但那些灾民得以救助，这就很好，至于毁誉，那不是重要的。他默默地收拾行囊，继续奉旨出使兰州的肃王府。

同上次在湖广一样，他认真办差，不收任何非制外财，廉洁奉公，得到了肃府人的赞美。他一笑置之，宠辱不惊。

他的三儿子在这一年来到人世，孩子机灵可爱，取名京来。

终于还是按照皇帝的意思，天地分祀了。这一年冬十一月，朝廷还更正了孔庙祀典，改孔子封号曰"至圣先师"。皇帝在南郊祀昊天上帝，礼成，大赦天下。

这时，杨爵还在去甘肃的路上。国家祭祀都是无关平民的事，跟他也没多大关系，他只管和顺子克服天寒地冻的影响，在人烟稀少的大西北的荒野赶路，在恶劣的天气里保全性命。

日子就在这种奔波中一天天过去。

嘉靖十年（1531）年底，杨爵奉使河南的伊王府，这里离老家党林里笃祜村不远。办完差事，已经是嘉靖十一年（1532）初春，他顺便回乡探亲。

侄男子弟得了信早早等在村头，还有好些村民一并等待这让笃祜村人扬眉吐气的人——能在京城务事的官爷，这年月咱们这里可不多见。

杨爵下了马，先给大伙儿拱手，年轻的里正就带领众人要大礼参拜，杨爵忙命顺子拉住。

"父老乡亲来迎我，本应我给大家致礼才是，无奈礼制束缚，也只能这

样。大家俱是乡亲，还是亲热些好！"杨爵说。

安民和三娃到底没有像小时候那样随便，二人眼神里有很多对发小的热切和思念，却也有更多的拘谨。岁月沧桑，穿越万斛山而过的风霜，过早地压弯了他们的腰。杨爵走上前去，紧紧地握住他们的手，三人一时都有些伤感。

小孩子们蹦蹦跳跳，好奇地摸着杨伯伯或者杨爷爷的马。马儿甩甩尾巴，"傲娇"地避开头去，令孩子们惊叹连声。那种欢快冲淡了大人们的感慨，也使得喜气洋洋迎接家人的情绪更加浓郁。

杨家子弟这才有机会上前行礼问安，接过缰绳，簇拥着杨爵往家而去。

杨李氏和杨惠氏等在门口，不等杨爵拜下去，两位老人就拉住他，抬手抚上他的脸。

"修子啊，你可回来了，娘天天盼啊，盼啊！"杨李氏眼泪止不住落下来。

"咋还是这么瘦！"杨惠氏也泪眼蒙眬。

杨爵撩衣跪下去："儿子不孝，让娘和婶娘担心了。请受儿子大礼。"

两位老人忙不迭扶他起来："快起来，快起来，先进门，这里冷！"

杨爵四下张望，不见兄长，问道："我哥他……？"

门后面温润的声音响起："娘和婶娘在门口，我只好等在门里。"

杨爵扶着两位老人进门去，唤一声"哥"，看到了愈加瘦弱、面色苍白的兄长杨靖，一下子愣在了那里。

杨靖强忍泪意，紧紧握住杨爵的手，笑道："当了官，咋还是这么憨！"说完拉着他进屋，吩咐杨王氏、刘氏摆茶点，自己借口内急，又悄悄躺回床上去。

一番热闹之后，只剩下自家人时，他才从母亲那里知道兄长杨靖已经生病好长时间了。

由于杨惠氏一直打岔，杨李氏说得含含糊糊，杨爵并不知道杨靖——这位生性文弱、喜欢读史书、爱护弟弟、致力教养弟弟的好男儿，年纪不大，却已病入膏肓。听说弟弟回来，他觉得顿然沉疴脱体，让人找来新衣服穿上，在帽子上裹上锦帛，站在门里面等弟弟。

因为他没有力气走到门外去。

杨爵走进杨靖屋里,看见一脸病容的哥哥,心下大痛,但他不敢表现出来,怕安之兄长受不住,加重病情。他大礼拜见长兄,极其虔诚。杨靖提着一口气,从容答拜,不让弟弟探知他身体的真实情况。

跟进来的杨李氏忍不住大哭:"修子呀,你哥总算见到了你,他……他——"杨靖拉拉母亲的衣袖,起身抱住杨爵,自己却忍不住哽咽。一时母子三人相对流泪,很久都控制不住。

杨休、杨偲、杨仕几个小的很是兴奋,又觉得杨爵很陌生,迎进门后一直远远地跟着,杨爵问到谁,谁才上前搭话。子春到底大一些,见完礼,低声问自己的母亲,关心未见过面的小京来长得是否壮实;而子秋害羞,躲在杨惠氏身后,根本就不到父亲跟前。

这一夜,杨爵住在家里,听着乡音,喝着自家的井水,骨肉团聚,说不尽的亲切。尽管家人事先被叮咛,没人敢提起杨靖的病情可能严重到不治;而杨靖见到杨爵一时高兴,也有些见好;但杨爵还是能感觉到兄长的状况不对,不像是仅仅因为拖得时间长,身体虚弱那么简单,怕是病情很严重才是,家里人没有给自己说实话。他也不说破,悄悄去问几个孩子,几个孩子又都说不出个所以然来。

第二天杨爵不得不走,进京复命那是刻不容缓。家门口,看着七十多岁、颤颤巍巍的母亲,门里面一脸病容、骨瘦如柴的兄长,大大小小四五个半大子侄,尤其兄长家的小舍儿还抱在怀里,杨爵内心疼痛,顿生退意,突然不想再做这个什么行人了。劳心劳力,家人不能照顾,也没能挣来几个钱接济兄长,无趣至极!他说:"你们等我,完了这趟差事,我就辞官。"

杨靖大为紧张,急急说道:"你要是这样,就别认我这个兄长!我的病没什么大碍,弟弟不必忧心。你难道忘记在田埂上读书时曾说过的话了吗?立志做第一等人!费尽千辛万苦,好不容易有这样的机会,弟弟怎可以轻言放弃?你这还承载着为兄我的理想呢!"

杨爵泪如雨下,那些刻骨铭心的往事,怎么能忘记!为了让兄长安心休息,他快步离去,不敢回头。

杨靖在他身后说:"一定要尽忠报国,不要没事就回来!"

杨爵不知道这是他和兄长的最后一次见面,那句"尽忠报国"是兄长最后一次叮咛他。

这年三月十一日,杨靖病逝,年仅四十七岁。此前,他曾给弟弟杨爵写了一封报安家书,说自己已经病愈,让弟弟安心公务,不必担心家事,并告诫子侄,不允许把自己的凶讣写到京城的信中。他解释说:"恐怕我的弟弟不堪伤痛。"

三月十五日,杨爵收到兄长的这封报安家书时,他还不知道,这位曾以父亲般的胸怀呵护过他的人,已经辞世。

五月,杨爵因为踏实公干,获得吏部优评,升为山东道试御史,蔡瑷升为浙江道试御史。

二十三　朝政失明爵请归

大明洪武帝时改御史台为都察院，掌纠劾百司、辨明冤情，为天子耳目、风纪之官署。几代君主革新整合，又将国朝各地域划分为十三道，置官一百一十员，主管本省纠察，兼察内府监局、南北两京直属诸官署，弹劾官吏，整肃政纲。

监察御史是都察院属官，依照本朝惯例，任监察御史的官员，先以试职的身份在都察院工作一年，以熟悉政务，并由本院考查其品行才识，堪用者乃实授，故名试御史。

杨爵这次归属于都察院山东道。本来，人生大喜不外升官、发财、娶媳妇，但杨爵自上任以来，却一点儿都高兴不起来，因为朝廷事变得越来越诡异。

皇帝与邵元节这个老道士越发亲近起来。一个道士，居然于嘉靖九年（1530）位列二品，统辖京师朝天、显灵、灵济三宫，总领道教，赐给紫衣玉带及金、玉、银、象牙印章各一枚，还封诰父母。这令天下孜孜以学、科考入仕的以及在战场上以命博取军功好容易升迁的官员，如何能想得通？

如前朝"楚王好细腰，宫中多饿死""不重生男重生女"一样，上有所好，下必甚焉，国朝少年都跑去修道做方士，谁守国门，谁治理万民？这不是滑天下之大稽吗？

这可不是危言耸听。嘉靖十年（1531）十一月，皇帝听信邵元节的蛊惑，居然在钦安殿建了个祈嗣醮，以礼部尚书夏言充作醮坛监礼使，大学士顾鼎臣充作迎嗣导引官，要求文武大臣每日进香，皇帝则亲自进初日、末日的香，行

大礼。自此,官员进进出出在皇宫上香,使得紫禁城这个万民敬仰的地方檀香缭绕,犹如一座大道观!

原本在做官之初或在嘉靖初年很有政绩的几个大臣,如首辅张孚敬、新任兵部尚书汪铉、武定侯郭勋等日益蜕变,在政务上的作为日益减少,把心都用在了邪门歪道上。

张孚敬还算廉洁温和,但他近段时间和新兴权贵侍读学士夏言为争帝宠,互相构陷,不仅有失身份,还弄得自己今天上台了,明天又要致仕,简直不知所谓!

还有个二杆子行人司司正薛侃,听说还是已故大学士王阳明的嫡传弟子,学问没有其师一半,乱搅和的本事却不小。皇帝还年轻,才二十五岁,但却因为没有子嗣日益深陷于烧茅炼丹,天天在皇宫烟尘雾罩地斋醮,其他大臣们劝阻还来不及,薛侃居然在金秋上疏请嘉靖帝"乞稽旧典,择亲藩贤者居京师,慎选正人辅导,以待他日皇嗣之生"。真是哪壶不开提哪壶!

薛侃的想法也许没错,但他全然忘了当初轰轰烈烈的"大礼议"之争!这事留给皇帝的阴影到底都无法肃清,还不都是前任皇帝无子造成的!嘉靖怎么会容忍"择亲藩贤者"?

更可恶的是,张孚敬借机拉夏言下水,诬陷夏言参与这件事,使其被送到司法部门受审。嘉靖帝让锦衣卫查清楚了是张孚敬有意陷害,结果居然还两边和稀泥,打哈哈,谁都没处理,把这两个"大礼议"中崛起的宠臣宝贝得什么似的,也不想想他们的做法于朝政、于天下何益!

武定侯郭勋这几年也一改往昔的低调内敛,日益骄横跋扈,为了自己的手下把总汤清复职,当众大骂朝廷命官,对前兵部尚书李承勋粗言恶语,堪比市井泼妇,言辞都没法写出来。纵然再有理,也有失体统。最最不能容忍的是他最近一段时间招揽鸡鸣狗盗之徒做爪牙,诸如亡命生员杨绍言、罢斥乡官钱俊民等一干人都是他的"谋士",明目张胆地大肆贪占民田,拦路盘剥客商,把寺庙强行改建成自己的私邸,在京城广置店铺,还插手漕运等。桩桩件件引得众人侧目……

新任兵部尚书汪铉这个人更是心胸狭窄。他早年英勇抗击葡萄牙人,在海边确实立下过不世之功,但为人贪心。

李宗枢于嘉靖十年(1531)七月跟另一个御史朱廷立弹劾他不遵纪守法,兵饷去向不明。因言之凿凿,汪铉被惩罚,曾一度引咎辞职,闲在家里。当时的兵部尚书李承勋,因为张孚敬和夏言两位高官斗法而带灾,致仕回老家,后来病死,汪铉接任兵部尚书。他上任伊始,先把李宗枢外放到安徽颍州做兵备佥事,去修缮明祖陵园,随后御史们举荐李宗枢贤能,上了十三道疏,汪铉竟然敢拒不招用!

还有那个夏言,仗着帝宠,眼睛已长到了脑瓜顶上,居家用度豪奢,器皿非金即银,家人、仆从穿着华丽,很招人眼,丝毫不懂得收敛,引得郭勋对他不满,开始找御史攻击他。

这几个有权有势的人剑拔弩张,你来他往,争着在皇帝面前构陷对方,嘉靖帝居然看得不亦乐乎,觉得这样一来,大臣就都捏在自己的手心里。于是,他一边放心大胆地"向道",肆意去求长生、求子嗣;一边在高兴时看看臣子之间斗"戏",乐得把什么励精图治、超越自家那个不着调的堂兄、让天下富足的事早忘到了二梁上。

朝堂乌烟瘴气,难免有人浑水摸鱼。夏言举荐的那个国子监祭酒,他的同乡严嵩就是最显眼的一个。这人已经五十多岁,起初还是个愤青,看不惯时事,动不动还"请辞"一阵子。半辈子沉浮过去,如今早已磨平了当初愤世嫉俗的棱角,变得圆滑世故。看到这样的乱象,心里不由得曲曲弯弯想了许多。既然皇帝好道,他的江山他都不怎么在乎,咱还替他想那么多干啥,不如趁机自谋福利,也过过一人之下万人之上的瘾!

他有个独眼的残疾儿子严世蕃,脑子也比较好使。父子一番叽咕,心里有了计较,自此专一谄媚讨好夏言,拿夏言当爹供着。据说有一次无意中惹恼夏首辅,父子俩在夏家的台阶上跪了三天!

他们更加用心地讨好皇帝,得知皇帝乞求子嗣和长寿,经常要给上天烧"青词",便子写父进上,双簧唱得古今称绝,渐渐走至嘉靖年间的政治舞台中央。

嘉靖十一年(1532),严嵩升任南京礼部尚书。皇帝自从议礼得胜之后,

凡事好拿"礼"说事，这个礼部尚书自然是炙手可热，可以说是进入内阁的捷径。别看严嵩现在还在南京备用，但动作频繁，时不时地上个奏折拍马溜须，朝中大事小情，总有他的影子，叫人想忽视他都不行，日后祸国殃民，能少得了他父子才怪！子曰："巧言令色，鲜矣仁。"正人君子，谁屑于如此？

杨爵对这些事，有看法但没办法。叹息一声，把心用到自己辖内山东道地域、官署那一块，勤于巡察，和各级官员讨论治理之道，希望以公干岔开内心的失意。可惜几次往来，发现这些人玲珑八面，表面应付，扭过脸忘个一干二净，根本就没把他当回事。督查、纠错等事跟一滴雨滴入沧海一样，无声无息。

秋季，有地方官员启奏：前年受灾，去年、今年的收成又仅仅够不饿死。当时灾中，好多人外出乞讨，草棚久无人住，多倒塌不能再住人，去年冬天就有先例，冻死不少人，曾引发过几起动乱。之前天气暖和尚能拖延，现今马上变冷，这事就愈加严重，若不及时补救，恐怕又会滋生民乱。请求发放钱粮，帮助贫民灾后重建。

户部答复说：没有钱。

但杨爵看到城西敕建给邵元节的真人府豪华非凡，而邵真人的俸禄更是惊人：每年给禄米百石，拨校尉四十人供洒扫，赐庄田三十顷，蠲免其租。

他出家前留有儿子。他的孙子邵启南最近进为太常丞，曾孙邵时雍进为太常博士，可谓一人得道，鸡犬升天。

一位同僚悄悄对杨爵说："听说邵真人奏乞将永恩寺等入官改为道宫，皇帝不仅准了，还命其翻新，赐额曰'元福宫'，那银子花得流水一般！又派遣中使，在江西贵溪邵真人的老家修建道院，赐名仙源宫呢。"

一股怒火在杨爵腹内升腾，他酝酿再写一道奏折。

刚提笔，顺子因事来书房回禀，看了个一清二楚，顿时惊出一身冷汗。

跟随在杨大人身边这几年，总管杨府事宜，顺子早已经更加成熟精明，朝中什么局势，他哪有不清楚明白的！

顺子说完正事，恭敬地退出书房，暗中让人捎话叫蔡瑗蔡大人快来，自己急忙去后院给杨张氏说明原委。

二十三 朝政失明爵请归

杨张氏随顺子来到书房时，杨爵的奏折已经写好一大半，二人当时跪下来。

杨爵大怒，正要呵斥，杨张氏死死地拽住他的衣服，哀求："夫君，万万不可！想想家中的老夫人，她正在病中！"

杨爵顿时脸色憋成青紫色，满腔激愤如同被大水浇灭的火焰，没了声息。

前不久，他才知道兄长杨靖已经不在人世，母亲受此打击卧病在床有些时日了。开始，家里人依照杨靖的遗言不告诉杨爵真相，但老夫人杨李氏病情日益加重，他们担不起责任，才把实话送信说明。杨爵不待看完信就晕了过去，连续几天水米未进，躺在床上起不来。还是一个外放的同年为灾民的事，在户部转悠了几天未果，跑来他这里诉苦，他这才强打起精神来招呼同年。后来按照同年的话跑去城西探查，看到的事实倒把痛失亲人的悲痛挤压去大半，也是一时气愤，只想着朝中的大事，竟把老娘的事给忘了！

他非常惭愧，可是想起政务，还是恨恨地说："古人早上拜了官，下午就上书谈国政，我就这样尸位素餐，只享受俸禄荣耀，啥活儿都不干了？！"（原话为："古人朝拜官而夕上书，吾宁尸台端位誉耀荣耶？！"）

顺子也哀求道："大人，那就等到老夫人病情好转些再说吧。大老爷已经不在了，您要是再有个一差二错，不是要老夫人的命呢吗？"

这里正在劝说，蔡瑷已经赶来，得知事情的原委，指着杨爵的折子劝道："师兄，上次不过是侥幸罢了，而今你要上的这道折子触的正是那位的逆鳞。不瞒你说，师尊韩大人也失望得紧，前几天还来信说心生退意。朝廷多得是要员，拿的俸禄比咱们多，人家都过得去，咱们几个人能怎样？不过是白白地送去给人宰割！老娘可咋办呢？"

杨爵知道他们是自己的亲友，说的话都没错，可还是血气上涌。他生生地将喉头的腥甜咽下肚子去，良久，撕了正在写的奏折。

想了几天，他打算回家。有些事放到面前，他还真做不到无动于衷，不如写一份母病请求归养的折子递上去，回避一二。

他去找蔡瑷说："老母亲年岁大，身体又不好。家在三千里外，骨肉分离，我不能及时尽孝，很惭愧。乌鸦还反哺呢，我是该回家去的。"

蔡瑷劝他:"诚然,老夫人年纪大了,但师兄就不能再忍一忍吗?御史干上三年,升一升品阶,好赖给家人挣个敕赠的荣耀吧,也不过再等两年的事。"

杨爵怅然说道:"母亲养我的时候,可没有因为手头上有事情就饿我几天。小婴儿的我哭一声,她老人家紧张得脚都抽筋了,恨不能割肉给我吃,换取我傻傻一笑。亲人相守,每日能给她老人家端水递饭,我也便心满意足了。虽没有封诰之荣,但有天性之爱,古人不是也不拿三公之位交换一天奉养父母的机会嘛!我意已决,你不是跟吏部那谁关系好吗?给他说说,快点儿把这事办成吧。"

蔡瑷没有再说什么,心想:这是师兄用来说服自己不上那道奏折的理由吧。再拖下去,师兄是怕自己忍不住会对那些人开火吧?唉!蔡瑷转身去了自己熟人那里。

那个人笑着说:"今上就是个孝子,这种事应该没什么难的。"

果然,吏部很快就准了杨爵的请求,允许他回老家奉亲侍疾。

拿到批复,杨爵想,朝廷上的事就那样吧,眼不见心不烦。再说了,看这样子,就是搭上俩自己,也不一定有用!哥哥已经辞世,母亲能依靠的也只有他这小儿子一个人,这也是实情。他不再犹豫,马上收拾东西,和杨张氏带着小儿子京来,领着顺子一起回到陕西富平党林里笃祜村。

路上,他对顺子说:"这几年跟着我东奔西跑的,也耽误了你的婚事,这次回去,好好给你说个女子成婚吧。"

顺子见他心情不好,连忙答应。

二十四　家事不宁母辞世

当地官员、乡绅在半路上迎接杨御史，大队人马堵在路上很招摇。杨爵叹一口气，交代总管顺子护送行李、家眷原路走，他自己则轻车简从，绕去小路回家。

杨惠氏正在厅堂上处理家务。天气渐冷，杨李氏、杨王氏婆媳俩都卧床养病，要说主事的可不就是她老人家了。好在她素来身子骨硬朗，倒也顶得住，只如今年纪大，腿脚不利索，只能坐着吩咐孙儿们哪个干哪件事情。

杨爵冷不丁地进门，杨惠氏如在梦中。他跪地膝行至老太太跟前叩头道："婶娘！侄儿不孝，连累您这样劳累！"

她一把把杨爵搂在怀中哭起来："修儿，你……你可回来啦！"杨休、杨偲等忙劝住，一家相见分外激动，又有乡亲们闻讯赶来寒暄，不大的院落好一会儿才安静下来，杨爵赶快去见母亲。

杨李氏病得很重，这位贤良勤劳的老人形容枯槁，卧床不起已有很长一段时间了。她没认出自己的儿子来，有气无力地自言自语。

丈夫杨攀去世时，她的年纪还不算大，有两个儿子支撑，她还能承受得住。可这次大儿子的辞世把这位母亲的心血抽空了。白发人送黑发人，她没能挺得住，七十多岁的她，自大儿子咽气的那一刻起，再也没能从床上起来。

好久，终于知道跪在面前的是小儿子修子，老太太想起身不成，转头看向小儿子，泣不成声。

杨爵看着母亲，心中大恸，却不敢表现出来，只是轻言安慰老人。

也不知道是不是母子情的神力，过不久，等杨张氏和京来进了家给她请安

的时候，老人家稍稍有所好转，居然靠着被子坐了起来，一家人喜之不尽。

得知儿子回来侍疾，老人家大惊失色，怕耽误儿子公事。杨张氏费了很大劲才让婆婆明白，当今皇上以孝治天下，如果母病不归，那是要被人诟病的，于杨爵声誉不利，老人这才释然。

兄长杨靖的棺椁还在村东头的义堂里没有下葬。家人告诉杨爵，这位大弟弟八岁，却以孱弱的身躯挡在弟弟身前的好兄长在回光返照的时候，自正衣冠，对自己的母亲和婶母隆重地四拜，并写好一封遗书，详细地交代自己的后事给弟弟后，溘然辞世，仅仅只在棺材里放了一套《资治通鉴》陪葬。杨爵看着哥哥的遗书，哭了个肝肠寸断。

兄长在遗书中交代不愿意下葬，要等他回来，这肯定是想再见最后一面，杨爵懂兄长的心思。二人从小相伴，情谊深厚，兄长在最后的日子里是多么想念自己呀，但他为了不让自己分心，竟然生生地忍着，这是何等的大义！杨爵跪在地上手抚棺椁，却再也抚摸不到兄长的躯体，感受不到他的温暖。杨爵不知道如何释放内心的悲痛，只能一下一下用头磕着棺板，任谁也拉不起来。

后来还是杨惠氏闻讯颤巍巍地赶来，说："修子呀，你的娘亲，还在家里等着你。"杨爵一激灵醒过神来，是呀，娘亲还病着，不能让她老人家看到自己这样！他膝行着抱住婶娘，像小时候一样，把头埋在她老人家怀里，默默平息心情，杨惠氏也像儿时待他那样，轻拍着杨爵的后背，满腹心酸。

良久，杨爵哑着嗓子道："幸亏婶娘一直支撑着这个家。五六个侄孙子、侄孙女在您的精心照顾下生活安稳，有您在，是老杨家的福气！"

"好孩子，有你们二婶才圆满，一家人心在一处，比啥都强！咱们回家去。"杨惠氏轻轻说。

杨爵在母亲面前强颜欢笑，人却迅速地消瘦下来。

杨靖去世受打击更大的人，当然是杨家大嫂杨王氏，这个病弱的女子眼看着也日薄西山，生机不再。

家里回来两个能主事的家长，杨偲几个孩子们都有了主心骨，终于有了精气神，走路都感觉脚下生风，否则尽是些老幼病弱，日子真是战战兢兢，难过得很。

杨爵看着家中的状况，也把那忧君忧民的心暂时放下一半。

不过，在杨张氏看来，他其实一分也没有放下，没见着成天把几根神经都支棱着打听邸报的事吗？指定在关注着朝中诸事，只苦于身不能行而已。

她也不说破，这个家这样子，离不开他呀，自己怀孕有些日子了！这还真是的！在这么个紧要关头，怎么还……可这也是由天不由人的事，唉！

每日延医问药，老母亲和嫂嫂的病情还是没有起色，杨家愁云一片。

这年十月，京城出现彗星，皇帝悻悻地让臣子们畅言朝政得失。杨爵那一榜的探花郎杨名上书说："帝喜怒失中，用舍不当。"

嘉靖帝看见很不高兴，却还假惺惺地嘉许杨名忠心。这位学识出众的学者型展书官，不懂得揣摩人心，还为皇帝的"真诚"而打动，再次上了一道《昧死陈言以效愚忠疏》，说道："吏部为诸曹之首，尚书为百官之表，而汪鋐是典型的小人。武定侯郭勋奸险狡诈，太常卿陈道瀛、金赟仁粗鄙酗淫。这些人，大家都认为不当用，而陛下却要任用。臣以为，这是圣上因为个人喜好而有失公允。各位大臣虽因谏言触犯圣上，但他们的本心是为了国家社稷。大学士李时以爱惜人才为请，这个建议虽受到采纳，而吏部却不执行，臣认为这是虚文塞责，这类事情难道还少吗？朝官们因此得罪当权大臣，大家都认为应当宽宥，而陛下却始终不宥，臣以为这是圣上因为个人的怨怒而有失公允。真人邵元节玩弄骗术，蒙骗圣上，曾令在内府摆设醮坛，而且让左右大臣为其奔走，导致一些不肖之徒整天神魂颠倒似的出入其门。此类怪事，书之史册，后世将作何评价？以上这些，都是皇上您的圣心有所偏好造成的，因此臣才敢斗胆抒其狂愚。"

皇帝大怒，直接诏令下狱，把杨名严刑拷打。

汪鋐也上疏自辩说，杨名是杨廷和的乡党，因"大礼议"对朝廷不满，所以才敢如此猖狂，致使杨名差点儿被打死。这一案，还把同榜的榜眼程文德也牵连进去，把程文德也锁进了牢狱。理由很是荒谬，说是杨名的奏折曾给程文德看过。

杨爵听到这消息时，内心翻江倒海：原来看到朝廷乱象的人不只我一个呀！可惜皇帝听不进去这些忠言。如果上这道奏疏的是我，又会怎样？看着床上气息微弱的母亲，杨爵冷汗淋漓。同时又为杨名、程文德担心不已，这两位都是饱学之士，年轻有为，国之栋梁呀！再历练上几年，绝对比当今那几位阁老大人正直有作为。他又想起几年前同榜宴会上，那两个意气风发的年轻人——杨名文采风华，程文德温文尔雅。

怎么会这样呢？他的眉头拧成一个疙瘩，这样下去，只怕大明江山前途堪忧呀！

杨爵觉得嘉靖十一年（1532）的冬天是最最漫长阴冷的一个冬天，天空整日阴云密布却并不下雪，呼啸的北风直吹得路断人稀，而他一次又一次地奔波在路上给母亲抓药。

侄子杨休和儿子杨偲有时也帮着跑跑路，但他们毕竟还在上村塾，学业也不轻省，随着天气越来越冷，杨爵就不让他们再管这事。早年自己一直忙自己的事情，孩子们都是兄长在教导着，现在自己也该给孩子们尽些心意了。这两个小辈资质有点儿赶不上自己和兄长，好在家里比起当初情况略好，两个人早早地都启了蒙，读书也很用功，还算不错。

这一天，太阳在云缝隙里偶尔露一下脸，有点儿似晴非晴的意思，北风时不时地扬起一路风尘。

杨爵穿着跟当地老农民一样的厚粗布棉衣，四下里灌风，只得裹紧衣服赶路，去给母亲抓药。

回家路上他碰到自己的大女婿王兴。王兴是西山火烧村王家的人。王家是那村子的大家族，日子颇过得去，虽是普通农家，但也穿得起皮货。两年前，由兄嫂操持将大女儿杨子春嫁给了他。

王兴是给杨家送棉鞋来的。子春抽空给父母和两位祖母做了些针线，打发王兴来杨家看看父母。出嫁了的女子不好老往娘家跑，又惦记着亲人，送点儿小小心意，王兴自是支持的。虽然没读过多少书，人伦天性他也懂得。

给岳父行礼问安，看到岳父走路而没有骑毛驴，王兴禁不住问出声。这天气，风大得能吹跑人，老岳父如何徒步走得？他都是赶着马车来的。

"天冷，让牲畜歇着。开了春还要靠它出大力气呢。"杨爵说。

王兴就不敢再问。别看他这个岳父穿得不像当官的，但自有威仪，王兴一直有点儿怕他。却也想不通，身为监察御史的岳父，怎么居家过日子还不如自家这样的普通农家过得好。妻子子春说是因为父亲老古董①，信守古人的气节，只吃俸禄没有外快，往来官员走动又多，家里还要给父亲倒贴呢。看样子，应该是这样的。

得知杨爵是往回走，王兴赶紧扶着杨爵上了马车。杨爵问问女婿父母长辈健康如何，又问几句女儿及小外孙子，知道他们都好就放了心，便不再言语。

马车到底是快，还没觉得就已到家。杨张氏收到女儿的礼物高兴得很，把给外孙子做的虎头帽子、猫娃窝窝②包好，让王兴捎回去。

冬天日头短，王兴不敢耽搁，匆匆又走了。

杨爵先去问子侄的功课，见他们都还用功，布置下新题目，就去母亲那里。恰好杨惠氏也在，杨李氏今天精神稍好一些，杨爵便陪着两位老人说些家常话。不一会儿，小嫂子刘氏端来汤药，他接过来，亲自喂母亲吃下去，看着母亲熟睡之后，才和婶娘出了门。

远近好学的人得知杨爵回到陕西，也有冒着严寒前来求教的，杨爵也就抽空给这些学子答疑解惑。只是老母缠绵病榻，他不好留下他们开堂讲习，有时候就和他们约好，集中一天时间专门指点这些青年人。这些人非常感激，一时纷纷给杨爵传名。

上次在路上迎接他的那些人，是当地官府的一些官员和几个乡绅，脑子比较活络，也纷纷慕名投贴求见，却吃了闭门羹。

杨爵杨大人说，母亲、嫂子身体欠安，需要静养，恕不奉陪。

这些人悻悻而归，暗地里骂杨爵不识抬举，跟一帮穷学生就能"奉陪"了？怪事情！却也素知杨爵在外这几年清廉孤介，性情一向如此，便只在背后骂几句，当面却没那胆子放肆，还得点头哈腰，挑拣些好听的话说。

整整一个冬天就是这样度过的，嘉靖十二年（1533）的新年，踏着不紧不

---

① 老古董：比喻顽固守旧的人。
② 猫娃窝窝：当地人给小孩子做的猫状棉鞋。

慢的步子，悄悄来临。

杨家没有过节的气氛。杨李氏的病情还算稳定，杨王氏却只吊着一口气。

杨家人没敢让杨母知晓杨王氏的情形。大家都知道杨王氏放心不下杨休。开始杨靖说让儿子用功读书，不急着成家，后来杨靖生病延医，没机会给娃成家，如今杨靖撒下自己母子享福去了，自己眼看要灯灭，儿子今年都已二十岁出头，可咋办呀！

杨爵开始也是支持兄长，想让杨休科举的，可是杨休的性情不太好，易冲动、脾气大，在学业上表现平平，实在不是一块读书的料子。兄长之前怎样商议侄儿婚事的，他在外头也不得而知，兄长的遗言居然没提这事。这嫂嫂又眼看着病到临头性命不保，即使当下给杨休说亲，亲迎礼只怕得守完父母的孝期再说。无论如何，兄长的长子，杨爵都会好好看护的。但他不想说，希望借此多留大嫂几日。

硬撑着到了正月十一，杨王氏看上去极其痛苦，昏迷的时候居多，却还再三使劲儿地睁开眼皮，落泪不止。

杨爵暗叹一声给她说："我兄弟二人从来不分彼此，杨休就是我的儿子，他的婚事我心里有数，正托人打听着。他是杨家长子嫡孙，该有的体面绝不会亏待。"并承诺一定好好教养侄子，尽力供他念书。

杨王氏微微地笑了："兄弟……是……文曲星……下凡……我……信，信。"然后晕过去，再没醒来，没到天黑，她就咽下最后一口气撒手西去。她最明白杨靖兄弟二人的性子，从来都是一口唾沫一个钉。

毕竟是丧事，一个屋檐下，杨休的哭声传出来，杨李氏就知道大儿媳走了。老人心口一紧，就起了痰，病情加重，高热不退，药石无效，还没出正月，也跟着驾鹤西游。

真是福无双至，祸不单行！

杨爵匆匆忙忙把兄嫂合葬在祖坟，托付本家长辈指点着杨休行礼如仪，给他父母上香供奉，自己全力以赴守护老母亲，没想到还是留不住她老人家。杨爵内心悲痛得近乎麻木，浑浑噩噩地任凭族人按照旧俗停灵哭丧，择日把老太太安葬在父亲的坟茔旁边。

二十四 家事不宁母辞世

杨偲也很悲痛,但他看到父亲的样子更心疼,他不言不语地抹去眼泪,在关键的时候分担家务。老祖母的葬礼,多半由他出面跟族中长老商议行事,龟子[①]、龙杠等,他出面交涉;人来客往,起坐、送迎、安排饭食,也是他调度。他办事沉稳,思路清晰,深得族人赞赏。

杨张氏觉得儿子这么点儿年纪,如此明理能干,是家门之幸,颇感欣慰之余,紧密配合儿子主持婆母丧仪。杨母后事办得体体面面,被村里人称赞。

坟茔堆子圈圆,杨爵在不远处搭了个草棚,结庐服丧。

---

① 龟子:陕西关中专为红白事演奏乐曲的乐人。

二十五　庐墓守制冬笋生

　　出七，百日，杨爵都是木然地依制行事，他一直缓不过劲来。满眼的孝衣孝布、翠柏纸扎，是那么不真实，一切仿佛是一场醒不过来的梦。

　　这个世上最疼爱自己的人没有了。任你哭任你笑，她都看不见，再也不会关心你吃饱没、穿暖没，不再时时牵挂你有没有受气颓丧，有没有喜气洋洋，你上天或者入地，都再也感觉不到她老人家的温暖。

　　闭上眼睛，音容宛然；睁开眼睛，这世上已没有她的任何气息，只有她用过的家具静静地搁在那里，她亲手种植的花木还长得繁茂……

　　杨爵擦泪不干，哀毁骨立。

　　杨母百日祭之后不久，一群贫富不等、年齿不一的青年不约而同地站在草庐前，用一双双求知的眼睛看着杨爵，不声不响不离开。

　　儿子杨偲在这群人身后手足无措，躲闪着杨爵探寻的目光。

　　杨爵没法悲伤下去，沙哑着嗓音吩咐杨偲："去，搬来一些书籍和草席吧。"

　　杨偲瞪大了眼睛，随即飞奔回村。

　　孩子们相互看一眼，动手归置草庐旁边的荒草。天已经热起来了，这样荒草丛生的地方，易生蚊虫。

　　三天后，杨爵将一帮青年十数人收为弟子，席地而坐，守庐讲学。

　　杨爵讲学，参考自己恩师韩邦奇的地方比较多。比如，品学兼优的尊为学长，管理教导下面入学晚或者进度慢的学子。

　　这一批人里有一个机灵好学、能力很强的学生姓由名天性，表字纯夫，

二十五　庐墓守制冬笋生

十七岁，为人少年老成，家学渊源，杨爵挑选他协同自己，领着弟子们在草庐里念书。

由天性见天气越来越炎热，自发地利用休沐日带领同窗们上万斛山砍了些树木、竹子，在草庐前搭了个棚子。用竹子绑成格子搭顶，四脚以直木支撑，顶上盖上小树枝、稻草之类，没有做围墙之类的遮挡，四面透风，很是凉爽。

由天性没说出来的心里话是，这样他们在外面学习，就可以留出来草庐给杨先生休息。那地方实在是太小，挤这么些学生在里头，着实热。

由天性冷眼观察，先生守制那是真的在"守"，丝毫没有假样子。先生活很艰苦，衣食简便到极点，每天送来的饭食，基本就是白水煮的菜蔬，几乎不带油星子，再加上黑馍白粥，一日三餐天天没啥变化，看他瘦的！这些学子每日进进出出，叨扰得先生也休息不好，这样下去咋受得了呢？

他们这些学生，由远地方来的，先生安排住在村子里；近处的就让走读，每日回家，当天按时来就可以。

每天清晨，先生在他们来之前已经梳洗好，把老夫人的坟茔整理得干干净净，上香，供上水饭，先生自己喝点水，晨读。

一次，由天性因为起床过早，天蒙蒙亮就来到这里，躲在树后面看到了这一切。从此，他自己从不敢迟到，也经常督促别人早点儿来跟着先生晨读。

简易的棚子下，这个身着旧粗布裋褐、草绳系衣、草鞋包脚的先生，用低沉的嗓音讲着这世上最文明高雅的课。

他说："写文章，要以说明一个道理为主，以恰当的语言、精确的词汇为辅；要写好文章，自己胸中首先要有丘壑，这个叫修行在物外。

"你们平日里先要学着做一个好人，不能让歪门邪道主宰了你们的心智，要多读圣贤书，多记些格言，弄明白其中的意思，以先贤的智慧武装自己的头脑，学会辨别是非曲直、真假善恶；你们还要学会观察万事万物，神谷悬崖之幽，花石草木之微，清者自清，白者自白，各具形态，各有规律，不以你们的喜好而改变。唯处处留心，才能感知这个世界之神奇。这样一来，你们就不会为要写啥、怎样写而发愁了。

"到时候，举笔造语皆自胸中流出，其吐辞立论愈出愈新而无穷也，如取

之左右逢其源也……"

他还说："把这些学精，只是初步有了做人之本，要真正成就一段有分量的人生，还必须有'道'。

"'道'就是一切存在的规律。不了解这个规律，就没办法合乎规律；不合乎规律，就必然要受到规律的惩罚。因为'道'不会为你而改变，它是自然界缔造万物之始就存在那里的。所以圣人说：'道也者，不可须臾离也，可离非道也。'

"引申到'中庸之道'，并非是世人理解的凡事取之中间的中立，更不是不偏不倚的圆融，而是让人们根据事情的真相，不带偏见，把握恰恰合适的'度'，该左就左，该右就必须右。所谓'中庸'，就是做事情用最最确切的'度'。过犹不及，不够也不行，唯有掌握好了这个度，才能做到公正无私，一切刚刚好。"

……

三年时间，由天性和他的同窗们就在杨先生这些字字珠玑的话语里，由乡下懵懂学子变成有修养、有主见、有学问、有理想的青年。

夏天在一教一学中不知不觉地过去。金秋是收获的季节，杨爵也不让孩子们读死书，放他们回到家。

临行前，他告诫说："你们要和家人一起劳动，切实体会一米一粟来之不易，更要体会没有春种就不会有秋收，没有半年的辛勤劳作之苦就没有半个月的收获之喜。

"你们更要知道，'万物有道'，而'大道至简'，所以禅宗才说'担柴打水，无非是禅'。大家虽是读书人，可一样要吃饭穿衣，五谷轮回。自古最风雅的事，就是耕读传家，不要以为读了几本书，就可以不吃不喝，眼高于顶，目无下尘。不知稼穑苦，就不知珍惜民力，就不通人情世故，迟早要栽跤。

"亲情固然是因为血脉相连，但兄弟姐妹若拧在一起为家里吃过苦、流过汗，感情就会不一样。这种共同生活劳动滋养的血脉手足之情会更牢靠、更长久……"

二十五 庐墓守制冬笋生

……

秋收归来，学生们都黑了，还有人收紧了一身肥膘，变得精干。由天性看着草庐前、清瘦卓绝、站得笔直迎接学子们的杨爵，立即理解了眼前这位布衣布衫、俭朴厚道、外表没有任何不同于乡下农民的人，为何看上去是那么不同。那是一种气质，是满腹学问，是多年修养而形成的一种独特的人格魅力。

冬天的时候，由天性他们用芦席挡在棚子四周，阻挡寒风。杨爵提议，让学子们在棚子中间挖个火塘，深度以硬柴火焰不会扑出地面为准，这样他们在棚子里上课不会受冻。

之前还不太冷的时候，每次休沐，杨先生会让大家回来时顺便拾些干柴火，在棚外堆了大大一堆，现在方知妙用，大家相视而笑。当然更多的杂木柴火，还是杨家子侄在万斛山担来的。

草庐附近不远处，有一大片竹林。杨爵让学生们砍一些回来，用鲜竹子在火塘一尺外做了个结实的围栏，以保证安全。怕有人不注意会掉下去，又让由天性安排，每天一个人负责管理火塘，锻炼他们的责任心。

当然，后来也发生了几次小小的走水，即火苗一不留神烧上围栏的意外，皆因值守的人心不在焉，没有按规定做，偷懒，想一次添够柴火，后面少操心；或者是该自己值守，却玩忽职守开小差，存有侥幸心理，认为一时不看守也不会有事。幸亏由天性检查得及时，不然也差点儿烧毁棚子。

这些事情的发生也有好处，就是锻炼了学生们遇事协调的能力和果断处理突发事件的能力。

火起之时不乱跑乱撞茫然无知，而是某某、某某端水浇，某某、某某铲土压；力气大的抬水、拉土，力气小的搬移书本桌椅，腾开场地……大家遇事不慌，人尽其用，井然有序。这些都是先生在生火之前，模拟火灾让大家演练的，当时有人觉得假装这样很可笑，但当火灾发生的那一刻，他们才知道这些有多重要，才体会到先生为何会说："学习，学习，要学，也要实习，学到的东西才会有用。"

先生还说："圣人说'学而时习之'，就是让你们拿学过的东西，不时地去实践，在具体的使用中检验、验证所学的东西对不对，是否需要改进……"

被烟火熏得流着眼泪，脸上五马六道抹着烟灰，彼此正在嘻嘻哈哈嘲笑同窗时，蓦然回首，他们看见杨先生在草棚旁不显眼的地方备下的两口大水缸，想起先生说，轮值的人，务必保证这两口缸时时刻刻装满水。笑容逐渐敛去，他们陷入了沉思。自此，他们每天自觉地轮流挑满水缸，轮到谁值班有事，必定会安排好顶替的人，才去解决各自私事。

在学习课业时，他们态度也愈发严谨，"所谓诚其意者，毋自欺也"。

"善建者不拔，善抱者不脱……修之于身，其德乃真；修之于家，其德乃余；修之于乡，其德乃长；修之于邦，其德乃丰；修之于天下，其德乃普……"火塘里的火苗随着琅琅的读书声跳动，他们懂得了人要善于建立信念，抱着信念坚持到底，就会干什么成什么！

这个火塘是他们每个人生命中最重要的记忆，给他们温暖，还使他们学会了协作，学会了管理，养成了自律，变得成熟。围着火塘读书写字，听先生讲课，与同窗玩笑，那是一种美好而浪漫的体验，是那样有意义。

他们不知道的是，杨先生早年读书时没有油灯，就是以这种方式照明取暖、读书悟道的。那些年，他在寒冷冬季也是因为书里无所不包的内容，因为红红的火塘而感到充实温暖。

在杨先生一丝不苟的读丧、祭礼的身影旁，在他低沉清冷的宣讲课业的声音里，由天性他们幸运地学到了许多在其他学堂难以学到的知识，领悟出珍贵的做人道理，以后的人生也因为有了这一段经历而变得厚重。

就在杨爵守庐讲学的这几年里，朝廷中皇帝看重的那些阁臣们，正如群狗夺食般争抢内阁首辅的位置。

傲慢的夏言，让大学士张孚敬和武定侯郭勋同时忌惮，招致政敌趁机发难。这场政治倾轧中还夹了个夏言的老乡，两边讨好处同时煽风点火的严嵩。严氏父子投靠张孚敬、郭勋等人，借着薛侃的事情，把夏言打压得抬不起头来。

而张阁老呢，为了显能不让别人插手政务，又是整顿官员风纪，又是改革科举考试，还要分精力对付夏言、郭勋，终于在嘉靖十四年（1535）春累得病倒了。他上折子请求致仕,可惜皇帝离不得他,"为之亲制药饵",派遣锦衣卫千户刘昂去他家视疾,就是不让他休息。

至于郭勋,除提督千营、任京师左军都督掌团营,手握军权外,在嘉靖十三年(1534)还讨得一个监录官,着手整理嘉靖帝父亲兴献皇帝的"宝训"实录。这是个极能讨好皇帝的差事,而且可以借机查阅皇家历史记录,趁便整理自家老祖宗开国勋臣郭英的英勇事迹,以便到时候见机行事。有皇帝的支持,强抢民女、强占民田什么的,看谁敢管闲事,嗯?!

邵真人呢,他设祭坛骗皇帝、大臣斋醮倒是可以,他的秘方强身健体也可以,但皇帝后宫就是生不出来皇子,他便黔驴技穷。这只老狐狸于嘉靖十三年(1534)初,借故跑回老家去"祈福"。其实是暗中派人到辽东找老朋友陶仲文研究陶家那张祖传的生子秘方去了。

这次陶仲文头脑清醒得很,听邵仙师说过帝王家的秘密,不但拿出来方子,还把之前吃死刘富甲的事和盘托出。

邵真人自然不敢拿皇帝做实验,躲到自己的老巢龙虎山,组织几个精通医药的老道士在无辜的信徒不知情的状况下,数月时间调整剂量给这些"药人"试吃。几经调试,甚至还吃残了几个男子,他们才真的弄出个很靠谱的复方,就浩浩荡荡地回京城。中途还编出什么需要时间敬祭老天师,方才可以祈得生子福运给天家等这样的鬼话给皇帝听。

皇帝内心是将信将疑,暂且聊胜于无。他也不知道该如何是好,太医院那些庸医自是信不得,自家先伯父、堂兄都死得不明不白。诚然伯父的事他只是听父王提过一些因由,而自家那短命的武宗皇兄,自己可是十分确定也经过这些人的手,不是给治死了吗?

皇帝听锦衣卫的人说,邵真人那家伙是兴高采烈地一路招摇着回的京,就预感到这次自己一定会生出孩子来,高兴地命自己的近侍跑到郊外潞河那里迎接,还赐了一枚"阐教护国"的玉印和一条新的蟒袍给邵元节,使他在本朝一时风头无两。

皇帝预想得不差,邵元节这次带回来的东西真的是十分有效,嘉靖十五年(1536),皇子生。功劳记在邵真人身上,他变身为"清微妙济守静修真凝

元衍范志默秉诚致一真人",赐一品文官服。

当然没有人知道致一真人跟陶仲文是有协议的,皇子出生之日,就是把陶仲文引荐给皇帝之时。

陶仲文这些年可没闲着,他也找人明里暗里讨教药理,关键的那一味药,可没掏家底交给邵元节。他没有邵元节在皇帝和朝臣之间拿捏得当的道行,而是迅速和嘉靖朝新贵严嵩混在一起。这样的两人,将把嘉靖皇朝的局势引向何处,谁也预料不到。

在皇帝一心求子,把邵元节奉为天神的时候,大明朝内忧外患,很是动荡:

嘉靖十二年(1533)十月,大同兵变,得不到给养的士兵斩杀总兵官李瑾。过了一阵,严嵩弄权斗夏言,把在新旧交替中跟夏言走得近,而被嘉靖帝一直看不顺眼的先皇帝朱厚照的亲舅舅张延龄下了诏狱,又伙同郭勋把这一方势力瓜分掉,引得不少人重新审时度势,站队选边,致使朝政无为,朝臣间口水泛滥。

嘉靖十三年(1534)三月,小名库蔑里的蒙古右翼三万户济农(汉译吉囊)侵犯乡水堡;八月,边关流贼又在花马池抢劫烧杀。

嘉靖十四年(1535)三月,辽东军乱;四月,广宁兵乱;六月,吉囊跑到大同去挑衅……

杨爵每次在邸报上看到这些消息后,便心烦得几天都吃不下饭,实在抑郁难以排解,就在母亲坟前烧纸,不知是哀母丧,还是哀痛大明民生之不幸。

嘉靖十四年(1535)冬月的一天,陕西富平党林里笃祐村,杨爵为母亲守制的草庐旁的竹林里,一株株竹笋如一支支竹箭,一夜之间以万钧不当之势破土而出,形成冬笋奇观。

笃祐村的老人说,自有这片竹林以来,老几辈人还从来没有见过这样的事情。村里人一时间议论纷纷,到处传扬,引得很多附近的村民前来观看。

当人们看到墓地旁的草庐,看见那个三年没有离开过草庐、穿着土布衣服、清瘦而坚毅的人正在指导学生们作文,他那刚强的身影使人们忽然明白,怕不是他的孝心感天动地，才使得春笋冬生！上苍是用这种方式来表彰这位乡贤的大孝行径。

一个孩子突然喊道："大家快来看呀，好多兔子呀！"人们循声望去，只见呼呼的寒风中，林立的竹笋中间，几只本应藏匿起来过冬的灰色野兔跑跳嬉戏……

人们一时静默，进而感动，妇孺中那些眼软的人不免落下滚烫的泪珠。

惊叹之余，大家纷纷称扬这件奇事，杨爵孝感天地的事情如同插上翅膀，连夜传遍三秦大地。后世，他庐墓守孝催生冬笋的故事仍以各种版本流传，久传不息，用以教化世人。

二十六　大明御史亲粪田

嘉靖十五年（1536）正月，杨家孝期满三载，于杨母祭日那天，按照乡俗举行脱服礼，撤掉灵堂，一家人换回正常服饰。

杨爵着手修缮兄嫂之前住过的房屋，打算给杨休把媳妇娶在这里，这也是他之前答应嫂嫂的。这屋是杨家主屋，之前杨靖夫妇是长房，默认是家主，杨父去世以后归他们住。相对于整个杨家其他的屋子，这屋建房用料讲究一些，气派一些。

杨爵起初还怕杨张氏不同意，因为细论起来，无论是年龄、辈分，还是身份，现在杨家更有资格搬到这屋住的应该是他们夫妻。杨爵想了许多说服她的话，才跟她说这个决定。

结果话未说完，这个善良的女子就说："你住哪里，哪里就是我和娃儿们的主屋，这事就依你。"她主动把杨偲、杨仕、京来几兄弟叫到一起，抱着两岁多的杨伟跟他们说："那屋是杨家先祖盖的，在你们伯父手里翻修过，你们堂兄杨休是长房嫡孙，理该他住。好男不争家当，好女不争嫁妆。人要有养活自己的本事才对。"

杨偲是一个文气知礼的年轻人，杨仕万事只跟着哥哥，其他的还小，这事就这样定下。

杨惠氏知道结果后高兴地说："家和万事兴！"她偷偷给杨偲一些钱，让他从蒲城贾曲镇买来窝丝糖给几个小的吃。杨张氏知道后，嗔怪说："婶娘就惯着他们！"

老太太说："人老了，一爱看子孙和睦，二爱当散财童子。有这样的好日

子,你还不兴我老婆子高兴高兴?"引得一家人笑了起来。

夜里,杨张氏给杨爵说:"本来爷们的事情女眷不该插言,但家里的事要安排,还得问问老爷是否有起复的打算。"

杨爵说:"唉,听天由命吧。蔡瑗师弟那样温和的人,前一阵子都因言获罪,贬回家中闲置着。以我这个脾气进了那个是非场,恐怕难以全身而退。再说了,看看现在朝廷里那些人的走手[1],起复的话,恐怕还要跟人说多余的话,看他们的脸色。求人送礼这种事,我可做不来。"

仿佛要说服自己一般,杨爵接着说:"给侄子娶了媳妇,杨偲也得考虑成家事宜,他已不小了,应尽快给说一门亲。还得给二女儿子秋寻访个好婆家,先把家里这几件要紧的事办了再说。"

杨爵几次去城里置买孩子的结婚用品,路过公府门前,连看都没多看几眼,更别提谁捎话写信的事情。按理,他现在还是官身,是大明朝前监察御史,虽然不领实职,但身份地位还在,去地方官署办个事情,托个人情,还是很体面的。但他没有,他一贯这样自守,真正做到了慎独。

侄子的婚事,是前几年就说合好的,只等出孝期再办。家里准备就绪,央媒人两边传话,杨爵在阳春三月,很低调地给侄子娶回了媳妇。

喜事中收到的随礼,多半是看在杨爵面上给的,将来人家红白喜事,也得杨爵夫妻还回去。毕竟杨休的年纪、阅历、交往在那里放着,也就几个发小同窗;他的娘舅因没了亲姊妹,随礼都是面子情,勉强过得去,并不多。

杨爵也不计较,算过总账分给杨休一多半,允许杨休夫妻有私底下的家日过活。虽没说分家,但将来要分给杨休的东西,他已经叫来族里长辈、里正写了文书,让杨休收好,地产也归他自己经营。

杨休成家之后,想着那边是叔父,大家子搅在一起也不自在,渐渐有意无意地以小日子为主。且他无意接管父亲的遗孀,下意识地回避他那庶母刘氏和七岁的庶弟小舍儿大名为杨偕的事情。杨爵也不说破,让这母子二人就一直跟着自己家过活。

---

[1] 走手:方言,原意为走路的姿势,在这里引申为办事情的套路。

杨爵那些学生，因科考的、搬家的、家里缺劳力的等各种原因来来去去，不过人数倒也变化不大。这年月能读得起书的人不多，十来个人，来自方圆几十里不同的地方，也不容易。杨爵对束脩一向不多计较，跟他的老师韩先生一样，家道好的，他不介意多收一二；家道差的，只要学生资质好，肯下苦，干点活计也就少收几个钱。

有杨爵在家里领着一家人种地，加上这几年收成蛮好，还有朝廷特供给官员的米面，再加上那点儿束脩，杨家又置买了一些家业，日子颇红火。

杨张氏心里想，说实话，他大不在官场，不租房子，少了京城踏杂①，少了应酬，又有公府优恤婆母的治丧费用和路费，虽然没了俸禄，家里日子反倒比前几年宽裕。这种想法，在当时的大明官场，恐怕绝无仅有。

这一阵子，原案也以身体有恙，不宜公干为由辞职回蒲城将养；马理老大人也引疾乞归，回到陕西三原故里。

杨爵觉得应该去拜访马老，便雇上马车去了三原。见到老先生，杨爵很吃惊，只见这位年近古稀之人，身着山乡贫民的服装，鹤发童颜，在商山书院和人谈诗，看起来如同神仙一般。

看见杨爵，马老很高兴，与前些年官身之时的严谨不同，这次杨爵春风拂面，二人谈笑风生。老人高兴地说起自己在婚丧嫁娶礼仪上的研究，感叹人心不古，如今办事程序能删减的就绝不添加，仪典似是而非。

他们还聊到南方已故才子王守仁②，人已去世多年，信徒反倒越发多起来，皇帝居然压制不住。

杨爵说："新建伯用兵出神入化，数次受命于危乱，不计个人得失，被崇拜也不奇怪。至于他的学说，晚辈一向愚钝，还不是太能明白。"

马理说："他也是个肚子里有东西的，弃朱子那格物之理，自家立'致良知'之学，应者云集，不简单。"

---

① 踏杂：方言，花费。
② 王守仁：1472—1529，本名王云，字伯安，号阳明，明朝杰出的哲学家、文学家、军事家、教育家。曾接连平定南赣、两广盗乱及朱宸濠之乱，获封新建伯，成为明代凭借军功封爵的三位文臣之一。

"我听说当年泾野先生讲学，与他分庭抗礼，不相上下。"杨爵说。

"那是，至今他们那些人到陕西来，不来看过老夫、泾野，还不敢说来过陕西呢！我二人之学承自横渠，底蕴深厚，朱子、二程之说，追踪起来，根源里少不了横渠学说的意蕴。所谓良知者，即孩提之童良心所发，不虑而知者也，与夫隐微之独知异矣，与夫格致之后至知则又异矣。这种孩童之先天良知，与格物穷理之不断积蓄，根本不是一回事嘛！"

杨爵却觉得，能保持先天的纯良也是一种境界，他没敢直言，直点头应诺。

"听说渭南我那姻亲瑞泉子，增补、刊印王氏《传习录》，在渭水之南宣讲其学？"

"这个也只是道听途说，不曾有交集。"

"唔。你讲学还是多讲朱子、二程吧，世人念书有几个不求功名的？先博个本钱，再别的。不过你告诉娃们家，关中人治学重立心，重张子'经世致用'，过了河，就把什么朱程之类的扔了吧，要说为人处世端方，还要数关中人。没听那阳明子夸'自古陕西多豪杰'吗？"

杨爵拱手，马理满意地点头。

马理爱吃麻食面，就请人做来招待杨爵，宾主尽欢。

杨爵农闲教书育人，农忙脱去外衣，跟三娃、安民们一道甩开膀子春种秋收，在泥土里刨食，还时不时地和原寀、王泉岗、张本礼走动走动，度过了他这一生最最悠游快活的几年日子。

嘉靖十五年（1536）八月，好友韩邦靖的妻子安人屈氏去世，杨爵领着儿子杨偲前去吊丧，应邀给这位传奇才女写墓志铭。

好友韩邦宪见杨爵极其上心，办完韩屈氏的丧事，邀请他和杨偲在家里停留几天，谈诗论道，以表友谊。

杨爵正有意让杨偲长长见识，自然答应下来。其间有人见杨偲少年才俊，相貌清秀儒雅，跟韩邦宪的二女儿很般配，就殷切地做大媒，想成就一段好姻缘，父子自是非常乐意。只因这几年杨爵对杨偲的学习抓得很紧，意欲杨偲下场科考，取得生员的身份后再风光娶媳妇，杨、韩两家便高高兴兴先定下儿女婚约。

这年冬天，京来患了疮疹，杨家又忙于寻医问药等事。杨爵夫妇十分疼爱这个儿子，一直认为他是杨爵中进士出仕时上天送来的礼物——这孩子长得相貌清奇，双目炯炯有神，心性聪慧，随意教他一些古诗词，他很快就能记住，小小年纪背了几十篇诗文。京来自懂事以来，经常给在祖坟草庐里的杨爵送饭。人们都笑着说这个孩子是杨家将来光宗耀祖的人。他的生病让杨家人心都提到嗓子眼儿上。

因疮疹很快就下去了，就是有点儿咳嗽，杨爵以为这很正常，就没再管，结果酿成大错。

年底，嘉靖皇帝督促的九庙落成，把自己想安置进去的人都加上徽号，摆进去享受香火，比如他的祖母、父亲等，并诏赦天下。

嘉靖十六年（1537）春，杨爵的大女儿子春又给杨爵添了一个大胖外孙子，杨张氏疼爱女儿，就让杨爵用毛驴驮一些朝廷特供米面给女儿送去。

女儿坐月子，招待他饭食的是女儿的妯娌。他走后，这个妯娌问子春："你娘家大真的是御史大人？我听咱家老掌柜的①说这官很有权势的呀，省府里的大官见了都不敢怠慢的。可是你大居然穿的粗布衣裳哎！还牵着毛驴走哎！咱家还有马车哩，你家没有吗？听说当官的出门都有校尉开道，你大咋没有呢？"

子春捂着嘴直笑："我大以前在任上啥样子，我没见过。他回来时只带了顺子管家一个随从。我家守孝那几年，我大怕耽误人家，早早给他身契和安家费，让他在县城成家立业呢。听说如今儿女成双，过得很好。"

过了几个月，有一天，子春这个妯娌因事从笃祜村旁边的田地里路过，只见杨爵一身补丁短褂，推着粪车，在地里给谷子施肥。大热天，他居然还撩起衣襟擦汗，挥手间精巴子②晾着，跟自家那五大三粗的爷父们毫无两样！这是那州府大人都害怕的御史大人？

子青的妯娌惊得掐了自己好几把，以为自己在做梦，再仔细辨认，确确实

---

① 老掌柜的：方言，一般指当家的男性家长。
② 精巴子：方言，裸体，一般指上身。

二十六 大明御史亲粪田

实是如假包换的子春她大。子春妯娌当时就想,杨子春她大绝对不是一个御史老爷!就是个里正吧,芝麻大个官都摆架子,那比县太爷还要威风的御史爷,就这式子?哄鬼呢!老掌柜的那是偏疼小儿媳,吹牛说杨家父亲是啥大官。谁知道是个啥豆大点儿官,纯粹是欺骗乡下人不懂,哪有御史大人推着粪土车在地里下苦的!

这话不知咋的就传开了去,气得杨子春跑回娘家来哭。而她的大,前山东道监察御史杨爵杨大人,这时候满身尘土、晒得黧黑,正站在田间地头,挂着锄头跟自己的发小三娃、安民一起休息。听音,几个人正在估算谷子今年的亩产有多少斤。说着说着,有人开始请教他,冬小麦一般一亩地得撒多少种子,犁沟得犁多深……

杨子春见此情景,有些泄气,站在那里一动不动。不一会儿,她的娘亲,用竹子编的笼提了一瓦罐麦仁、一盘生调萝卜丝、四五个黄混面①馍馍,送到地里。她看见她大让了几个老农民一声,用娘亲从肩头拉下来的面巾擦了擦手,坐在土梁梁上开始吃。这个给了自己生命的高大汉子,从她记事起,一直就是这样。她忽然释然了,大是不是大官有什么要紧,他是自己的亲人就成。她擦擦眼泪,笑着朝父母走去。

杨张氏私下里问子春,大忙的天,匆匆忙忙地跑回娘家来咋回事?子春把事情的来龙去脉学说一遍。杨张氏指了女儿一指头:"他们知道啥,你咋不问我?你大的官服,我一年没浆洗过几遍,得是?放心吧,他穿上那衣服威武太太②!作为皇帝的耳目官员,他的衙门里还能没有几个护官威的小卒子?瞎操心!"子春不好意思地笑了。

八月中,京来的病情突然加重,八月十九日竟然不治身亡。杨爵非常伤心,写诗说:

仰视昊天秋夜深,西风推却老来心。
世间唯有子丧父,何我哭儿泪满襟!

---

① 黄混面:麦面、豆面、高粱面等混在一起的面粉。
② 太太:方言,非常、很的意思。

好在不久他的小儿子杨俁出生，才把这份悲伤岔开了一半儿。

年底，杨家操办喜宴，娶媳妇过年，已经是廪生的杨偲，与韩家的女儿喜结连理。

韩家女儿出身名门，清秀善良，温婉可人。

杨张氏非常喜欢，带在身边，把杨爵这一房的家事安排交给了她，培养她做杨家新一代当家媳妇。

嘉靖十七年（1538），经安民说合，杨爵把二女儿嫁给附近的石家村。这时在村里种了五六年地，从来不和达官显贵往来的杨爵，村里已经没人记得他的官身。他的亲家石老头没念过书，两眼一抹黑，拍着他的肩膀跟他称兄道弟，跟对待隔壁他二叔没什么两样。

有时候午夜梦回，杨爵也会想起在朝邑苑洛书院的事。他知道韩先生这几年起起落落地在大明官场里转了好多个来回，现今在陕西巡抚都御史任上。前些天听说因着州府欠缺禄粮，上峰指责先生怠慢，罚了他三个月俸禄呢。大明朝自开国，官员的俸禄都不够花！以韩先生的才华在这个朝代尚且这样，杨爵也不确定，自己能不能比先生做得更好。

罢！自己还是像韩先生当年教导自己一样，尽心尽力地教育由天性他们这几个孩子吧，其他的还是不必多想，只希望自己的理想有个传承。他尽量地教给年轻人很全面的东西，教他们张载夫子的《正蒙》，也教朱熹的《四书章句集注》。

在教蔡元定的《律吕新书》时，两天时间，孩子们还没有把其中的精髓吃透，不知道是不是农家的孩子天生没有乐感。杨爵有些失望地说："蔡季通先生用半生的工夫才在乐理学上有颇高的修为，后学者怕是赶不上的。现如今的人除了热衷于举业，探求理学性命者能有几人哉？"

后来又说："你们学习很用功，是我太心急了。"

是的，他真的心急了。凭着平生所学倒也做了官，可所有建树也不过救过一些灾民而已！如今，已经四十六岁，只会种种地，教教学生，可谓学而无用。所以他急切地希望学生们都能够出类拔萃，能够有机会延续自己的梦想。不知道韩先生当初教导自己那批人时，是不是也是同样的心情？

老乡们不记得杨爵的身份，朝臣也选择性地忽视他，可有个人却记着，这人便是嘉靖皇帝。也可能是朝政失明，许多官员以各种理由离任，衙门空缺太多，致使皇帝想起了几个逾期没有还朝的前监察御史。

一日，皇帝见一堆折子上好几位官员都在喊自己的衙门缺人替补，不由得想起那个看上去很土气憨厚，回话还爱梗着脖子跪地的人，便自言自语了那么一声："陕西富平不是有个杨爵嘛，挺会写奏折。好像说是丁忧，这都多久了？"

这话很快就传到吏部那里，文选司的官员不免咬耳朵，不久陕西公府上下都面面相觑。

陕西地方官想，要说最应该起复的肯定就是富平那个杨爵。你们吏部文选司吧，拿捏得严，谁轻易能起复，对吧？他自己又悄无声息地窝在村里，六七年从来没麻烦过我们，道德品质可想而知是高的，但是谁又没事找事惹这种麻烦去呢？既然问，只怕是……唉，话说，他走的谁的路子呢？算啦，问这没用，还是别得罪人，圣人说与人为善是美德。听说他庐墓守孝，恪守礼制，感动老天爷，使得冬月笋生，这样的奇异事也算是咱们的政绩。于是，就写了封举荐信递上去。其他几个心明眼亮之人，又岂肯落于人后，亦"交章"举荐之。

于是，在嘉靖十八年（1539）十二月，皇帝下诏起用山东道御史杨爵、浙江道御史蔡瑗，同时起用的还有一个后来和杨爵息息相关的人——湖广道御史浦鋐。

第二年秋，当天子使者威严庄重地来到党林里笃祜村宣读圣旨的时候，人们这才想起，这些年，经常推车粪田的那个人——杨爵，他是原山东道监察御史。

杨子春的妯娌终于看到了杨子春父亲的仪仗和官威，她差点儿再一次咬了自己的舌头。

二十七　局势颓堕如衰病

嘉靖十八年（1539）对大明王朝来说，不是一个平静的年份。

嘉靖十七年（1538）九月，嘉靖帝终于得以给自己的父亲追尊庙号"睿宗"，有了这个庙号，自己就是皇帝的儿子，而不再是藩王出身。自继位以来，一直困扰他的"正宗"问题就到此为止，只等择日把先睿宗的神位供入太庙，就大功告成。

看来礼部尚书兼翰林院大学士严嵩挺会来事，可堪大用！嗯，他一手操作这件事，免去朕多少麻烦！若朕提出来，势必又要吵闹。跟那些文臣对嘴，有失天家体统；授意别人，又欠人情。要是都像严嵩这老儿明事理，多好！嘉靖心道。

嘉靖十八年（1539）元月，郭勋就把《睿宗实录》整理成册，皇帝很满意，封了他翊国公。虽然他编撰的《英烈传》有点儿着意给自己的老祖宗郭英贴金，皇帝也认了，允许郭英、徐达、常遇春等已故勋臣并列配享太祖（朱元璋）太庙。

这都是喜事，谁知道二月，嘉靖朝股肱之臣张孚敬没挺过去，不顾天家挽留与世长辞，皇帝正伤心哀悼着，他的亲娘章圣皇太后又崩逝！

皇帝只好封三岁的皇子朱载壡为皇太子，镇守京城，自己跑去老家安陆主持父母合葬的事。本来是要请致一真人陪同的，但致一真人此刻已经病得出不得门，医不自治，道士也……罢了，不吉利的话就不提了，只得让真人默认的接任者陶仲文随行。

去年经邵真人引荐，陶仲文刚进宫时在皇宫以符水法剑"绝除"宫中"妖

二十七 局势颓堕如衰病

孽",还算利索有效,皇帝觉得还可信服,便带着也好。

皇帝哪里知道,没有陶仲文,就没有"妖孽",都是他和那几个假牛鼻子的手段。

皇帝出门,那可了不得。嘉靖帝惜命,大学士夏言、礼部尚书严嵩、左都御史王廷相等一干大员哪敢怠慢,自己跟上去不算,又拉上翊国公郭勋、成国公朱希忠、京山侯崔元等勋贵同担风险。

他们安排锦衣卫扈行精壮旗校八千人,专管护卫皇帝舆辇的五城兵马司军士六千人,其中专管摆执驾仪及承担各种巡察传令事项的太监、执事二千人,执武陈驾仪、驾前驾后随伺等三千人,在驾左右各排五百人,把嘉靖帝紧紧地围在当中。

据说供应这支队伍的粮草和沿途修理桥道等,支用了太仓库银三十万两。

好吧,这样大的阵仗,不光烧钱,看着确实也挺安全。谁知人为的危险可防可控,天意却难测。皇帝仪仗刚进入河南重镇卫辉地界,一股邪风,飞沙走石,遮天蔽日,绕着旌节打转。

皇帝慌忙咨询道士:"此何祥也?"

陶仲文装模作样掐着指头,念念有词一阵子,说:"这风主火,皇帝有火光之灾,但有救星在,无大碍。"

皇帝心里不踏实,决定不再赶路,摆驾卫辉行宫,赶紧让陶仲文祈祷。陶仲文不干,他说这火是命中注定要烧的,挡不住!

随护的锦衣卫署指挥使陆炳,表字文孚,是嘉靖帝奶妈的儿子,嘉靖帝奶弟就站在他们身边。这人是嘉靖十一年(1532)武进士,文武兼备,非常机敏,他深深地看了陶仲文一眼,陶仲文脊背一僵,后面糊弄皇帝的话就卡喉咙里没说出来。

行宫自是比行路安逸,嘉靖皇帝开始还为着那个"火灾"的预言而不安,后来接见此地的藩王汝王,又参加洗尘的宴会,尽兴也疲劳,一倒头就迷迷糊糊睡去。

天交四鼓,一股邪火不知道从哪个角落蹿出来,顷刻蔓延成一片火海,把皇帝困在中间。

皇帝惊醒来，两股战栗，爬不起来还失语。及至看到身边的宫人们惊慌失措，乱哭乱喊，猛地想起陶仲文的"预言"，心下大定，手脚也活了，头脑也清晰了，他淡定地指示内侍："不要乱撞，赶快救火。"

不一会儿，陆炳披着一床淋湿的被子赶过来，背着皇帝逃出去……据说救火的禁卫军和宫人都不知道皇帝住在哪间宫室，只有陆炳知道。

很快，陶仲文大仙就来到脱险的皇帝面前，烧掉半边眉毛和胡子的他，看上去很滑稽。他说是火起时，他才发现皇帝的这一次火劫有多大，差点儿控制不住，他即刻作法把皇帝的灾难"移"在自己的身体上，皇帝才毫发未伤……

一切巧得有些失真。有一个宫人还傻傻地给自己的同伴说："大仙好神奇啊，这么大的火，只烧焦了一点眉毛和胡子，脸都好好的，头发也好好的！"

同伴懵懂无知，说道："那不是神仙嘛，咋能像咱们似的满身火燎泡。哎哟，疼！"

他们不明白更神奇的是陶仲文的"内宫子嗣延法"，太医研究后说这个方子不仅有助于男性雄性气息上涨，可夜御数女而不伤身体，而且所繁育的后代智力、体魄健全！（明代同时期名医李时珍把这件事记载在《本草纲目》里。原文："固本锁阳之法，自陶真人，后莫有及之者。"）

当然，这方子跟之前给邵元节的那个方子的区别就在于，那个可以让皇帝生子，而这个除了生子，还让皇帝快乐。这一点，邵真人是永远也不会知道的。陶大仙以后的荣耀人生就靠这个！毕竟驱妖什么的，是个道士都练了一两手，能掐会算，会祈福，也不算是独门绝技呀！像这一次冒这么大的风险，他就只捞到了"神霄保国宣教高士"的封赏，还是不如老朋友邵真人官大！

陆炳本就是与皇帝从小玩到大的心腹，这下更是皇帝的得力干将，官职攀升为都指挥同知，取代陈寅正式执掌锦衣卫事务。

皇帝的姑夫，被阁臣拉来随驾同行的驸马都尉京山侯崔元，那也是个人物。这不，把这一切看得清清楚楚、明明白白，拍着脑袋嘿嘿两声，主动搭上陆炳，两人混在了一起。

倒换盐引，沾上盐税，那是无本的暴利，但没有强大的靠山却行不通。皇亲贵戚和锦衣卫头子联手，赚个盆满钵满，那就不是个事。

二十七 局势颓堕如衰病

工部侍郎、"青词宰相"严嵩家的独眼严世蕃，也是个手眼通天的，很快嗅到味道，赶紧寻机会去和这两位合眼缘，"约为儿女亲家"，这些都是后话。

卫辉行宫失火的事情结局完满，臣子们各取所需，开心顺遂，只有皇帝真的在渡劫，劫后余波暗涌，他亦不知。锦绣江山的大堤上的点点蚁穴，此时谁能看得清楚？

眼下最令皇帝郁闷的是，他把母亲安葬到父亲的陵寝显陵后，还在返回京城的半路上，刚到河南裕州，就接到邵元节病死的消息。皇帝立时大感悲痛，比皇太后大丧还要悲痛！痛得都忘记追究邵元节神奇成那个样子，跟老天爷那里呼风唤雨的，怎么就不给自己要点儿寿命呢？！

皇帝急急地下旨让有司用伯爵礼仪给这位"神仙"营葬，并听从其遗言任用陶仲文，封陶大仙为"神霄保国弘烈宣教振法通真忠孝秉一真人"，总领道教事务；同时，把陶家的儿子陶世同任命为太常丞，女婿吴浚、从孙陶良辅为太常博士。

陶仲文一听邵仙师没了，心下高兴着，又不得不假意哭几声，直到皇帝按照邵元节的遗言封赏他时，他才真的流下眼泪。邵仙师是自己的贵人、伯乐呀！不过，邵仙师到底有没有猜出来自己给他的秘方少了东西呢？

自此，严嵩、郭勋、陆炳、陶仲文几个人在嘉靖朝权势滔天。他们欺下瞒上，或者互相钩斗，或者沆瀣一气，党同伐异，收受贿赂，残害忠良，一手把大明江山推向衰落，成为历史的罪人。

杨爵得知自己被起用的消息的时候，已是嘉靖十八年（1539）年底。杨爵闭目良久。他知道，皇帝诏书已下是没错，但谋缺这种事，要想快，还是有技巧的，像自己这种经常被发小安民打趣为茅子①沿的石头——又臭又硬的人，是不可能很快有职位的。他也不想给吏部那些人惯瞎瞎②毛病，且看看这帮人能把皇帝这道旨意拖多久。这些年虽然人在乡野，可朝廷里的事一件也没逃过

---

① 茅子：方言，厕所。
② 瞎瞎：方言，坏。

杨爵的眼睛。

他的好朋友李宗枢去年刚出任河南按察司副使，李老夫人就不幸去世，目前正丁忧在家。帮着办完后事，为了安慰好友，杨爵有空就去和李宗枢坐一坐，听他说说时政要闻。

自打皇帝生下皇子以后，那邵元节可实实在在地被皇帝敬在神坛上。自己，不，可能大多数读书人都不会相信这个神棍。邵元节不过仗着自己懂得一点儿天相，握着几个医药秘方而已，成天装神弄鬼，设坛祈雨雪。听说那货祭祀前都是观得有雨雪的征候才装模作样地上祭坛打坐，不久就"灵验"了，也就骗骗皇帝。还好这个邵真人识趣，只给自己捞好处，不大参与其他事情，现在已经一命归西，倒还说得过去。可他临死前推荐的这个陶真人可真不怎么样。

这位陶仲文当时觐见皇帝时，搞的动静可不小。听说那时皇宫里忽然就冒出来一团黑气，飘忽不定，夜里还总是能听到隐隐约约敲木鱼的声音。陶仲文呢，画了几张符，拿一把桃木剑，端一碗水，点着符纸，一番挥舞，这黑气直接消失。然后他拿个罗盘，又一番蹦跳，指着一座宫殿的台阶发癫，太监们用镢头一挖，还真从台阶下面挖出来一个腐烂的木鱼，从此皇宫就清泰下来。

这事根本经不起推敲，就算存在这些神怪之事，皇宫大内住着的是历代的皇帝、皇后、皇太子，都是天下洪福最重的人。皇帝本就是天子，天之骄子，怎么可能会有妖孽敢接近他？再说了，修建皇宫时，哪一座宫殿不建设得高大宏伟？那地基得挖多深，打得多坚实才能承重！皇宫各个宫殿，那都是在当世顶级风水先生精心测算下修建的，而且屋檐上都蹲有神兽守护，怎么可能有这些不干净的东西？这也太假了！偏偏皇帝就信这俩人胡说！唉！

最近又听说陶仲文跟那个老奸巨猾的礼部尚书严嵩走得挺近，还献出什么"固本精元汤"给皇帝，结果呢，吃得皇帝说自己真有病，居然好几个月都不上朝。诡异的是，陶真人却恩宠更胜从前！这里头一定有古怪！（史料记载，这精元汤还有一个名字叫"天丹铅"，后世研究它的功用为"热"剂，即兴奋剂，药效可使男性久勃，野史记载嘉靖帝因此而"夜御九女"。）

只可惜了杨爵的同榜状元，时任春坊左赞善的罗洪先竟信以为真，只当皇帝真的病得不轻，在这年冬天，与二人同榜的二甲传胪时任司谏的唐顺之，以及校书赵时春联名上疏，奏请来岁朝正后，皇太子出御文华殿，受群臣朝贺。

嘉靖皇帝看了这几个人的奏疏大怒，说："难不成这三个人还真以为朕病得起不来吗？么着就着急地认新主子呢？"他越想越气，竟然亲手书写诏书责骂这几个人，削除了他们的官籍。至此，嘉靖八年（1529）乙丑科进士榜上，前四名才子凋零殆尽。罗洪先和杨名被排除在权力中心之外，永远没有了学以致用的机会。之后，罗洪先走遍大江南北绘制地图；杨名回了四川教书；而程文德在一个小县城窝着当个典史、知县等很多年；唐顺之在家乡宜兴山中闭门谢客，把时间和精力都用于钻研六经及《百子史氏》《国朝故典律例》之中，甚至在三十六七岁时曾向一个河南人杨松学习枪法，习武为生，后来在抗倭战争中大放异彩。

其实人生的悲剧真的不是"既生瑜，何生亮"，而是空有瑜、亮之才，却没有遇到孙权或者刘备这样的明主，还和严嵩、陆炳等人同朝为官。

杨爵此时还想不到，一生更为悲剧的是他的另一个同年，火器发明家曾铣，金榜题名的那一年，那个高大俊朗的青年。

他只知道，眼下的大明朝，皇帝和道士混在一起，不是炼丹就是斋醮；而大多数当官的不是想着怎样为官一任、造福一方，而是整天想着如何寻得一个异能的道士来讨好皇帝。大明士子不再以满腹经史子集为荣，而以善写青词①为时尚。最著名的就是嘉靖十七年（1538）进士袁炜写的这个：

洛水玄龟初献瑞，阴数九，阳数九，九九八十一数，数通乎道，道合元始天尊，一诚有感。

岐山丹凤双呈祥，雄鸣六，雌鸣六，六六三十六声，声闻于天，天生嘉靖皇帝，万寿无疆。

还有那个为讨好皇帝正在积极筹备皇帝父亲"入住"太庙礼仪的严嵩，写

---

① 青词：又称绿章，是道教举行斋醮时献给上天的奏章祝文。一般为骈俪体，用红色颜料写在青藤纸上，要求形式工整和文字华丽。

的什么《庆云赋》：

> 惟灵璧之丕叹兮，憾神坤以通乾罡。历万古之锤炼兮，含自然以极造化。奇五岳之神韵兮，混千面集于奇峰。比穹苍而袭云兮，拈颛顼以摇营室。体嵯峨之玲珑兮，待谐宙而绕香雾。观庆云之毓魂兮，升碧石以接北辰。击磬鼓以镇诰兮，听秋水之谓晨风。随即信步轻易，浮念庆云；神之所遗，缘出泗水；开山启道，始镇吴江；石间桥洞，百千之数；待遇九河，千泉泄玉；峰底举燧，孔洞生烟；礼乐铮铮，和与清阳；庆为天同，比及流云。

文笔是很优美，可是于世何益？从此，官员们动不动就奏报"天生彩云"之"祥征吉兆"，哪还有工夫想如何治理民生？眼见着关外异族虎视眈眈，关内天灾人祸、生灵涂炭，这大明朝的时势，就如同他头顶这阴沉沉的天空一样，几时才能晴朗啊？

二十八　起复监察河南道

嘉靖十九年（1540），杨爵还在家里等待补缺的时候，一个人找到正得圣宠的翊国公郭勋。

这个人一身时下最时髦的道士服饰，其貌不扬，走路一瘸一拐的，他说要和国公密谈。

郭勋的密室里，这个名叫段朝用的瘸腿方士表演了一套"点石成金术"。拳头大的石头，在段朝用手里上上下下，一会儿滚在杯子里，一会儿扣在瓷碗下，倒腾得令人眼花缭乱，又点火煮了将近两个时辰，只"点"出了米粒大点银子，但这已经很了不起。

郭勋坐在那里，把玩着段方士自称用"点金术"炼制的一套银茶具，沉思。

这银器看上去确实是比一般的银制品光亮了那么一点儿，以自己半生品鉴珍品的本领来看，东西的确是好东西，但是不是真的就像段瘸子说的——用这种"仙器"祭祀祖宗，会得到祖宗更多的保佑，子孙后代会日益兴旺；用它来盛吃喝，则会祛病延年、长生不老，只怕还不一定。

祖宗见到这些祭祀用品肯定会很高兴，毕竟自己见到这样光鲜的玩意儿也很受用来着，至于延年益寿这种事，估计有点儿悬。邵元节那个神棍不就没能延年益寿么，这种话只怕这些臭道士自己也不信，可问题是皇帝信呀！没见那陶仲文正得着圣宠吗？皇帝很久不上朝，也不见大臣，只把那个老东西口称"仙师"尊为上客。那陶老道现今出入皇宫，跟进他屋一样！哼！

还是把这个段瘸子引荐给皇帝好了，说不定这货真能为我所用。

当下主意已定，大方地把段朝用送来的十几件上好的银器着人收库，和蔼地让"段道长"暂且安心在府中休整几日，如今要见皇帝可不是那么容易，择日再议。

段朝用是腿瘸，可不缺脑子，显然是有备而来，当下也不多言，只凭国公爷安排。

郭勋跟几个幕僚在书房嘀咕了几次，递牌子给紫禁城，隔日就领着段朝用觐见嘉靖皇帝。

红墙黄瓦的所在，唬得段朝用另一条腿几乎也不听使唤，看得郭勋头大。等到了皇帝跟前，他反而从容起来，这皇帝居然在寝宫召见他，房间内虽然明黄色居多，但那八卦图和香炉、飘舞的幡带、天师坐像图，和他之前在道长那里看到的也差不多。而绾着道髻、身着道袍盘腿坐在蒲团上的人，也就是皇帝，嗯，等郭勋跟他叩拜之后再说话，言谈举止间用的是道家的礼仪。

待郭勋介绍完，段道士忙把宫人端着的"神器"摆放成阵，就着皇家的香给三清爷和天师祝祷后，开始他那障眼法为主、炼丹程序为辅的点石为金、引水为银的魔术。

皇帝由疑惑到惊奇再到大感性味的眼神，郭勋看得明白，等段朝用拿出芝麻粒大小、串成一串、闪闪发光的银子，皇帝点头微笑，郭勋放下心来。

先前，这个段瘸子告诉郭勋说，"点金术"要费工夫，没个两三年成不了大事，让翊国公先借给他一万两银子使。郭勋心里透亮：这是谈条件呢，成，立马就答应你。拿了我的银子呢，还得看你啥回报，不然的话，让你知道你国公爷为啥姓郭。

此刻段瘸子进献给皇帝的一百多件精美的银质餐、洗用具，还有一万两银子，言说这都是"点"出来的银子，用以资助修建雷坛。皇帝的笑容就更加真诚起来，和颜悦色地跟"段道长"说起日常修行的心得来。

郭勋总觉得那一万两银子，两两都姓郭。

这边段朝用听话听音，看皇帝望着银子两眼放光，有点儿"差钱"的样子。大约皇帝的私财都给两个真人斋醮、祈祷花光了，私库里钱少，所以他的"仙法"，那是恰到好处地为皇帝分了"忧"，而皇帝对他讲的"所化银皆仙物，用为饮食器皿，当不死"的话深信不疑也不奇怪。

二十八 起复监察河南道

段道士正琢磨着今后要怎样行事最妥，冷不防一眼瞥到皇帝的两腿间，立即吓得低头闭眼暗暗念一声"无量天尊"，这皇帝那话儿一直支棱着是怎么个意思呢？没听说他有龙阳之好呀！就算有，对着自己这样的瘸腿道士……？妈呀，不敢想，还是见招拆招吧。

嘉靖皇帝不知道只一会儿工夫这瘸子的心里已经风云变幻，见他那胆战心惊的样子，只道是惧怕天威。嘉靖皇帝心里舒坦，挥手让他退下，留下郭勋说话。

领段朝用出来的皇帝近侍小太监，师父是皇帝大伴大内总管黄锦，说话毫不忌讳。小太监看见段朝用那一眼后的所有情形，见他走了这许久还呆愣愣地没回神，翻了一个白眼儿，哧地笑一声说："想什么呢，赶紧弄出来银子是正经。爷自打吃了陶真人的药一直就那个样，跟你什么相干，癞蛤蟆做梦呢，净想些没用的！"说完连路都不耐烦领，转身回去了。

段朝用反应过来，腿瘸得更厉害了。

当时的大明朝，正经历白银发展成为通行货币的变革。富庶如江南，给朝廷的赋税已经是银两，但诸如陕西等地，租税仍是粮帛等实物。缺银，是帝国发展的一大问题。若有人真能变出银子，对国政恰是有益，且银子具有加快愈合创伤、防治化脓、净化水质的作用。它能安五脏、定心神、止惊悸、除邪气是不假，前提是这个银子要纯。段朝用可能在炼制纯银方面有些天赋，他献来的银器功效很明显。

皇帝使用以后高兴地封他为正五品的"紫府宣忠高士"，专门给他建造一间炼丹房，让他专心炼银子补足国库，"代民膏血"，还给推荐他的郭勋每年增加一百石俸米。

这在好道的嘉靖皇朝本来不算是个事，坏就坏在段高士告诉皇帝："皇帝您住在深宫里，不要与外人接触，就能炼成黄金，得到长生不老药！"

段高士说这话可谓是挠到皇帝痒痒处，他自然明白皇帝不是一般地想听这话。果然，皇帝大喜过望，说当年邵仙长就一直说"立教主静"，想要健康长寿，可不就得"独自"清泰嘛。

于是，皇帝在八月初下旨，让年仅四岁的太子监国，说："朕少假一二年,亲政如初。"

朝臣们顿时觉得自己有些站立不稳,这是把庙堂上的事当成儿戏!可是没有人敢说话,大家都明白,事情一旦跟哪个"真人"有牵扯,敢忤逆帝意,一般都会让你吃不了兜着走。前一阵子,给事中顾存仁、高金、王纳言皆因直谏皇帝迷信道士不对而获罪严惩,就是活生生的例子。

八月二十九日,太仆寺卿杨最终于忍不住上了道奏折说:"皇上正值壮年,却下诏说太子监国的事。不过是见到一个方士,就想服药成仙,神仙是住在深山中修炼的人所做的,哪里有居住着豪华的宫殿,穿着华丽的衣服,吃着精美的食物,却能飞升成仙的?臣虽然十分愚蠢,也不敢照旨行事。"(原文:"陛下春秋方壮,乃圣谕及此,不过得一方士,欲服食求神仙耳。神仙乃山栖澡练者所为,岂有高居黄屋紫闼,衮衣玉食,而能白日翀举者?臣虽至愚,不敢奉诏。")

皇帝一看怒不可遏,把杨最交给锦衣卫镇抚司诏狱,严刑拷打。锦衣卫头目陆炳其实知道杨最是没错的,但他私心里不想以后有人效仿杨最直言进谏。皇帝喜欢烧茅炼丹,躲在后宫,绝对大有好处。他和驸马爷崔元姑父眼下正倒腾盐引,得益甚巨,尤其不希望皇帝勤政。不过话说回来,皇帝决定的事,臣子卖力气达成也是为皇帝解忧!所谓"食君禄,忠君事"嘛,他的手重重地挥下去。

他的两个手下不愧是锦衣卫里长年当差的老手,极有眼色,收到暗示,二话不说,手里的板子毫不犹豫地重重打下。皇帝让打的数目还没够数,杨最人已身死。

内行都知道,这打人也是个技术活儿,主要看打人者想达到哪种效果。有好处的,打得血肉模糊,看上去挺严重,性命却可以保全。得了特别指示的,看着皮外伤不重,死个人却是轻轻松松的事。那两个人对视一眼:"回大人话,人没气了。"

得知杨太仆死去的消息时,杨爵还在去京城的路上。真是岂有此理!那一夜,秋凉如水,杨爵住在沿途的一家客舍。他站在窗前,望着黑漆漆的夜空,沉思。自己离开京城七八年,皇帝已经变得这样黑白不分了吗?满朝文武,就眼睁睁地看着杨最被打死,而无一人肯仗义申救吗?大家不知道杨太仆所奏事关乎大明基业吗?还是人人只为明哲保身,置江山、大义于不顾?这样一来,后果会如何,他不敢想下去。只觉得暗夜沉沉,夜风微寒。

他又想起自己这次起复的事情来。

上月月底,天子使者来到陕西富平的万斛山下,宣他择日启程,一月为期,赶到京城受职。

九月伊始,他收拾好行李,带着杨张氏和外甥张舜卿一起进京。

张舜卿是堂姐杨巧儿家的二儿子,为人沉稳干练,这几年一直跟着舅舅读书,杨爵很喜欢这个青年,就让他跟着去京城总管府中事务。

杨偲需要留在家里读书并照顾一家老小,婶娘年纪大,还有几个小的要看护,他的性子稳重,媳妇也贤淑,两个人一起掌家很合适。

顺子得知大人起复,也要跟着去,杨爵没答应。顺子儿女年幼,不能使人骨肉分离。杨爵劝说顺子在县城站稳,与杨偲一里一外打理家事,他远在京城也好安心。大家都觉得好。

之前顺子那个角色就空缺下来。张家姐夫主动把张舜卿送来给杨爵,说家中有长子支撑,恰好舅舅也喜欢他这外甥,不如让张舜卿去京城历练一番,日后好谋出路。

杨爵明白,这是姐姐在暗中帮着自己。京城的寓所于公于私,都会人来客往,比笃祜村的家更要精心打理,张舜卿跟着自己,那里就会井井有条。

顺子手把手将如何总管京城寓所中的事务细细说与张舜卿,还写了几封信给之前在京城结交的几位他府总管,让他们关照张舜卿。

临行前,杨爵跟送行的亲朋说:"以前因为母亲年迈久病,有些事情上施展不开手脚,现在还有什么可顾虑的?大丈夫修习周、孔之道,身怀匡济天下之术,必定是想要建立功勋的。我人微驽钝,但也希望不虚此生,愿驱遣区区劣才,稍微建树那么一寸功业,以报效国家养育之恩。总不能因为自己鄙末,就远避山野之地,稼穑糊口,与草木同腐朽吧?!"

杨爵记得杨偲当时低下头,没有吭声。朝中的事情,随着儿子逐渐成长,

自己也跟他提及一些,这孩子也很懂事。自己那忧怀天下之心,他怎么能不知道?以前还在家里,自己就已经气愤难平;如今复出,遇到风吹草动,岂会坐视不理?只怕儿子当时一直在权衡自己此去到底是福是祸,却不敢有任何言语。唉,也怪难为这孩子的。这几年,跟自己来往的几位好友、同年都磕磕绊绊的,官路坎坷,闹得自己常常替他们揪心,想来孩子都看在眼里。不知道他听着自己那番话,对自己这次起复有多担忧!其实他们母子,是不希望自己再蹚这摊浑水的吧?

杨张氏轻轻翻了个身,杨爵知道,他在这里心事重重,身边这个人只怕也睡不着吧。他这一去,还真是让家人不安啊。可是,有些事总得有人去做!虽然还想不出这场人生风暴会不会爆发,将从哪里爆发,但圣人之学犹在胸中微烫。自己已然四十八岁,官场还能走多远?既然圣意是起复原职,恐怕是命中注定的做言官,做谏臣。

很久以来,御史、言官是一个特殊的群体。一个人后面往往是一群同僚、师门、同年等连接着一大片清流士林,曾经在吏治史上起到了不可磨灭的作用。谁知道而今世风日下,这些人里不少已经背叛圣人之道,跟那些权贵搅和在一起,风气很是令人不齿。给人的印象就是:御史们是政治斗争的工具,在人家相互攻讦时做一把锋利的刀子,首先捅娄子且势力强大,很能左右不少事情。

可我杨爵是一介孤臣!我前次做御史时日不长,究其原因,还是我不愿意跟红顶白,跟那些别有用心的人枝蔓攀缠地扯不清!我只有朋友,没有朋党,也从未和任何一个权贵有过往来,或者跟谁有私人恩怨。我是大明御史,那就只能以言立世,岂能因一己祸福,或受谁指使,趋避天下大义,少了挺身而出、仗义执言之事?!

杨太仆说的那些话,我杨爵也想说!不过得一方士,欲服食求神仙耳。有这好事,段瘸子肯定先让他大去,他自己先去,还用得着搭上郭勋的线,跑来紫禁城费这么大的神?滑天下之大稽!

嘉靖十九年(1540)九月底,杨爵赶到京城,刚安顿好。十月初,被授职河南道监察御史,奉命巡视南城。

二十八　起复监察河南道

十三道监察御史位卑权重，在内参与内外官员考查，核诸司档案，巡视京营、内库、仓场、皇城、五城，监临乡、会试及武举等差遣；在外有巡按京畿、边防、各省，以及清军、提督学校、巡盐、茶马、巡漕、巡关等，考查藩服大臣、府州县官，号称"代天子巡狩"，举劾之权尤重，大事奏议，小事立断。杨爵心里沉甸甸的，有些人、有些事真是避无可避。

他出巡的第一天，在街上遇到一队正一品大员的出行仪仗。奇怪的是，本来威严的仪仗中竟夹有很多道士装扮的人，使整个队伍看着不伦不类。命自己的人规避，杨爵自己阴沉着脸停在街角。

正威威赫赫走在队伍中间的官轿，一个轿夫不知怎的脚下一踉跄，轿子忽地一闪，里面的陶仲文往前一扑，再往一边一倒，肩膀磕到轿壁有点儿痛。他莫名其妙地觉着浑身一冷，如同他当年喝符水时的那一呛，心跳失去了规律，直抽抽。

骂骂咧咧的卫队头目抽那轿夫几鞭子，随护骚乱一阵又恢复如初，陶仲文才回过神来，也没说话，挥手让走。轿帘被一股旋风扯起，陶仲文看见一个回避在旁边的绿衣小官，骑一匹枣红马，却看不清表情。陶真人确定自己从来没见过这个人，不知为何，看到他自己心里就觉着刺挠。再瞟一眼他，嗬，一个小小御史，七品芝麻官，没名没姓的，不知是谁手里的一块砖头，竟然不来打招呼，一看都是满身的晦气。

这是两个人平生唯一一次照面，互不相识，却能感知到对方与自己气场不合，十分别扭。

二十九　畿辅千里遇旱灾

十月的京城比陕西关中冷得多。杨爵在察访中听当地人说，今年从仲夏开始，京城方圆左近就没见过雨，秋田绝收，秋种也没法进行，这意味着这场灾难到明年春天青黄不接时会更甚。按照杨爵的经验，春雨更是贵如油，如果春种再赶不上下雨，后果不堪设想。

眼下看来，这次灾民还没到吃死人肉的地步，可这天气越往后越冷，饥寒交迫，他们怎么能挺过去！杨爵一路巡视，一路催促当地官府开仓救济受灾民众，让他们牵头向富户、乡绅募捐衣物，设棚施粥。

可是杯水车薪，根本没多大作用。一来大家都在受灾，二来官府能动用的资金有限，因为户部说没钱，不能耽误陶真人在家乡修雷坛，还得靠他给灾民祈福！

杨爵几趟交涉下来，嘴角就上了火燎泡，急的！每日在灾民堆里来来去去，他觉得自己的心脏出了毛病，抽得出不来气。他把自己能拿出来的衣服、口粮都捐出去，却如一滴水掉入沙海，没有任何意义。

张舜卿也是个善良的青年，看不得有人饥寒，他家情况稍好，父母又爱重孩子，因此他的衣物比舅舅还要多些，可没几天，送人送得自己都衣衫欠缺。但他在舅舅面前硬撑，不敢让舅舅看出来。

杨爵一看外甥那青紫的面色，知道他寒冷，但总想着他比灾民强，好赖还有口吃的，夜晚还睡在房子里头，也没说什么，尽量让孩子少出去一些。但这想法也不现实，孩子每天也有很多事情要做，杨爵出行的车子、马匹，以及随行人员、衣食住宿，可都是他的活儿。

二十九 畿辅千里遇旱灾

有几个差役看不下去，但他们多余的衣服也已捐献，便跟张舜卿互相换着穿衣，谁出去办差的话，谁穿多点儿，在室内当差的匀出来一件半件让张舜卿加上。

这一日，杨爵来到大兴县胡承宪的知县衙门巡视，有人举报他管的这一块地方已经饿死很多人。按说他的辖地有永定河、凉水河、天堂河等几条大河流经，土地平缓，可以灌溉大部分田地，一直是京畿附近比较富裕的县，怎么还比其他地方灾情更严重呢？杨爵一路巡察灾情，本打算把他这里放在最后。后来遇到几起灾民哗变，才知道他这里的问题反而更大。

张舜卿告诉杨爵，有人说这个胡知县屡试不第，却很善于投机钻营，是花钱买人替考获取的举人功名，后来硬是跟翊国公郭勋拐了几道弯攀上亲，才得以举人资历外放知县的。听说最近又搭上了翰林院学士、礼部尚书严嵩，让媳妇认严大学士做干爹，自己做了人家干女婿，爹叫得比严嵩亲儿子叫得还亲。

胡知县不在衙门，不知躲避去何地。

原来，杨爵巡视南城的消息，胡知县一直关注着，本打算送份厚礼跟杨大人拉拉关系。知情人却说这个杨御史为人古板，铁面无私，不好通融，胡知县干脆躲而不见，反正有严家那独眼"舅兄"严世蕃在，啥事都能摆平。关键时候让自己那如花似玉的小继妻，找独眼哭一哭，一准行。话说，那个独眼真他妈好色，狗娘养的！唔，还有前妻那拐弯的亲戚郭勋，皇帝面前的大红人，事情可都是为了他惹的！所以杨御史不见也罢，谅他也不能把自己怎么样。

杨爵不打算听大兴县衙役们一堆糊弄自己的理由，抬脚去了胡知县在衙门后街的宅院里。他来的时候，已经让人打听好，知道这位知县大人就没在衙门后面给配置的官宅住。

谁知道胡知县狡兔三窟，也没在后街。管家装模作样地把他让到客厅，才说知县大人好久都没回来了，是去查看灾民。

杨爵没说话，盯着管家看了一会儿，管家鼻梁上就开始冒汗。

恰在此时，院内传出一阵喧闹声，似乎还有个女子在大声哭喊，管家顿时惊慌失措。杨爵一看，立即断喝一声："把人带上来！"管家扑通一下摔倒在地。

差役们从后院带上来的是个衣衫不整的少女,看得出来受过刑罚,身上到处是明显的鞭伤,脸上肿胀,不过很是眉清目秀。

杨爵问:"何事喧哗?姓甚名谁,如实道来。"

这女子哭道,她原名赵杏儿,世代居住在大兴县赵家庄。家中的良田夹在翊国公郭勋的两个田庄中间,有三百多亩,算是家道小康的一户人家。父母为人和善,和十多家佃户相处得很融洽。国公爷的管家嫌两个庄子"分开"打理不方便,开始说要和她家交换土地,但给的土地实在不像样子,没换成。然后就说要买,给的价钱更是低廉,父母没办法同意。再然后,她的小兄弟赵怀原就突然欠下很多赌债,被人告上衙门。

赵杏儿说自己的小兄弟才十二岁,在家里延师习文,父母管教甚严,当时还不曾独自出过门。那些"债主",家里人包括佃户根本没人认识,也不知道那些欠条上如何会有小兄弟盖的指印。

县太爷不问青红皂白,把父子二人一顿饱打,父亲心疼小弟,就招认说赌债是自己欠的,让放了孩子。胡知县却说父子互相包庇,情节更恶劣,要当众打板子以示惩戒,结果小弟当场死在衙役的板子下,父亲连伤带气,没几天也去世了。

母亲想不过,埋完父亲、小弟,也一条白绫上了吊,家产被抵了债还不够,她也被卖。

胡知县本是"买"她做小妾的,谁知知县夫人死活不同意,只好做个丫鬟。夫人犹自妒恨不足,又跟管事娘子合伙骗她给一个家院送双鞋袜,正好"抓"个现行,诬陷她勾引小厮,关在柴房子里,想等胡知县回来,当面打死她,说是让那些想爬上主子床的贱蹄子看看,即使主子看上买回来的又怎样,还不是夫人让死就得死的。

不知府里谁同情赵杏儿,听说杨御史在前厅做客,就在门外捏着鼻子告诉她,让她赶快闹腾起来,引来杨御史以便申冤。那个人还说:"杨御史是青天大老爷。听说一路巡察,帮很多人申过冤的,所以大人才躲出去不见杨大人。如今府里的主子都不在,你的生死,就在此一举。"她这才拼命高呼,看守她的婆子、家院压制不住,就厮打起来。

刚问完，杨爵还没说话，胡知县就气喘吁吁地跑了回来，他拱着手赔着笑脸说："不知杨大人远来，失迎，失迎！这不是去……"

"这话你的衙役、家院都说过，不必重复。说点儿他们没说的。"杨爵挥手打断，又指着赵杏儿问，"这是怎么回事？"

胡知县说："杨大人，家仆怨主，她的话可信不得。"

赵杏儿就浑身抖起来，然后大喊："狗官，我和你拼了！"冷不防一下子冲上去，把胡知县顶了个四脚朝天，屋里顿时乱作一团。

杨爵看一眼被胡家仆人死死按住的赵杏儿，说："她没穿你家仆妇的衣服。来人，带走！"

着人探查，杨爵发现这个案子的取证极有难度。相关文书都在胡知县那里，按赵杏儿提供的人证前去问询，基本不是逃难外走就是不知搬往何处。不过，在杨爵还没找到突破死局的办法时，胡承宪自己却找上门来，把情况原原本本兜了个底朝天。他可是经翊国公郭勋授意办的这事，他不相信杨爵不买国公爷的面子。

胡承宪开始说的时候，并不曾让人回避，杨爵就示意差役笔录，胡承宪全没介意。写了能怎么样？他想，反而故意卖弄，把赵杏儿爹妈"不识抬举"，被自己如何授意一帮游手好闲的浪荡子出手，一步一步套进案中，一举拿下的经过细细学说一遍。说到得意处，这位县太爷手舞足蹈，唾沫星子飞溅，忘形失态至极。

杨爵说："国公爷不只是在这一件事上麻烦你吧？"

胡承宪心里笑翻了，还说什么杨青天，我呸！听听这语气，"国公爷"，喊！但他面上更显恭谨，一字一句把给郭勋在大兴强买的三处大庄田、数十家铺子说得很详细。他说，知趣的好歹给点儿钱，不知趣，非要死守祖业的就来黑手，或文或武，总之就是巧取豪夺。国公爷吩咐的事，从没有办砸过。

看见杨爵越来越凝重的神色，胡承宪讨好地问："杨大人，你说这天下是谁的？"

杨爵回答："自然是老朱家的！"

"着啊！"胡承宪一拍手，"你别看咱们当今皇上有一阵子没上朝，除了陶真人谁也不见，可他脑子清白着呢，上面那几位，谁搞个小动作，万岁爷能真不知道？不过睁只眼闭只眼就是。这你也说啦，江山是老朱家的，人万岁爷都不在乎，咱们还这么认真干吗呀，是不是？我可没拿您当外人，说的都是实话。您放过我这回，结了这案子，那就是跟国公爷表明了态度。"

杨爵看了他一眼，胡承宪被那眼神看得浑身发毛，小心地说："朝里有人好做官。杨大人你这几年在乡下可能不知道，咱们大明朝如今升迁不看政绩，只看你是谁的人。严大学士升得快，还不是夏首辅（夏言）的关系，他们是老乡！我听说呀，严嵩跟他儿子见了夏爷，都用对祖宗的态度呢！有一次夏首辅不痛快，那个严嵩偌大年纪，在夏府那个台阶上愣是跪了三天！啧啧啧，大人物都凭关系，咱们这些小虾米，还能斗过人家，是不是？"

"仅凭关系，不看政绩，往后没人办事，老百姓的事谁管？"杨爵咬着牙问。

"哎哟喂，杨大人，咱们门前的雪还扫不干净，谁还管那些贱民呀！你放心，他们跟韭菜一样，割了一茬又一茬，哪儿那么容易死绝啊！"胡承宪不以为然地说。

杨爵忍了又忍，终于没有发作，只把刚才的记录推过去："胡大人，你看看记录是否有误？没差错的话，把名签上。"

"哎哟，杨大人不会还要我摁上指印吧？"胡知县问。

"也成。"杨爵冷笑道。

胡承宪见说就来气，怒道："好！好得很！"心想，敢情这半天的口舌都白费啦！摁就摁，看你还能把皇帝护着的郭勋咋了，咋不了他，你把老子也一样不能咋。哼，白白结老子这个仇人，你娃也不划算！

胡承宪不承想，杨爵拿到签字画押，直接去抄了他家，还把他那万贯家私全拿去救济灾民，用他的一处差不多大的田庄赔给赵杏儿。胡承宪请人前去说情，这个杨爵软硬不吃，居然拿枷锁一套，把他老胡和这本案卷，还有他赈灾不力、发难民财的罪证一同提溜去大理寺量刑！

可惜赵杏儿觉得自己福薄命贱，留下些许活命钱，将其余的全捐献给杨爵赈灾用，自己往远处逃命去了。

因案子涉及翊国公郭勋，大理寺官员眼亮得很，连夜上报天听，皇帝却装糊涂，置之不理，郭勋在这件事中的罪责就没人再追究。有胡承宪这替罪羊，事情给谁都好交代。于是人命、冤狱全算到胡承宪的头上，由他明正典刑一力担承。临死他都没等来国公爷一句说情的话，而那个小继室，直接成了"严舅兄"的外室，从头到尾也没来看过他一眼。

杨爵送走胡承宪，就没再关注他。有他自己招的供，大理寺官员还没傻到跟监察御史过不去。杨爵更多的精力要用在赈济灾民上。

旱灾持续了整整一个冬季，杨爵觉得自己所有的努力都是倒进干土里的水，哧的一声渗得没影，特别力不从心。看着一批又一批冻死、饿死的灾民，他觉得自己的心跟着灾民一起遇难，随时都将不再跳动。

大明的官僚机构就像一架快要散架的马车，看着框架都在，但行起路来却到处咯吱乱响，没有一处是协调的。而驾辕的马，偷懒的又多，剩下的再怎么努力，车也走不快，何况卖力气的还要被不卖力气的施绊脚……

三十　慰人心以隆治道

　　年底，杨爵不得不终止巡察，回到官署。他这才知道，翊国公郭勋并没有为自己的所作所为承担任何责任，一切都由胡承宪一人领受。按照皇帝对自己亲信的护短程度，这也在预想当中，可是实实在在从蔡暖嘴里知道结果，杨爵的情绪还是很低落。他默默地坐在蔡暖家，整整一个下午，一句话也不想说。

　　他甚至想自己要是像原宷那样不愿起复，做个田舍翁，不知道这些糟心的事，说不定还好。

　　地方上报来的消息更是令杨爵睡不着觉。

　　这一年，从八月起，蒙古虏酋俺答阿不孩、吉囊屡次聚众入寇山西石岭关、宁武关、岢岚、朔州、忻平、静乐、石州、平定、寿阳、广武、榆次、太原等县镇及卫所，杀戮居民数以万计，抢掠财畜不计其数。东海那边，倭寇也蠢蠢欲动，屡次寻衅闹事。

　　边军将士拼死抵抗，伤亡惨重。有边将回来说，将士们是饿着肚子杀敌的，大明兵部那些官员为了自己的升迁，贿赂上司，多有克扣军饷的行为。

　　今年用于陶仲文修道炼丹的费用近三百万两白银，仅仅是装饰道观、道场的门匾用的泥金，就用了五千两黄金！

　　但是每次说到赈济灾民时，都会听到一个回答：没钱。

　　杨爵和许多有良心的人呢，只能是有看法，没办法，生生地搔短自己的头发。

　　嘉靖二十年（1541）的元旦，许久无雨的天空不知道从哪里飘来一些阴云。

陶仲文见机沐浴更衣，三拜祖师升坛，开始祈雪。皇帝之前说过几次，他都没答应，每次以天道要惩罚刁民来搪塞。这次须得赌上一赌，总是逆违圣意，让那家子起了疑心多不好！

可是，整整多半天过去，就是没动静。陶仲文心焦如焚，甚至有点儿绝望，是不是谎话说得多，老天爷已经怪罪上自己了？天地良心，他只是顺着皇帝的心意说说话而已，很多时候，他说的话都是模棱两可的好不好！至于皇帝臆想到哪里去，自己怎么可以预料啊！至于那秘方，他只是在邵老道改良的基础上加进一味老祖宗称为"撒手锏"一直秘而不宣的药材。那药不过是……不过是……算了，想远了，天爷爷、地婆婆、玉皇大帝、佛祖、元始天尊，你们不管哪个快显神威，信徒陶仲文这次真的是诚心祈祷的！哦，对对，还有东西南北四位龙王，这次如果布雪，一定给各位重塑金身……

就在陶仲文下不来祈雪高台的时候，申初（下午三点），天空竟然飘下点点雪花，不大也不密。陶仲文一下子晕了过去，不知是高兴的，还是害怕的。

这场雪，断的时间长，飘的时辰短，稀稀拉拉带飘不飘，总共下不到一个时辰就彻底停止，在已经干旱了整整半个夏季、一个秋季和多半个冬季的大明嘉靖二十年（1541）年初，于畿辅方圆几千里地方甚至都没有留下任何痕迹。

但是人们真的都看到，刚才确实飘过几片雪花啊。陶仲文醒过来后，再三跟徒弟确认事实，开心地说："没想到上天眷顾，还真的成啦！"

嘉靖王朝的几个大员心里说，陶真人骗人还行，骗天嘛，啧啧啧，看看，就这样！但这不是关键，关键是陶仲文的祈祷有点儿效果，皇帝应该是高兴看到这个上天赐予的"祥瑞"的。听宫里"自己人"传来的消息说，称"疾"休养的皇帝当时兴奋地转了几圈，连说道："天佑我朝！天佑我朝！"

于是，首辅夏言、大学士严嵩、温仁和等人纷纷上疏表向皇帝恭贺，那些六部官员如张潮、孙承恩等人居然还写出辞藻华丽、骈四俪六的《灵雪颂》，说什么"瑞雪兆丰年，辞仙境而化人间。色胜白玉，花呈六瓣。润泽万物，辉映天颜。其为状也，散漫交错，氤氲萧索……"化用先达的文字，都不怕闪了舌头！而称疾不朝的嘉靖皇帝居然还亲书优诏，一一答之。

杨爵听到这些,耳朵嗡的一声,再听不到任何声音。那些满脸菜色,穿着补丁摞补丁且看不清颜色的衣服,对自己视而不见、一脸死气的灾民;那些看自己走来,满含渴望的眼神期待地看着自己的孩子;那一具具横躺荒野、无主的尸骨……在他眼前走马灯似的闪现。

杨爵手捶胸脯,坐立不安,大明朝这些"佩虎符,坐皋比,洸洸乎干城之具"者,到底是眼全瞎了吗?有谁听到俺答铁蹄下大明子民绝望的呼声?有谁看到干渴的裂开口子的土地上横陈的累累白骨?他们是心瞎了吧?难道所有人都像胡承宪那样,以为百姓如韭菜,割去一茬再长一茬?那是一条条活生生的人命,是支撑起这大明江山的基石啊!没有这些老百姓,要你们这些肥头大耳的官员熬膏药用吗?!

杨爵三天三夜吃不香,睡不踏实。他反复回想自己学过的圣人之言,发现没有一个圣人的理论是可以罔顾百姓性命于不顾的。孔子一生主张"仁者爱人",要求上位者体察民情,仁爱治国;孟子一生更是主张"以民为本""民为贵,社稷次之,君为轻",要求治国者亲民,用贤良!那现今朝堂上下这样算是什么?皇帝整日迷恋于寻求长生不老之术;大臣们把皇帝架起来,貌似人人都忠于君主,实则背着皇帝中饱私囊,梦想一人之下万人之上。

看看从夏言、郭勋到那些知县诸如胡承宪之流的,哪个不是生活奢靡;又有哪个不是搜刮民脂民膏,反过来还觉得这些贱民的命根本不算什么,活不活得下去跟他们无关?这是谁的道理?如果一个国家,没有平民,没有衣食父母,就无有根基,国何以称国?这些人谁没读过圣贤书,为什么这么简单的道理都想不通弄不明,或者说明知而故作糊涂?

还"灵雪",那一点儿雪,搁到这干旱的暖冬落地即化,连地皮都没浸湿,他们是从哪里看出来的祥瑞?是旱情解了,还是灾民有饭吃了?睁着眼睛说瞎话!再这样糊弄下去,皇帝只怕永远也不会从那些神棍设下的泥潭里爬出来,大明的士风只有谄媚颂功、说胡话一条道走到黑,今后拿什么指望政治清明,国泰民安?

他拿起笔,欲直抒胸臆,刚写了开头,杨最的鲜血就仿佛弥天漫地而来,他感觉头脑膨胀欲炸,手颤抖得都握不紧笔。

杨张氏和张舜卿忧心忡忡地看着杨爵，杨爵双眼血红的样子吓坏了他们，二人面面相觑，惶然失措，不知道如何是好。杨张氏端上来的饭凉了热，热了又凉，最后不能吃了，便重新做上换下来，如此再三还是没吃下去，杨爵从头到尾看都没看饭食一眼。

　　蔡瑗闻讯赶来，默默地坐在一边，一句话也没有说。就这样陪伴师兄半日，以尽同门之情吧。他明白，在这一刻，所有的语言都是苍白的。想起八年前那个如此类似的场景，他对杨张氏和张舜卿摇摇头，默默地回家。那一年师兄忍得，固然因为老母亲病重，还因为那时大明的天还有缝隙，而今，天阴得实实了。

　　不知道徘徊了多久，杨爵发现屋里一片漆黑，一边喊人来点灯，一边推开窗户，看向远处，黑沉沉的夜空，不见月亮，也不见星星，他不知道是自己看不见，还是今夜根本没有。冬季阴冷的风吹来，他打了个寒战，忽而就想起小时候跟安之兄长窝在炕上，对着黑暗背书的情景。

　　家人点亮了灯，刀子似的夜风即使隔着灯罩，也能吹得火焰飘忽不定，他仿佛又看到了那些燃薪为烛、苦读诗书的艰难岁月，想起自己那时心中那些朦朦胧胧的理想。他回身坐到桌前，家人赶紧趁机关上窗户，灯火不再摇摆，昏黄的光亮充满屋子。他又想起了那一年，在这样的灯光下，和莲峰老人、韩邦奇父子初见的情景。

　　朝邑苑洛书院琅琅的读书声，在杨爵脑海隐隐响起，他看到韩先生指着《正蒙》说："我今天要讲给你的却是有别于程朱的，南宋东莱先生称之为'关学'的一种学说。"

　　他看到自己在灯下读到"乾称父，坤称母……民，吾同胞；物，吾与也"时恍然顿悟的样子，想起张子说"欲事立，须是心立。心不钦则怠惰，事无由立"。自己现在这样焦躁不安，是心还没有立吗？

　　自己现在是何身份？监察御史！职该"监察百官、巡视郡县、纠正刑狱、肃整朝仪"等事务。我看到的、想到的，就应该据实上奏！诚然，眼下这种情形，说了不一定有用，还有可能招来祸端，但如果不说，于心何忍？诚如张子《西铭》言："富贵福泽，将厚吾之生也；贫贱忧戚，庸玉汝于成也。存，吾顺事；没，吾宁也。"富贵福禄是天恩，贫贱忧戚是动力。活着的时候，我顺天循道，死而后已。

天下乌鸦一般黑的时候，方显得出不做一只乌鸦的珍贵。我杨爵不求稳当混死，唯愿无愧于心！

当今局势是朝政失明，贪官污吏横行，手握权柄的重臣倒行逆施，只顾着自己在皇帝面前谄媚邀宠，转过身又抢着把大明江山里的福利往自己家里搬。对关外的强寇视而不见，对下辖的生民视如草芥，这样攸关江山稳固、子孙福祉的关键时刻，自己怎么可能不舍命一搏？！

身为大明御史，劝谏帝王，为民请命，这就是自己的使命！即使粉身碎骨，又如何？自己这一脉的关中士子，一向奉张子"为天地立心，为生民立命，为往圣继绝学，为万世开太平"四句为座右铭，那就让这四句话为灯塔，照亮自己头顶的乌纱帽吧。不要犹豫，就凭心而动吧，虽千万人吾往矣！

他灯下铺纸，皱眉沉思。今天下大势，如人衰病已极，腹心百骸莫不受患，即欲拯之，无措手地。而此等危机的原因有五条：一则辅臣夏言为欺罔，翊国公郭勋为国巨蠹，所当即去；二则冻馁之民不忧恤，而为方士修雷坛；三则大小臣工久未见天颜，宜慰其望；四则名器乱及缁黄，方士道士出入大内非制；五则言事诸臣若杨最、罗洪先等非死即斥，所损国体不小。

然后，他奋笔疾书：

慰人心以隆治道事

臣惟人主一身，万化本原，履至尊之位，膺艰大之责，用人行政，是非得失，方在几微而关于民心之向背、天命之去留者，即甚可畏也。是以圣帝明王深察乎此。制治必于未乱，保邦必于未危，事无微而不谨，时无暂而不惧，几无隐而不饬，为大于其细，而图难于其易，然后天人交与，而可以延国祚于永久矣。方今天下大势，如人衰病之极，内而腹心，外而百骸，莫不受病，即欲拯之，无措手之地。以臣观之，其危乱之形将成，目前之忧甚大也。大抵因仍苟且，兵戎废弛，奢侈妄费，公私困竭，奔竞成俗，贿赂通行，遇灾变而不忧，非祥瑞而称贺，谗谄面谀，公肆欺罔，士风民俗于此大坏，而国之所恃以为国者，扫地尽矣！拨危乱而反之治安，此在陛下所以转移率励之者何如耳？况当朝觐大比之期，百司多士，济济来趋，延颈思化，人人切仰。极重不可反，机失则难济，伏愿陛下汲汲于此，时留心焉，以为善后之图也。

臣以病居林下者八九年，误蒙圣恩，赐之起用，擢以耳目之官，任以纠劾之责。受命以来，蚤夜耿耿，每思国事日非，而臣于国恩有未报，至于痛心流涕者有之。臣请略举目前之所见，其大要足以失人心而致危乱，以贻圣心之忧者，为陛下告，诚不忍默默保位，以上负陛下之洪恩，下负生平之所学也。伏愿圣明垂听焉。

臣窃惟天下之患，莫大于以危为安，以灾为利，实则可忧而以为大可乐；法家拂士日益远，而快意肆情之事，无敢有龃龉于其间者，积弊而至于蛊，则不可得而救矣，此实天下之大患也……

灯光把他的影子映在窗纸上，随着灯焰的跳跃，不停地变换高矮深浅。

此时，已经致仕回乡，远在陕西朝邑正在灯下批阅学子作文的韩邦奇，忽然心跳加速，略有震颤，似有所感。他便起身占了一卦，看着卦象，不由得叹息一声，若有所思起来。

第二天早起，韩先生净手焚香，又起两卦，仔仔细细看过之后，提笔把卦象写好，叫人快马加鞭送往京城。想了想，叫住即将上京的家仆，又提笔给京城的几个关系好的官员一一写信，嘱托他们关照自己的弟子杨爵，让送信的人一并带去。

杨爵写好奏折并没有立即呈上去，而是打算再斟酌一番。事关重大，他没有让任何人看，以免连累他们，而是自己改了又改。

元月中旬，有人送了一封署名韩邦奇的信给杨爵，打开韩先生的信，里面只有两个卦象：

睽：离上兑下。

大畜：艮上乾下。

杨爵的眼睛一湿。先生这是感觉到什么了吗?他要以这样的方式来提点自己!

先生其实是想让我选择睽卦来保全自身吧,但他说不出口。

仁哉,我的恩师。他不愿看到弟子冒险。

大哉,我的恩师。他也不愿从他自己的口中说出有负圣学的言论,所以他快马送来这样一封书信,变相地想要我平安。

但我杨爵岂能忘记初衷,辜负平生志向,苟且偷安,与那些尸位素餐的庸人、贪污受贿的恶人共同苟活在一片天空下,眼睁睁地看万民如草芥般在生死线上苦苦挣扎而无动于衷?眼睁睁看着大明江山的根基渐渐消耗殆尽,不定哪一日祸起萧墙?

不,我不介意以孤勇成就自己的理想!能以身犯险,完成一件"为生民立命"的大事,方不负我在笃祜村苦心孤诣地读书,方不负曾在先生堂下聆听的教诲,方可在身后体面地去见那个五百年前说出"为万世开太平"这样远大抱负的张夫子。

杨爵把先生的信一分为二,在睽卦的符号下写道:小事吉,而大事不可为。然后,将纸片轻轻放在火炉上,看着它灰飞烟灭。

在大畜的符号下面写道:利贞。不家食,吉。利涉大川。实德内蕴,光辉外著,美大圣神可驯致矣。明德新民,具体用之学,当以天下事为己任。"多识前言往行,以畜其德",君子所以大畜也。格物、致知、诚意、正心,以为修身、齐家、治国、平天下之本,圣学功用,即在此矣。

等墨迹干透,他把这张字条夹在了书架上那本《正蒙》里。然后仔仔细细地誊写好奏章,于二月四日呈递上去。

三十一　天地同愤御史风

嘉靖皇帝看到杨爵的奏折既惊又怒。惊的是，杨最都已被打死，还有人敢这样直言进谏；怒的是，杨爵的言辞比杨最更直接更激进，简直就在指着鼻子骂自己昏庸无道！他摔了奏折，大骂："小人！敢这样列出五条来，一一指责于朕！"

他又看一遍奏折，又狠狠摔去，并立即让人喊来陆炳，大声说道："把他给我绑到镇抚司！严审，还反了他了！"

嘉靖二十年（1541）二月五日，杨爵上《慰人心以隆治道事》的第二日，锦衣卫一队人来到杨爵在京城租住的家。

家门洞开，里边的陈设很简陋，几乎没有像样的家具，一桌一椅看上去都是很有年头的样子，木质也很普通。杨爵坐在中堂的椅子上端着茶杯，神色平静，正在等着他们。

校尉们心下有说不出的怪异感，难道他见着自己这些人都不害怕吗？记得很多官员看见穿飞鱼服、佩绣春刀的进门，都是惊慌失措、战战兢兢的，还有小便失禁的呢。

杨爵站起来向来人拱手："劳烦了。"从递上折子那一刻起，他就知道，这一刻很快会来。

杨太仆的死，恩师的卦象，近来京城里的一切事情都表明如今的皇帝已经不再是十一年前接受《固邦本疏》的那个年轻帝王，他周围的辅臣也不再是那些敢于核查勋贵田庄、心系国计民生的臣子。

原本还心存的一丝倘或自己的千言万语总能有一句打动帝王，做出一两件整肃朝纲的事来的侥幸想法,在看到锦衣卫时,荡然无存。也罢,该做的、能做的,我杨爵已经做了。能在官任上遵循大道、本心,喊出这么一嗓子;能在国危之时,在众多官员或明哲保身,或趁火打劫谋取私利的时刻,替民众提醒当权者这么一次……也算对得起平生所学。他从容起身,主动配合戴上枷锁,点头示意,咱们可以走了。

校尉头目诧异道:"杨大人不置几件行装吗?也许这一去……"

杨爵说:"家贫,就带这随身的衣物吧!倒是应该给内人说一声。"

杨张氏早在锦衣卫们进门时已经等在后堂,她不敢吱声,甚至都不敢流泪,生生掐烂自己的手臂才稳住心神,等着向他告别。她机械地迈步从后面转来,木然地行个福礼,听见那个近来一直绷着脸的人此刻温和地说:"谏言是我的职责,是君命,我怎么能贪图自己方便,私心为己,而不为国事直言呢?我这就跟他们走了。"(原话为:"君命也,宁自便其私乎?"——《国榷》)

杨张氏终于忍不住拽着他的衣服哭出声来。杨爵夺下衣服,肃声道:"哭什么,收拾东西,回老家去!"

饶是见惯因官员下狱而夫妻分别的场面,锦衣卫们仍然觉得不可思议,暗暗咋舌。一般这种时候都是他们威吓吓唬人,但此刻他们不想因厉声呵斥而破坏这肃穆的气氛,反而恭敬地保持秩序,肃静地跟着杨御史离开小院。

杨爵被押在北镇抚司狱,皇帝自己的地盘,来这里不必经过大明朝的司法程序,皇帝一人说了算。四面高墙内,用一道道木栅栏隔出来许多隔间,每一间都狭小逼仄、阴暗潮湿、臭气冲天,这就是他忤逆圣心的下场。他看一看囚室,从容入住。一阵铁链响动,四周投来打探的目光,他恍若不见,找了一堆干草,盘腿,闭目打坐。第二次坐监狱呢,他想。

河南道监察御史杨爵,因直言"致天下为乱者五"而下狱的事在京城引起轩然大波,稍有良心的人纷纷议论说他的奏折是"谠言",不少人为他的行为感慨,暗暗惭愧自己没有这样的勇气。

之前得到韩邦奇嘱托的那几个人,包括陕西乡党吕柟这才恍然大悟。就说杨爵好好的,汝节为何会突然快马加鞭送来托付他们关照杨爵的奇怪信件,敢情是早有预感，心知自己这个学生会有这样不管不顾的举动！这些同为张载理学传承者的关中人为杨爵的精神感动，大家暗地里以自己的方式、渠道，为杨爵奔走。

在大家的努力下，也有很多正直的官员自发地想把杨爵保护起来，刑部、大理寺都有官员跑去跟皇帝说杨爵"罪大"，请求把杨爵带到他们自己的衙门去"审理"。

夏言是个骄傲的人，他没把杨爵放在眼里。他听属下汇报完那些官员的举动，缓缓整理一下自己的华服丽冠，冷笑着说："一群腐儒，不知天高地厚！"并不去找皇帝申辩，也没去找刑部尚书和大理寺卿打招呼，只静静地等着看笑话。那杨什么胆子肥，可不只是诋毁老夫，他连皇帝的不是都敢一二三罗列出来，尤其说那陶仲文"执左道以惑众"，看皇帝饶不饶过他。刑部和大理寺那几个人的小算盘难不成还能逃过皇帝的法眼？荒唐！

夏言的老乡严嵩此时已经对夏首辅心存芥蒂，看到杨爵弹劾夏言"欺罔"，心里很高兴，暗想，这细崽是谁的人啊，这么会上折子的。但他把让人抄来的《慰人心以隆治道事》摇头晃脑地念了一遍后，对杨爵这样的人喜欢不起来，这话说得够直接的，啊？谁都敢说，啊？指着皇帝的毛病写出一三五不等，够胆大。

据说刑部、大理寺不少人要接杨爵去"治罪"，不过是变着法儿想保护他，安的什么心，当谁是傻子呀！如果杨爵的事就这么轻易地揭过去，御史们的风气闹不好可就坏啦！若是以后自己真走上那个台台子，十天半月的来上这么一出，那多腻味。总让这种人动不动地弹劾几句，引发的舆论要不时地打压，多麻烦。

严嵩找他的高参，独眼儿子严世蕃去商议。"我早就探查过这件事，杨爵跟三品以上大员基本上没交集，是个平地上冒出来的傻蛋！听说嘉靖九年（1530）正议礼的当口儿，就冒过一次白烟，说什么'假令周公制作，尽复于今，何补老羸饥寒之众'，嚷嚷着让今上赈灾。后来丁忧超期，眼看没戏，谁知道从哪儿谋了起复，这才上任不到五个月，又捅这么一娄子！不如趁机踏一脚，杀一儆百！"严世蕃说着，手往上一指，又神秘地说，"那位只怕会

高兴！"

严嵩面上的言论就替夏言愤愤起来，专门挑着人多尤其是夏言亲信多的地方，大声说什么夏首辅这是树大招风呀，有人嫉妒他呢！不知是谁背后指使杨爵上的这个颠倒黑白的本本！有心的人听进耳朵，又开始思虑。

话传到皇帝那里，他嗤笑，觉得大臣乱说话。杨爵这个人朕知道，就是那个直言不讳的性子。先前在行人司就上过一道奏折，朕当时一直调查他是谁的耳目，结果发现他为官清廉，为人狷介，居然谁都不曾投靠。他前一阵子巡视南城，处理公事的能力和对朝廷的忠心，还是可圈可点的，说他有同谋纯属胡扯。不过这家伙虽然说的有道理，但这样直接的指责让朕很没面子，就下他诏狱行啦。至于刑部、大理寺官员的心思，朕作为你们的君上也很清楚，不会让你们如意的！从朕的锦衣卫手里"捞"人，亏你们想得出！怎么处置杨爵合适，这是朕的事情。

就这样七八天过去，杨爵被关在牢笼里，根本没人来理他。

二月十三日一早，严嵩趁便有意无意地在自己安排给皇帝的近侍太监面前诋毁杨爵，说："这样狂妄的人不可轻饶，皇帝、首辅都不入杨御史的眼，他眼里还有谁？听说他在狱中狂妄傲慢得很，凡人不答话，丝毫不知悔过。这要是放出来，还不知道会再说出什么样大逆不道的话来谤仙毁道，折损皇帝清修呢！"

晚上这话就传到皇帝耳朵里，他立即拍着桌子怒骂："杨爵这个小人！囚犯！不知君恩！"然后指一个小内侍下口谕给陆炳，笞责杨爵四十杖。

皇帝咬牙切齿的模样，陆炳问得分明，这么晚还下旨打人，这是有人下"蛆"了吧，所以他打杨爵的时候就没客气。当然陆炳下手黑也有他自己的缘故，他近来和严氏父子交好，严世蕃提点过他，他们这些人一向肚子里冷病多，难保以后不给哪个御史弹劾，为免后患，杨爵这种人怜惜不得！活生生地给那些没眼色的言官们做个榜样也好。

所以锦衣卫的人行刑时是棍棍带血，到后来一棍下去肉沫乱飞，惨不忍睹。

棍棒下的杨爵只有一个感觉，那就是疼，疼得他只求哪一棍下去赶快要了

自己的命，一了百了。二十几棍下去，杨爵就昏死过去。

陆炳听见报告，笑笑说："真不经打。笞四十，这是圣旨啊！一棍也不能少，是死是活，都得打完。"

被抬回狱中时，狱卒看到杨爵已经不像个人形，一团血肉模糊。他试了试杨爵鼻息，已然气息全无，就叹息一声，念叨说："又是一个杨最，还抬来这里做什么啊，直接抬给家人去一埋得嘞！真多事！"然后用一床破被子蒙住杨爵的脸，心说还得等到天明再喊人拉出去让家属认领，真是。

黎明时分，遥不知魂魄在哪里的杨爵迷迷糊糊中仿佛看见关羽的神灵微笑着看着他，这位旷古英雄不知道给杨爵说着什么，杨爵浑身疼得听不清，他很着急，就急出来一身爆汗，伤口猛烈的蜇痛感使他有了一点儿知觉。

狱卒听见杨爵那里有动静，以为自己幻听，却又忍不住好奇心跑过去仔细一看，只见破被子下的人抽搐着。他急忙拉开被子，见杨爵满头淋漓的冷汗，闭着眼睛不停地在说着什么，神色痛苦又着急。

狱卒下意识地喊他几声，杨爵微微睁开眼，目光呆滞，恍惚看了狱卒一眼，喃喃地说："关帝爷。"又晕了过去。狱卒又去试杨爵的鼻息，微微弱弱，但是确实有。嗯，这样也能活过来，这位杨御史命真大！忽地想起杨爵刚才似乎叫了声"关帝爷"，顿时觉得毛骨悚然，不由得对天祈祷："关帝爷明鉴，我没有慢待他！"

这狱卒又一想，莫非关帝爷知道这位杨大人是忠臣，所以护佑他，他才活过来的？对呀，明明他抬回来时是死透的，自己试得明白，当时真的断了气！这一下，狱卒更加心跳如鼓，心道，妈呀，举头三尺有神明果然是真的，以后还是不要乱害人的好，对这位杨大人也要尊敬些才对。

当下，这个狱卒用布巾子替杨爵擦擦汗，又找一床已经出狱的人犯丢弃的破被子给他靠在背后，让他看上去舒服了一点儿，才走出去。

天明，干旱许久的京城狂风大作。这场风来得又猛又烈，带着尖锐的哨音劈头吹下，顿时扬尘遮天蔽日，整个京城天昏地暗，不少房子被刮得东倒西歪，碗口粗的树木给连根拔起，空中飞舞着残叶破絮，行人举步维艰，很快路断人稀。

三十一 天地同愤御史风

京城本来就常年大风，但京城的老少人等从来没有见过如此凄厉怒号的狂风，它整整刮了两日，直刮得人心惶惶。

有经验的老人说这是有人蒙受了大冤。人们一打听，远近几日能称得上冤枉的，只有河南道御史杨爵因一道奏折下诏狱的事情。据说他痛心国事日非，痛斥朝臣"奔竞成俗，赇赂公行，遇灾变而不忧"，却被锦衣卫杖责四十，性命危在旦夕。

怪道这风大得出奇！人们窃窃私语，这风只怕是为杨御史而吹！渐渐地，人们都称这场风暴为"杨御史风"。

这风也刮得陆炳心里咯噔一下，那天那四十棍怎么打的，没人比他更清楚，可那个杨爵居然还活着！他急忙派遣心腹出去探个究竟，竟然问出关帝爷护持杨爵的话来。料想这狱卒也不敢说假话，不是熟识或者花过银子的，谁也没有能力从锦衣卫的棍棒下救出人命，除非真有神灵！

他站在呼啸的北风里望着漫天沙尘，在心里默默祈祷："各路神灵明鉴，炳这也是君命难违，请诸神佛体谅体谅在下的难处，往后定给您多添香油！"并且暗暗决定，以后遇到杨爵的事就照章办事，绝不出头，免得开罪上天。

嘉靖皇帝也听到人说关帝爷救活杨爵，京城大刮"杨御史风"的传言，但他不信。他在皇城的四堵墙里也看见那风来着，刮是刮着，也就是稍微大了那么一点儿，并非传说中的那么神奇。看来是他那些臣下心里赞同杨爵的奏折，不敢明着说，就装神弄鬼地糊弄君上！皇帝心想，朕还就真不信一个囚犯能有这等神通！

人就是这么奇怪，选择性地认同。邵元节、陶仲文的言行符合嘉靖皇帝的心意，他就深信不疑，甚至段朝用那样三流的骗术也能骗到他。而在自己排斥的事上，再神奇他也会找到不信的理由。所以他下口谕给北镇抚司，要给杨爵"五木械系"，把那刑具上齐了押着！再让东厂派五个人去，日夜轮流监视杨爵，不准杨家供给食物，只允许给吃囚饭。

所谓囚饭，其实不能叫作饭，基本是清汤寡水的馊饭剩菜，不是人能吃的东西。

杨爵一连两日都昏迷着，别说领囚饭，给他喂水都不会咽。他的鲜血渗透被子顺着衣物滴在床下的数个土坑里，像下雨一样滴答着流成一摊一摊的，在稍大一点儿的坑里能溅起血花，血水多到可以用手掬起来。

监视他的人也觉得没啥好监视的，怎么看都不会动弹。那夜见证他神奇复活的狱卒不敢大意，就偷偷用湿巾子沾点水，给他润润嘴。

第三日，杨爵的疮毒发作，他忽而热得冒汗，忽而冷得战栗，抽搐不已。

同囚室的人看得无不心里难过，眼软的忍不住落泪。

张清与杨爵同室囚禁，素来为人豪爽仗义，实在看不下去，就把自己家人送来的糊汤、稀饭之类的偷偷藏起来，待夜深人静狱吏厂卫们打盹时，悄悄给杨爵灌几口，捏着颌骨让他咽下去。

杨爵戴着枷锁无法趴着，他后背有伤也不能躺着，就那样侧着身子窝在那里，样子十分痛苦。

张清四下打探，瞅着没人时，慢慢地替他翻一翻身；看见杨爵伤口化脓肿胀，就帮他挤一挤；还偷偷让家人送来伤药暗中撒在大伤口上。在这样的人间地狱里，伤药当然不可能带进来多少，于杨爵那满身伤口而言，也没有多少用处，但是张清想尽尽心。

杨御史上的那道奏折已遍传京师，连镇抚司这鬼地方都有人传抄了几句，大伙儿凑到一起看。张清也好奇地背过几句："陛下以天纵之圣资，为上天之元子，若远宗帝王之道，近守祖宗之法，细旃广厦之下，与公卿贤士讲论治道，则心正身修，与天地合其德，与日月合其明，和气致祥，罔有天灾，而山川鬼神莫不宁矣。安用假此妖诞邪妄之术，列诸法禁之地，而藉之以为圣躬之福耶？"这是说出了多少人的心里话啊！

大明朝的阁臣良心都坏着，皇帝行偏走岔亦装作看不见。皇帝是天子，昊天之子，若能亲贤臣、远小人，哪里需要跟那些假借道术的骗子胡混？要是多几位杨大人这样的御史，说不定大明还能国祚绵延，否则……唉！自己因为偶尔遇见了上峰的儿子强犯民女，他们倒打一耙不说，还证据做全套，"贪墨"的账本、"谤仙讽道"的话语，证供一样不差，陷害得自己坐了牢。幸亏自己平日为人还算仔细，他们的罪名做不多大，但也没有包青天出来决断无罪，就是把人羁押到这里不放。

杨爵多半时间是糊涂着的，偶尔清醒一下也只是个疼。还真是皮开肉绽啊！他晕晕乎乎地冒出这个印象，费尽力气伸手把已经腐烂却还连了一丝身体上的肉蛋蛋摘下来扔掉，鲜血喷出来溅在伤口上，有点儿温热感。

　　他在迷蒙里想，我尽到自己的职责了，我这是为了江山社稷、天下众生，死得倒也仗义。苍天若怜悯我的苦心孤诣，作速让人死透吧，不要再这么难受。

　　那两天，京城那为他而刮的"杨御史风"，因他在伤痛蚀骨的折磨里昏睡，一点儿也没感受到。

三十二　九死一生做诤臣

　　二月十七日，距第一次杖责四天，杨爵清醒了过来。东厂监视的人急忙跑去报告给皇帝，嘉靖阴沉着脸没有作声。

　　夜晚，给天尊上完香后闲来无事，皇帝气上心头。凭什么杨爵还活着，啊？又是"杨御史风"，又是"神灵护体"，扯这些无稽之谈！要不要这么赶着恶心朕，啊？他磨着后槽牙又下旨："杖笞杨爵三十，问问看谁叫他写的奏疏。不是说有关云长护佑吗？朕看看打不打得死你个小人！"

　　不过，陆炳一想起那两天的大风心里就发毛，这次，他没敢让人下死手，就杨爵那样子，也没剩下半条命。他给手下打手势说，好赖意思上三十棍算事。挺不挺得过来，就看天意吧，反正自己没下黑手，倘若有个报应什么的，也轮不到自己头上。

　　健壮的兵勇，即便不下重手，三十棍下去，重伤在身的杨爵，又给打得晕死了好几天。那血肉模糊的样子没人敢细看。不用想也知道他肯定出的气多，进的气少，人们都以为他挺不过去。

　　行刑时牢房里众人看得清楚，没下死手，可也没留情面，仍然是实打实打在他的身上。新伤叠旧伤，血脓混流，有的地方的肉给打得一丝一缕似的连了一点儿在身上，杨爵在昏迷中偶尔呻吟一声，又微微抖动几下，更加使人目不忍视。

　　狱中文官们即便常常自诩为大丈夫也忍不住当场哽咽。杨大人这终究是为朝廷谏言，没有任何私心，其忠心日月可鉴！竟然下这样的狠手置他于死地，这世上可还有天理？大家同朝为官，唇齿相依，真心心寒齿冷。

三十二 九死一生做诤臣

这是老天爷瞎了眼吧？放下来的都是些恶人，治的这叫什么世道啊！事情传出来，老百姓也这样说。

张清那样豪爽的人，也偷偷在背地里无语凝噎了好久，回来思虑着怎么寻件浑全的衣物装殓杨爵以慰忠谏。皇帝这是诚心不给杨御史活路，哪里有这样打人的！第一次已经打死过去，好容易缓活，相隔四天时间又暴打一顿！

谁知道杨爵在昏迷几日后又悠悠醒转，呻吟出声。张清他们吃惊之余，又偷偷帮他清创，喂点儿汤水。

北镇抚司司官倪民、孙纲听说之后来看了看，对个眼神默默离开，其实心里也琢磨，居然还没有死在杖下，看来是真有神助！

严嵩、严世蕃两父子断然不信那传言，怀疑是有人暗中保护杨爵，冷笑几声，又去夏言面前探口风。见夏言不以为意，也无话可说，暗恨久居人下，不能随心所欲。

陆炳叹息，敬天畏地果然没错，积些阴德也是好的，遂不再特意关注杨爵，只尊帝意。

这些人均好恶不形于色，没人揣摩得出他们的真实想法，只在他们微露的手缝中，杨爵活了下来。其余臣民事不关己，不过偶尔唏嘘几句而已。

杨爵的师弟蔡瑗，因为办公一律按准则，不大会通融，也得罪到上司；又因和杨爵走得近，多少受到同僚的排挤，被孤立起来，所以被贬时也没有人替他辩白。公文一下，他反而松了一口气，心想：以后再也不必想起复这等事，真心为民的话，可做的事情多着呢，不差白白送死这一条，这世道不是给好人的，师兄就是例子。我的师兄杨伯修，那真是天地间一条好汉。

韩邦奇自打寄完书信，时时留意京城消息，杨爵因上疏连番遭答责，九死一生，他是震惊加痛心。家要败，出妖怪；国家也是一样。老朱家的后人已经到了这样是非不分的地步吗？天下危矣！看来自己不能再躲到乡下教书著说了，如有机会，还得出来主一点儿事，自己虽力量绵薄，可总比什么也不干强！就像杨爵，在满朝文武都装糊涂的时候，为天下事，为天下人，奋力一拼，总算对得起良心，对得起熬夜至鸡鸣苦读的圣贤书。

当然话又说回来了，杨爵你就不能婉转些谏言吗？为什么这么言辞切直，

给自己招来祸事！不过呢，照当今圣上那性子，婉转的言辞只怕都是一个结果，既然上书，还不如说个痛快！

韩邦奇心思百转，他是多么牵挂四天之内被杖责七十下的杨爵啊！申救的话，只怕出言的人会成为无谓的牺牲者，甚至还会起反作用，更让皇帝迁怒于杨爵。他思来想去，只好拜托京城的好友故旧，看看能不能通融通融，在吃喝上照顾照顾，让杨爵在监狱里少吃点儿亏。

但镇抚司是什么地方啊，锦衣卫的地盘，皇帝自己管理的特务机构，韩邦奇，还有许多正义之士的努力，在这样的风口浪尖上，多半没有任何意义。

张舜卿在舅舅被带走的那一刻，就找到蔡瑗，跟他商议，请求他派人护送杨张氏回了陕西。

杨张氏本来不愿意，蔡瑗劝道："嫂夫人，你如今是伯修兄的后盾，看护孩子们和老人的责任可都在你肩上！"杨张氏一想，是应该回家主持家务，让儿子们来救赎父亲更好。这个坚强的女子，立即打起精神跟着蔡瑗师弟的亲信回了老家。

张舜卿留在京城全力打探舅舅的消息。最初还好，还能送些衣物、饮食给舅舅，二月十三日以后，就再也没办法联系到狱中。听说舅舅连受两次杖刑，张舜卿心急如焚，想尽办法找个得力的人帮忙，先见到人再作打算，却毫无进展。有那好心的官员，看似无意地透露些内幕给他，让他知道舅舅还活着；更有许多平民百姓得知杨爵清廉，家贫无余物，偷偷送吃食、衣被给张舜卿，希望可以帮到杨御使。

杨爵的儿子杨偲、杨仕，侄子杨休，在杨张氏回到家后，把小弟弟们安顿好，开始为杨爵奔走起来。

在疼痛中昏迷，又在疼痛中清醒，杨爵记不清有多少个这样的过程了。每次疼醒来，他都失望地想怎么还没死透啊！枷锁压在肩上，桎梏锁着手脚，是那么沉重。满身的创伤，身体又伸不直，衣服上血迹干得发硬，有的粘在伤口上，有的磨蹭着伤处，钻心的痛感蚁噬着他。

张清含泪帮他如厕，清理脓血，从囚友那里借伤药。这里关押的多是士子、官员，大多数人怕连累自己，不理张清，也有好心的人趁人不注意，稍事资助，给点儿软和些的衣服、鞋袜什么的。

监视杨爵的厂卫，有两个同情杨爵的，看到张清帮杨爵，睁只眼闭只眼；有几个却认为杨爵得罪的是皇帝，必死无疑，经常呵斥张清。

杨爵伤重，张清找来一张废旧门板放在地上铺上芦席，让杨爵侧卧其上，使他稍微轻松一些。有两个厂卫发现后骂骂咧咧地把芦席给撕烂，踢一脚杨爵，说道："你就应该受尽酷刑去死，糟蹋这张席子干什么？"还把别人赠予杨爵的棉衣、棉鞋统统给没收掉。

张清只好又帮他穿上那被血水浸透的冷硬的破衣烂袜。

倪民、孙纲既怕得罪皇帝，任凭替杨爵说情的人说破嘴皮，坚决不收他们送来的钱财，也是不让杨爵家人送饭，只供给他囚饭；又觉得杨爵活得邪乎而不敢真让他死，含含糊糊适时地闭眼，容许狱友救助，给他一线生机。但张清胆子越来越大，对杨爵无微不至，他们怕招来异议，就把张清关押到另一间牢房去，调来一个气质高冷、桀骜不驯，且跟很多人都相处不到一块儿的青年士子章勺和杨爵同室。

出乎意料的是，章勺挺佩服杨御史。他年纪尚轻，家里有背景，只因打伤某真人的孙子被关押着。自通饮食的他，服侍杨爵更有一套，甚至偷偷弄来草药，趁半夜无人时灌给杨爵。所有一切掩盖在章勺整日一副生人勿近的样子下，没人看得出来这个青年是会做什么的人。

很多人包括监视他的厂卫，看着杨爵慢慢活过来，只当是神仙的意思，在杨爵面前都心虚，能避则避。

四十天过去，杨爵不仅没死，还摇摇晃晃地站立起来。他头重脚轻，一步一晃地走到墙旁靠了一会儿，弯腰拾起一根硬柴棍，使尽浑身的力气在土墙上刻下一行诗："愿借首阳方丈处，藏吾天地一残躯。"

那几个监视的人赶紧把这句话抄写下来，去嘉靖帝那里交差。

听到杨爵受尽折磨还没死透，嘉靖帝这次也有点儿忐忑，这不会是真有神佛护佑吧？居然真打不死！这位迷信的皇帝嘴里没说，却再也没让人打杨爵，只让继续监视着，每五日汇报一次狱中情形。

镇抚司和东厂的人精们看皇帝沉思一番也没多的话，从此，对杨爵不再过于苛刻。可杨爵整日不说话,也让他们很苦恼,五天日子一到,没办法给皇帝汇报,这不是个事!每次都是流水账般地记录杨爵如厕、睡觉、闭目不语,被皇帝骂造假不尽心,还警告说再不尽职,就打!有心思活泛的就自己编一些话给皇帝。不料皇帝很聪明,他对自己的臣子很了解,一眼就看出来这不是杨爵说的话,鞭笞!他们只好回答,杨爵真的不说话,皇帝又不信,谁会整天不说一句话,他说的你没记住吧?鞭笞!

几次下来,这些人吓破了胆,每次见到杨爵,就求杨爵说几句话,弄得杨爵更不愿意搭理他们了。

有一个监视的眼珠子一转,劝杨爵道:"事关你的忠义,你好歹说几句吧!"

杨爵说:"我的奏折数千言,字字是忠义,句句是忠义,还不是身陷囹圄!如今让我跟你们这些人谈忠义,是我的耻辱!语出无心的话,你记了去,我心无愧。若是有意说的话,这就是巧言令色,蒙蔽圣听以免我的罪难,我还不耻如此!再说了,用这等心肠来欺骗君上、天地,是我平生最痛恨的事。若是如此,天诛地灭,立时就死于此地!"

哎呀娘哎,总算说话了,赶紧记下来。不过这话能回给皇帝听吗?

有一个监视的自作聪明地告诉杨爵:"我今天替你说好话啦。"

杨爵挑眉。那人说:"真的,我告诉皇上,你在诵读《太甲篇》'天作孽,犹可违;自作孽,不可活',大概是你在感叹自作孽。皇帝听了心情很好。"

杨爵呵斥道:"你胡说些什么?我是大明朝的御史,天下事皆所当言!我的奏疏,上为朝廷,下为苍生,为宗庙社稷万万年深长之虑,怎么能说是'自作孽'?"他虽然虚弱,这些话说得气息不稳,虚汗满头,但疾言厉色,恨不能吃人的样子,把那个人吓得呆住!

镇抚司司官听见这些话,都叹息一声,给那些监视的厂卫说,杨爵这个人大义如此,还是不要亵渎他的好。

四月初,东厂校尉苏宣被派来监视杨爵。苏宣字廷诏,是大名府南乐县人,能左手写"左"字,右手写"右"字,两边的字体居然还不相同。

苏宣为人比较正直，看到杨爵昼夜戴着枷锁，手腕至小臂处都被枷锁磨伤，疮口红肿出脓，很是凄惨，就拾来一块小片瓦，支在枷锁上，使它跟手臂间留有一点儿空隙，减少刑具滑动，杨爵手臂的伤才渐渐好利落。

往后，只要轮到苏宣监视杨爵，都会善意地回避一会儿，留一些余地，任由狱中难友帮吃帮穿。跟他一同监视杨爵的厂卫担心上级处罚苏宣，说苏宣结交杨爵。

苏宣笑道："杨公有钱的话，这个理由还有可能成立。可他如今一贫如洗，吃饭都难，我结交他有何意义？我不过是秉公以待——大明的律法也没有明写不让人帮着杨御史嘛，我只要按职责监听他的言论就行。"

杨爵形容消瘦，站立不稳，有一顿没一顿地吃着囚饭，在那些善良人的暗中救助下，他虽九死一生，身上的伤却奇迹般地慢慢愈合。

有苏宣的善行做例子，一些本性善良的狱友也不是铁石心肠，在大家的掩护下，杨爵给家里写了一封信：

休、偲：

我今日患难，关世道之升降，天下之安危，不是一身一家小小利害。大丈夫志在天下国家，不以生死存亡为念。但尔儿女子之情不能自已，然亦徒忧无益。皇天鉴我衷曲，主上必能宽我罪过，绝不至死。况此间做官者皆是好人，履道德、讲仁义者也，岂肯置我于死，污青史，为子孙累哉？你告叔祖母与你母，合门大小并诸亲眷，大放宽心。

三十三　周浦二烈星坠陨

杨爵还是不敢奢望自己能活下去，外伤是在慢慢地愈合，可是在监狱这地方，损伤的元气不是那么好恢复的，而且心里的伤痛也没那么快平复。他没有一点儿力气，整日侧躺在门板上，一呼一吸不过是将就。

从外头送饭来的人说老天爷终于在四月初五落雨，京畿旱情解除大半，可是饿死人的事还在继续，有个叫大陈庄的地方，整整一个村子，死光了……

去年就遭的灾，一直得不到救济，如今缺吃少穿的灾民能少吗？他们的日子比自己这挨打的滋味更难熬吧。世间如有两全法，不如以我之死，换取饥民之生吧！

杨爵这个从未妄言过怪力乱神的关中汉子，此刻无比希望邵元节、陶仲文们的神通都是真的，希望自己是错的，希望天灾人祸可用所谓的"神力"免除。他太虚弱了，动不得，就侧躺着默默祈祷：苍天，求您怜悯他们吧，让那些饿死的难民下辈子托生在风调雨顺、安安稳稳之地吧，乞求了！

……

偲儿他娘回到老家了吧？也不知道家里乱成什么样了。好像是听说偲儿和休儿都来到了京城，是梦呢，还是真的？来干什么呀，傻孩子。

听说那一场雨又打雷又闪电，大火忽然起于仁宗庙，太祖、昭穆群庙烧毁多处，把成祖、仁宗父子俩的神位都烧没啦。上苍这是在为灾民责怪老朱家吗？可这话再没人敢说吧？

还真有人敢说，杨爵预料的也不全对，在关键的时候，华夏士林中总有那么几个硬骨头挺身而出，说真话，干实事。

户部广东主事周天佐,字子弼,福建晋江人,嘉靖十四年(1535)中进士,授职至今,以清操闻名任上,他就上了那么一道落地有声的奏疏。

当时,九庙烧毁,嘉靖皇帝有点儿慌乱,亲自跑到宗庙去告罪,并诏告百官"畅言"时政得失。

周天佐于四月二十三日上书说:

……陛下以宗庙灾变,痛自修省,许诸臣直言阙失,此转灾为祥之会也。

乃今阙政不乏,而忠言未尽闻,盖示人以言,不若示人以政。求言之诏,示人以言耳。御史杨爵狱未解,是未示人以政也。

国家置言官,以言为职。爵系狱数月,圣怒弥甚,一则曰小人,二则曰罪人。夫以尽言直谏为小人,则为缄默逢迎之君子不难也。以秉直纳忠为罪人,又孰不能为容悦将顺之功臣哉?

人君一喜一怒,上帝临之。陛下所以怒爵,果合于天心否耶?爵身非木石,命且不测,万一溘先朝露,使诤臣饮恨,直士寒心,损圣德不细。

愿旌爵忠说,以风天下。

……

嘉靖看到这道奏折心里是承认的,想起九庙那奇怪的大火,也有些心虚。可一想到杨爵说不让修雷坛并远离那些道士,他内心凭空就冒出一股恶气。不让干这些,那长生不老之术何以练就,啊?朕的健康又靠什么维系,啊?

周天佐让放了杨爵不说,还让朕表彰他,这样一来,言官们岂不是有样学样,纷纷谏言不让修道炼丹,那朕怎么办?不行,看来周天佐也不是个东西,不能听信这话!

皇帝火气上头,可怎么处置周天佐,他一时也下不了决心,毕竟周天佐的奏疏也不是毫无根据。这位迷信好道的皇帝不想违逆天意,又不愿放纵臣子谏言,纠结得很,只好先搁着。

五月六日，皇宫又笼罩在一片青烟中。陶仲文在黄纸上画了个符表，一边烧，一边念念有词，完了就唉声叹气。

嘉靖皇帝急忙问："仙师，可有什么不妥？"

陶仲文闭眼掐算一通，说："修道切忌心不宁静，上仙有些不太高兴呢，圣上你可不能前功尽弃呀。"

嘉靖皇帝没说话，他心想，可不是嘛，正为周天佐那个折子心烦呢，杨爵怎么办也还没拿定主意。

陶仲文当然知道皇帝在想什么才故意这么说，那几个整日在皇宫守着的小道士可不是吃白饭的。杨爵是谁，咱们不认识，竟然敢弹劾仙长我和夏首辅、郭勋，想出锦衣卫的监狱，可没那么容易！周天佐不知道得了啥好处，真敢为杨爵说话！人家夏首辅高傲，不屑理这些小事，翊国公可是和咱们这些人有渊源来着。近来都传闻国公上次领的那个段朝用是个骗子，这件事我可还在皇帝面前给他兜着呢。周天佐上书之时，郭勋是请的我陶仙师去他府上做法事来着，说是家宅不清泰。放了杨爵，他还能咋清泰？

陶仲文咳嗽一声，说："邵仙师在世时曾说'立教主静'。三天两头的圣心不稳，如何还能得道长生啊？刚才烧符的火，有些乱呢……"

嘉靖皇帝最听不得这种影响寿命的事，他的父亲及几位亲叔叔、兄弟、姐妹，都生得不寿。整天跟他在一起，陶仲文太清楚怎么说才能达到目的。

果然，皇帝顿时生气得很。好你个周天佐，妄谈误国，差点坏了朕的大事！

"来人，传陆炳！"

这天，周天佐被板笞六十，送到北镇抚司。

皇帝口气不善，加之接了某人的好处，陆炳的手下打人也不敢敷衍。不过，鉴于"杨御史风"的玄乎，不愿遭天谴，又给周天佐剩了一口气，挺不挺得过去，看天意。

杨爵此前只恍惚听见人说过有位贤者上奏疏为自己辩解，也不知道是谁。五月六日午后的监狱人声嘈杂，差役们乱哄哄地跑来跑去，很多人议论纷纷。杨爵被枷锁困着，又历经大刑初愈，还有几个虎视眈眈的东厂人监视，他蜷缩在门板上,听着外面的嘈杂声想,又有谁因言遭殃了吗?有自己这个前车之鉴,这人还敢上折子,也算是个胆大不要命的,他说了些什么啊?

章勺借着出恭转了一圈回来,告诉杨爵送来的人是户部广东主事周天佐,重答六十,因为他上折子给杨爵喊冤。

杨爵大惊,他从来不认识周天佐,挣扎着站起来想去看看,被东厂的人提着枷锁掼倒在地,骂他扫把星。

章勺扑上去护在杨爵前面说:"你们怎么这样,这是朝廷命官!"那帮人嗤了一声,瞪着杨爵不让地方。

杨爵呼吸不稳,章勺劝慰他不要着急,暗示他自己去想办法。

晚上,杨爵得知了事情的大概,也得知周天佐被打得甚重。他不仅两臀血肉模糊,还有内伤,据说肚腹上尽是黑青色。

因为他是上疏申救杨爵而获罪,所以监狱对杨爵也严加防范起来,连上厕所都开始记时间。

杨爵担心周天佐,在章勺的帮助下设法和周天佐同囚室的麻知州赶在一起如厕。他偷偷在麻知州的手上写下"困卦"两个字,泪如雨下。

麻知州也跟着流泪,拍着他的手,用口型说:"一定带到。"

周天佐不知道自己昏过去多久,这一顿好打,自己已经散成碎片了吧?不知道是疼还是啥,只感觉到灵魂在一点一点地抽离。迷离中不知道谁拉住他,在他耳边轻轻说:"杨御史在我手上写了'困卦'二字。"说话的人眼泪掉在周天佐的脸上,凉凉的,很舒服。周天佐迷迷糊糊地想,"困卦"啊,"亨;贞,大人吉,无咎……"杨御史……是想安慰我吧。"有言不信",我命不久矣,不能让他无谓地担心。周天佐拼尽所有的力气,对捎话的麻知州轻轻点头,露出一丝淡淡的笑意。

麻知州看着这个清俊瘦弱的青年,看他的手腕太细,可以从枷锁中自行脱出,只好用铁链缠绕住勉强塞在其中的样子,悲出五脏,忍都忍不住。

五月八日未时许,一直昏迷的周天佐清醒过来。同室的人围过来看他,麻知州安慰他说:"周大人且自宽心,慢慢会恢复的。"

周天佐说:"这事是我自己做的……就是死了……也是安心的。我做我……应该做……的事，我的心……哪里会……不宽呢？"说完再次昏迷，不一会儿就咽了气，年仅三十一岁。

按照惯例，一个刑部主事、一个监察御史带着仵作来狱中验尸。

那两位当官的立在周天佐尸体旁黑着脸不言语，验尸的小吏翻动周天佐时，他们把伤情看得清清楚楚。

小吏看一眼他们，例行公事式地高声说道："遍身上下并无他故，因急病身死。"

两位官员按照小吏所言，面无表情地依例出尸。

狱卒用小车拉着周天佐往外走。这时，他们方才进来时还万里无云的晴朗天空竟然浓云密布，电闪雷鸣夹着豆大的雨点，直直砸向他们的脸面，似为冤魂吊唁。雷电好像长了眼睛专意在那三个人头顶炸开，吓得其中一个人失禁，尿了一裤子。

当他们连滚带爬地到监狱门外把尸体交给周天佐的妻子时，雷雨亦停。周妻以头触地，差点哭死。过路的八九个人自发地帮着她把周天佐向一家寺庙拉去。一路上，闻讯赶来的百姓越来越多，列成肃穆的队伍默默护送周大人去那里停灵。

有一个叫张弼的平民，置办来祭奠礼，献在周大人灵前，祭拜痛哭。人们还以为他是周家的亲戚，纷纷劝解，后来才知道，他们素不相识，不过是感念周大人因忠谏而死，又死得那么惨烈而已。

并没有人愿意告诉杨爵这些事，怕他承受不住。第二日，杨爵悄悄问麻知州周天佐的伤势如何，麻知州看着他瘦得皮包骨头，又满脸悲戚的样子，没忍心说实话，含含糊糊地说："现在应该能吃一点儿饭（祭品）了吧。"

纸是包不住火的，那天雷一般的事迅速在狱中传得人尽皆知。

杨爵听了悲恸欲绝，用硬棍在地上写下一首诗：

> 天上烈星坠，人间草木愁。
>
> 满腔都是泪，只向暗中流。

从此，杨爵不再吃囚饭，并且连水也不想喝，只求速死。

相处六七十天来，周围的人对这个倔强、沉默，但忠诚耿直的杨御史越了解，就越敬佩。这个人从头到尾跟任何人没有私人恩怨，他只不过是忧国忧民，尽自己的职责而已。他的奏疏，只要良心不坏，就知道他说的没错。

周天佐为杨爵申辩而死，对杨爵、对所有正直的人打击都有点儿大。人们不愿看到一个忠臣冤死，另一个眼看要跟着去，就不自觉地想为杨爵做点事。

稍有能力的人，就在家人送饭时悄悄递话出去，让他们帮着联系上杨爵的家人。

夜深人静，章勺用衣衫遮挡住烛光，偷偷地掏出几封家信给杨爵看，杨爵的眼泪夺眶而出。看到家人们的牵挂忧心，得知大儿子杨偲一直在为自己奔走，杨爵抚着额头痛苦万分。

章勺说："杨大人，你活着两个人的命呢，替周大人也要活一份儿。"

杨爵闭目止泪，然后点头。我不能这样自弃，不能糟蹋周大人拼了命要救赎的这条命，我们又没做错什么，又不是为了个人得失。

但是囚饭一端到眼前，杨爵就开始呕吐。章勺等人知道周天佐遇难对杨御史刺激太大，他这是忍不住。

同难者都想法子给他节省些家里送来的饭馍。杨爵吐过再吃，吃了又吐，很痛苦。那些饭食也没办法每顿保证，很珍贵，但没有人觉得什么，可吃饭对杨爵来说很长一段时间都是一种负担。

狱友们怕他太痛苦，便设法让他给家人写信。这是个行之有效的方法，亲情最能激起人活下去的信念。深夜，杨爵在章勺衣袍遮掩的烛光下提笔：

偲：

我平安勿忧……古之良士，有仁人君子之德，有忠臣义士之心，有英雄豪杰之才，儿当以此自勉励。

……

我狱中平安，百凡无虑。但叔祖母年过八十，在世光阴有限，恐我不得一见，日夜关心，未忘。今嘱咐舜卿向北山中，或托杨凤兄弟买柏树一株，预备棺木，可以少安我心，舜卿千万处之。舍儿（即杨佶，杨爵兄长杨靖庶子）今年十二岁矣。我前日问仕，他读书何如？仕答言，将来可成。偲为用心教他读书，千万不要误了，千万不要误了。

……

写完给大儿子的信，狱友又说好不容易寻得门路不若多写一封。杨爵想着也对，又写道：

仕：

你今在寺中，想已自知道人事，蚤晚勤力，不肯懒惰。我又与你说，凡勤苦用功，须是自己心上开洒，乐欲如此，方有进益。学问必有辛勤，方能有成。况你资性不如人，比人又当加功。与人相处，须要忠信谦逊为主。见长者尤当十分恭敬。读讲有疑，当静坐思之。在先生朋友前，又当虚己质问，不要以问人为羞。心有所疑，不问，岂能知？世上有一样人，心上不知以问人，又恐人笑，这样人终不能成。凡幼而不能事长，贱而不能事贵，不肖而不能事贤，此三者，古人谓之不祥。你深思此三句，不要略有傲慢人的心。若读书多记不得，不要贪多，只贪熟。数日，将所作文字写来我看。遇济众，便写手字来。王贡会作文否？此帖你常看，勿弃。

笃祜村早年的贫困，锻炼了这个立志向学的人。他的心性坚韧，生命力也很顽强，在这样肉体和心灵的非人折磨下，借助黑暗的狱中一点儿人性的光亮，艰难地活着。

天越来越热，他还穿着棉衣，有个狱卒实在看不下去，悄悄帮他把家人送来的衣服找来给换上。

杨爵每天默念古训格言，回味孔子和颜渊问答以度时日。后来碰到一个新进来坐监狱的福建官吏，就向他打听周天佐。这人告诉杨爵，周天佐很年轻，丰神清秀，温文尔雅，看上去略显单薄。死的时候，只有一个小女儿，遗腹子还是一个女儿,有父母兄弟,不过家境很清贫。他的灵柩在京城外的寺庙停留了好几个月,后来由好友、百姓凑钱,送他妻子扶灵回老家归葬的。他还告诉杨爵,周天佐曾写过这样一首《哭杨太仆(杨最)》的诗:

> 识公今已死,考德恨无繇。
> 一疏违双阙,孤标障百流。
> 风高三峡壮,气结五云秋。
> 易得唐生泪,川江欲尽头。

原来这位年轻才俊是一个外表文弱、内心刚烈的人。杨爵默默念着他的诗,再一次落泪。

这年夏末,嘉靖帝敕书郭勋和都察院左都御史王廷相等人一起勾清军役。郭勋行伍出身,历来讨厌文官掺和军队的事,仗着自己世家贵勋、从龙有功,竟然不领敕书。有御史弹劾他,他却狡辩道:"能有多大的事,竟然劳动皇帝您下敕书?"(原话:"有何事,更劳赐敕语?")

皇帝很生气,派人斥责他无人臣礼。

跟郭勋争利益的内阁文臣手脚麻利,一番运作,于是刑科都给事中高时趁机上疏告发郭勋贪赃枉法十五件事,事事证据确凿。

皇帝留中不发。

臣子们也没客气,接着很多御史受郭勋的政敌指使,也跟风弹劾郭勋贪腐。九月十二日,被奏折压得颇烦的皇帝只好诏郭勋下锦衣卫狱。

郭勋住监狱跟杨爵不同,没人敢打他,干净的单间,周到的饮食。国公爷自负,嘿嘿冷笑,坦然住下,也不急。他不急别人急,这个手握权力的贵勋还是低估了对手的狠毒。

跛脚的骗子段朝用因"点"不出更多的银子,被皇帝冷落驱逐。段朝用搭进去的银子太多,并未感念皇帝和郭勋的宽容,此时借机发难,找到郭府总管说手里掌握着郭勋的大罪证,威胁他给封口费。

郭家自然不会把这种人放在眼里，直接暴打一顿，扔到街上，扬言谁敢与段瘸子勾连，一并斩草除根。段朝用的弟子王子严害怕，就把自己师父根本不会点石成金，而是做的骗局给揭发出来。欺骗皇帝这种事，不用说是嫌活得腻味了，"点金"这个神话随着段瘸子的惨死，宣告破灭。

郭家好几代和皇室联姻，是正宗的皇亲国戚，他本人更是从安陆把皇帝迎来京城的有功之臣，还是"大礼议"中最早支持皇帝的贵勋。故而皇帝极其偏袒郭勋，治罪就是说说而已，让刑部意思意思好赖审个结案完事。

谁知道接案子的刑部郎中钱德洪是浙江余姚人，已故大学士王阳明的嫡传弟子，受"致良知"学说影响甚深，他坚持要严守律法，丝毫不理会皇帝的暗示，审清案情，判郭勋违敕、贪纵等罪，依法当死。

皇帝发还让重审，钱德洪不卖皇帝的面子，他不改原判。

郭勋派的御史周亮就弹劾刑部尚书吴山昏聩，刑部郎中钱德洪不谙刑名。这正中皇帝下怀，于是，钱德洪就和杨爵做了狱中室友。他是杨爵同榜状元公罗洪先的师兄，曾同门问道于王阳明先生门下，很敬慕杨爵的孤忠。

杨爵在奏疏中替罗洪先申冤的事，钱德洪心存感念，得知杨爵是张载关学一脉的儒学后继者，更觉得亲切。他原本对横渠先生"气化为物，一物两体"之学说很感兴趣，更是崇敬关学"为天地立心，为生民立命，为往圣继绝学，为万世开太平"的胸怀抱负；杨爵也很敬仰前辈王阳明的为人，欣赏他们学派"致良知""知行合一"的精神。这二人年纪相仿，都是学问大家，一见如故，惺惺相惜，很快成了好朋友。

钱德洪"不谙刑名"属于业务不精，皇帝也没打他，加上他那边同年、同门多得是，所以关节很快打通，可以自通饮食。他利用自己的关系，让杨爵的家人送东西都打着自己的旗号，标上"钱德洪二"，这大大地改善了杨爵的狱中境遇。

杨爵给家中写信，安排家事。

偲：

你决勿来此，只有舜卿足矣，家中不可离人。我欲你将舍儿叫在你身边读书，勿使离你左右，解衣衣之，推食食之，不知你肯依我言乎？

地方收成，未知何如？汝辈随时节俭。乡党老少皆以礼让相处，慎勿傲惰。学中师长，时进恭敬，不可得罪。县上非公事不要见谒，千万！千万！

遇水过时，切勿出门，勿往田野争夺，也不要让家人去，任（村）人用之，休要为此事计较，千万依我。

平时杨爵和钱德洪二人言和意顺，每日义理解闷。

钱德洪给杨爵讲解王阳明《传习录》：

"'心者身下主宰，目虽视而所以视者，心也；耳虽听而所以听者，心也；口与四肢虽言动而所以言动者，心也……凡知觉处便是心。''心'即我的灵明，我的灵明便是天地鬼神的主宰，离却我的灵明，便没有天地鬼神万物等。"

还讲"知行合一"的境界：

"先师尊说，知行如何分得开？'知之真切笃实处即是行，行之明觉精察处即是知。'要晓得一念发动处有不善，就要将这不善之念克倒，须彻根彻底，不使一念不善潜伏在胸中。

"关于格物致知，先师尊这样说：'所谓致知格物者，致吾心之良知于事事物物也。吾心之良知，即所谓天理也。致吾心良知之天理于事事物物，则事事物物皆得其理矣。致吾心之良知者，致知也；事事物物皆得其理者，格物也。是合心与理而为一者也……良知之在人心，不但圣贤，虽常人亦无不如此……致良知，不假外求，若能向里求，见得自己心体，即无时无处不是此道。'"

"我家学说，也有四句话。"钱德洪高兴地说，"阳明四句：无善无恶心之体，有善有恶意之动，知善知恶是良知，为善去恶是格物。"

他又细致地解释道："良知是心之本体，无善无恶就是没有被私心物欲所遮蔽的心，是天理在未发之中。既是'未发之中'，不可以善恶分，故无善无恶，这也是我们追求的境界；当人们产生意念活动的时候，把这种意念加在事物上，这种意念就有了好恶、善恶的差别，他可以说是'已发'，事物就有中和不中，即符合天理和不符合天理，中者善，不中者恶；良知虽然无善无恶，但却自在地知善知恶，这是知的本体；一切学问、修养归结到一点，就是要为善去恶，即以良知为标准，按照自己的良知去行动。

"什么是有理？只要格物致知来达到一颗没有私心物欲的心，心中的理其实也就是世间万物的理。

"天理不是靠空谈的，是靠格物致知，靠实践，靠自省，即'知行合一'。但是有时候人的判断会出现错误，也就是意之动出现了错误。"

杨爵则给钱德洪讲张载先生的《经学理窟·义理》：

"'天下义理只容有一个是，无两个是；有急求义理复不得，于闲暇有时得。'就是说天下的义理只能允许一个是对的，不能有两个都对。有的人着急求得义理反而不能得到，在闲暇的时候却突然明白了悟。

"'闻之知之，得之有之；心解则求义自明，不必字字相校。'即是：只有听说之后才能了解它，只有得到了才能拥有它。如果心中领会，那么探求的意义就自然明了，不一定要每个字都校对订正。

"'发源端本处既不误，则义可以自求。'张子认为：起源根本的地方既然没有错误，那么它的意义可以自己慢慢研究领悟。"

还给他讲《正蒙》中的经典论点：

"'湛一，气之本；攻取，气之欲。'就是说：清澈如一，是气的先天本性；攻击夺取，是气的后天欲望。

"'天下有道，道随身出；天下无道，身随道屈。'就是说：天下有道的时候，大道随着人的功业而展现出来；天下无道的时候，人的功业随着道的隐藏而委曲求全。

"'感者性之神，性者感之体。'就是说：感应是心性的灵魂，心性是感应的本体。

"'民，吾同胞；物，吾与也。'就是说：百姓，都是我的同胞兄弟；万物，都是我的伙伴……"

两种不同的思想，在他们愉快的交流中不断碰撞出火花。二人悉心揣摩，把对方的长处跟自家的长处比较一番；理论相悖之处，也免不了一番争论。当然结果一般都是各持己见，互不相让，但这并不影响二人的互相欣赏。

钱德洪把自己跟杨爵的学术探讨写信告诉给师弟罗洪先，罗洪先看完，立即引杨爵为良师益友，写信给杨爵说：

> 奉别数载，尺书未献，心中怀慕，何日不然？每饱食闲居，思兄所处，辄汗流警心……古人事心如天，而今人认己为心。认己为心故易足，而事心为天则难穷。书曰："顾是天之明命。"天理所在，不入安排，战战兢兢，虚以捧持……

大明朝的进士，一、二榜出身高，很少跟三榜同进士出身者有深刻往来，相处模式仅是个同年的面子情，客气一番，过后不以为意。榜首状元跟狱中的三榜者认成知己，在嘉靖年间并未多见。这是关学跟阳明心学两个学派彼此吸引的结果。

他们当时的学术交流在两个学派之间引起强烈反响，就连阳明先生另一个高足邹守益得知这次学术碰撞，也积极写信加入其中。唉，纵观中华历史，总是国家不幸思想盛，国泰民安多庸臣。大明政权运行到此半中间，屋漏矣。

精神的愉快是治病的良药，杨爵的身体恢复很快。自然，遭此大难，不可能再像入狱前那么好，只比伤重之时略长一二两体重，脸色也好了很多。

不久，钱德洪被送往御史台论罪。临走时，他对杨爵说："仁兄在这里，且静静收摄精神，不要使它涣散。这样就会心体湛一，高明大道，可驯致矣。古人作为圣人的工夫，大约就是这样吧！"

可惜，生在嘉靖年间，凡事没有常理的时候多，钱德洪并没有离开多久，皇帝又把他羁押回这里。他也乐得和杨爵每日坐而论道，身世顿忘。

他们给章勺讲《周易》：

"乾，象征天。天的四种本质特征是：元、亨、利、贞。

"一、天之阳气是始生万物的本原，称为'元'；

"二、天能使万物流布成形，无不亨通，称为'亨'；

"三、天能使万物和谐，各得其利，称为'利'；

"四、天能使万物正固持久地存在，称为'贞'。

"总之，天之阳气是万物滋生之本，又制约、主宰着整个世界。天有开创万物并使之亨通、正固的'功德'，元、亨、利、贞被称为乾之'四德'。

"坤，元亨，利牝马之贞。君子有攸①往，先迷，后得主，利。西南得朋，东北丧朋，安贞②吉。

"元始，亨通，利于雌马以柔顺坚持正道，君子有所往，如果争先前行会迷入歧途；如果随从人后，就会有人出来做主，有利。向西南走会得到朋友，向东北走会失去朋友，这时安于坚持正道是吉祥的。

"坤卦以柔顺的雌马为象征，坚持柔顺便是正道。坤是纯阴之气，本质是阴柔顺从。乾为君道，坤为臣道……"

镇抚司官听到后训斥他们说："这是把监狱当成什么地方了，啊？"就把章勺调到别的地方关着，省得哪一日说自己监管不力，惹上麻烦。

章勺惦记着杨爵吃饭的事，于是用布裹着砂锅，花钱请小狱卒送给杨爵，吓得杨爵赶紧劝他："千万不可冒险，因这事受到连累不值得。"章勺说："如果因此获罪，死了也不恨谁。"

杨爵只好写封密信，细细地劝慰，说像章勺当初劝他一样，须得留着青山在，再说他现在有人送饭，这才劝住。

十一月，巡按陕西的监察御史浦鋐③在杨爵的故乡听到许多关于他的故事，觉得这样的人总关在锦衣卫的监狱里不公平。浦鋐反复思考杨爵的《固邦本疏》《慰人心以隆治道疏》和周天佐的《奉旨陈言疏》，认定他们大义昭昭，精诚可嘉。周主事已然辞世，自己职责所在，于公于私都应该申救杨爵。

浦鋐从陕西上奏折说道：

---

① 攸：所。

② 贞：坚持正道。

③ 浦鋐：1482—1542，字汝器，号竹塘，山东文登人。

  臣惟天下治乱,在言路通塞。言路通,则忠谏进而化理成;言路塞,则奸谀恣而治道隳。御史爵以言事下狱,幽囚已久,惩创必深。臣行部富平,皆言爵悫诚孚乡里,孝友式风俗,有古贤士风。且爵本以论郭勋获罪。今勋奸大露,陛下业致之理,则爵前言未为悖妄。望弘覆载之量,垂日月之照,赐之矜释,使列朝端,爵必能尽忠补过,不负所学。

  ……

  嘉靖皇帝看到这个心里就特烦。周天佐不是都打死了嘛,怎么还有人敢提杨爵?如果听了浦鋐的,那周天佐算怎么回事呀?朕是皇帝,能有错吗?真是岂有此理!他立即下旨,着锦衣卫连夜赶去陕西把浦鋐给捉拿回来。

  十二月二十四日,浦鋐被押禁在北镇抚司狱,单独关到一间屋子里,没有人敢跟他打招呼,认识的也都低下头装不认识。

  钱德洪气愤不过,跑去浦鋐门口杵着。看守浦鋐的人是在陕西捉拿浦鋐的校尉之一,亲眼见证过当地老百姓对浦鋐的爱戴,打心眼儿里也很尊敬这位清正廉明的御史,但上级有命令,他不能违抗,就好言劝阻钱德洪回去。他还瞅准个机会,偷偷把浦鋐离开陕西时百姓扶老携幼送行,黑压压一片围得水泄不通,囚车几乎走不掉的情形告诉杨爵等人;并说出了陕西地界还有人跟着给浦鋐送饭,校尉们也都很敬佩浦御史,没人在路上刁难。

  十二月三十日,浦鋐被重笞一百,奄奄一息。

  陆炳让人把他扔到杨爵的囚室,严加看守。说实话,这一次陆炳也没让他的手下下黑手,奈何一百个板子打下去,不刻意也活不成。放到一起给杨爵看看吧,他想,你们这些文人还真不怕死,有骨气!可惜呀……他摇头。

  开初浦鋐因伤势过重一直昏迷,不能说话只能呻吟。钱德洪等人用被子把他包起来,抬到杨爵之前重伤时用的那个门板上。

  放置的时候可能震动到浦鋐的伤口,他清醒过来。

杨爵哭着说:"老兄你怎么不知道惜爱①自己呢,时政如此,能奈何?"

浦铉说:"今日之事……我巡按陕西的职责之一……跟贤弟无关……不用多说……"

夜已深,浦铉疼得睡不下,就断断续续地给杨爵说话。

杨爵知道他的难受,自己都经历过,却也只能含泪听着他述说:"我……正德五年进士,历任……山西洪洞知县,湖广道……湖广道……监察御史,河南道……监察御史,浙江……浙江道监察御史……嘉靖十九年奉命……巡按陕……西……那里南北……风物……差异甚大。乾州的……锅盔、biáng……biáng面,华州出……皮影,还有秦腔……调子……"

"调子苍凉雄浑。"杨爵轻轻沾去他额头的汗说。

浦铉脸上就出现迷幻般的笑容,心想:还好,《陕西政要集》已写好。秦人多豪杰,弘治十五年(1502)的状元康啥?哦,康对山舍弃尊严救朋友,结果受到牵连被罢免,自编自演自家操琴唱那《中山狼传》……

深冬长夜,阴冷的牢房里,浦铉因为疼痛,声音断断续续,钱德洪也过来听他说话,给他擦汗。

杨爵紧紧握着浦大哥的手,与钱德洪别过身去偷偷擦泪,不让这位年届花甲的耿直之人看到他们的脆弱。

浦铉出现了幻觉,仿佛三秦父老还在号哭相送,大声喊:"浦大人,日后还要回我们秦地啊,百姓们离不开你啊!"他喃喃念道:"沧溟钓石闻相待,收拾丝纶向水边。"

杨爵泣不成声,钱德洪强压心酸说道:"这是您写给父老乡亲的送别诗吧。"

"嗯,"浦铉的眼睛又恢复一丝清明,"还没来得及……登……华山呢,槛车过华阴时……登楼望岳,写了首诗……'多难来游怀抱存……晚云孤鹤散……尘襟'……伯修……不要哭了,等我不……不疼之时,把全……诗默出来,都记着……记着呢……"说完昏死过去。

---

① 惜爱:方言,爱惜、善自珍重。

他的鲜血一滴一滴在地上积成小池，后面的鲜血再滴下来，溅出一朵朵小小的血花……

浦铉时醒时迷。

在他清醒时，杨爵就跟他说话，说他二人奇异的缘分，一个在陕西，一个在山东，居然生得脾性相似，十九年（1540）二人同诏起复，如今又因同一件事关在一起。

"咱们这些人处世，荣乐则心存荣乐，患难就心存患难。今日能在忧困之中而心安理得，也算百年之中干过一件事情。"钱德洪赶紧安慰说，"善处忧患，也是一种德行。"

浦铉轻轻地笑，笑容不大，看上去有点儿天真。

杨爵像亲弟弟一样伺候浦铉吃喝拉撒，帮他清理疮口，可惜他的疮口太多太大而且被感染，高烧不退。

那些监视的人还来验看浦铉，记录他们的言动。杨爵愤怒至极，对那些人发火，把乡下的俚言俗语都骂出来："狗日的黑心黑肺，都不如狗会看眼色！"

浦铉被他惊醒，说道："内文明而外柔顺……方是处忧患之道也。"

杨爵含泪受教。

嘉靖二十一年（1542）正月初五夜，浦铉觉得冷热不定，又冷又热，怎么着都痛苦。杨爵知道，他的疮毒将要发溃，是大凶之兆。当即打碎一个瓷碗，用瓷片尖利的地方割破一个个脓包，把脓血挤出来。

"老兄且忍一忍。"杨爵哭着说。

"恶血……一放……舒服……多了。"浦铉说。

钱德洪端水喂浦铉："兄长强撑着喝口水。"浦铉已经两天没吃下去东西，他没敢声张。

浦铉把水呕了出来，二人大惊，高声呼叫。

浦铉不再答应，他又一次昏迷不醒。

监视的人知道这是没得救了，又见杨爵情绪激动，为防止意外，急忙用铁链子拴住他并死死地围住。

浦铉喉咙起了痰，呼呼作响，样子看上去很痛苦。杨爵发疯似的扑过去，几个人都没拉住。

他小心地拉着浦铉的手恸哭。良久，浦铉清醒了一点儿，用微弱的声息问道："谁……在哭？"

人们说："杨伯修。"

浦铉努力地说道："弟勿过恸……死于此……是……我的……命……"便撒了手。

这时漏下三鼓，是正月初六子时。

杨爵失魂落魄，抱着浦铉的遗体一会儿哭，一会儿发呆，一直到天大亮，任谁也拉不动。

后来验尸的来了，钱德洪劝杨爵："让兄长早日安息吧，别放在这里让他的灵魂受污。"

杨爵放开浦铉，晕了过去。

三十四　庙堂事业成虚语

这一次，杨爵没有消沉，而是满腔悲愤。苍天妒善类！为何好人不长命，祸害遗千年？！自此，杨爵非常不愿意有人来慰问他，任谁问话一概不回，仿佛不认识。他不愿意周、浦二公的遭遇在谁身上重演一次。

尤其是那个御史叶经①，他已经来狱中探望过几次，杨爵因公跟他有过数面之缘，从没有深交。杨爵知道这也是一个耿直的人，就不惜叱骂叶经以断绝往来，不希望他和自己有牵连。

钱德洪安慰杨爵说，人固有一死，周、浦二公也算死得其所，为尽职而死，天下士子固所愿也，杨兄应该替他们高兴才是。

杨爵没有说什么，他想：古之君子悟得大道便造福于天下，即便不得志也可以为善一方。周、浦之死，固然不是我直接造成的，终归是因我而起，他们那样地拼死申救于我，我若自暴自弃，甚亵渎二人在天之灵！我不应该自责，而是要自励！

因为杨爵坐牢，他的儿子们奔走四方，为谋求保全他的性命而家财散尽，学业几近荒废，他的二女儿杨子秋在这年四月忧戚病故。狱中受难的人，对此一无所知。

努力振作起来的杨爵就像当年在朝邑苑洛书院一样，早起在牢房里走一走，活动筋骨以尽快恢复体力，有饭吃时他努力吃饭，没有饭吃时他就闭目养神。

---

① 叶经：1505—1543，浙江上虞人，嘉靖十一年（1532）进士。

不久，一位姓赵的总兵因为兵饷的事情下镇抚司狱，和杨爵、钱德洪同室。赵总兵文武双全，还是李宗枢的朋友。三个人感叹囚室幽闭，多年寒窗苦读的诗文时间久了会荒废，就取六经、三史、诸子百家，相对研习。那部包容世间万象的《周易》，更得他们青睐，杨爵说颇得"赏奇析疑之乐"。

灵感一来，几个人就吟诗纪念，到七月的时候，已经可以结成一部诗集，由杨爵撰写《狱中诗集序》，其中说道："夫以多凶多惧之区（躯），而为进修之地者，亦在乎心之存不存何如耳。"

八月，严嵩以六十三岁的年纪，任礼部尚书兼武英殿大学士，预机务，步入大明嘉靖年间的权力中心，开启他糊弄皇帝，视朝政为儿戏，残害忠良的二十年"青词宰相"之旅。

同时关外异族抢夺大明子民秋季收成，大肆烧杀抢劫，一路贯穿山西，进入中原腹地，河南告急，诏命"升河南按察副使李宗枢为都察院右佥御史，巡抚河南"。

李宗枢上任前托人给杨爵送来钱、米粮、衣物，一句话都没说。因为他了解杨爵，觉得不需要说，也怕引来不必要的麻烦。好朋友就是在你遭难时，送给你最需要的东西，至于说什么没有，不重要。

李宗枢也深知，自己要去的地方只怕凶险到一般人都玩不转，才有人想到自己，他全不介意。他生于陕西富平，家学渊源，师从关中名儒南大吉，熟知阳明之学的精髓，结交好友杨爵乃关学传承者，也是大明朝一腔热血、爱国忧民的优秀士子。如今强虏寇边，他的骨子里满是身先士卒、勇赴国难的壮志豪情。

杨爵没有得到好友的只言片语，面对好友送的东西，思绪万千，更多的则是为好友壮志得酬而高兴，为自己今后再难施展身手而悲戚。他写诗道：

忆昔行赠李石叠

忆昔相别兰若里，而今咫尺如千里。

叹我老作放逐臣，喜君又为苍生起。

我思古人获我心，忧国忧民结念深。

未说江湖与廊庙,恻恻尽是此胸襟。
何以示之有周道,知君不愧此怀抱。
化理从教险地敷,调元应得丝纶早。
昔闻阃辅试萧翁,今见中州借寇老。
拜手天庭出帝畿,燕衔草色映旌旗。
想像郊堤多杨柳,为君无由折此枝。
到处争迎旧宪使,春雨秋霜遍远迩。
吁嗟吾民正倒悬,愿君此去爱如子。

李宗枢怀揣这首诗,纵马扬尘,奔赴河南。

杨爵压根儿没有料到,这是李宗枢最后一次踏上征程。

这位上马击狂胡,下马写诗词的陕西乡党,到任后立即巡视关隘,整饬防务,筑城防御,扼要害,禁奢侈,移风易俗,使中州秩序井然,官风民风大大改善。

他要在晋豫边界太行山沿线险要之处筑城设关,结果各方不配合,很不容易。皇帝忙着炼丹,大臣跟着严嵩大学士捞好处,只把实干家李宗枢们派去要冲堵敌人的铁骑。

人力、钱物都要李宗枢自己费神,就连地域问题,都要他自己向泽州府"借地"筑城。这位为国拼命的李巡抚和军民一起风餐露宿,搬石拉土,硬是在晋豫要冲碗子城一带,沿山据险修筑了"盘石长城",增设墩台,筑建成了黎城东阳关、辽县黄泽关、辉县狼石沟关等关隘,控扼边关,抵御贼寇从山西入侵中州。

太行山重峦叠嶂,山路崎岖。李宗枢带领官军民夫奋战在悬崖峭壁上修筑边墙,吃尽苦头。而当地一些不明真相的居民还在"有心人"的煽动下,前来打骂驱赶他们,不时摧毁他们好不容易修筑的工事,进而阻挠,不愿"借地",迫使筑城方案几经废改。

他本身政务繁忙,日夜操劳,还要为豫北要塞关防呕心沥血,以致积劳成疾,久治不愈,于嘉靖二十三年(1544)六月三日,不幸死于任上,年仅四十八岁。

两年以后，杨爵才弄清来龙去脉，顿时肝肠寸断，写诗道：

哭李石叠

传来凶讣自中州，此地哭君欲白头。
风雨几番入梦寐，功名半世属荒丘。
五年离别心犹在，一代英豪事已休。
空堕两行忧国泪，柩前一洒意无由。

而此时此刻，钱德洪前几天已经削职为民，释放回原籍；赵总兵亦因前线需要，又官复原职，去边关公干。杨爵正和新的狱友戴经忧心另一个人，工部员外郎刘魁①。

原来，嘉靖皇帝九月初吃丹药吃得身体燥热，但天气已然变凉，穿着不当使他受了风寒，身体不适。这位极其怕死的人请过太医之后，又立即招来陶仲文询问自己的身体。

一个小内侍看似眼观鼻鼻观心地随侍一旁，其实早通过暗语跟陶仲文通过气。

情知皇帝只是小感冒，陶真人还是假惺惺地烧完黄表设坛祈祷，暗中又伙同管理皇帝膳食的小太监，给皇帝吃些清热解毒的药膳，第二日皇帝就见大好。皇帝高兴，直夸陶仙师神通广大。

隔几天陶仲文殷切地进宫探视，看皇帝姿态悠闲、和蔼可亲，心知他此刻心情好，陶仲文趁机怂恿皇帝在大内西苑的太液池西边建造一座"祐国康民雷殿"，还要求工程"务宏奢"，快点儿竣工使用，说是"神谕"如此，这样皇帝才会"少病灾"。

时任工部员外郎刘魁接下这活儿发了愁，没钱没料，还没有人力，这"雷殿"是怎么个造法呢？工部的官员们都知道底细，事情一旦牵扯到那个死老道

---

① 刘魁：？—约1549，字焕吾，号晴川，江西泰和人。

就没个好，都闭口不提，但在刘魁这儿不提不行，事情归他管！一番苦恼，他慨然买得一具棺板预备好，实话实说上奏道：

……顷泰享殿、大高玄殿诸工尚未告竣。内帑所积几何？岁入几何？一役之费动至亿万。土木衣文绣，匠作班朱紫，道流所居拟于宫禁。国用已耗，民力已竭，而复为此不经无益之事，非所以示天下后世。

……

这是真把人给逼急眼了，直接说皇帝你修建那么多"雷殿"祈祷用得过来吗你，还不是便宜了那帮招摇撞骗的道士！昏君无道，不算民账，留给后世的除了空架子，还有笑话！

这下又捅了马蜂窝，嘉靖皇帝于九月十六日把刘魁廷杖一顿，然后给他戴上枷锁跟杨爵关在一起。

刘魁来的时候伤情也很凶险，好在戴经是名军人，身上经常藏有伤药，刘魁这才有命活下来。

只是驱除了这些眼中钉的皇帝，日子也并不顺畅，在杨爵照顾刘魁养伤的时候，他也差点儿被宫女所杀。

话说陶仲文装神弄鬼进献给皇帝的丹药，有一种叫"红铅丸"。这当然不是假道士陶仙长的发明，这是他得了圣宠之后，别人讨好他，奉给他的丹药。他可不像邵元节有些学问，好赖还知道检验一下药性，他是急功近利，生冷不忌。既然有人说好，先拿去给皇帝再说，唯恐没有新货，自己荣华难保。

这种丹药由处子经血、童子尿及一些中草药、矿石粉等炼成。那年月没有药理学，看结果应该是含有性激素一类的东西，吃得壮年皇帝整日处于亢奋状态，致使他很长时间不愿意上朝，整日残害服侍他的宫女，盖因吃过这种丹药，必须要进行所谓的"采补"，就是不停地干那档子事。

还有，听信老道士们神神秘秘的养生术，嘉靖帝为求长生不老，要以"吸风饮露之道"成仙，就是天天饮用露水。

采集甘露很费事。天干物燥就没有露水，即使潮湿的空气里植物叶面能保存露珠的时间也有限，必得及时收集，所以他们每日命宫女们凌晨即往御花园中采露。

原本为了采集经血，老道士经常逼迫这些女子在经期吃活血的药物，导致她们失血过多，已然很是虚弱，再加上这样劳累休息不好，大批宫女因此累倒病倒，每天都有几个人死去。尸体处理不过来，干脆找一偏僻的空地成堆地焚尸，然后把骨灰铲到一口枯井里。宫女们整日胆战心惊，不知道自己还能活几天。

有一阵子她们听说有几个御史大人上疏规劝皇帝，还指望有朝一日皇帝能清醒过来，自己好脱离苦海。现下又听说但凡写奏章规劝皇帝的人，打死的打死，收监的收监，没人敢再跟皇帝谏言，她们彻底绝望了。

有个叫杨金英的宫女素有主见，她叫来十几个姐妹，商议说："咱们动手吧，总强过等着死在他（嘉靖帝）手里！"一番密谋，她们在嘉靖二十一年（1542）十月二十一日卯初（凌晨五点左右），趁皇帝发泄后沉睡之际，瞅准机会，拿抹布盖住皇帝的脸，用斋醮时挂在雷坛旁边的黄绫搓成绳子，把绳子套在他脖子上打算勒死他。

可惜这些宫女被长期折磨，体弱力小又没有经验，慌忙中把绳子打成死结，拽不紧，没能把嘉靖帝弄死，只是吓得晕了过去。

更可悲的是，到了事发的紧急时刻，她们中间出现一个胆小怕事的叛徒张金莲，乘乱径直跑去拉着方皇后赶到现场，人赃俱获，没给她们撤离现场、毁灭证据的时间。

皇后借机打压对手，连拉带扯地牵连到当天侍寝的两个妃子端妃曹氏、宁嫔王氏，说她们一个是知情不报，一个是主谋，把她们和十六名宫女凌迟处死。

这十六名宫女分别是杨金英、杨莲香、苏川药、姚淑翠、邢翠莲、刘妙莲、关梅香、黄秀莲、黄玉莲、尹翠香、王槐香、张金莲、徐秋花、张春景、邓金香、陈菊花。

这是嘉靖年间为数不多的惨死后还能留下姓名的年轻宫女，而她们更多的

同伴,生死如草芥。

张金莲并没有因为出卖朋友而活命,很讽刺。可怜十八条鲜活的生命给昏庸无道的皇帝、贪心无耻的道士谋杀,还说她们是罪人,用刑惨无人道,就是俗话叫作"活剐"的"凌迟"。

嘉靖皇帝这次被吓得不轻,病了很久,然后搬往皇城西苑的永寿宫,从此再也没有回到乾清宫里居住过。

而他的宠臣郭勋于十月九日不明不白地死于锦衣卫狱中的事刚追查到一半,就因此被他忘得一干二净,恰好遂了有些清除异己、销毁罪证者的愿。

这场史称"壬寅宫变"的事故,关乎皇室颜面,除了记录在皇帝的《实录》中,对外捏得死紧。

然而纸包火这种事,历来难以实现。杨爵他们后来在嘉靖二十二年(1543)春末,还是隐隐约约地听了个七七八八。

这时,刘魁的伤已经好得差不多了。他苦笑摇头,这位圣上当年还在做藩王时曾说:"若我在朝,必荡涤奸邪,兴旺盛世!"如今治世二十二年,倒弄得自己被宫女谋杀,还真是奇闻!他家皇兄正德到处跑,背过人男女不分;他倒好,看着老老实实守在皇宫里,实则一味地幽闭求道,朝政还不是一样混乱?换汤没换药!这位意外拾得大明江山的主,只怕早就把当年的远见卓识焚毁在皇宫的那一片青烟里了吧。唉!

杨爵更是感慨万千,原来还奢望着帝王有朝一日幡然悔悟,大明民生有望,谁承想,这位天子竟然荒谬到这种地步!他怏怏几日,在给一首写给友人的诗中说:"庙堂事业成虚语,圣学全功早自收。"

庙堂大事说不上话,小家业倒可以叮咛一二,想起他年迈的婶娘,杨爵内心一阵煎熬,老人家偌大年纪还要跟着自己担惊受怕,果然忠孝不能两全,他写家书道:

偲:

归到家中,最叔祖母事要紧,须常在咱家中,勿往张家去。寿极高,不比旧年,早辰不知晚夕。万一有大事却如何处?若如今或在张家住，你到家便去请。若叔祖母不肯来，须再三恳陈我意，及再三与你母讲，此不是小事。若不依我说，一家都是恶人了……杨廷臣当街上流涕，与我穿袜，你谢他，又与价。杨忍送网一顶，与他价，就当与送饭……

举业事，只是多读书。士君子立身天地间，要存好心，行好事。骨肉恩爱终不可薄。大学言："其所厚者薄，而其所薄者厚，未之有也。"你当深味斯言，以尽立身之本。约束一家大小，都守规矩礼法。

再叮咛，与偲说。以汝之资质力量，若能幡然兴起，以古人事业为真可尚，以流俗所为为真可羞……

一个雨天，他透过牢房的木栅栏，望天。良久，吟诗道：

有感
乍雨喷声歇，闲云落空影。
满怀今日意，都付与东风。

低沉寥落的音调，使听到的人无不黯然。

三十五　破碗漫录囚夜长

皇帝跑到西苑不回来，臣子"尽心国是"便是空话。杨爵这里自然好了那么一点儿，可以让家人送一点儿稀饭、面汤进来果腹。

不过这只是短暂的"优待"，皇帝性子反复，他的臣下也是一时风雨一时晴，没多久不知道哪根筋又不对，又不让杨家送饭来了。

刘魁的折子劝谏皇帝的地方多，提权贵的言语少，得罪的人相对少一些，加上他的年龄大一点儿，跟钱德洪一样是已故阳明先生的门生，到底资历不同，家人故旧们设法让他获得自通饮食的资格。杨爵这里便也跟钱德洪在时一样，借他的便利。

张本礼自杨爵下狱以来一直在家乡跟杨家人一起为杨爵筹划，银钱、衣物都多有支持，但他跟杨爵情谊深厚，始终要到京城来看过本人才算尽意。这不，他刚到京城未经休整，就风尘仆仆来到北镇抚司大狱门前焦急地张望，张舜卿无奈地跟着。

还好，他们来的时候正是送饭之时，刘魁的仆从正好要进去，看到张舜卿，二人悄然退至无人处说话。最后张本礼因为跟杨爵无血缘关系又面生，便冒充刘家的家仆一起送饭。

诚然，每次见面说话的时间有限，杨爵还是入狱以来第一次有机缘见到朋友，亲耳听到乡音，听到家人的消息。

得知杨张氏把家里主持得很好，杨爵拱手感谢妻子；得知婶娘不如之前硬朗，儿子们也因为奔波他的事情学业断断续续，尤其他女儿杨子春、杨子秋已相继离开人世，杨爵肝肠寸断，刘魁使劲儿地掐着他的胳膊，才没让监视的发觉他的异样。

夜深人静，杨爵默默流泪，刘魁、戴经默默陪着他。清冷的狱中之夜，是那么漫长。

第二天，戴经不知道从哪里拿来笔和几张纸偷偷塞给杨爵，杨爵背过人写下祭文和《哭女诗》。祭文中回忆嘉靖十九年（1540）父女相别的情景，而今"犴门深锁"，女儿那里又"黄土两堆"，"我心匪石，胡不哀痛？"《哭女诗》直呼"凶讣一闻五内伤"，惹人悲伤。

之前还有几封没有送出去的信，以及记录着偶来灵感写成诗的纸片，被狱友们藏在墙缝里。刘魁为了岔开杨爵的悲伤，提示他整理出来给张本礼带出去保存，留在这里不是化灰破损就是惹事。

杨爵听了进去，他也明白张本礼不能逗留太久，赶着要把这些理好送出去。杨爵渐渐平静下来。

张本礼在回去的旅店里碰到又一次上京的杨偲，把杨爵对家人的嘱咐和带回的东西转给这个憔悴又沉稳的青年，张本礼顺手拍拍他的肩膀回了自己的房间。

看着父亲写在纸张上的一叠文稿，杨偲掩面悲涕。三年来想尽一切办法，来回奔波在陕西富平与京城之间，始终无法见到亲人一面，如今知道父亲精神尚好，就是消瘦也苍老了许多，他的眼泪擦都擦不干。

对着京城方向磕个头，杨偲默念：父亲啊，您一定要活着回来！

他听从父亲劝告，折身跟张本礼往回走，不再不管不顾地惶惶然于路上没有头绪地扑腾。他是父亲的长子，要好好支撑起那个家，等待父亲回归。

张本礼是个细心的人，他路过街镇时，买得笔墨纸砚送给杨偲："贤侄，不如把你大的文稿誊抄留存，这是你们家以后的传家宝。"

杨偲一揖到底后，接过东西紧紧抱在怀里。自此，不顾旅途劳顿，只要投店，他就整理这些文稿。

父亲的大义跃然纸上，几次徘徊在生死一线，心心念念仍是江山社稷、黎民百姓。他曾殷切地告诫子侄读书要贪熟，不要贪多，还教导后辈本分自持。父亲说：

休、偲：

你等安贫守分，县上慎勿干谒。如夫役之类，或赐及，亦当辞之。此皆分外之物，身家之灾也。此言须听，不可忽略。

再说与偲，三十年前好用功，你当勉之。夜亲灯火，勿过饮酒……

回想之前收到的一些信，杨偲有些震惊，他还从来没有发现书信上的父亲是这样慈爱和温暖，在他的印象里，父亲一直是威严的，是伟岸的，是不好亲近的。

可能是这次张世叔见到了父亲，得知父亲真实现状的自己心里的焦躁沉淀下来，杨偲想，居然透过文字窥到了父亲的另一面！是不是父亲那颗柔软的心总被刚硬的外表所掩盖，才一直让人觉得他很冷硬？如今，天各一方，对家人的牵挂终于让父亲的仁爱温和显现出来，这……这真使人欣喜又辛酸！

皇帝不再上朝，严嵩开始撒欢。他大量培植爪牙，操纵国事，贪污军饷，废弛战备。文武官员如果与他不合，往往被他设计陷害。吏部尚书许赞看不过眼，就发动自己的部属周铁等揭露严嵩的权奸真面目。

皇帝一心修道不耐烦国事，见严嵩对自己很是恭维溜须，也想用他来制衡夏言等人，就包庇严嵩，反而指责许赞不团结同僚。

嘉靖二十二年（1543）六月，吏部给事中周怡①上《劾大臣不和疏》道：

……人臣以尽心报国家为忠，协力济事为和。未有公卿大臣争于朝，文武大臣争于边，而能修内治、御外侮者也。大学士銮、嵩与尚书赞互相诋讦，而总兵官张凤、周尚文又与总制侍郎翟鹏、督饷侍郎赵廷瑞交恶，此最不祥事，误国孰甚！

---

① 周怡：1505—1569，字顺之，号讷溪，太平县人。嘉靖十七年（1538）进士。

今陛下日事祷祠而四方灾祲未销，岁开输银之例而府库未充，累颁蠲租之令而百姓未苏，时下选将练士之命而边境未宁。内则财货匮而百役兴，外则寇敌横而九边耗。乃銮、嵩凭藉宠灵，背公营私，弄播威福，市恩酬怨。夫辅臣真知人贤不肖，宜明告吏部进之退之，不宜挟势徇私，属之进退。嵩威灵气焰，凌轹百司。凡有陈奏，奔走其门，先得意旨而后敢闻于陛下。中外不畏陛下，惟畏嵩久矣。銮澒洇委靡，赞虽小心谨畏，然不能以直气正色销权贵要求之心，柔亦甚矣。

　　且直言敢谏之臣，于权臣不利，于朝廷则大利也。御史谢瑜、童汉臣以劾嵩故，嵩皆假他事罪之。谏诤之臣自此箝口，虽有棒机、骓兜，谁复言之？

　　……

　　周怡这道奏疏直言大臣不作为，反而内斗，皇帝每天跟道士们斋醮厮混，设坛祈福，钱没少花，可还是百姓穷苦，边境不宁。臣子都看着严嵩的脸色办公，连皇帝都不认识了！谁弹劾严嵩，严嵩就变着法跟谁过不去，谁还敢说话？言路也不通畅。

　　被道士的符表烧糊脑子的皇帝居然把这道折子发给了严嵩，让他处理！

　　严嵩父子鸡蛋里挑骨头，居然还挑出来周怡"诽谤朝政，诬陷上官"的罪名，重责四十杖，又送到了杨爵的狱室！

　　杨爵也觉察出怪异，心说，自古"刑不上大夫"，这一条大概是从本朝廷杖之风开始就视为作废。如今，仕人因言获罪都押到锦衣卫狱中受刑，而且，还都安排和他住在一起，这是把自己全然当成"反面教材"。他啼笑皆非。

　　周怡也是一位饱学儒士，虽然年轻，但是一身正气，杨爵、刘魁跟他一见如故。

　　杨爵几个人在狱中磨炼，学会一些照顾受刑难友的手法，清创用的草药浸过的药布及防止疮毒发作事先要准备的丸药，已通过有门路出狱的前难友们暗中得一点儿。

周怡有幸得到他们的帮助，好转很快，这个估计在严嵩的预料之外。

镇抚司官倪民却不是个省油的灯，见周怡伤好得快，怕监视的厂卫上报后皇帝申斥自己，特别愤恨杨爵，骂道："杨爵你死不悔改！竟然有精力照顾罪犯，说明你与他一丘之貉！他不能自通饮食，你也停吧！"因此杨爵日子又艰难起来。

一天，杨爵饿得眼花，靠着墙壁节省体力很久没开口，那些监视他的人没得"言动"交差，就绞尽脑汁又蛊惑杨爵给皇帝说几句好听的话，有他们这些人再帮着"美言"几句，说不定皇帝心一软，杨爵的日子也好过些。

杨爵没好气地说："有意而说好话，是为欺罔！"

"不欺罔也行，就说实话。杨御史每日言谈中甚忧心百姓，却对我等不假辞色，我等难道不是百姓不成？也有一家老小靠着这点儿俸禄过活不是吗？你怎么忍心！"

实在被缠不过，杨爵就要来纸笔，又写了一道奏疏：

狱中谏书

……

古圣哲之臣，所以辅养君德而成功业之盛者，孰不切切焉，欲其君以听言纳谏为心乎？汉武帝之臣有汲黯者，自言有狗马之忠，愿出入禁闼以补过拾遗，又曰："天子置公卿辅弼之臣，宁令阿谀顺从以陷主上于不义乎？且已在其位，纵不言，奈辱朝廷何？"魏徵疏唐太宗渐不克终十事，以谏诤为己任。君不及尧舜，其心未肯以自已也。故汲黯、魏徵号称古之遗直，而太宗贞观之治几于三代者，有由然也。

……

我朝孝宗皇帝时，主事李梦阳以言事下狱中，镇抚司本上，孝宗皇帝问左右："当何如批行？"左右对曰："此人狂妄，当答之以示惩戒。"孝宗皇帝特批释放，因语辅臣曰："李梦阳本内事干戚畹，朕不得已下之狱。左右欲朕答之者，朕知左右之意矣。盖既得旨，必密喻重笞，置之死地以快中官之心，而使朕有杀直臣之名。左右之不忠，一至于此！"辅臣对曰："陛下此心，即尧舜之仁也。"

……

又，臣初下狱时，镇抚司官倪民、孙纲以圣怒赫然之下，臣罪深重一时，不令臣自通饮食，惟日给臣以官米。臣又不便所食，又病几死。后陶某等，许臣家人自送淡粥面汤，日得二餐，今四十五日有余矣。延此一息，尚未死灭，此实陛下好生之德……

你们不是想给皇帝汇报吗？行啊，我写来你们送去就是。即便幽囚于此，我，杨爵，依然是大明御史！从尧舜一直比到弘治爷爷，圣上你看看善于纳谏的明君是啥样的！

还有，既然这么"关心"我的现状，如实告诉君上，你的狱吏很能耐，我过得很惨，入狱以来总在生死之间徘徊，但我的本性没法改，你按照大明律例公审我，或者你杀了我，流放也行，给句准话先。

不知是皇帝被弑反应迟钝，还是被弑之后有所反思，杨爵这本语气生硬的奏折送达以后，没引起紫禁城什么反响，倒是把北镇抚司上下气个倒仰。想打他，陆炳说无旨，你们还是消停点儿，不要引火烧身；不打，憋着难受。

这些酷吏动脑子，绝饮食要用上，但不新鲜效果也不好，别看世人对锦衣卫大狱谈之色变，其实也不是没有"运作"的缝隙，没听那茶楼说书的说佛祖面前也要懂人事嘛，水至清则无鱼，也不能管太严！再加点什么码呢，对了，文人不都爱舞文弄墨吗？好！从今天开始，杨爵那一囚室指甲盖大点纸片也不许飞进去！

所以，杨爵这里饥一顿饱一顿的还不算，笔纸成了第一奇缺的。

周怡觉得这比不让人吃饭还难以忍受，更何况皇帝根本没把他的奏折当回事，朝中如今更加乌烟瘴气。这位疾恶如仇的周主事想来想去，打算尸谏！

他双目赤红的样子吓了刘魁和杨爵一跳，却不得要领。恰好周怡的弟弟周恪来京城为周怡之事打点，设法来狱中看望他，周怡向弟弟交代身后事，几个人总算明白过来,都一边死死地看住他,一边安抚劝勉。

"那严嵩和陶仲文都老迈衰朽,是不是?顺之你还年轻,怎么也能熬过他们吧,天不会总下雨,这几个人一旦遭了天谴,那位能迷途知返也不一定,硬是要耐着性子,且留住青山!"

周恪也用老母在堂说事,周怡才慢慢回转。

章勺觉得要从根子里打消周大人的念头,只怕还得用诗文。想到杨爵经常用树枝在地上写字,他灵机一动,破碗碎瓷,拾一片当笔,在墙上题诗。这办法好推广,也无法被限制,杨爵他们一学就会,监狱的墙面就成为他们互相交流的园地。

刘魁和杨爵各从名师,才学出众;周怡也是腹有诗书,多才多艺。他们坐而论道,以消磨这毫无出头之日的囚禁岁月。

北镇抚司的墙壁上记录下杨爵那些闪烁着微光的句子。

今日患难,安知非皇天玉我进修之地乎?

若论义理则当为即为,当止则止,岂计得罪?

深居此地,须要置生死于度外,刀锯临之,从容以受,致命遂志可也。

士之处世,须振拔特立,把持得定,方能有为。

今日早起,朗诵"君子之所以异于人者"一章,即觉襟怀开洒,心广体胖,有《西铭》与物同体之气象。

……

狱友们相继模仿,很多在狱中狂躁抑郁的人因此渐渐恢复清明。那些厂卫和狱吏,有摇头叹惋的,有不屑一顾的,有毁字讥讽的,却没人再针对杨爵。

杨爵几个人便"降心以相从也。劓摩修诣,绎四子诸经百家,研精于《易》,著《周易辨录》及《中庸解》若干卷。诗文赓歌,身世顿忘,如是者五年"(语出《斛山先生墓表》)。

三十六　辨易联诗自安心

几年幽囚，杨爵已经变得很会接受现实，帝王乱吃丹药病得不轻，善变易怒也没啥说的。他和他的同僚们，谏言奏疏上也上过，也搭进去好几条人命，鲜血已经唤不醒的人，谁还能怎么样呢？只可惜了那多灾多难的大明子民，何其不幸，生于当今天下来受苦！

皇帝得到厂卫的汇报，对杨爵几人的言行不置可否，那些看热闹的人只觉得无趣。镇抚司的人也吃不准那位的心思，便就睁只眼闭只眼不再较真，让杨爵偷偷通个饮食也罢，切磋诗歌义理也罢，大致上过得去就行。

杨爵、刘魁、周怡三个难兄难弟也就乐得自在，在监视松懈一些的时候，想办法弄来纸笔和书籍，直把监狱当成书院。他们轮流讲学，将年轻时读的书、学的经典都研习了个遍。

那个被杨爵"骂"过的叶经在嘉靖二十二年（1543）夏巡按山东，以监临官的身份参与乡试。出题的人出了一道"边寇侵侮，御应失当，中国疲敝，事当安集"的题目考学子。

有一个学子在答卷中写道：防御敌人，不要心存侥幸想要他们不来，而要有备无患，做长久的打算。然后，他指责现如今的边防有苟且偷安之嫌，贼寇猖狂，就是看到了我朝的弱点。希望少盖点神坛，多建点防御工事，多发点经费搞军备等。

阅卷的人都不想把这份答卷留着，叶经却说这卷子写得好，直接封存送到了朝廷。因为叶经曾经弹劾过严嵩十条不法之事，被严嵩狡辩过去，但仇可记得深着呢。严嵩看见这试卷高兴死了，立即叫人指责叶经指使考生"讥仙"。

于是叶经就跟杨爵一起在镇抚司监狱住了几天。

经过严大学士的不断努力，此事发酵得到处被议论。这年秋，皇帝下诏：叶经以"讥谤"罪，在午门外杖答八十，削籍为民，发还老家。如严嵩所愿，叶经死在了路上，年仅三十八岁。

杨爵听说后痛心之余，写《叶御史传》给他，感叹"同一死也，而有轻于鸿毛者，有重于山丘者"。

嘉靖二十三年（1544）何时来的，杨爵不记得，他的《周易辨录》已经写了多一半。他说："困病中，日读《周易》以自排遣……系辞曰'困，德之辨也'，吾以验吾心之所安，力之所胜如何耳。"

好友李宗枢为百姓耗尽了生命，杨爵哭他，同时也为他庆幸，总好过在狱中浪费生命吧。

听说马理老先生起复没几天又要致仕，是不愿意再看这些乱七八糟的官场表演了吧？而恩师韩先生又去做什么右副都御史，巡抚江西。唉，弟子们不才，累先生经年上下奔波！您是在替弟子们多做实事吧！以我和韩先生您的默契，知道您愿意起复，绝对是为了民生。在其位，受点权奸的鸟气是不假，但还是可以为百姓们做一些力所能及的事情啊。

杨爵有些心疼恩师。韩先生已经六十七岁，早就决然致仕，还能出来再蹚这浑水，一定是希望用他的老羽为天下人遮挡一点儿风雨。我不能输了恩师的气场，杨爵想，辨完《周易》，《中庸解》也要尽快动笔，总得在世上留点儿东西才行！

刘魁、周怡也有此想法，所以三个坚守本心，因性情耿直而被囚禁的士子诗文往来，把龌龊、肮脏的监禁之地用书香装扮，生生在死地把囚徒的日子过出了勃勃生气。

正如杨爵的亲家、好友韩邦宪的一副对联：

暗室抱无愧之心，鬼神如见；
幽居怀自得之乐，花鸟犹知。

杨爵用诗文记录了一段"风花雪月"的囚禁生活：

读易
余既久在罪难中，自念君子存仁，造次颠沛，未尝少懈。

清明
清明节，人以柳絮一枝赠予，予即谢之以诗，有"知君怜我囹中久，故送乾坤生意来"之句。既而观之，不觉心旷神怡，动静坦夷，郁抑百结之愁肠，忽变而为廓然无涯之胸次矣。

七月七
世传七月七日，天孙出嫁，人间女子乘时乞巧……予今日狱中所乞，则异于是。他人乞巧，予惟求拙。他人乞荣显，予惟以罪自安于困辱焉。予素所畜者，欲退则躬耕畎亩，以全微躯，进则劳心以利天下，此平生之志，至拙之术也。

狱中慰章秀才
万事总由命，宜须安受之。
但求一念是，莫叹百忧罹。
窘迫宜自处，将来做广居。
乐天境界上，得到是男儿。

谢信官
患难人多畏，信郎独不疑。
再从牌上写，囊在手中提。
每日多君厚，经年济我饥。
老夫穷困里，报汝一联诗。

元日次晴川①韵

已远昔年鹓鹭班,遥从犴狴仰天颜。
形踪眇眇寰帱下,世故忡忡方寸间。
患难久凭君德厚,赤诚只自我心闲。
平生不洒身家泪,两眼今为天下潸。

述怀

禁里东风觉渐和,背阴残雪果无多。
眼前楚楚蜉蝣羽,心上悠悠击壤歌。
道义无穷须共勉,时光有限莫蹉跎。
遥将佳趣问良友,雁过长空兴若何。

端午节

囹中佳节喜相寻,况有良朋与合簪。
蒲酒且同今日乐,负盘因见古人心。
忧时未恤身危久,宥罪还思恩诏临。
此日密云成骤雨,似伤屈子泪淋淋。

刘子寿日

初度囹中今四度,白头万里杳江乡。
瞻思凤夜九天远,感恻彷徨一念长。
我辈元来多妄动,圣朝未肯杀忠良。
寿隆本自君王造,但把赤心俨对扬。

正月二日寄偲儿

秦关消息久无传,说与儿曹莫涕涟。

---

① 晴川即刘魁号。

囹圄暂留今日福，圣明定宥往时愆。
舍南舍北一天雨，山后山前百亩田。
收拾家中旧锄耒，待吾归老伴余年。

谢人送米

十年分袂去燕台，囹圄今同春酒杯。
久难应教愁态老，逢君暂得好怀开。
宜时化向秋曹誉，淳古风从海岱回。
廊庙一朝思旧绩，共看琴鹤觐天来。

冬至

气转初阳觉尚微，强吾羸病掩圜扉。
寂静真源须探取，盈虚妙应自相依。
两年长夜独悲感，一点丹怀孰与欷。
邈想周文幽囚里，先天衍作后天机。

读微子篇

开卷悠悠忆昔贤，知将人事委苍天。
千年王子忧心在，老泪而今堕简编。

有人犯晴川者以此慰之

一片西飞一片东，浮云终不碍长空。
人间变态闲来往，何与无涯胸度中。

寄偲母

偕老糟糠重德音，圜门无奈两年深。
寄来秦树三囊枣，见汝忧勤一段心。

看着日渐加厚的诗稿，杨爵老怀甚慰，刘魁和周怡也有不少诗文。三人互相传看，相互点评，有时也相互调侃几句"老夫聊发少年狂"，吟诵到"平生不洒身家泪，两眼今为天下潸"这句时，三人不禁潸然泪下。

有时，兴致高时，他们以水代酒，邀请邻室狱友联诗为乐。

看花（一）

翟　鹏：看花忽尔动遐思，忆昔长安得意时。
　　　　今日看花虽异地，此花亦与人相宜。
杨　爵：随身着处忘升降，信步趋来履险夷。
　　　　怪得幽中怀抱好，兴同贤哲坐东篱。
刘　魁：人心谁谓不如古，造物从来岂有私？
姜时和：好景纵观皆乐地，从教无日不相随。
周　怡：百年显晦浑闲事，一笑荣枯便释疑。
翟　鹏：但愿此心常共赤，何须殊色与争奇。
杨　爵：要知展转艰危里，天欲吾曹慎所之。
刘　魁：南北朋簪非易盍，乾坤脚板岂难支？
杨　爵：真机每向花前得，终不逢人一皱眉。
　　　　莫道看花淹岁月，恩光指日是归期。

看花（二）

杨　爵：与君斯邂逅，一叶报新秋；名姓谁知道？
林　华：心情见尔俦。
刘　魁：盍簪如有像，丽泽复何求？
周　怡：珍重朋来义，相期到白头。

看花（三）

杨　爵：每过花前动我思，
翟　鹏：雨余复见长新枝。

三十六 辨易联诗自安心

刘　魁：乾坤生意原无尽，
杨　爵：物理乘机默与移。
翟　鹏：向日一心终自赤，盈园诸品独无缁。
杨　爵：耐寒松柏千年秀，与尔同当天下奇。
翟　鹏：粉墙斜倚似含思，
杨　爵：真蕊倾阳正满枝。雨露时从天上降，
翟　鹏：根荄曾向圃中移。
周　怡：无边心事终怀赤，满眼风尘不受缁。
翟　鹏：雅态自堪供玩赏，何须解语始为奇？
刘　魁：谁云仁远未之思，物迩还怜一两枝。
　　　　开落随时皆自得，
杨　爵：晦明向日更难移。
翟　鹏：虽无脂粉容常艳，便出淤泥色不缁。
　　　　一种天香元自异，姚黄魏紫未为奇。

翟鹏①虽是永平府抚宁人，但他曾任陕西副使，后升按察使，对陕西很有感情，且为人正直，才思敏捷。此前他不耻与严世蕃为伍，赋诗明志曰："唯有寸心悬帝阙，更无尺素达权门。"因此得罪了严嵩，被构陷治罪，才羁押到这里不久。

杨爵等极其希望诗书冲淡翟尚书的愁绪，常常邀请他一同联诗。翟鹏不负众望，出句又快又多。

刘魁笑道："联峰兄才简。"

周怡说："斛山兄也不遑多让，我好容易抢上一二句。"

杨爵笑而不语，这样的联诗，让人把满腹的郁气一吐而出。

看他们这样快乐，那些心术不正的东厂人很不乐意。下了诏狱还这样开心，没见过！又有人动歪心思，想做点儿手脚恶心他们。

---

① 翟鹏：1481—1545，字扶九，又字志南，号联峰。

东厂校尉苏宣平日待这些人最温和，私下很照顾他们。恰好有个人与苏宣在平日公干上有点儿小小的个人恩怨，就给上级告黑状说苏宣和杨爵私下勾搭，诋毁圣意！陆炳就把苏宣鞭笞五十，关了禁闭，后来还把他革了职。

东厂太监徐府认为苛待杨爵本来就是"秘传"，就没有明文规定，现在这样明目张胆地处置苏宣，很不妥当，亦被陆炳鞭笞八十，降职到南京去做烧火的杂役。

这件事情确实让杨爵三人闹心了很久，觉得人心太险恶。他们参与的是国事，与这些小毛卒子并无个人恩怨，这些人何以相欺至此？简直没有人性！

苏宣得知后，让之前一个交好的同行捎来一张便条："别为我担心，应当永远心胸开阔！"

令那些恶人大跌眼镜的是接任者杨栋。这人是霸州人，字国用，是一个大孝子，他曾经割自己的肉熬羹给母亲治病，可想而知，也是个很正直的人。

杨栋本来就打心眼儿里敬佩杨爵这几位大人，觉得他们是国之栋梁，应该善待。只是他生性沉默，不像苏宣那样直爽，凡事都做在明面上，丝毫不避讳，而是悄无声息地把对几个人的照顾做得不知不觉。

杨爵、刘魁、周怡见和之前没多大变化，和外界的联络反而更便利了一些，心知是杨栋的恩惠。世上总是好人多，苏宣是，杨栋也是，他们也就释然，果然还是孔圣人说得对，"十室之邑，必有忠信"。

出去的钱德洪也没有忘记杨爵，经常通信问候，很是关心他的日用，经常托人给杨爵送东西，还主动关心杨爵的子孙。

罗洪先也不时地写诗寄来，跟杨爵遥相唱和。

一次罗洪先写信说："得到年兄的诗，俱已答和。只是尚未推敲恰当，所以没寄来。"

杨爵回信说："元老大臣家食，君十年未尝片纸通权贵，乃以一诗结交狱中的我，我知足。"

杨爵一日回想自己的经历，觉得既心酸又慷慨悲壮，忽然无限思绪在心，写诗道：

三十六 辨易联诗自安心

遣怀

梦想丘园孰与班,秦中泾沚傍商颜。

百年须系闲中罢,一曲长歌日暮还。

月朗风清皆自得,鸢飞鱼跃在其间。

茅斋却笑堪人意,正对南山倚北山。

他的思绪随着诗句而豪情满怀。人生多变故,最难得的便是心安,又忽而将心思飘远,想象着如若皇帝看了那道奏折不是生气,而是有所感悟,那,又会怎么样?如若自己尚在任上,不知能做多少于民、于天下有益的事?或许……唉,也罢,或许都是做梦的事。有时候,个人的不幸是整个大明朝衰败的缩影。

三十七　出进皆因紫姑神

　　诗书和志同道合的朋友在侧，日子就过得特别轻快。杨爵听说自己的先生韩邦奇升任刑部右侍郎时，嘉靖二十四年（1545）的新年已过去一个月。

　　这几年，诏狱里的人进进出出，墙外的朝臣升升降降，没有什么风声传不到这四堵墙内的，可笑世人总还自以为做得隐秘，没人知道！人人一张嘴，流言往往比风还吹得快。

　　看人家起起伏伏，任是谁被丢在狱中四五年不放，心里都会不平衡。杨爵看着墙角的残雪，舌尖发苦。

　　我这几年别的有限，学问是日益精进，《周易》可辨，《中庸》善解，只不知将来会有谁勤奋读来，领会我杨爵幽囚此地，写这些文字时的深意？

　　韩先生曾经教导我说，关学，最最注重践履，张载夫子从一开始就讲："（你们）务为实践之学，取古礼，绎成义，陈其数，而力行之！"

　　碌碌风尘，我杨爵三十七岁中进士，至今五十三岁，十六年过去，仅仅写过三本奏疏为民请命，算是尽到一点儿关中士子的本分。可我终究是无所建树的！关学的精髓在我杨爵这里，就只剩下那一点儿节气尚存，这不是我的初衷啊！

　　牢底坐穿又能如何？

　　刘魁、周怡和杨爵相处几年，彼此了解得很，见杨爵神情郁郁，互相挑挑眉毛，默默地同他站在一起，无言地陪伴着他。

　　良久，刘魁打破沉默说："不如咱们哥几个今日说说《春秋》？"

　　心知他在安慰自己，杨爵笑道："子曰：'不知命，无以为君子也。'你是这意思不？"

周怡哈哈大笑："你们看看这破题之神速！"

杨爵故作得意地说："说《春秋》可不就是为了引出'子曰'吗？"

刘魁这次也没忍住，哈哈地笑起来。

四月，对这三人一直很友善的一个守狱官洪百户，因故被上峰调离职位。

狱吏是个肥差，犯人为了好过，都会贿赂他们，他们因此颐指气使，吆五喝六，脾气大得很，洪百户自然也不例外。但他对杨爵三人却很友善，时常跟属下说："这几个人是国家的忠臣，不要对他们失礼。"当然属下们也就听听，在洪百户面前有所收敛而已。

其他犯人就没有那么好的运气，洪百户也跟所有狱吏一样不厚道，常常拿犯人撒气，非打即骂。

这次调职，皆因他把一个人苛刻得过于凶狠，被反抗闹起来的。

洪百户时常来杨爵这里诉苦："我是个好人，平日最是公正，你们是知道的！只是这世道太不公平啦！"

三个人承他的恩情，刘周二人感谢之余也好言相劝，人这一辈子起起落落很正常，云云。

他说的话，杨爵却没有直接回应，写了个寓言故事叫作《孤麋传》：

大峡谷中，有一只受重伤的麋鹿碰到一只白老虎要吃它，它哀求许久，白老虎都没答应。

这时，来了一只黑老虎，说："这只麋鹿是君子麋，只吃水草，你看它瘦的，肉肯定不好吃，而且吃了君子麋，就会遇到不祥之事。"白老虎听后才扭头走掉。

黑老虎怕再遇到其他老虎伤害这只麋鹿，就把它保护起来。

但黑老虎也是食肉动物，见到别的麋鹿可就没这么客气，杀生甚多，被告到了森林社坛公那里。

社坛公依法囚禁了黑老虎。

黑老虎饿急了，希望这只麋鹿到社坛公那里给自己求求情。

社坛公没有听取这只麋鹿的求情言论，因为麋鹿群体大多数说这只黑老虎

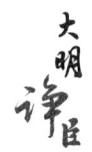

只在孤麋处是好老虎,在我们大伙这里比那只白老虎还要祸害一百倍!

孤麋告诉大家:"这只黑老虎是君子虎!"

群麋笑话它:"在老虎里求君子,你没傻吧?除了对你好,它有时候还不如白老虎呢。你去求社坛公,让黑老虎对人人都像对你一样好,看行不?"

洪百户看了《孤麋传》之后讪讪然,此后不再来这里。

刘魁和周怡对杨爵啧啧称奇:好啊,杨斛山,敢情还有这一手!

八月,杨爵的《周易辨录》书成,狱友们传阅之后,以水代酒,恭贺他。

嘉靖皇帝听到后哼了一声,没再问,只要不吵吵嚷嚷地上疏"逼迫"君王,爱咋咋。

严嵩、陶仲文那里自然也有人跟他们通气。严世蕃还阴阳怪气地赞美这些言官很有文采,环视自家的富贵荣华,想想那污臭阴暗的牢狱,打心眼儿里觉得杨爵他们都是怪物。读死书,认死理,有个鸟用途?嘁!关到那地方慢慢磨你们,谅你们也翻不出大浪花。

近来皇帝迷上了请"紫姑神",就在西苑建造了一个高高的、四四方方的箕台。箕台上摆上一个大神台,撒上米、面等,道士在一旁焚香祈祷请紫姑神。

皇帝把要问的问题写在纸上密封好,交给自己的贴身小太监,然后两个小道士一人一边,手扶特制的架子,随意在米、面上比画,片刻后辨认米、面上的划痕,附会上一些文字或者图案等,就算是"神谕",和问题两相对照,以断吉凶、求提示等。

嘉靖皇帝勇于"创新",不仅问健康、家常等琐碎事,有时候也拿国家的大事来问紫姑神。严嵩等老奸巨猾的朝臣就勾结小道士、小太监,乱下"神谕",以左右皇帝,借"神"谋私。

枉嘉靖自认聪明,所问事情均随机又密封无人可知,只有神知,岂不知近侍们早就把他的"秘密"善贾而沽。

八月十二日,皇帝又请紫姑神。

这次皇帝别出心裁,写了个"麋"字。杨爵那篇寓言故事极其有趣,每当看奏折看得疲惫,皇帝就会想起来拿着看一看,今天,他忽然心血来潮,想问一下紫姑神，杨爵将会是何种结局。

其实嘉靖皇帝之所以笃信问紫姑神的事，得到的一定是神谕而不会有人造假，就是因为他自负，问问题自来是如出谜面一般用覆射的方法，指东打西，一般人很难懂。他平时跟大臣说话，尤其是跟内阁大臣斗心眼儿的时候也是这德行。

据说满朝文武，只有嘉靖二年（1523）的探花郎徐阶，猜谜语是皇帝的对手，而严嵩能对得上全是因为有个能干的独眼儿子严世蕃。

可这次连严世蕃也没办法猜出皇帝要问啥。徐阶呢，目前还不在权力中心。

小道士们自有一通处世之道，凡不知道的事情，尽管让紫姑神"降下"模棱两可的"谕"；有些事呢，则按照陶仲文或严大学士的暗示来"降神谕"。暗示的方式，才是他们自创的正经的"密语"，类似于摸鼻子、抠眼窝、拉衣襟、手指微动等各代表某种意思，很少有外人看得懂。

今天这请紫姑神"请"的时间很漫长，还迟迟没有接到哪家大人的暗示，估计问的事无关紧要。这个"麋"他们知道啊！姜子牙的坐骑，本教神物呀，他们毫不犹豫地"扶乩"出几个字："善待之。"

皇帝惊得站起来，半天没想通为什么会是"善待之"。杨爵指责起朕来毫不留情，难道还真是忠臣了？还是那些传言都是真的，他在狱中真的得了神仙的护佑？

内心里，这位帝王更希望杨爵是"神佑"，而不是什么"孤忠""谠言"的诤臣。他决定听神的，就下诏"赦其罪，为民籍"，放杨爵回老家去；又觉得那个周怡也跟杨爵差不多，说话直了点儿，也一并放了吧。

圣旨一下，严嵩后悔得肠子都青了，怎么把杨爵那篇狗屁不通的《孤麋传》给忘了！杨爵这种二愣子怎么能放？后患无穷！还有周怡，这可是弹劾过自己的，更不能让他翻身！

严嵩找来严世蕃，二人处心积虑地谋划几天，最后认为皇帝只说让放杨爵跟周怡，没提跟他们一屋住的刘魁，可见刘魁不愿意建造"雷殿"这事是皇帝心里的一根刺，无可赦免！咱们就拿这去刺刺皇帝。

于是，严嵩假惺惺地进言皇帝："二臣荷蒙圣慈宽放，诚天地好生之仁。但原监犯人尚有工部员外郎刘魁，与爵等事体相同，乞一体宽宥！"

皇帝这一阵子正信任着严嵩，也是不愿为这种事搁这磨叽，他身体有点"不适"，急着回去"采补"，想也没想就答应了。

哎哟，严嵩这个气啊！怎么能这样！严世蕃就给他爹出主意：他们不是"扶乩"给放的吗？就在这上头做文章啊。能放就能抓啊，是不是？父子二人暗中布置不提。

杨爵三人别过章匀，当即买舟，取道通州张家湾，同船南下。一路上，他们还讲学论文，不喜不悲，到了临清，杨爵才上岸由陆路向西，自回陕西。

八月底，听了陶真人又一番天花乱坠的"说法"，皇帝觉着应该再建造一座更华丽的箕台，这样修行会更快。

兵部尚书代吏部尚书熊浃颇有微词，嚷嚷道："简直胡闹！"据说还有几个御史私下里"商商量量"，打算一起上奏折，谏言这类事情太荒诞，不能再用箕台决断吉凶来误国！

这些事恰好给锦衣卫探得，嘉靖皇帝就怒道："就知道杨爵不能放！看看，这些妄言的混蛋立刻就冒头了！"

九月十一日，嘉靖皇帝密谕东厂日夜兼程，换马不换人，快快再把杨爵、刘魁、周怡三个人给抓回来。

九月二十八日，东厂校尉来到笃祜村的时候，杨爵回到家里才刚刚十天。

他们来之前听说杨爵家贫，没想到是真的，看看这土墙围成的院子，低矮的土坯瓦房，若不是村民指引，哪里会想到这是朝廷命官的家！可见杨爵那三年"天子使"都是白当的，两次做监察御史，也是净想了什么"民惟邦本"。世上真有这等人，可钦可佩！

杨家一眼能看到头的简陋院子里，杨爵正坐在堂屋里吃饭，稀米汤、野菜麦饭、黑馍。他看一眼两个正进门的校尉，很平静地说："坐下吃点儿。"

两个校尉从来没吃过这样的饭，不知道咽得下去不。杨爵有五年镇抚司的监狱生涯，大家也算是熟人，他们早知杨爵的为人，也就没有言语，跟他一起安静地吃起来。

饭毕，两校尉宣旨。杨爵拜旨毕，说："走。"

一个校尉看了一眼屋内，示意杨爵道别，杨爵就朝里面说："朝廷逮我，我走了。"

亲朋们哭着送至村外，他的好朋友王泉岗恰好走到村口。一得知他回来的消息，王泉岗就兴冲冲赶来会友，不想又是一场分别，眼泪唰地就下来了。

杨爵吟诗告别：

> 白衣黑马出乡城，饮饯多君挥泪情。
> 世上谁无生死路，不须分袂叹危行。

王泉岗心说，还好这次备有几件衣物打算送给杨爵，就含泪把包袱绑在他身上，看着一骑烟尘向东而去。

一行人到潼关时，杨爵的同年好友原案和汪尚宁闻讯等待在半路上，送给他银钱、干粮、衣物。这两个人一一上前跟杨爵拱手，一句话也没有说，把准备好的东西往他马上一绑，挥手道别。

这种时候，言语其实是没有意义的。他们本为同年，同气连枝，惺惺相惜，站在这里就是情谊，比任何话语都来得真切。

汪尚宁是现任陕西兵备，镇守潼关。原案一直安做田舍翁，近日在附近三河口闲游，半路上听说杨爵的事，就赶着去找汪尚宁，一起在差役必经的馆驿旁的路上等着。

杨爵从前的总管顺子也赶到潼关相送，不过来晚一步，杨爵几个人已经走得看不到踪影，只碰到了还站在原地引颈张望的原案。遗憾使这个关中汉子眼圈微红。

校尉们没有上级在面前，显得很有人情味，一路上也不太催促。沿途遇见风景名胜，杨爵有兴致的话就写下诗词。

十月二十四日，杨爵被送进东厂；第二日转到镇抚司，又住到之前的牢房里。

十一月二日，周怡被押送到了东厂；十一天后，跟刘魁一起转来镇抚司狱。

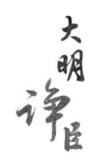

这一次三个人都枷锁系身,各囚一室。那两位是半夜转到这狱中的,来的时候动静很大,狱吏大声呵斥,粗鲁地给他们戴枷锁,如同对待猛虎。

三人的囚室仅隔以木栅栏,可以交流。一见面,他们气息都没有喘稳,就急急地打招呼。狱吏讥讽说:"这时候还嘘寒问暖,关系铁得很呀。"

第二日,三人借着如厕才得以详谈,原来周怡头一天到家,只见到了母亲,次日就再次被捕。

刘魁当时离家还有七十里路,压根就没回到家。东厂校尉跑得快,比他还先到他家。东厂没见到人,竟然疑心是他逃跑,很歹毒地把他弟弟抓了。刘魁听到消息,转身追上去换回弟弟,根本没有时间见家人。

大家听了,不胜唏嘘。

这次镇抚司官以为这三个人再次被逮来这里必死无疑,就不让他们通饮食。

杨爵、周怡都不吃囚米,高声朗诵《孟子》中"一箪食,一豆羹……"。

刘魁劝他们说:"朝廷既然没有处死咱们,怎么能忍心不让我们吃饭而饿死呢?"

司官也听到了这话。就是,没人下旨处死他们,饿死在自己这里算怎么回事呢?弄不好会给对头们留下攻击的借口,于是就允许他们三人以刘魁一个人的名义送饭吃,有了麻烦既可以少担点儿责,也不至于饿死人。

过了几天,司官又说:"今冬干旱,圣上祈雪,没有灵验,恐怕又要加怒于你们三个,看来你们只能吃囚饭了。"

杨爵说:"难道非得把我们三个饿死,天才下雪吗?"

一个方脸络腮胡子的校尉路过听见,怒骂道:"这是人说的话吗?食草者才会说这种话!"

次日果然就断了他们的饮食,一到饭点,人家送饭、吃饭,人来人往,这三人坐在冷房子里,水米未进。

章勺想给他们饭吃,没有给成,气得也绝食,将省下的干馍,掰成小疙瘩,隔着栅栏扔给他们三个。

杨爵的另一个邻室这次住的是百户雷聪,是个军人。他敬佩几位的为人,就隔三岔五私藏点稀粥，分给三个人吃，却不小心被狱卒发现。这个狱卒当即怒骂不休，还差点儿用枷锁锁住雷聪。雷聪低声下气地说了很多软话才被放过。

三个人饿得站立不起，如厕都很费劲。

杨栋看到这个情况，暗暗叹息说："怎么能让忠义之士困苦成这样？"就悄悄给司官说："圣上也没有明着发落这几个人啊，饿死了只怕又是咱们这里的事。清流之类的，平日倒也罢了，一有个话引子，群起而攻之，没的泼你一身污水，很不划算是不是？不如试着通上一个人的饮食，看看上面的反应，咱们心里好有个谱。"

司官想想也对，就点头同意，结果根本没人管这事，这才放心地让他们依然通过刘魁自通饮食，没再废话。

杨爵三个人继续当"反面教材"，有了下狱的仕子，圣意不明的，就参照杨爵处置。如兵部侍郎张汉，都给事中尹相、林廷㙟、张尧年，御史何惟柏、桂荣等，一进狱中，先直接枷锁系身，断绝饮食再说！

幸亏刘魁还可以给大家谋碗稀饭吃，这几个人才得以保全。

杨爵叹息说："这都是我一时狂妄的过错，竟然连累士林至此！"

刘魁、周怡说："己身不足惜，惟怕罪累朝廷耳！"

熊浃那道谏言不应建造箕台、"乩仙"荒唐的折子，还是于十一月二十二日递了上去。有人煽动他出头是实，他真的看不得这个把国事当儿戏的方式也是实，不久，被罢官送回故乡。

这一年秋，俺答在松子岭杀了守备张文瀚，一路抢到大同，参将张凤、指挥刘钦战死。

皇帝的耳根却很清净。

三十八　火起醮殿释三人

虽然狱中的生活还是跟那五年一样，时松时紧，司官、东厂监视的人脸面阴晴不定，时而礼遇，时而苛责，但杨爵他们的心境比之前却大不相同。

所有的事实越来越明显地指出一个真相，皇帝住在西苑就没打算出来主政，而严嵩的权势也渐渐地失去控制。有这样一个人蒙蔽圣听，妨害政治清明，大明前程可想而知。

杨爵三个苦心孤诣、忠君爱国的人忧心如焚，但如此官场，使他们毫无施展的余地，这无疑是钝刀杀人，折磨身心更甚。

嘉靖二十五年（1546）的春天浑浑噩噩地过去。

一日，杨爵在放风时走到一口井旁，探身下去，只见井壁青苔浓密，井中之水湛然清澈，《周易》中"井渫不食，为我心恻"的句子不期然泛上心田，他不觉悲从中来。自己如今也是《周易》中所说的那一井水啊，是如此清澈甘甜，却没有人饮用！

回到屋内，东厂监视他的一个人休假回来换班，埋怨房间气味难闻。

杨爵黯然。这里久不见天日，没人打扫，犯人动不动被打得血淋淋的抬回来，吃喝拉撒混在一起，又没有水清洗，能好闻吗？

那位坐了一会儿，忍无可忍，跑出去找来一炷香插在瓦缝中点燃。神奇的是，这炷香燃尽之后，香灰凝聚不散。杨爵把它悬挂在墙上，一直到第五天，那香烬依然完整如同未曾点燃时的样子。

杨爵心有戚戚，看着它想心事。这炷香难道是怨气太重，所以凝灰不散？是啊，它的同类不是在圣殿，就是在高房大屋的富贵之家效命，唯有它点到这阴暗晦气的地方，面对的都是些被打得惨不忍睹的犯人，听着惨叫，看着血脓，它心里能舒服吗？

或者是刘球刘忠愍[①]、周天佐、浦铉之中的谁，心忧国事，死不瞑目，郁气凝结于此香之上？

他心神俱震，提笔写下一篇《香灰解》，结尾写道：

吾为尔摩散之，再拜而祝之，曰：

匪人焚尔，惟尔自焚。尔不馨香，与物常存。煅以烈火，腾为氤氲。上而不下，聚而不分。直冲霄汉，变为奇云。余香不断，苾苾芬芬。龙逢比干，相与为群。尔宜自慊，胡为云云。理无二致，吾以喻人。事苟可死，何惮杀身？愿尔速化，归彼苍旻。乐天委运，还尔之真。拜起凄怆，双泪盈襟。呜呼！易化者一时之形，难化者万世之心。形化而心终不化，吾其何时焉与尔乎得一相寻也。

周怡看完之后，给刘魁说杨老兄这是借物喻人啊，与其说开解香灰，还不如说自解。

几人遭遇相似，又哪里会不感同身受？不免伤感不已。如今俱面临"烈士暮年，壮心不已"之境，真的是心有余而力不足，而且是人为地让他们力不足！一炷香尚可以因郁结以至于凝而不散，表达心中不满；他们呢，又能如何？

四面囚歌，何其悲苦！

这一夜，他们辗转反侧，尤其觉得长夜难明，黑暗寂寥。天亮，看见日光，看上去很惨淡。

杨爵叹道：前几年，在狱中还能梦见诸葛亮、王阳明等前辈，如今只怕这些智者也很失望吧？这次入狱，他们竟然一个也不来我的梦中！

不久，杨爵听说他初下诏狱被打得死去活来那段日子，有一个自号孤松的

---

① 刘球：1392—1443，明英宗时著名的谏臣，下诏狱后被肢解，死状甚惨。景泰年间追赠谥号"忠愍"。

人日夜念经，祈祷杨爵能活下来，这个人如今身死归阴，他却无法前去吊唁，让人无限感伤。

又听说七月的时候，黄河在山东曹县决了口，也不知道又有多少人因之枉送性命，有多少人又被迫流离失所？

不知是年过半百行将就木，还是对未来不寄希望的缘故，杨爵觉得自己的身体渐渐虚弱，三天两头感冒，而且才思大不如前，浑身懒懒的，写出来的东西很少。不过，他还记着被释放的日期，到了日子，写首诗纪念：

乙巳年八月十二日主上符鸾释放寻复逮系有感

忽忆去年今日秋，犴狴同得荷天休。

暂归故里观三径，传播纶音到九州。

明主心无偏好恶，小臣罪未了幽囚。

有时旷荡恩还下，稽首遥辞五凤楼。

年底，杨爵的同年，人称"火药将军"，研制出地雷、手榴弹，令大明劲敌蒙古俺答见到他便绕得远远的那个军事天才曾铣，弹劾甘肃总兵仇鸾错失战机，仇鸾被捕入狱，却也给他自己埋下一个杀身之祸的引子。

嘉靖二十六年（1547）元日，天气很好，杨爵和刘魁、周怡互道"年好"。

镇抚司狱的司官破天荒地允许三个人同时放风，他们靠在向阳处的墙上晒太阳。

刘魁晒得身上暖洋洋的，脱口而出道："一元复始，万象更新。"杨爵和周怡忽然感到内心有种莫名的喜悦。

周怡心道，难道是我等大难将满？他却不敢说出口，怕失望，更怕引出伤感，只是问道："如果人生能够重来一次，二位仁兄会怎么样？"

杨爵说："《正谏》云：'不谏则危君，固谏则危身；与其危君，宁危身。'我关中士子，身可狱，为国家计利害，志不可夺。"

刘魁闭着眼说："我们师门一贯推崇'致良知'，若再来一次，仍来这里与斛山联诗。"

周怡笑道:"还有我。"

四月,跟他们一起联过诗的翟鹏、姜时和两人相继死于狱中,姜时和的寿衣还是杨爵亲自给穿上的,几人各焚诗词,纪念两位同僚。

十一月五日一早,杨爵忽然想筹易。没有铜钱,他折了几根小竹篾,摆弄了一会儿,高声说道:"焕吾兄,我记得你那里还藏着一点儿酒?"

看着杨爵少有的兴奋样子,刘魁和周怡心里登时明白了大半。

在这种地方藏匿物品不易,刘魁的酒并不多,凑不够三杯,周怡端来白水给大家兑满,三人举杯,一饮而尽。

这天夜里,嘉靖皇帝在大高玄殿斋醮。他虔诚地将祭品供奉给神仙,上香礼拜,烧过青词祝祷完毕,盘腿坐在草蒲团上稍事休息,还没来得及缓过神,大火忽地凭空而起,瞬间蔓延成一片火海。

皇帝的护卫到底是训练有素,刹那间扑过来背起他穿越火场狼狈逃命。

其实,斋醮的神坛常年供奉各种灯油,还堆积着道士炼丹的大量矿物。油燃点低,容易挥发,矿物中有易燃易爆的成分也说不定,神殿建造时又一般不考虑通风问题,若天干物燥,遇到明火,极其容易着火。

嘉靖皇帝好道,这种火灾遇到的次数也不少,只是这次恰好气候、油料和炼丹的物质都有问题,所以火势来得凶猛无比,眨眼间燃烧成大火灾,无法扑救。幸亏皇帝的护卫身手不凡,应对神速,一路背着皇帝,施展功夫几个纵身跳到外围,才没把皇帝给烧死。但那些小道士和宫人就没那么幸运了。尤其是道士们,平日干的活儿轻松,赏赐又丰厚,养得很是娇贵,又没有受过火灾逃生训练,大火中又慌乱,就一个也没逃出来。

之前据多事的人考证,嘉靖帝对身边的小道士很优待,一月仅赏赐的银子就在上百两,还不算月例和额外的收入,整体一算,一般官员一年的俸禄,还不及小道士两个月到手的银子。风声传出去,财帛动人心,是以本朝青年人不大喜欢念书,都争相去当道士。这下可好,小命不保,看来还得重新评估评估做道士的利弊。

逃出火圈之后,皇帝猛然一回首,吓得愣住了。只见那火舌像是长了眼,又高又猛,肆意吞噬着一切物件,大殿里的三四十人像没王的蜂似的抱头鼠窜,哭声一片;几个火球燃烧状的影子,如妖魔狂舞;屋顶脱落下掉,如给火上浇油,火光随之蹿起几十丈高,噼啪作响,人肉烧焦的味道随着热浪扑面而来……

迷信的皇帝一边被人背着逃命,一边想这到底是哪里出了差错。他凝神细听,阵阵哭喊中,仿佛夹杂有呼叫"爵"的音调。他一下子想起来了,那个杨爵!几次天降"神谕"都让自己释放这个人,自己居然没有听。看看今日之天火,乖乖,好嘛,差点儿没命!神鬼是不可欺骗的,自己怎么早没想明白这其中关窍呢?好险,好险!

惊魂未定的皇帝等不及从护卫身上下来,已急忙喊人传旨,连夜释放杨爵,跟他一起的那两个人也一同释放,一个也不要留。这几个人太邪门了!

汉语言文字,同音同韵太多,究竟是皇帝心虚又信邪臆想出来的,还是真的有人在火光中高呼"杨爵是忠臣",随着大高玄殿连同里面的人和物的焚毁,成了千古之谜。

三十九　大鸟集聚诤魂归

嘉靖二十七年（1548），大明陕西富平党林里笃祜村的杨爵一家人，过了七年来唯一一个团圆年，尽管这个年过得非常非常寒酸。

七年噩梦般的日子里，杨休、杨偲、杨仕跟表兄弟张禹卿、张舜卿经常在京城和富平之间奔波，可以说是荒废学业，散光家财，看尽了人世间的眉高眼低。

杨张氏告诉孩子们说："自从娘嫁到杨家，咱们就没有富裕过。老一辈常说，缺吃少穿才是真日子，富贵荣华都是过眼烟云。再苦再累，紧一紧也就能过去，只要有人在。"

杨偲的妻子杨韩氏本就是大家之女，在这几年的困苦中，真正体现了一个大家闺秀处变不惊的气度。她默言少语，田地里一马当先，织麻纺布，勤勤恳恳，平日孝敬婆婆，约束儿女，以实际行动支持自己的丈夫，同赴家难。

如今公公回到家里，丈夫不再时常外出，她觉得比什么都好。

杨巧儿夫妻那千疮百孔的心也稳稳地放回到肚子里，他二舅舅回到家，儿子们也就可以安生地居家过日子了。富贵险中求，咱平头百姓少吃没穿，好歹家人们守在一起比啥都好！老天爷保佑，让这样平凡的日子能够长长久久。

杨爵能在家吃年饭，也满心欢喜，家乡的萝卜青菜是如此鲜美，第二次入狱，他从来没再敢奢望还有这一天。

遗憾的是，没能见到婶娘杨惠氏最后一面，老人家三年前就去世了。九十多岁高龄，这年月极少见，本是喜丧，只是老人始终牵挂着狱中的侄子杨爵，至死念念不忘，眼都没有闭合。

领着杨偲，杨爵在杨惠氏的坟前化纸痛哭。他重伤又监禁七年，五十五岁的暮年人，身体很虚弱，哭声因此极其苍凉悲愤，闻者俱不忍听下去。

笃祐村的田野里又多了杨爵的身影，他已经干不动农活儿，却不肯服输，家人很难劝住。小儿子杨俣有办法，小伙子甚机灵，一看见父亲捞起家伙什要下田，马上就念出书中某一句来，拉住父亲求讲解。

杨爵就骂他，骂完后呢，就要细细教他，一来二去，下田的事情就不了了之。

杨爵的弟子由天性已经中了进士，去山东禹城县任知县。当地的乡绅知道杨爵不爱跟他们往来，就想方设法送了子弟来给杨爵教导。

笃祐村村子西北角的吴山庙，又响起杨爵低沉的嗓音：

"'知止而后有定，定而后能静，静而后能安，安而后能虑，虑而后能得。'怎么讲？"

一个稚嫩的声音答道："知道自己的目标，才能够志向坚定，志向坚定才能够镇静不躁，镇静不躁才能够心安理得，心安理得才能够思虑周详，思虑周详才能够有所收获。"

……

父亲回来真好！杨仕心静下来，很快过了院试，成为杨家又一个吃廪米的人。

杨伟也跟着下科场。做不做官不重要，不能输了父亲的名头，他想。

三年前，曾铣调为兵部侍郎，总督陕西三边军务。他以数千名士兵拒俺答十万铁骑于塞门，命参将李珍袭击马梁山大营，牵制敌人；同时上疏请求收复河套，建议朝廷不拘一格选拔将领；还提议引黄河水预防干旱，并可以用水限制俺答出兵。这些措施，每一项都是安邦大计，若能实现，泽被万代。

夏言很欣赏这个奏疏，出声大力支持。

严嵩正愁与夏言的争斗没有突破口，看到这件事情，跟严世蕃诡秘一笑。他联合陆炳、崔元合伙做套，诬陷曾铣结交嘉靖皇帝身边的侍卫，让因贻误战机被曾铣送到监狱的仇鸾出来做证，说曾铣曾贿赂过夏言，所以夏言才力挺曾铣。

嘉靖二十七年（1548）六月，皇帝亲自拟旨斩杀曾铣，把他的妻子、儿子流放两千里。

曾铣临行刑前赋诗道："袁公本为百年计，晁错翻罹七国危。"他的部下李珍被毒死。这是嘉靖年间一大奇冤。

夏言因此被腰斩。而仇鸾出狱当了大同总兵，死心塌地地跟随严嵩做爪牙，克扣军饷，谎报军备，伙同严嵩投降卖国，想出贿赂鞑靼求稳的损招，致使京城被围，险些让大明灭国。

嘉靖二十九年（1550）六月，盘踞河套地区的俺答部再次入侵，烧杀抢掠，攻城略地，矛头直指大同。

仇鸾重用黄金珠宝贿赂俺答将领，以此作为条件，乞求俺答不要进犯自己的防区，贻误军机。

俺答接受重礼后，遂放弃大同，引兵东去，攻沽北口，陷蓟州，逼通州，直指大明京师。

仇鸾没想到俺答会继续深入大明腹地，傻了眼，赶紧上疏请求调部支援京城。

嘉靖皇帝居然说仇鸾"忠勇"，授命他为平虏大将军，节制各路兵马，抗拒敌军。

俺答兵逼北京城下，烧杀抢劫，无恶不作，勤王兵马坐观俺答所为，怯其威而不敢出战。

仇鸾的大同兵知道俺答是"自己人"，竟然跟着一块儿打劫，凶狠贪婪比敌军有过之而无不及。

仇鸾害怕，问严嵩怎么办，严嵩答道："俺答掳掠饱了就会自己离去。"

俺答大肆掳掠之后，遂引兵西去。仇鸾立即命令大同兵杀了几十个无辜百姓，斩取其头，冒功说是所杀俺答兵将，以此邀赏。

嘉靖皇帝认为仇鸾有安邦定国之才，加封其为太保，并赐金币，恩宠至重……此是后话。

杨爵闻听曾铣死讯，老泪纵横。曾铣是他的同年，虽然各有际遇，往来渐渐减少，但从同榜那一天起，杨爵就一直关注这个才高貌俊的同年。河套是大明国门前的广场，收复河套，就是收复自家门前空地，总不能任人在自家门口随意跑马，想来就来，想走就走！这种事情根本不用想！可惜皇帝只顾着想得道成仙，哪里会把国家这等大事放在心里！而严嵩、陆炳这些奸人，为了一己私利，居然拿国家的利益当枪用！大明危矣！唯愿苍天有眼，保佑苍生！保佑苍生！

这个事件打击得杨爵病了好久，还无法宣之于口。笃祜村这地方，谁能听得懂啊？儿子们正在发奋读书，弥补之前耽误的时光，他不忍心因这套黑暗的把戏熄灭孩子们的理想之火。

只是正在儿子们进学的关键时刻，他坐了监狱，孩子们深受挫折，恐惧忧乱，念书顾虑重重，后来没有一个人的成就超越杨爵。这种悲剧，只有后来的人才看得更明白。

秋天，蔡瑗从河北宁晋赶来陕西参加原寀的葬礼，跟杨爵一起住了几天。蔡瑗告诉师兄，自己于嘉靖二十四年（1545）在老家建得一座泫滨书院，如今已颇具规模，还省吃俭用给书院置备了三千亩赡田。

蔡瑗给子侄们说："汝知此赡田之置乎？非得给诸生，一以祀先合族，一以周给亲故，一以教诲后人。咸于此取足，故曰：赡田。"

同时定如下规矩：本族子弟读书具令在书院，其延师之礼、饮食之类悉出所贮，务足其用；外族子弟来就书院者亦同一供给；门生及故旧子弟，有家贫来就书院者，亦同一供给。常使此地英贤萃止，师友讲明，以淑后人，为益多矣。外此，书院之修葺，器物书籍之补置，悉出于此。

眼下他正在筹集资金，准备给在世为官清廉、死后子孙日子困难的同年置办祭田。若忠贞祭祀不保，天道不公，嘉靖朝的国之重器，多是废铜烂铁铸造，那就让张载的徒子徒孙来做这件事吧。

蔡瑗说："我没能像师兄你那样践行横渠四句，但也不能不为关中圣学添砖加瓦，所以就这样做吧，希望不辱没师门。"

杨爵说："你做得比我好！受益的人多，还惠及子孙。"

"师兄，这不一样。还是应像你这样一石激起千层浪，声势大点儿的好。

总会有人记在心里，也总会在某一天给需要的后人以启示，也许还会载入史册，光照后世！"蔡瑗双目含泪，"我没有师兄这样的气魄，很惭愧！"

"我辈只求无愧于心，做了实事就行。我们师门历来注重'明心''力行'，师弟做得很好，韩先生和我为你骄傲自豪！"

"听说嘉靖丁未（1547）科二甲第十一名进士杨继盛，已拜入恩师门下，咱们师门后继有人了！"

杨爵听了很高兴，让蔡瑗多说说这个人，可惜具体的蔡瑗也不是很清楚。

嘉靖二十八年（1549）十月九日，北风呼呼，阴云压顶，笃祜村人从未见过的一群大鸟在村北树头云集，村人引为奇谈。

杨爵拄着一根树枝当拐棍，散步来到村北，鸟儿鸣叫着，在他头顶盘旋。他叹息一声说："汉杨震那鸟儿又飞来了啊，是来预兆我的大归之期吧？"

杨爵回忆着史书上写的事出神：杨震（？—124），字伯起，陕西华阴人，是东汉名臣，官至太尉。任内因正直不屈权贵，屡次上疏直言时政之弊，为中常侍樊丰等所忌恨，诬陷他被罢官，毒害致死在回家的途中，又设计把他的尸棺暴晒路上。后来，新皇即位，他的门生御前申冤，才得以昭雪礼葬。葬前十几天，有大鸟高一丈多，飞到杨震墓坑前，俯仰悲鸣，泪流湿地，直到下葬，那大鸟才飞去。

后人立石鸟像于杨震墓前来纪念他，他还有个著名的典故叫"四知先生"呢。果然能有先贤这份哀荣，也对得起"杨"这个姓氏啦。

杨爵慢慢地踱回家，提笔写了一首诗：

哭浦周二公

二子杀身良可伤，老夫念念不能忘。
欲将往岁颠狂事，同到九原笑一场。

又自书墓志铭：

吾平生所期，欲做天下第一等人，而行不逮；欲干天下第一等事，而绩未成。今临终书此以志墓。愿吾子孙当吾身后，择吾善者从之，其不善者改之，此其意也。在人世五十七年，亦不可谓不寿。但懿行不足垂万世，功业未能裨当时，是谓与草木同腐朽。

自书铭旌：

> 五十余年生长人世未尽圣贤之道，
> 两受天禄还形地下难忘君父之恩。

十月十四日午时，杨爵溘然辞世，享年五十七岁。

杨家清贫如洗，无法置办像样的丧仪。

蔡瑗及同年若干人赶来治丧，并为杨爵募捐，集资买下祭田。

马理、罗洪先、邹守益、周怡、刘魁、钱德洪、杨继盛[①]等大儒先后以祭文吊唁。

马理挽诗：

> 石川御史铁肝肠，万死不回道直方。
> 诏狱放归期望远，德星零落智愚伤。

邹守益挽诗：

> 千金学得升天诀，便把天堂视桁杨。
> 青紫授书还一笑，直从龙马会羲皇。

---

① 杨继盛：1516—1555，字仲芳，容城（今属河北保定）人，因主张对蒙古俺答部采取强硬态度，与仇鸾等主和派政见相左，被贬为狄道典史。在少数民族地区任职期间，让自己的学生在当地传播儒家教化，深受爱戴，被当地百姓称为"杨父"。严嵩因憎恶仇鸾，推动杨继盛被重新起用，一年之内让杨继盛经历四次升迁，官至兵部武选司。杨继盛到任一个月即开始投身"倒严"。

尾声　谥号忠介褒杨公

熙熙攘攘的大明官场依旧喧嚣，"倒严"斗争并没有因为忠臣的离去而止息。

嘉靖三十三年（1554），同为韩邦奇门下的杨继盛斋戒三日后，上《请诛贼臣疏》，历数严嵩"五奸十大罪"，被下诏狱，遭到严刑拷打，并被严嵩设计杀死。临刑前，他将自书年谱交给儿子，并留下《临刑诗》："浩气还太虚，丹心照千古。生平未报恩，留作忠魂补。"然后从容就义。《明史》说此诗"天下相与涕泣传颂之"。

后世把杨爵、杨继盛并称为"韩门二杨"。

不仅仅是"韩门二杨"，朝野上下的清流之士前赴后继，似乎要用自己的血去洗刷大明的污秽。或许是清流士人不断的斗争让晚年嘉靖皇帝有所反思，或许是"严党"的贪婪冒犯了皇帝的底线，"严党"被终结在嘉靖一朝。

嘉靖四十四年（1565），盘踞大明朝野二十余年的"严党"轰然瓦解，严世蕃被阁臣徐阶联合御史邹应龙设计伏法，严嵩被削官还乡，两年后饿死乡野。

嘉靖皇帝驾崩后，在清流士人的辅佐下，隆庆皇帝即位。死于嘉靖年间并极尽哀荣的佞臣陶仲文，在新朝受到了清算。隆庆元年（1567），陶仲文的儿子陶世恩因炮制假药下狱论死，陶仲文的爵位、谥号亦被追削。

同是隆庆元年，大明诤臣杨爵得到了迟到的褒扬，并不断被人纪念。

尾声 谥号忠介褒杨公

杨爵的同年杨博上《请恤典疏》说："御史杨爵敷陈一疏，义胆忠肝，前后奏议，自当称首。系狱十年，困心衡虑，始终气节，原无与双……通乞圣明，俯赐裁定，敕下遵行……谨题请旨。"

礼部尚书高仪上《请谥典疏》说："御史杨爵生前，学识纯正，动履端方。耿耿精忠，可贯天日；亭亭高节，足师乡邦。既经府学、县学查勘有据，相应呈请合无转达，题请赠谥等……伏候圣裁。"

二月初二，隆庆皇帝追赠杨爵奉议大夫、光禄寺少卿。

万历二十年（1592）十月十八日，赐杨爵谥号"忠介"。

后世清康熙皇帝为杨爵题赠："杨忠介公明代事，关西夫子清世称。"

一代伟人毛泽东在阅读《明史·杨爵传》时写眉批道"靡不有初"，引用《诗经·大雅·荡》中"靡不有初，鲜克有终"一句，指出中国历代帝王很少有始终如一、励精图治的精神，批评嘉靖皇帝位久忘初衷，听不进去杨爵等人的谏言政见，致使国是日非，失去明朝中兴的机会，也从侧面褒扬了御史杨爵直言敢谏、为民请命、以身涉险的光辉事迹。

富平杨爵祠始建于明万历二十年（1592），民国二十五年（1936）修缮。

2014年7月，富平县文物局、老庙镇和笃祜村共同筹资一百六十万余元，依照"修旧如旧"的原则，对杨爵祠堂进行了整修，现已完成布展并对外开放。

蒲城一带至今还流传着关于杨爵的传说。有一本《蒲城民间故事》登载有一则"杨爵拜水"的故事：

在明朝嘉靖三十四年（1555）以前，蒲城县南紫荆原下，卤阳湖一带四季如春，荷香鱼肥，百姓们过着安居乐业的生活。某日，朝廷下了一道旨，让陕西相关州县积极准备来年清明迎驾黄陵祭祖。

从北京到黄陵，蒲城是必经之路。

因天高皇帝远，朝廷只知道渭北属于干旱丘陵地带，历年所定粮税很少，多年来一直相安无事，如果皇帝真的来到陕西，这个秘密就保不住了。这可急坏了县令杨爵，他害怕皇帝发现这是个"接天碧水笠翁笑，百里禾苗鱼米香"

的好地方，追税追赋，加重百姓的负担。

杨爵郁郁地走出城外，不觉来到卤阳湖边龙王庙前，他提袍跪地祷告说："龙王在上，蒲城县令杨爵为救卤阳湖畔一方百姓，宁愿弃官受罚，不忍百姓受害。望龙王能上奏天庭，在皇帝到来之前后暂且息湖水三天，让百姓和杨爵躲过此难，杨爵和百姓将给龙王重塑金身，整修庙宇，保证四季祭祀不断。"虔诚的杨爵重重地叩头不已。第二天一早，卤阳湖水日退数十里，只留数百处低凹水地，形成了今天我们所看到的卤泊滩。

没有想到，为黎民百姓着想的县令杨爵并没有因为拜水救民有功而逃脱惩罚，只因随驾官要过路钱，杨县令不忍摊派给贫苦的百姓，坚决拒绝，不久被罢去官职。

老百姓不忘杨县令恩德，把这个故事代代相传。

这个故事的来源无可考证，甚至跟历史相悖，杨爵并未在蒲城任过职，但这一带老百姓爱戴他情谊是真。

2010年，蒲城修建卤阳湖天骄湖景区时建有一个景点"杨爵拜水"台，并建有"杨氏祠"，供游人膜拜。祠堂有一副对联：

为国靖法替民请命不辱北方海瑞；
诗成鹦子联对群英无愧关西夫子。

有人说，假如嘉靖皇帝看懂了杨爵的《慰人心以隆治道疏》，从迷信道士的泥沼里爬出来励精图治，重用追随关学"为天地立心"并把学术活动跟国运民命、匡时救世紧密结合的马理、吕柟、韩邦奇等，以及奉行阳明心学并提倡"致良知学""知行合一"的罗洪先、徐阶、钱德洪等，而不是夏言和严嵩，那么嘉靖年间的历史会怎么写？如果那一年杨廷和把十五岁的朱厚熜从湖广安陆接来，像对待朱厚照那样以师父的情怀教导，当成皇帝来培养，那嘉靖皇帝会不会是一个中兴的主儿？

这世上没有如果，只有不可挽回的后果。

摘录一组16世纪的简史以呼应本书第一章：

1519—1522年，麦哲伦船队环球航行。

1543年5月，哥白尼发表日心说。

16世纪，葡萄牙和西班牙殖民者在亚、美强占殖民地，英国在伊丽莎白一世的统治下成为欧洲强国。

16世纪是西方文艺复兴的鼎盛时期，是中国思想启蒙开始的时期，也是中国市井文化达到巅峰的时期。

16世纪，科学在欧洲开始萌芽，教会的教条主义受到冲击。随着其他科学的发展和思想的解放，欧洲医学也开始科学化。教会不许解剖人体的禁令开始被瓦解……

结文诗：

> 热泪和笔墨，三年写杨爵。
> 幸得逢盛世，微才修大学。

附　录

附一《明史·杨爵传》原文[①]：

　　杨爵，字伯修，富平人。年二十始读书。家贫，燃薪代烛。耕陇上，辄挟册以诵。兄为吏，忤知县系狱。爵投牒直之，并系。会代者至，爵上书讼冤。代者称奇士，立释之，资以膏火。益奋于学，立意为奇节。从同郡韩邦奇游，遂以学行名。

　　登嘉靖八年进士，授行人。帝方崇饰礼文，爵因使王府还，上言："臣奉使湖广，睹民多菜色，挈筐操刃，割道殍食之。假令周公制作，尽复于今，何补老羸饥寒之众？"奏入，被俞旨。久之，擢御史，以母老乞归养。母丧，庐墓，冬月笋生。推车粪田，妻馌于旁，见者不知其御史也。服阕，起故官。

　　帝经年不视朝。岁频旱，日夕建斋醮，修雷坛，屡兴工作。方士陶仲文加宫保，而太仆卿杨最谏死，翊国公郭勋尚承宠用事。二十年元日，微雪。大学士夏言、尚书严嵩等作颂称贺。爵抚膺太息，中宵不能寐。逾月乃上书极谏曰：

　　今天下大势，如人衰病已极。腹心百骸，莫不受患。即欲拯之，无措手地。方且奔竞成俗，赇赂公行，遇灾变而不忧，非祥瑞而称贺。谗谄面谀，流为欺罔，士风人心，颓坏极矣。诤臣拂士日益远，而快情恣意之事无敢龃龉于其间，此天下大忧也。去年自夏入秋，恒旸不雨。畿辅千里，已无秋禾。既而一冬无雪，元日微雪即止。民失

[①]　［清］张廷玉等：《明史》（点校本二十四史），中华书局1974年第一版。

所望，忧旱之心远近相同。此正撤乐减膳，忧惧不宁之时，而辅臣言等方以为符瑞，而称颂之。欺天欺人，不已甚乎！翊国公勋，中外皆知为大奸大蠹，陛下宠之，使稔恶肆毒。群狡趋赴，善类退处。此任用匪人，足以失人心而致危乱者，一也。

臣巡视南城，一月中冻馁死八十人。五城共计，未知有几。孰非陛下赤子，欲延须臾之生而不能。而土木之功，十年未止。工部属官增设至数十员，又遣官远修雷坛。以一方士之故，朘民膏血而不知恤，是岂不可以已乎？况今北寇跳梁，内盗窃发，加以频年灾浸，上下交空，尚可劳民糜费，结怨天下哉？此兴作未已，足以失人心而致危乱者，二也。

陛下即位之初，励精有为，尝以《敬一箴》颁示天下矣。乃数年以来，朝御希简，经筵旷废。大小臣庶，朝参辞谢，未得一睹圣容。敷陈复逆，未得一聆天语。恐人心日益怠偷，中外日益涣散，非隆古君臣都俞吁咈、协恭图治之气象也。此朝讲不亲，足以失人心而致危乱者，三也。

左道惑众，圣王必诛。今异言异服列于朝苑，金紫赤绂赏及方外。夫保傅之职坐而论道，今举而畀之奇邪之徒。流品之乱莫以加矣。陛下诚与公卿贤士日论治道，则心正身修，天地鬼神莫不祐享，安用此妖诞邪妄之术，列诸清禁，为圣躬累耶！臣闻上之所好，下必有甚。近者妖盗繁兴，诛之不息。风声所及，人起异议。贻四方之笑，取百世之讥，非细故也。此信用方术，足以失人心而致危乱者，四也。

陛下临御之初，延访忠谋，虚怀纳谏。一时臣工言过激切，获罪多有。自此以来，臣下震于天威，怀危虑祸，未闻复有犯颜直谏以为沃心助者。往岁，太仆卿杨最言出而身殒，近日赞善罗洪先等皆以言罢斥。国体治道，所损甚多。臣非为最等惜也。古今有国家者，未有不以任谏而兴，拒谏而亡。忠荩杜口，则谗谀交进，安危休戚无由得闻。此阻抑言路，足以失人心而致危乱者，五也。

望陛下念祖宗创业之艰难，思今日守成为不易，览臣所奏，赐之施行，宗社幸甚。

先是，七年三月，灵宝县黄河清，帝遣使祭河神。大学士杨一清、张璁等屡疏请贺，御史鄞人周相抗疏言："河未清，不足亏陛下德。今好谀喜事之臣张大文饰之，佞风一开，献媚者将接踵。愿罢祭告，止称贺，诏天下臣民毋奏祥瑞，水旱蝗蝻即时以闻。"帝大怒，下相诏狱拷掠之，复杖于廷，谪韶州经历。而诸庆典亦止不行。

及帝中年，益恶言者，中外相戒无敢触忌讳。爵疏诋符瑞，且词过切直。帝震怒，立下诏狱榜掠，血肉狼籍，关以五木，死一夕复苏。所司请送法司拟罪，帝不许，命严锢之。狱卒以帝意不测，屏其家人，不许纳饮食。屡滨于死，处之泰然。既而主事周天佐、御史浦鋐以救爵，先后棰死狱中，自是无敢救者。

逾年，工部员外郎刘魁，再逾年，给事中周怡，皆以言事同系，历五年不释。至二十四年八月，有神降于乩。帝感其言，立出三人狱。未逾月，尚书熊浃疏言乩仙之妄。帝怒曰："我固知释爵，诸妄言归过者纷至矣。"复令东厂追执之。爵抵家甫十日，校尉至。与共麦饭毕，即就道。尉曰："盍处置家事。"爵立屏前呼妇曰："朝廷逮我，我去矣。"竟去不顾，左右观者为泣下。比三人至，复同系镇抚狱，桎梏加严，饮食屡绝，适有天幸得不死。二十六年十一月，大高玄殿灾，帝祷于露台。火光中若有呼三人忠臣者，遂传诏急释之。

居家二年，一日晨起，大鸟集于舍。爵曰："伯起之祥至矣。"果三日而卒。隆庆初，复官，赠光禄卿，任一子。万历中，赐谥忠介。

爵之初入狱也，帝令东厂伺爵言动，五日一奏。校尉周宣稍左右之，受谴。其再至，治厂事太监徐府奏报。帝以密谕不宜宣，亦重得罪。先后系七年，日与怡、魁切劘讲论，忘其困。所著《周易辨说》《中庸解》，则狱中作也。

附二《隆治道疏》全文：

慰人心以隆治道事[①]

臣惟人主一身，万化本原，履至尊之位，膺艰大之责，用人行政，是非得失，方在几微而关于民心之向背、天命之去留者，即甚可畏也。是以圣帝明王深察乎此。制治必于未乱，保邦必于未危，事无微而不谨，时无暂而不惧，几无隐而不饬，为大于其细，而图难于其易，然后天人交与，而可以延国祚于永久矣。方今天下大势，如人衰病之极，内而腹心，外而百骸，莫不受病，即欲拯之，无措手之地。以臣观之，其危乱之形将成，目前之忧甚大也。大抵因仍苟且，兵戎废弛，奢侈妄费，公私困竭，奔竞成俗，贿赂通行，遇灾变而不忧，非祥瑞而称贺，谗谄面谀，公肆欺罔，士风民俗于此大坏，而国之所恃以为国者，扫地尽矣！拨危乱而反之治安，此在陛下所以转移率励之者何如耳？况当朝觐大比之期，百司多士，济济来趋，延颈思化，人人切仰。极重不可反，机失则难济。伏愿陛下汲汲于此，时留心焉，以为善后之图也。

臣以病居林下者八九年，误蒙圣恩，赐之起用，擢以耳目之官，任以纠劾之责。受命以来，夙夜耿耿，每思国事日非，而臣于国恩有未报，至于痛心流涕者有之。臣请略举目前之所见，其大要足以失人心而致危乱，以贻圣心之忧者，为陛下告，诚不忍默默保位，以上负陛下之洪恩，下负生平之所学也。伏愿圣明垂听焉。

臣窃惟天下之患，莫大于以危为安，以灾为利，实则可忧而以为大可乐；法家拂士日益远，而快意肆情之事，无敢有龃龉于其间者，积弊而至于蛊，则不可得而救矣，此实天下之大患也。往年夏末入秋，恒旸不雨，畿辅千里，已无秋禾；既又立冬无雪，暖气如春，元旦仅雪即止。民失所望，汹汹无聊，忧旱之切，远近所同。此正陛下撤乐减膳，率臣下以祈惠宁之时也。而在廷之臣，如大学士夏言数人

[①] 参考《杨忠介集》清光绪十九年履诚堂刻本。

者，乃以为灵瑞而称颂之，其欺天罔人不亦甚乎！其不几于安危利灾，而以大可忧者为乐耶！孔子告颜渊，为邦在远佞人，若是而谓之佞人者非耶？大臣之职，辅君当道，志于仁而先天下以为忧者也。无忠君体国之心，而居人臣之极位，所谓小人而乘君子之器也，欲天下之治，安可得耶？又如翊国公郭勋者，中外皆知其为天下之大恶，朝廷之大蠹也。勋之举动踪迹，岂能逃于圣鉴？虽陛下盛德优容，不忍即罪，神谋远虑，自有所处。臣愚以为，奸不可近，恶不可长，若止之于微，遏之于渐，则朝廷优礼，人臣之体貌未失，而熏戚之余裔亦得以保全而善终也。或使稔恶肆毒，潜干政柄，则群狡趋赴，善类退处，其为天下国家之祸日益深矣。治道去其太甚者，此其为害治之大之甚，所当急去而不可缓也。凡此任用匪人，足以失人心而致危乱者，一也。

天生斯民，立之司牧，君人者奉天以安民，而使之各得其所也。民不得所，则其心不能无怨，民心怨则天意可知矣。古者民勤于食则百作废，今民勤食不可得而至于离散，离散无所归而至于死亡。臣近巡视南城，两月中，冻馁死者八十人，此特一南城一郭耳。共计五城，未知有几，目所不及见而在于千万里之远者，又未知其有几，孰非陛下之赤子也？而颠连无告，委命沟壑，盖望一豆羹蔬食，以延须臾之生而不可得也。此正陛下爱民惜财，与天下休息之时也，而土木之功十年于此矣，而尚未止。工部属官添设者至数十员，又差部官远修雷坛，以一方士之故，浚民膏血而不知恤，则民何以得其所哉？"民惟邦本，本固邦宁"，穷民之力，尽民之财，是自蹶其本根也。而国何以为国乎？昔汉文帝惜百金之费，不营一台，故海内富庶；隋氏以盛修宫室，而至于亡国。愿陛下以为鉴戒，则宇内生灵之庆也。况今北虏跳梁，内寇日发，警报日闻，加以频年灾沴，上下一空，百计取之，愈为不足，而兴作未已，以结怨于天下。此其足以失人心而致危乱者，二也。

唐虞三代之世，君臣每以勤敬之道交相警戒，其见于经传者，如尧舜"兢兢业业，无怠无荒"，禹惜寸阴，汤坐以待旦，文王日不暇食，武王以敬而胜怠，故能寿跻耋期，治隆熙泰。是数圣人所以崇德益寿，善政和民之道，不外乎敬与勤而已矣。周公、召公之相成王也，周公则以逸而戒之，召公则以敬而勉之，盖敬、逸之间，身之修否、政之理乱所由分，此固周、召忠君恳恻之心也。陛下即位之初，励精有为，不遑宁处，尝以《敬一箴》颁示天下，其于尧、舜、三王之道，盖已心得之矣。数年以来，因圣体违和，朝仪间阙，经筵未讲，大小臣庶朝参辞谢，未得一睹圣容，敷奏复逆，未得一聆天语，若是者今已久矣。夫天位者，艰难之器，非逸乐之具也。陛下一身，天地百神赖以享，六军万民赖以安，一日二日有万几之繁。近闻圣躬调颐，大获福履，中外臣民罔不欢庆。况此春气渐和，人思新化，庶官入觐，雍雍肃肃，来自万里之远者，孰不欲鞠躬垂委，北面舞蹈，望龙颜以慰快睹之心乎？易曰："圣人作，而万物睹。"正今日之事也。若未得瞻于咫尺天颜之下，以伸有孚颙若之敬，臣恐人心日益怠惰，中外日益涣散，非隆古君臣同寅协恭以臻太平之气象也。此其足以失人心而致危乱者，三也。

执左道以惑众，圣王所必诛而不宥者也。今异言异服列于庭苑，金紫赤绂赏及于方外之士，臣不意陛下睿哲先物，明见万里，而所为一至于此。夫保傅之职，坐而论道，古人谓"官不必备，惟其人"，故非道隆德盛极天下之选者，不足以任此责。今举而畀诸迂怪之徒，轻之若流品之末，则名器之滥，至此极矣。且陛下以天纵之圣资，为上天之元子，若远宗帝王之道，近守祖宗之法，细旃广厦之下，与公卿贤士讲论治道，则心正身修，与天地合其德，与日月合其明，和气致祥，罔有天灾，而山川鬼神莫不宁矣。安用假此妖诞邪妄之术，列诸法禁之地，而藉之以为圣躬之福耶？甚非圣天子所以崇正远邪，平平荡荡，奉三无私以化天下之道也。臣恐风声所及，人起异议，豪杰之士闻而解体，贻四方之笑，取百姓之讥，于圣德国政所损不细。此其足以失人心而致危乱者，四也。

古人有言："君圣则臣直。"陛下临御之初，延访忠谋，虚怀纳谏，其于狂直敢言之士往往矜宥。故一时臣工恃陛下之能容，敢以直言冒干天听，言过激切而获罪亦多有之。自此以来，臣下怀危虑祸，未闻敢有犯颜直谏而为匡救逆心之论者。昔人论求言之益，以为勉强以听，不若悦而从之；悦而从之，不若道之使言。盖人臣持禄保位者多，而忘身以徇国者少。虽识见有明暗，言论有得失，在陛下明目达聪，鉴别取舍，于黜陟赏罚付之公论则可矣。若震之以天威，加之以危祸，如往年太仆卿杨最者，言出而身即死；近日翰林院左赞善兼修撰罗洪先等，皆以言罢斥。此于国体治道所损甚多。伏愿圣明少致思焉。成汤，大圣人也，仲虺称其改过不吝，从谏弗咈；高宗，有商之令主也，傅说告以木从绳则正，后从谏则圣。此二君作圣之功，为万世人主之龟鉴也。臣非区区为一杨最等惜也。但历观古今以来，有天下国家者，未有不以任谏而兴、以拒谏而亡者也。今而后，虽有素怀忠义之心者，非灰心仕进，甘退丘园，亦必深自晦藏，为保身计矣，孰敢发口以论天下之事哉？臣恐忠荩杜口，则谗谀交进，上德不能下达，下情不能上通，安危休戚，无由以见，而堂陛之近，即远于万里矣。此其足以失人心而致危乱者，五也。

凡此数者，关于天下之治乱，国势之安危，贻圣心之忧，诚未已也。伏望皇上念祖宗创业之艰难，思今日守成为不易，察臣忠悃，览臣所陈，赐之施行，戒饬夏言，务笃忠贞之道，以报国家眷顾礼遇之恩；于郭勋则预有以裁抑而保全之；止土木之功，开谏诤之路，屏邪妄之术。陛下仍以慎独养天德，以天德达王道，以慰人心，以祈天佑，则庄敬日强而眉寿，永于千亿，虚灵照物，而忠邪莫可遁逃，其为宗庙社稷万万年无疆之福，圣子神孙万万年无疆之规者，端在此矣。臣不胜战栗恳切之至。

附三《狱中谏书》全文：

狱中谏书①

臣闻明王之治天下也，上畏昊天之鉴临，下畏臣民之瞻仰，虽德盛功高，而其惟日不足之心未尝不求贤纳谏，以尽事天抚民之诚，而制治于未乱，保邦于未危焉。忠臣之事君也，虽当道化熙洽之时，犹不忘训诰保惠之勤，而防微杜渐之惟谨，惟恐一念一事之差谬，而贻生民无穷之害也。

古今称舜者，孰不以为天下之大圣乎？其聪明睿智出于天性，若无赖于臣下之匡辅取善以自益矣。然舜命禹曰："予违汝弼，汝无面从，退有后言。"又曰："臣作朕股肱耳目，不以已德为已至，而从事于咨诹察纳之无遗。"盖知一念之趋向，则圣狂治乱所由分，而不可以不慎焉。是圣人不自满足，终日乾乾之心也。禹戒舜曰："毋若丹朱傲，惟慢游是好，傲虐是作。"益戒舜曰："罔违道以干百姓之誉，罔咈百姓以从己之欲。"夫舜岂至违道干誉、咈民从己者哉？又岂自好慢游、作傲虐如丹朱者哉？禹益不以其君道隆德盛而忘儆戒之，勤恳如此，是人臣保治无穷之心，而为尊君敬君之至也。虞廷君臣都俞吁咈之相与，如手足腹心之一体，而成文明熙皞之治，后有作者弗能及也。伊尹告太甲曰："有言逆于汝心，必求诸道；有言逊于汝志，必求诸非道。"召公告武王曰："志以道宁，言以道接。"周公训成王亦曰："小人怨汝詈汝，则皇自敬德厥愆，曰：'朕之愆允，若时不啻，不敢含怒。'"古圣哲之臣，所以辅养君德而成功业之盛者，孰不切切焉，欲其君以听言纳谏为心乎？汉武帝之臣有汲黯者，自言有狗马之忠，愿出入禁闼以补过拾遗，又曰："天子置公卿辅弼之臣，宁令阿誉顺从以陷主上于不义乎？且已在其位，纵不言，奈辱朝廷何？"魏徵疏唐太宗渐不克终十事，以谏诤为己任。君不及尧舜，其心未肯以自已也。故汲黯、魏徵号称古之遗直，而太宗贞观

---

① 参考《杨忠介集》清光绪十九年履诚堂刻本。

之治几于三代者，有由然也。历代圣贤之君，莫不乐闻规谏，以来天下之善，以防壅蔽之奸。至秦始皇父子恶闻过失，忠谏者谓之诽谤，深计者谓之妖言，遂至上下判隔，远近乖离，匹夫一呼，天下土崩，不二世而国不守矣。我朝孝宗皇帝时，主事李梦阳以言事下狱中，镇抚司本上，孝宗皇帝问左右："当何如批行？"左右对曰："此人狂妄，当答之以示惩戒。"孝宗皇帝特批释放，因语辅臣曰："李梦阳本内事干戚畹，朕不得已下之狱。左右欲朕答之者，朕知左右之意矣。盖既得旨，必密喻重答，置之死地以快中宫之心，而使朕有杀直臣之名。左右之不忠，一至于此！"辅臣对曰："陛下此心，即尧舜之仁也。"是故远而虞夏商周之圣君，及汉唐以来之贤主，近而孝宗皇帝，皆陛下所当取以为法。而秦以"诽谤"二字箝天下之口以自取覆亡之祸者，又万世所当深戒也。以任谏而兴，以拒谏而亡。臣往年疏中亦尝为陛下言之矣，不知圣明亦曾垂览否乎？

天下犹人之一身焉，人之血气不周流者必死。天下之势，上下之情，不相通而不亡者，未之有也。谏者使下情得以上通，上情得以下达，而免于覆亡之祸焉。昔人以为功多于汗马之劳者，谓能消祸于未萌也。孔子曰："臣之事上也，进思尽忠，退思补过，将顺其美，匡救其恶。"又曰："天子有诤臣七人，虽无道，不失其天下；诸侯有诤臣五人，虽无道，不失其国；大夫有诤臣三人，虽无道，不失其家。当不义，则臣不可以弗诤于君，子不可以弗诤于父。"孟子曰："责难于君谓之恭，陈善闭邪谓之敬。吾君不能谓之贼。"其语齐臣曰："齐人无以仁义与王言者，岂以仁义为不美也？其心曰'是何足与言仁义也'云尔，则不敬莫大乎是。我非尧舜之道不敢陈于王前，故齐人莫如我敬王也。"大哉，孔孟之言，真万世致治之道也！伏愿圣明留心焉。

臣自嘉靖十一年以病居田里者八年余。量能度分，安身退处，已绝无用世之心矣。朝廷起臣于畎亩之中，而授之职，既又以罪下狱。臣一时所着衣服非度，圣明不即诛死，而惟答以戒之，此犹天地之于万物，一于长养生成而已。栽培倾覆之殊用，天无私喜私怒于其间也。风雨霜露，无非上帝之教。笞以戒臣，而全臣之生，孰非陛下之仁乎？陛下于臣，已废而复起之，当死而又生之，其浩荡无涯之恩德，始终于臣者，可谓至矣。此臣于垂死之余犹哀鸣之，而欲陛下纳谏容直，以成君德，以广君道，与唐虞三代兼美比隆，欲窃效古人尸谏之忠，而尽臣犬马之报于万一也。伏愿圣明留心焉。

臣又尚记东厂使记臣衣服，然其来者二人焉，臣未知其姓氏。自此以后，或一二人，或三四人，更迭往来，未尝不日在臣之左右。凡为臣所经遇者，将百人焉。臣心知其为东厂使以觇臣者，而口未敢言。臣又察其意向，似有记臣言语动作，以传闻于天听之下之意焉，不知果有此事否乎？若诚有之，臣不胜恻怛悲感之切至，而愿昧死以有言，此非陛下盛德所宜为也。古人有言："君道贵明，不贵察。"陛下以睿智居尊，中天下而立，定四海之民，当以正大光明之道化成天下，平平荡荡，"毋意，毋必，毋固，毋我"，股肱耳目托诸臣佐，生杀予夺付之公论，不宜偏有视听作为之私心，而使群下得以窥圣衷之浅深也。况今夷狄侵侮，兵政废弛，工役浩繁，财用匮竭，暑雨祈寒，生民嗷嗷。君子小人，孰为当进，孰为当退？朝政敷理，孰为当废，孰为当兴？一日二日，有万几之繁，孰非陛下所当深察而远览者乎？释此不虑，而注意一狂言获罪之囚犯，此何心哉？若陛下以此察臣之心，移之于兵政之废弛，财用之匮竭，生民之嗷嗷，君子小人之当进当退，朝政之敷理当废当兴，"念兹在兹"，与公卿贤士日讲论之，而图处之心常如此，实为宗庙社稷之福，万方生灵之庆也。况臣当日所言，虽出臣愚昧之见，而一时芹曝之诚，亦未必无可采择而施行者。若圣明留意，而臣言有补于圣政万一，虽诛死即不朽矣。泰山不让土壤，故能成其高；河海不择细流，故能就其深；王者不弃刍荛，故能极其圣。伏愿圣明留心焉。

又，臣初下狱时，镇抚司官倪民、孙纲以圣怒赫然之下，臣罪深重一时，不令臣自通饮食，惟日给臣以官米。臣又不便所食，又病几死。后陶某等，许臣家人自送淡粥面汤，日得二餐，今四十五月有余矣。延此一息，尚未死灭，此实陛下好生之德，覆载之恩之所及，而诸臣不欲置臣于死，使朝廷有杀谏臣之名，其心未必不为忠于陛下者也。近东厂复三四人来狱中，镇抚司自官吏以至守狱小卒，皆战栗儆惧，日夜戒严，复绝臣饮食，似有欲臣速死之意。臣今一死，虽无所惜，诚无所难，但臣愚虑：谓绝饮食以置臣于死，决非圣心所欲为，窃恐有诪张为幻者，过为讹言，恐动众心，使至于此，则事未可知。伏望皇上洞开日月之明，照此幽隐之地，若臣罪当诛，即明正典刑，肆诸市朝，以为人臣事君不忠者之戒；若察臣忠悃，悯臣狂愚，罪从末减，或远谪边戍，放归田里，此又圣王宥罪赦过之洪恩，非臣负罪深重者所敢望也。惟圣明矜赐裁处，臣不胜兢惕恳切之至。